MICHELLE RAVEN
Tödliche Verfolgung

Die Romane von Michelle Raven bei LYX:

Romantic Thrill:

Hunter-Reihe:

1. Vertraute Gefahr
2. Riskante Nähe
3. Gefährliche Vergangenheit
4. Trügerisches Spiel
5. Späte Vergeltung

TURT/LE-Reihe:

1. TURT/LE. Gefährlicher Einsatz
2. TURT/LE. Riskantes Manöver
3. TURT/LE. Geheime Mission *(erscheint Mai 2014)*

Dyson-Dilogie:

1. Eine unheilvolle Begegnung
2. Verhängnisvolle Jagd

Außerdem erhältlich:

Tödliche Verfolgung
Verhängnisvolle Sehnsucht
Perfektion *(erscheint Juli 2014)*

Romantic Fantasy:

Ghostwalker-Reihe:

1. Ghostwalker. Die Spur der Katze
2. Ghostwalker. Pfad der Träume
3. Ghostwalker. Auf lautlosen Schwingen
4. Ghostwalker. Fluch der Wahrheit
5. Ghostwalker. Ruf der Erinnerung
6. Ghostwalker. Tag der Rache

Weitere Romane der Autorin sind bei LYX in Vorbereitung.

MICHELLE RAVEN

TÖDLICHE VERFOLGUNG

Roman

LYX
EGMONT

Originalausgabe März 2014 bei LYX
verlegt durch EGMONT Verlagsgesellschaften mbH,
Gertrudenstr. 30–36, 50667 Köln

1. Auflage
Redaktion: Jutta Schneider
Satz: Greiner & Reichel, Köln
Printed in the EU (675292)
ISBN 978-3-8025-9231-7

www.egmont-lyx.de

1

Highway 10 im Südwesten von Texas

Nie wieder Eistee vor einer solch langen Tour! Mitten auf dem Highway, in einer äußerst staubigen und öden Gegend, spürte Jack Tease nach Stunden des Fahrens einen unangenehmen Druck auf der Blase. Eigentlich hätte er bei dieser Hitze die Flüssigkeit längst ausschwitzen sollen, aber das war offenbar nicht der Fall.

Durch das Fenster seines Fahrerhauses konnte er weit und breit keine Ansiedlung entdecken. Nur weite, karge Landschaft. Normalerweise genoss er genau diesen Aspekt seiner Arbeit als Trucker, aber heute hätte er alles für das Reklameschild einer der Fastfood-Ketten gegeben. Er konnte sich auch nicht einfach an den Straßenrand stellen, denn obwohl die Gegend weitgehend unbewohnt zu sein schien, waren viele Autos unterwegs. Außerdem wollte er vermeiden, von der Polizei erwischt zu werden. Erst neulich hatte ein Kollege berichtet, dass er einige Hundert Dollar Strafe hatte zahlen müssen, weil er bei einem Pinkelstopp erwischt worden war. Bevor ihm das passierte, fuhr er lieber weiter. Zudem musste er heute noch ein ganzes Stück schaffen, wenn er einen Teil der Ladung pünktlich in Nogales abliefern wollte. Morgen wurde er schon mit dem zweiten, größeren Teil in Los Angeles erwartet.

Als nach einigen weiteren Meilen eine Abfahrt auftauchte, atmete er erleichtert auf. Gerade noch rechtzeitig. Er biss die Zähne zusammen, als die Asphaltstraße immer brüchiger und holperiger wurde und schließlich in eine Sandpiste überging. Der Ort, wenn man diese Ansammlung von windschiefen, halb zerfallenen Holzhütten überhaupt so nennen konnte, sah verlassen aus. Kein Imbiss, keine öffentlichen Toiletten. Nun, dann musste es eben doch so gehen. Jack fuhr an den Straßenrand, machte den Motor aus und öffnete die Tür. Ein Schwall heißer Luft traf ihn und nahm ihm fast die Luft. Es war draußen tatsächlich noch wärmer als in der Kabine seines Trucks, obwohl die Klimaanlage defekt war. Die feuchten Flecken auf seinem armeegrünen Muskelshirt waren beinahe getrocknet, bevor er die kurze Strecke zu den mickerigen Büschen zurückgelegt hatte, die am Rande eines staubigen Platzes wuchsen.

Natürlich hätte er sich auch gleich hinter seinem Truck erleichtern können, aber so dicht an der Straße stehend hätte er ein ungutes Gefühl gehabt. Außerdem tat ihm die Bewegung gut, nachdem er stundenlang nahezu regungslos hinter dem Steuer gesessen hatte. Er hob die Arme über den Kopf und streckte sich, bis es im Rücken knackte. Wenn dieser Auftrag erledigt war, musste er unbedingt eine kleine Entspannungspause einlegen. Ein paar Tage Ruhe und ein bisschen wohldosierte Bewegung würden ihm guttun. Vielleicht würde er dann auch seine Mutter besuchen, die er, obwohl sie gar nicht so weit entfernt wohnte, viel zu lange nicht mehr gesehen hatte. In den letzten drei Jahren hatte er all seine Zeit und Energie darauf verwendet, sein Ein-Mann-Transportunternehmen zum Laufen zu bringen. Davor … Nein, darüber würde er jetzt nicht nachdenken.

Jack trat vor einen Busch, blickte noch einmal um sich und zog dann mit einem Seufzer den Reißverschluss hinunter. Mit geschlossenen Augen atmete er tief ein und genoss die Sonnenstrahlen und die zwar staubige, aber dennoch frische Luft. Freiheit, unendliche …

Erschrocken zuckte er zusammen, als plötzlich ein Motor ansprang und losröhrte. Selbst mit geschlossenen Augen erkannte er sofort den Klang seines Trucks. Eilig zog er den Reißverschluss wieder hoch. Während Jack noch den Knopf schloss, rannte er auch schon los. Die Abgaswolke bewies ihm, dass er sich nicht getäuscht hatte. Irgendjemand saß in seinem Truck und wollte damit abhauen! Jack war noch mindestens zwanzig Meter entfernt, als der Fahrer Gas gab und der Lastwagen sich langsam in Bewegung setzte. Laut fluchend rannte Jack schneller, aber es war aussichtslos, er konnte den Wagen nicht mehr einholen. Sein Truck entfernte sich weiter und ließ ihn in einer Abgas- und Staubwolke zurück. Hustend blieb er mitten auf der Fahrbahn stehen. *Verdammt, das durfte doch nicht wahr sein!* Die Gegend war völlig verlassen, woher kam da auf einmal ein Dieb?

Jack stützte die Hände in die Hüften. *Toll, ganz toll!* Automatisch wollte er nach seinem Handy greifen, doch das lag natürlich im Truck – genauso wie seine Papiere und der Rest seiner Kleidung. Nun stand er ziemlich nackt da. Jack sah an sich hinunter. Glücklicherweise hatte er wenigstens seine Jeans, das Shirt und die Stiefel trotz der Hitze anbehalten, auch wenn er darüber nachgedacht hatte, sich ihrer wenigstens für einige Minuten zu entledigen. Noch nicht einmal eine Sonnenbrille hatte er dabei, da sie die Sicht durch die getönte Scheibe seines Trucks zu sehr einschränkte.

Gegen die Sonne blinzelnd blickte er sich um. Der Ort sah noch genauso trostlos aus wie vor einigen Minuten, als er hier angehalten hatte. Eine staubige Piste, verwahrloste Gebäude, ein paar verdorrte Bäume und Büsche. Ein abgestorbener Strauch rollte über die Straße, von einem leichten Wind angetrieben. Fast bildete Jack sich ein, den Klang einer Mundharmonika zu hören, die das ›Lied vom Tod‹ anstimmte. Okay, bevor auch noch Charles Bronson neben ihm auftauchte, sollte er lieber Hilfe suchen.

Mit langen Schritten eilte Jack auf die erste Hütte zu. Die Tür hing schief in den Angeln und wirkte nicht sonderlich stabil, deshalb klopfte er an den Türrahmen. »Hallo?«

Niemand antwortete, nichts rührte sich. Jack wartete einige Sekunden, dann schob er die Tür ein Stück auf. Angewidert betrachtete er den heruntergekommenen Raum. Nein, hier wohnte seit Langem niemand mehr. Selbst wenn es früher ein Telefon gegeben hatte, wäre es inzwischen längst abgemeldet. Er wollte gerade umkehren, als die Tür knarrte. Langsam kippte sie auf ihn zu und landete dann mit einem lauten Krachen auf dem Boden. Jack konnte gerade noch mit einem Sprung zur Seite ausweichen. Fluchend ging er allen weiteren Gefahrenquellen aus dem Weg, untersuchte rasch das Gebäude und versuchte es dann beim nächsten. Doch auch dieses Haus war unbewohnt – in diesem Geisterort schien, wie zu erwarten, niemand mehr zu leben. Die Sandschicht in den Häusern wies keine Fußspuren auf, die Stille war absolut. An einem Pfahl hing ein völlig verblichenes Schild mit zahllosen Einschusslöchern: *Willkommen in Dead End*. Oh ja, willkommen! Der Name passte gut zu diesem verlassenen Kaff.

Jack trat auf die Schotterpiste zurück und wischte sich den Schweiß von der Stirn. Es wurde Zeit, sich mit der Situation abzufinden. Am Highway würde ihn sicher jemand mitnehmen. Nun, vermutlich keine Frau mit Kindern, so wie er aussah, aber bestimmt einer seiner Kollegen. Erst einmal musste er allerdings die Strecke bis zum Highway hinter sich bringen. Warum hatte er nicht einfach hinter der ersten Kurve angehalten? Dann stände sein Truck noch da, und selbst wenn nicht, hätte er wesentlich schneller eine Mitfahrgelegenheit gefunden. Mit einem Ruck zog Jack das Shirt über den Kopf und schlang es um seinen Nacken. Seine Wut auf den Dieb und die eigene Dummheit half ihm, auf der verlassenen Straße zügig voranzukommen. Weil seine Gedanken ausschließlich auf das Ziel gerichtet waren, den Mistkerl zu erwischen und seinen Truck wiederzubekommen, hörte er das Motorengeräusch zunächst gar nicht.

Bevor er sich umdrehen konnte, war das Motorrad an ihm vorbeigerast und hatte ihn in eine dichte Wolke feinen Sandes gehüllt. Hustend und spuckend drehte Jack sich zur Seite, um wenigstens seine Augen vor den Sandkörnern zu schützen. Verdammter Idiot! Es war lebensgefährlich, auf dieser Straße dermaßen schnell zu fahren. Ohne davon zu reden, dass man Menschen, die hier entlanggingen, viel zu spät erkennen konnte. Als sich der Staub gelegt hatte, sah er etwa hundert Meter vor sich das Motorrad mitten auf der Straße stehen. Der Fahrer hatte seine Beine zu beiden Seiten auf den Boden gestellt und blickte zu ihm zurück. Jack bezwang den Impuls, dem Typen seinen Mittelfinger zu zeigen. Vielleicht konnte er ja jemanden für Jack benachrichtigen. Mit gleichmäßigen Schritten ging er weiter die Straße entlang, er würde sich auf keinen Fall beeilen. Zu oft hatte er in seiner Jugend selbst so getan, als würde er jemanden mitnehmen, um dann im letzten Moment weiterzufahren.

Jack verzog den Mund. Es würde ihm recht geschehen, wenn sich der Biker entschloss, nicht so lange zu warten. Einige Meter weiter stoppte er abrupt. Auf dem Motorrad saß – in Jeans, knöchelhohe Stiefel und T-Shirt gekleidet – eine Frau! Während er betont langsam weiterging, wanderten seine Augen über ihren Körper. Lange, schlanke Beine steckten in einer engen Jeans, das weiße, enge T-Shirt klebte an ihrem Oberkörper. Die langen, roten Haare hatte sie zu einem Zopf geflochten. Einzelne Strähnen waren daraus entkommen und kringelten sich um ihr Gesicht. Eine dunkle Sonnenbrille verbarg ihre Augen. Trotz der Hitze trug sie dünne Wildlederhandschuhe.

»Hey Süßer, wenn du dich nicht beeilst, bekommst du noch einen Sonnenbrand!«

Jacks Augen zogen sich zusammen. Anscheinend hatte sie keine Ahnung, wie gefährlich es sein konnte, in dieser verlassenen Gegend einen Mann zu provozieren. Ohne zu antworten, ging er weiter auf sie zu – bis er so dicht vor ihr stand, dass er einen Hauch ihres Parfüms erahnen konnte. »Es braucht schon einiges mehr, bis ich mich verbrenne.«

Am Zucken ihrer Augenbraue erkannte er, dass sie die doppelte Bedeutung seiner Worte durchaus verstanden hatte. Trotzdem behielt sie ihr Lächeln bei und blickte demonstrativ auf seine nackte Brust. »Ja, das kann ich mir vorstellen. Was machen Sie hier so ohne fahrbaren Untersatz?«

»Gehen.«

»Haha.«

Ein widerwilliges Zucken hob seinen Mundwinkel. »Gekommen bin ich mit dem Truck, dann ist er ohne mich weitergefahren.«

»Freundin auf Rachefeldzug?«

»Nein, eher ein Dieb.«

Sie schob eine Strähne hinter ihr Ohr und musterte ihn eine Weile schweigend. Wahrscheinlich versuchte sie herauszufinden, ob er die Wahrheit sagte. »Kann ich irgendwie helfen?«

Sie schien keinerlei Angst vor ihm zu haben, dabei musste er in seinem verschwitzten, staubigen und halb nackten Zustand wie der Teufel persönlich wirken.

»Ich wollte zum Highway zurück und mir dort eine Mitfahrgelegenheit suchen.«

Wieder hob sie ihre Augenbraue. »Wollen Sie nicht die Polizei rufen?«

»Erst versuche ich, den Truck selbst wiederzufinden. Wenn das nicht klappt, wende ich mich an die Polizei.«

»Aha.«

»Was soll das denn heißen?«

»Aha heißt aha.« Ihr Lächeln verschwand. »Haben Sie heiße Ware geladen?«

Jack ballte die Hände zu Fäusten, um sie ihr nicht um die Gurgel zu legen. Stattdessen ging er innerlich kochend an ihr vorbei, weiter auf den Highway zu.

»He, warten Sie!«

Jack reagierte nicht auf ihren Ruf. In seinem Leben hatte er schon viel Mist gebaut, aber sein Ein-Mann-Transportunternehmen hatte er selbst aufgebaut – und er war verdammt stolz darauf. Niemand hatte das Recht, ihn illegaler Machenschaften zu beschuldigen, erst recht nicht so eine … Frau. Die Erinnerung daran, warum er seinen Job aufgeben musste und Trucker geworden war, drängte sich ungewollt in sein Bewusstsein. Auch damals waren ihm ungerechtfertigte Vorwürfe gemacht worden. Brennende Wut ließ ihn für einen Moment die flirrende Hitze und den allgegenwärtigen Staub vergessen.

Lissa Cameron starrte dem Mann hinterher und seufzte dann. Sie hatte immer noch nicht gelernt, ihre Gedanken für sich zu behalten. Was der Fremde in seinem Truck transportierte, war nun wirklich nicht ihr Problem. Eigentlich sollte sie einfach wegfahren und ihn hier in der Hitze zurücklassen, aber sie konnte sich nicht dazu durchringen. Dafür sah er einfach zu scharf aus mit der engen Jeans, den kurzen, schwarzen Haaren und dem nackten Oberkörper, der seine gebräunte Haut und durchtrainierte Muskulatur zeigte. Und die ganze Situation war ihrem Traum einfach zu ähnlich, um sie ignorieren zu können. Wenn nur die vage Möglichkeit bestand … Sie schüttelte den Kopf. Egal, sie würde ihm auf jeden Fall helfen und dann sehen, wohin es führte. Schon vor langer Zeit hatte sie gelernt, in manchen Situationen einfach ihrem Bauch zu vertrauen.

Lissa drehte am Gasgriff und lauschte dem Aufheulen des Motors. *Gott, sie liebte diese Maschine!* Zu lange war sie schon nicht mehr dazu gekommen, so eine ausgedehnte Tour zu machen, die Geschwindigkeit zu genießen und den Wind zu spüren, der an ihren Haaren und ihrer Kleidung riss. Auf der Harley konnte sie die Landschaft ganz anders erleben als im Auto. Sie fuhr nicht einfach nur daran vorbei, sondern war mittendrin, ein Teil der Natur, und konnte sich in ihr verlieren. Sobald sie sich auf die Harley schwang, war jeder andere Gedanke, waren alle Sorgen und Probleme vergessen. Sämtliche Konzentration ruhte darauf, die schwere Maschine zu beherrschen, sie mit dem gesamten Körper zu lenken. Außerdem hatte sie dringend eine Auszeit von ihrer Arbeit gebraucht, einfach ein paar Wochen nur für sich alleine, um neue Kraft zu tanken. Je näher der Urlaub rückte, desto unruhiger war sie geworden. Als sie dann endlich ihr Gepäck verstaut hatte und auf dem Motorrad saß, hätte sie vor Freude laut schreien können. Vielleicht hatte sie das sogar kurz getan.

Lissa zwinkerte ein paarmal, bis ihr Blick sich wieder klärte. Der Fremde war inzwischen weitergegangen, die Entfernung wuchs mit jedem seiner raumgreifenden Schritte. Vielleicht sollte sie mit dem Träumen aufhören und endlich handeln. Langsam fuhr sie hinter dem Mann her. Als sie direkt neben ihm war, konnte sie erkennen wie wütend er war. Ein Muskel zuckte in seinem Kiefer, seine Augen blickten starr geradeaus. Leider konnte sie nicht erkennen, welche Farbe sie hatten, aber sie tippte auf ein dunkles Braun. Zumindest würde das gut zu seiner gebräunten Haut passen.

»Ich wollte Sie nicht beleidigen.« Keine Reaktion. »Es tut mir leid.«

Er blieb stehen und starrte sie an. Lissa stellte die Füße auf den Boden und wartete gespannt auf seine Erwiderung. Ein knappes Nicken war die einzige Antwort auf ihre Entschuldigung. Er schien sowieso nicht von der freundlichen oder gesprächigen Sorte zu sein. Kein Problem, im Notfall konnte sie für zwei Leute reden.

»Wollen Sie nun meine Hilfe oder nicht?«

»Hilfe welcher Art?«

Lissa verdrehte hinter der Sonnenbrille die Augen. »Ich könnte einen Hubschrauber besorgen oder vielleicht doch lieber ein Raumschiff?« Aha, sein zuckender Mundwinkel war sicher ein gutes Zeichen. »Wollen Sie nun ein Stück mitfahren oder nicht?«

Zweifelnd blickte er zuerst ihr Motorrad und dann sie an. Es war offensichtlich, was er von beidem hielt.

Lissa hob eine Hand, bevor er sich äußern konnte. »Sagen Sie lieber nichts gegen meine Maschine, sonst ziehe ich mein Angebot zurück.«

»Okay.«

»Okay, Sie sagen nichts oder okay, Sie fahren mit?«

»Beides.«

»Oh. Na dann …« Lissas Blick fiel auf seine nackte Brust. »Ziehen Sie sich lieber wieder an, sonst kühlen Sie während der Fahrt aus.«

Wortlos gehorchte er. Ein männliches Wesen, das auf sie hörte … faszinierend. Noch nicht einmal ihr Hund tat, was sie ihm befahl. Nun, zumindest nicht immer. Während Lissa ihn aus den Augenwinkeln beim Anziehen beobachtete, schnallte sie den Rucksack von ihrem Sitz. Er würde ihn aufsetzen müssen, sonst hatten sie zu zweit nicht genug Platz. Es war so schon eng genug wegen der großen Gepäcktaschen, die auf jeder Seite am Motorrad hingen. Aber für ein paar Kilometer würde es sicher gehen. Bedauernd nahm sie zur Kenntnis, dass das Muskelshirt nun zu großen Teilen den spektakulären Oberkörper verdeckte. Vielleicht konnte sie ihn dazu bringen, es später noch einmal auszuziehen. *Ja, träum weiter.* Vermutlich würde er ihr noch nicht einmal die Uhrzeit sagen, geschweige denn ihre erotischen Fantasien erfüllen. Sie hielt ihm den Rucksack hin. Als er ihn nicht entgegennahm, warf sie ihn gegen seine Brust. Aus Reflex fing er ihn auf.

»Aufsetzen, und dann setzen Sie sich hinter mich.«

»Hinter?«

»Natürlich, oder dachten Sie, ich würde jemanden einfach so an meine Harley lassen?«

»Vermutlich nicht.«

»Genau.«

Als er sich hinter sie schwang, stabilisierte sie die Maschine mit den Beinen. Sie zuckte zusammen als seine Hüfte an ihre stieß, dann seufzte sie lautlos. Das fühlte sich *dermaßen* gut an. Okay, genug geschwelgt, es war an der Zeit, weiterzufahren, bevor sie Wurzeln schlugen.

»Alles klar?«

»Ja.«

»Dann halten Sie sich lieber gut fest.« Über die Schulter blickte sie ihn an. »Und noch etwas: bewegen Sie sich immer mit mir, nie gegen mich, sonst liegen wir innerhalb kürzester Zeit im Staub.«

2

Wie sinnvoll ihr Rat war, erkannte Jack bereits nach wenigen Sekunden. Es schien für sie kein normales Tempo zu geben, nur Stillstand oder ›voll Stoff‹. Nachdem er schon beim ersten Gasgeben fast hinten überkippte, schlang er rasch seine Arme um ihre Taille. Er gab es nur ungern zu, aber es hatte etwas seltsam Erregendes, das Vibrieren der Maschine zu spüren und gleichzeitig eine Frau in den Armen zu halten. Der Fahrtwind zerrte an seinen Haaren, drang in sein Shirt und kühlte trotz der glühenden Hitze seinen Körper. Hochwirbelnder Sand piekste wie Nadeln in seine Haut und drang in seine Augen. Fluchend beugte er sich weiter vor und vergrub sein Gesicht im Nacken der Fahrerin, um sich zu schützen. Er hatte sich nicht getäuscht, was ihr Parfüm anging. Ein frischer, nur leicht süßer Duft, der sehr gut zu dem passte, was er bisher von ihr gesehen hatte.

»Müssen Sie so rasen?« Seine Frage wurde fast vom Fahrtwind und dem lauten Motorengeräusch übertönt.

»Nein, aber es macht Spaß. Angst?« Sie drehte sich halb zu ihm um.

»Verdammt, sehen Sie nach vorne!«

Ihr Lachen wehte zu ihm zurück. Sie war eindeutig verrückt! Das, oder ungeheuer leichtsinnig. Beides keine Charaktereigenschaft, die er im Moment besonders schätzte. Vielleicht hätte er doch lieber zu Fuß weitergehen sollen, dann würde er zumindest lebendig irgendwo ankommen. Ihm wurde flau im Magen, als sie mit einem heftigen Ruck über die Kante zur Asphaltstraße flogen. In Erwartung eines fatalen Sturzes schloss er die Augen, doch nichts passierte. Im Gegenteil, in noch schnellerem Tempo als zuvor rasten sie die Rampe zum Highway hinauf.

Er benetzte seine staubtrockenen Lippen, bevor er sich zu ihrem Ohr beugte. »Danke, Sie können mich hier absetzen.«

»Ach wo, ich bringe Sie einfach zum nächsten Rastplatz, dort können Sie sich dann eine andere Mitfahrgelegenheit suchen.«

»Das ist wirklich nicht nötig …«

»Kein Problem, ich habe gerade nichts Besseres zu tun.«

Haarscharf schossen sie vor einem Pick-up auf die Fahrbahn. Bremsen quietschten, eine Hupe dröhnte. Jack klammerte sich fester an die Fremde und biss die Zähne zusammen. Noch ein paar solcher Manöver und er war ein toter Mann. Schon jetzt schien sein Herz im dreifachen Tempo zu schlagen, er stand kurz vor einem Infarkt.

»Etwas langsamer bitte.«

Sie blickte wieder zu ihm zurück und schien an seiner Miene zu erkennen, dass er es ernst meinte. Mit gedrosselter Geschwindigkeit ordnete sie das Motorrad auf der mittleren Fahrbahn ein. Er wollte sich bei ihr bedanken, aber er war zu sehr damit beschäftigt, seinen Mageninhalt davon abzuhalten, sich auf ihr T-Shirt zu ergießen. Das fände sie dann sicher nicht mehr lustig. Der Gedanke daran stimmte Jack fast heiter. Aber nur fast. Sein verkrampfter Griff um ihre Taille löste sich etwas, er rückte ein kleines Stück von ihr ab. *Klatsch!* Ihr Zopf flog durch die Luft und landete erneut in seinem Gesicht. Jack versuchte sich zu ducken, aber irgendwie schienen die Haare stets genau zu wissen, wo er gerade war, immer wieder schlug der Zopf an seinen Kopf. Schließlich wurde es ihm zu viel, er schnappte ihn sich mit einer Hand und stopfte ihn in den Kragen ihres T-Shirts.

»Was … oh.« Lissa verstummte, als sie erkannte, dass der Mann sich nur vor ihren Haaren schützte. Seine Finger an ihrem Hals zu fühlen, war überraschend gewesen, aber irgendwie auch … aufregend. Genervt verdrehte sie die Augen. Hatte sie es dermaßen nötig, dass ihr selbst die Berührung von einem nicht ganz frisch riechenden Unbekannten einen Schauer über den Rücken rieseln ließ?

Ihrer Freundin Erin hatte sie versprochen, endlich aus ihren Träumen aufzuwachen und sich mit einem netten, ›normalen‹ Mann zu verabreden. Nun, das tat Lissa auch hin und wieder, aber es war so furchtbar langweilig. Irgendwie schien nie derjenige dabei zu sein, der ihr Herz wirklich zum Klopfen brachte. Außerdem lebte sie auch sehr gut ohne einen Mann an ihrer Seite. Nur manchmal sehnte sie sich danach, jemanden zu haben, mit dem sie lachen und reden konnte, der sie verstand, und mit dem sie auch mal etwas Verrücktes anstellen konnte.

Aber jetzt war sie hier, in der Freiheit, und sie konnte nichts Schlechtes daran finden, wenn sie jemandem einen langen Fußmarsch ersparte. Natürlich war so etwas nicht ganz ungefährlich, aber auch wenn der Fremde ziemlich düster und ein wenig heruntergekommen aussah, hatte sie doch gespürt, dass er keine Gefahr für sie darstellte. Zumindest keine körperliche. Warum das so war, wusste sie auch nicht.

Seine Hände lagen warm um ihrer Taille, sein Körper presste sich an ihren Rücken. Wenn es nach ihr ginge, könnten sie noch ein paar Stunden so weiterfahren, aber schließlich waren sie nicht zum Spaß hier, sondern um ihrem geheimnisvollen neuen Freund wieder zu seinem Truck zu verhelfen. Es war ihr zwar ein Rätsel, wie man so etwas Großes verlieren konnte, aber vielleicht würde sie es noch erfahren.

Sie setzte den Blinker und fuhr die Abfahrt hinunter zu einem Rastplatz mit kleinem Diner. Hier würde sicher Hilfe zu finden sein. Langsam ließ sie die Harley ausrollen und stellte den Motor ab. Sofort stieg ihr Fahrgast von der Maschine und entfernte sich ein paar Schritte. Lissa verkniff sich ein Grinsen als sie sah, dass er ein wenig taumelte. Die Männer von heute waren aber auch wirklich nichts mehr gewohnt. Aufmerksam beobachtete sie, wie sich seine Gesichtsfarbe langsam wieder normalisierte. Mit den Fingern fuhr er durch seine vom Wind zerzausten, schwarzen Haare und offenbarte dabei eine Tätowierung auf der Innenseite seines Oberarmes. Als er ihren neugierigen Blick bemerkte, ließ er rasch die Arme wieder sinken.

»Danke fürs Mitnehmen.« Damit gab er ihr den Rucksack zurück, drehte sich um und verschwand schnellen Schrittes in der Raststätte.

Ungläubig verfolgte Lissa diesen Abgang. Das war alles? Okay, er hatte sich bedankt, aber er hätte sich wenigstens vernünftig von ihr verabschieden können. Außerdem war ihre Neugierde, was den Fremden anging, noch lange nicht befriedigt. Nein, so leicht ließ sie sich nicht abfertigen. Rasch stieg sie von der Maschine, zog den Schlüssel ab, schwang sich den Rucksack über die Schulter und schlenderte ins Diner. Nur einige wenige Gäste saßen auf den verkratzten Kunstlederbänken, an der Theke lehnte ein bulliger Mann mit Lederweste und langen, verfilzten Haaren. Er schien interessiert zu lauschen, was der gestrandete Fremde gerade der Bedienung erzählte.

Lissa trat an die Theke, zog die Handschuhe aus und lehnte ihre Ellbogen auf die polierte Oberfläche.

»… per Funk eine Beschreibung weitergeben. Wenn ihn jemand sieht …« Er brach ab, als er sie neben sich bemerkte. »Was machen Sie denn noch hier?«

Lissa wickelte das Zopfende um ihren Finger und lächelte ihn süßlich an. »Nachdem ich so lange in der Hitze war, kann ich einen kalten Drink gebrauchen.« Sie wandte sich an den Mann hinter der Theke, auf dessen Namensschild ›Randy‹ stand. »Ich hätte gerne ein Bitter Lemon mit viel Eis.«

»Kommt sofort, junge Dame.«

Jack musterte sie forschend. Irgendetwas an ihr machte es ihm unmöglich, sie zu ignorieren. Vielleicht hatte sie wirklich Durst, aber es kam ihm eher so vor, als wäre sie neugierig, was er vorhatte – und sein Instinkt hatte ihn bisher selten getäuscht. Er beobachtete, wie sie das Getränk an die Lippen hob und das halbe Glas in einem Zug leerte. Ihr lauter Seufzer vibrierte in seinem Innern.

Er wandte sich wieder an den Wirt. »Du hast ihn hier also nicht vorbeikommen sehen, Randy?«

»Nein, er wäre mir sicher aufgefallen, es war nicht besonders viel los. Aber die Idee mit dem Funk ist nicht schlecht, irgendein Trucker sieht ihn bestimmt.« Jack nickte und trank einen Schluck von dem Wasser, das ihm Randy netterweise ohne Bezahlung zur Verfügung gestellt hatte. »Nur, wie willst du dort hinkommen, wenn ihn jemand findet? Ohne Geld, ohne Papiere, ohne Fahrzeug?«

»Per Anhalter.«

Randy schüttelte den Kopf. »Das wird wohl kaum klappen.«

»Wir werden sehen. Hast du ein Funkgerät?«

»Nein, ich bin aufs Handy umgestiegen. Aber Rob hier ist mit seinem Truck unterwegs.« Er deutete auf den Hünen neben Jack.

Dieser hatte den Kopf in die Hände gestützt und schien angestrengt nachzudenken. »Ich soll Sie mitnehmen?«

»Nein, ich müsste nur kurz Ihr Funkgerät benutzen.«

»Das ist okay. Meine … Frau hätte wohl nur etwas dagegen, wenn ich jemanden mitnehmen würde. Sie ist sehr eigen, wer in ihren Truck darf.«

Hinter sich hörte Jack ein unterdrücktes Geräusch, das fast wie ein Kichern klang, aber er ignorierte es. »Danke. Könnten wir rausgehen und die Sache gleich erledigen?«

Lustlos erhob sich der Trucker und schlurfte zur Tür.

»Wie wollen Sie denn kontaktiert werden?« Die Stimme der Rothaarigen erklang dicht hinter ihm.

Jack drehte sich nicht um. »Lassen Sie das mal meine Sorge sein.«

Als er Rob hinausfolgen wollte, legte sie ihre Hand auf seinen Arm. »Ich meinte das ernst. Wollen Sie die ganze Zeit hier sitzen und darauf warten, benachrichtigt zu werden?«

»Wenn es sein muss.«

»Das ist doch idiotisch. Mit einem Handy wären Sie mobil und könnten dem Truck gleichzeitig folgen.«

»Nette Idee. Mein Handy liegt aber zusammen mit dem Geld und meinen Papieren im Truck. Ich habe nur das bei mir, was Sie vor sich sehen.« Er breitete die Arme aus.

Sie lachte melodisch, während ihr Blick seinen Körper hinab- und wieder hinauffuhr. »Beeindruckend.«

Jacks Augen verengten sich. »Sehr witzig.« Damit drehte er sich wieder um und wollte Rob folgen, doch wieder hielt sie ihn auf.

»Ich habe ein Handy dabei.«

»Schön für Sie.«

Sie bat Randy um einen Stift und schrieb dann ihre Telefonnummer auf einen Bierdeckel. Sie drückte ihn Jack in die Hand. »Geben Sie diese Nummer an.«

»Was …«

»Gehen Sie, Rob wird sicher nicht ewig warten, sonst bekommt er Ärger mit seiner … *Frau*.«

Jack blickte sie eine Weile an, dann ging er hinaus, ohne ein Wort zu sagen oder sich zu bedanken.

»Ich habe noch nie einen Mann gesehen, der so widerwillig die Telefonnummer einer attraktiven Frau entgegengenommen hat.«

Lissa strahlte Randy an. »Manche muss man eben zu ihrem Glück zwingen. Geben Sie mir bitte noch ein Bitter Lemon, ich glaube, es wird eine Weile dauern, bis ich weiterfahren kann.«

Sie behielt recht. Nach einigen Minuten kehrte der Fremde zurück und setzte sich wieder auf den Barhocker, ohne sie anzusehen. Schweiß perlte von seiner Stirn und lief über seine Schläfen, sein Mund war zu einer geraden Linie zusammengepresst. Er sah nicht besonders glücklich aus.

»Haben Sie eine Bankkarte, Kreditkarte oder Ähnliches?«

Er nahm einen großen Schluck Wasser, bevor er sie ansah, als wäre sie nicht besonders intelligent. »Ja. In meinem Truck.«

»Meinen Sie nicht, es wäre eine gute Idee, die Karte sperren zu lassen, damit die Diebe sich nicht auch noch an Ihrem Geld gütlich tun können?«

Eine Weile sagte er gar nichts, dann winkte er Randy heran. »Könnte ich mal dein Telefon benutzen?«

»Klar.«

Die Telefonnummern waren schnell bei der Auskunft besorgt. Während er in der Warteschleife seiner Bank hing, warf er ihr einen düsteren Blick zu. »Wollen Sie nicht langsam weiterfahren?«

»Nein, dafür ist es viel zu interessant hier.«

»Wie …« Seine Antwort wurde unterbrochen, als sich jemand meldete. »Mein Name ist Jack Tease. Meine Bankkarte wurde mir gestohlen, und ich möchte sie sperren lassen.« Er hörte zu, während er gleichzeitig Lissa erneut mit den Augen durchbohrte. »Die Nummer lautet …« Aus dem Gedächtnis spulte er eine scheinbar endlose Zahl ab. »Ja. Danke. Könnten Sie mir vielleicht telegrafisch Geld anweisen lassen?« Die Antwort schien ihn nicht glücklich zu stimmen. »Nein, mein Ausweis war in meinem Portemonnaie mit der Karte. Trotzdem danke.« Er verabschiedete sich und legte den Hörer auf die Gabel zurück. »Verdammt.« Sie setzte an, etwas zu sagen, doch er hob den Finger. »Sagen Sie jetzt nichts!«

Damit nahm er erneut den Hörer in die Hand, um seine Kreditkarte ebenfalls zu sperren. Anschließend trank er wieder etwas Wasser, bevor er sich ihr zuwandte. Das Funkeln in seinen Augen wirkte bedrohlich. Unwillkürlich rutschte sie ein Stück auf ihrem Hocker zurück.

»Finden Sie es eigentlich richtig, sich über jemanden lustig zu machen, der einen verdammt schlechten Tag hat?«

Lissas Ohren wurden vor Verlegenheit heiß. Es stimmte, sie hatte sich wirklich ein wenig über ihn amüsiert und dabei nicht realisiert, wie furchtbar es für ihn sein musste, bestohlen und ohne Geld und fahrbaren Untersatz hier gestrandet zu sein. Er befand sich tatsächlich in einer ziemlich miesen Situation.

Langsam nahm sie die Sonnenbrille ab und strich sich eine Haarsträhne aus dem Gesicht. »Mir tut leid, was Ihnen passiert ist. Für Sie ist die Situation sicher sehr unangenehm, das weiß ich. Aber wenn Sie sich erinnern, habe ich Sie dort draußen mitgenommen und hierher gebracht, und das, obwohl Sie nicht gerade vertrauenerweckend aussehen und sich auch nicht wirklich höflich benommen haben.«

Jack brummte nur etwas Unverständliches vor sich hin. Er wusste selbst nicht, warum er die junge Frau eben angegriffen hatte, denn sie hatte ihm tatsächlich geholfen. Wahrscheinlich nervte ihn gerade diese Hilfsbereitschaft, doch an einem Betroffenheitsquicky hatte er in dieser Situation wirklich kein Interesse.

Irritiert beobachtete er, wie sie ihren Rucksack hochhob und anfing, darin herumzukramen. Was hatte sie denn jetzt vor? Kurze Zeit später hatte sie gefunden, was sie suchte, und legte es mit einem Klacken direkt neben seine Hand. Sie beugte sich zu ihm hinüber und blickte ihn erwartungsvoll an. Ihre Augen waren außergewöhnlich, von einem intensiven Violett und umsäumt von dichten Wimpern, die wesentlich dunkler waren als ihre roten Haare. Für einen Moment vergaß er, wer und wo er war. Ein Hauch von Parfüm und erhitzter Frau stieg in seine Nase. Seine Haut begann zu kribbeln, als ihre Hand seinen Arm streifte.

»Was soll das?« Er erkannte seine eigene Stimme kaum wieder.

»Das ist ein Handy. Meins, um genau zu sein. Auf diesem Telefon werden bald Ihre Truckerfreunde anrufen und Ihnen hoffentlich mitteilen, wo der Lastwagen sich jetzt befindet.« Jack wollte danach greifen, doch sie schlug seine Hand zurück. »Dieses Handy gibt es nur zusammen mit mir.« Sie grinste, als sie seine fassungslose Miene sah. »Übrigens, ich bin Lissa, Lissa Cameron.«

3

»Warum tun Sie das?« Jack stand neben dem Motorrad und beobachtete, die Hände in den Hosentaschen vergraben, wie Lissa die Packtaschen ein wenig nach hinten verlagerte, damit sie zu zweit mehr Platz hatten.

Sie zuckte mit den Schultern. »Um ehrlich zu sein: keine Ahnung. Vielleicht habe ich heute einfach meinen hilfsbereiten Tag. Freuen Sie sich darüber.«

Jack verzog den Mund. Der Gedanke, noch einmal auf diese Höllenmaschine steigen zu müssen, war nicht gerade erfreulich. »Kann ich fahren?«

Lissa blickte ihn an und grinste. »Keine Chance. An mein Baby lasse ich niemanden, nicht einmal meinen Mann.«

»Sie sind verheiratet?« Wie kam es, dass der Gedanke ihn störte?

»Nein, aber wenn ich es wäre, würde ich ihn trotzdem nicht fahren lassen.« Sie nahm ihm das Handy ab und steckte es von innen an ihre Jeans.

Entgeistert starrte Jack darauf. Sein Mund wurde trocken, krampfhaft bemühte er sich, zu schlucken. »Was …?«

Sie folgte seinem Blick. Lachend tätschelte sie die Beule. »Das Klingeln höre ich während der Fahrt nicht, aber wenn es vibriert und dabei direkt an meiner Haut liegt, merke ich es.« Sie berührte seinen Arm. »Keine Angst.«

Jack riss den Blick von ihr los und schaute auf seine Stiefel hinab. Diese Frau war ihm wirklich ein Rätsel. Er hatte noch nie jemanden getroffen, der so … frei und unbekümmert war.

Sie sprühte förmlich vor Lebensfreude, es war, als hätte sie keine einzige Sorge auf der Welt. Ungewöhnlich. Was tat sie überhaupt allein in dieser Einöde?

Die Frage hatte er wohl laut gestellt, denn sie antwortete ihm. »Urlaub. Einmal alles hinter mir lassen und machen können, was ich will. Es ist herrlich.«

»Was machen Sie denn sonst so?« Jack biss sich auf die Lippe. Er hatte das nicht fragen wollen. Hinterher würde sie noch denken, er hätte Interesse an ihr.

Sie zwinkerte ihm zu. »Das bleibt vorerst mein Geheimnis. Aber ich hätte auch eine Frage an Sie.«

»Welche?«

»Warum waren Sie überhaupt auf dieser verlassenen Straße?«

Jacks Wangen erwärmten sich. »Ich musste … ich habe gerade …« Er brach ab und deutete in Richtung seines Hosenschlitzes.

»Masturbiert?«

Ein entsetztes Schnauben entkam ihm, bevor er es verhindern konnte.

Lachend berührte Lissa seine Schulter. »War nur ein Scherz.«

»Das hoffe ich doch.«

Kurze Zeit später saß er wieder hinter ihr auf dem Motorrad, während sie den Highway nach Westen entlangdonnerten. Jack war sich nicht sicher, ob es sinnvoll war, in dieser Richtung weiterzufahren, immerhin könnte der Dieb gewendet haben, aber irgendetwas musste er tun. Er konnte nicht den ganzen Tag tatenlos in dem kleinen Diner sitzen und darauf warten, dass etwas passierte. Außerdem wurde er diese merkwürdige Frau so vielleicht schneller wieder los. Lissa … Irgendwie passte der Name nicht zu ihr. Er hätte eher auf etwas Ausgefalleneres getippt. Savannah vielleicht, oder Tigerlily. Ein Lachen rumpelte tief in seiner Brust. Wenn sie ihn nicht gerade auf die Palme brachte, war sie wirklich eine Augenweide. Besonders das eng anliegende T-Shirt, das sie in ihre ebenso enge Jeans gestopft hatte, sodass sowohl ihre Brüste als auch ihre Hüfte besonders gut zur Geltung kamen, gefiel ihm sehr. Seine Finger schlossen sich für einen Moment enger um ihre Taille. Gut, dass sie seine Gedanken nicht lesen konnte, vermutlich hätte sie ihn in hohem Bogen von der Maschine geworfen.

Das Motorrad wurde schlagartig langsamer und rollte auf dem Seitenstreifen aus. Vielleicht hatte sie doch seine Gedanken erraten? Er wartete, bis sie den Motor abgestellt hatte, dann beugte er sich vor. »Was ist los?«

»Telefon.« Sie zog es aus ihrer Hose, entledigte sich ihrer Handschuhe, drückte den Knopf und hielt es ans Ohr. »Ja? Ja, einen kleinen Moment.« Mit einem Lächeln reichte sie ihm das Handy.

»Ja?« Er hörte einen Moment zu und nickte dann grimmig. »Ja, das ist er. Wo hast du ihn gesehen? Okay, vielen Dank, du hast was bei mir gut.« Jack gab das Telefon zurück. Die Wut stand ihm ins Gesicht geschrieben.

Gespannt blickte Lissa ihn an. »Hat jemand den Truck gesehen?«

»Ja. In der Nähe von Sonora. Also ein Stück vor uns auf dem Highway.«

»Gut, dann sind wir wenigstens in der richtigen Richtung unterwegs. Wenn wir uns beeilen, können wir ihn sicher einholen.«

»Dazu müssten wir fliegen können. Und ich habe keine Lust, von der Polizei angehalten zu werden, vor allem nicht ohne Papiere.«

Lissa befestigte das Handy wieder von innen an der Hose. Dabei erhaschte Jack einen Blick auf einen Streifen heller Haut. Rasch wandte er sich ab.

»Was haben Sie eigentlich gegen die Polizei?«

»Nichts Besonderes. Ich komme gut mit ihr aus, solange ich mich von ihr fernhalte.«

»Wer nicht.«

Jack strich mit der Hand durch seine Haare. »Ich bin einfach nicht dafür geschaffen, Befehle entgegenzunehmen.«

»Sind Sie deshalb nicht mehr bei der Army?«

Verblüfft sah er sie an. »Wie kommen Sie darauf?«

»Ihr Tattoo.«

Da er darauf nicht antworten wollte, versuchte er sie abzulenken. »Arbeiten *Sie* denn beim Militär?«

Lachend schüttelte Lissa den Kopf. »Ganz weit daneben.«

»Woher kennen Sie dann die Tätowierung?«

»Ich bin belesen.«

»Aha.« Er wartete auf eine weiterführende Erklärung, doch sie schwieg. Gut, wenn sie nichts über sich preisgeben wollte, dann würde er auch nicht weiter nachfragen. Es war sowieso besser, nicht so viel über sie zu wissen. Er würde sich wieder von ihr trennen, sobald sie den Truck gefunden hatten, und er wollte sich nicht zu sehr an Lissa gewöhnen. Schon jetzt fand er sie viel zu interessant für seine Gemütsruhe und er hatte eine Ahnung, dass es nur noch schlimmer werden würde, je mehr er über sie erfuhr. Und für eine Ablenkung hatte er momentan keine Zeit. »Fahren wir weiter?«

»Ihr Wunsch ist mir Befehl.« Lissa wartete, bis er seine Arme wieder um sie gelegt hatte, dann rollte sie los.

Sie fuhr schnell, aber nicht zu schnell. Die wüste Landschaft raste an ihnen vorbei. Aus den Augenwinkeln sah Jack riesige rötliche und graue Felder, die mit niedrigen Büschen bewachsen waren. Normalerweise genoss er diesen Anblick auf seinen langen Fahrten, aber heute hatte er keinen Sinn dafür. Er wollte nur eines: endlich seinen Truck wiederfinden.

Es kam ihm vor, als wäre eine Ewigkeit vergangen, bis sie schließlich dort ankamen, wo einer seiner Kollegen den Truck gesehen hatte. An der Tankstelle direkt hinter der Abfahrt nach Sonora lenkte Lissa das Motorrad an eine Zapfsäule, während Jack zielstrebig auf das kleine Gebäude zuging, in dem sich neben Snacks und gekühlten Getränken auch die Kasse befand. Er erklärte der Kassiererin die Situation und wartete dann angespannt auf ihre Reaktion.

»Ja, den Truck habe ich gesehen. Ist ja echt ein Mordsding.«

»Konnten Sie erkennen, wer darin saß?«

»Der Fahrer kam hier rein, um zu bezahlen.«

»Wie sah er aus?«

Die junge Frau zuckte mit den Schultern. »Unscheinbar, ziemlich dunkel vom Typ her. Vielleicht ein Mexikaner, jedenfalls hatte er einen Akzent. Er war ziemlich klein, ich habe gedacht …« Sie brach ab und errötete.

»Was?«

»Nun ja, dass der große Truck wohl ein Ausgleich für geringe … Manneskraft sein sollte.« Jack blickte sie mit hochgezogener Augenbraue an. »Bei Ihnen hätte ich das natürlich nicht gedacht.«

»Natürlich.« Jack spürte, wie jemand hinter ihn trat, und drehte sich rasch um. Lissa stand grinsend nur wenige Zentimeter von ihm entfernt. Es war klar, dass sie die Bemerkung der Kassiererin mitbekommen hatte. Mühsam verkniff er sich einen Fluch, denn er wusste, dass Lissa ihn jetzt wahrscheinlich gnadenlos damit aufziehen würde. »Schon fertig mit Tanken?«

»Nein.« Sie wandte sich an die Frau. »Die Kreditkarte funktioniert an der Säule nicht. Können Sie hier drinnen abziehen und die Zapfsäule Nr. 3 freischalten?«

»Klar. Ich behalte die Kreditkarte, bis Sie getankt haben.« Sie legte einen Hebel um. »So, alles bereit.«

Jack beobachtete, wie Lissa mit schwingenden Hüften hinausmarschierte, bevor er sich wieder umwandte. »Hat der Typ in meinem Truck auch mit Kreditkarte bezahlt?«

»Nein, bar. Das war auch etwas, das mich gewundert hat, normalerweise bezahlt niemand diese Menge Benzin mit Bargeld.«

»Wie viel hat er denn getankt?« Sein Tank war nur noch zu einem Achtel voll gewesen. Weit wäre der Dieb damit nicht mehr gekommen.

»Sah mir nach randvoll aus.«

»Danke für Ihre Hilfe.«

Während er durch den kleinen Laden schlenderte, rieb er über seine Stirn. Es sah so aus, als hätte der Dieb noch eine weite Fahrt vor sich, sonst hätte er sicher weniger getankt. Aber wo konnte er jetzt sein? Hoffentlich bekamen sie bald weitere Hinweise.

Er nahm eine Straßenkarte aus dem Ständer und schlug sie auf. Vermutlich würde der Täter weiterhin auf der Interstate 10 bleiben, denn hier in der Gegend gingen meist nur kleinere Straßen davon ab, die für einen so großen Truck schlecht zu befahren waren. Natürlich könnte es auch sein, dass er ihn nur in ein unbewohntes Gebiet brachte, die Ladung wegtransportierte und den Lastwagen ausschlachtete. Doch die Benzinmenge sprach eindeutig dagegen. Jack blickte auf seine Uhr. Etwa eine Stunde lag zwischen ihm und seinem Truck. Zwar war es jetzt erst früh am Nachmittag, aber sie würden einige Zeit brauchen, um die Entfernung aufzuholen.

»Wir können weiter.«

Jack drehte sich nicht zu ihr um. »Haben Sie eine Karte?«

»Ja, im Rucksack.« Lissa beugte sich über seinen Arm und blickte auf die Stelle, auf die sein Finger deutete. »Wir sind relativ nah an der mexikanischen Grenze. Was machen wir, wenn er dorthin will?«

»Ich weiß nicht, was *Sie* vorhaben, aber ich werde ihm natürlich folgen.«

»Aha.« Lissa nahm ihm die Karte aus der Hand und faltete sie ordentlich zusammen. »Dann hoffen Sie lieber, dass er auf US-Seite bleibt, sonst müssen Sie zu Fuß gehen.«

»Hören Sie ...«

Lissa zog ihn am Arm zur Tür. »Wenn wir uns nicht beeilen, wird sein Vorsprung noch größer.«

Widerwillig folgte Jack ihr. Diese Frau hatte irgendetwas an sich, das ihn ständig zur Weißglut brachte. Sie war so selbstbewusst und bestimmend – und er hasste es, herumkommandiert zu werden. Er hatte es schon damals bei der Army kaum ertragen können. Mit einem Ruck befreite er seinen Arm aus ihrem Griff und hakte seine Daumen in die Gürtellaschen. Wenn sie glaubte, er würde alles tun, was sie sagte, nur weil sie einen fahrbaren Untersatz hatte und er nicht ... dann hatte sie recht. Der Truck war der Grundpfeiler seines jungen Speditionsunternehmens, und er hatte nicht vor, ihn einfach so aufzugeben. Schon gar nicht, weil er kurz davorstand, die letzte Rate zu bezahlen.

Deshalb hatte er auch den Auftrag der Spedition *Bell & Hoppes Enterprises* angenommen, obwohl er normalerweise nicht als Subunternehmer arbeitete. Wenn er die Termine nicht einhalten würde, hätte er ein ziemliches Problem. Den guten Namen seines Transportservices hatte er sich durch absolute Pünktlichkeit und Zuverlässigkeit erworben. Sollte dieser Kunde nicht zufriedengestellt werden, würde sich das blitzschnell in der ganzen Branche herumsprechen. Vor allem, weil es sich auch um eine Spedition handelte. Der Konkurrenzdruck in diesem Bereich war enorm, besonders im Ballungsgebiet Los Angeles. Am besten sollte er bei der Spedition anrufen und den Liefertermin um einen Tag verschieben. Wenn alles nichts half, würde er am Ende doch noch die Polizei benachrichtigen müssen.

Sein Blick fiel auf das an der Außenwand der Tankstelle angebrachte Telefon. »Haben Sie etwas Kleingeld für mich?«

Verwirrt schaute Lissa ihn an. »Wofür?«

»Das Münztelefon.«

»Sie können gern mein Handy benutzen, wenn Sie jemanden anrufen möchten.«

»Danke, aber für dieses Gespräch nehme ich lieber ein öffentliches Telefon.«

Lissa grub in ihrer Hosentasche nach Münzen, ließ die Geldstücke in seine offene Handfläche fallen und schloss seine Finger darüber. Jack nickte ihr dankend zu. Er schaffte nur ein paar Schritte, bevor Lissas Stimme ihn aufhielt. »Und Jack, rufen Sie nicht mit meinem Geld Ihre Freundin an.«

4

Seine Freundin. Jack unterdrückte ein Schnauben, während er darauf wartete, dass sich jemand meldete. Selbst wenn er eine hätte, würde er sie nicht gerade jetzt anrufen. Er hatte andere Probleme. Weder sein alter Job beim Militär noch sein jetziger als Fernfahrer waren besonders geeignet für eine feste Beziehung. Dafür war er viel zu oft unterwegs. Eigentlich lag es aber daran, dass es ihm schwerfiel, anderen zu vertrauen. Auch dafür gebührte der Dank seinem früheren Arbeitgeber.

»Ja?« Die laute, unfreundliche Stimme drang unvermittelt an sein Ohr.

Jack hielt den Hörer ein Stück vom Ohr weg. Er hatte keine Lust, sich sein Trommelfell zu ruinieren, nur weil der Mann am anderen Ende schlechte Laune hatte. »Spreche ich mit jemandem von Bell & Hoppes Enterprises?«

»Ja, und wer sind Sie?«

»Jack Tease. Ich bin mit Ihrer Ladung nach Los Angeles unterwegs.«

Stille. »Ja, und?«

Jack runzelte die Stirn. Merkwürdig, als sie das Geschäft abgeschlossen hatten, waren ihm die Besitzer der Spedition viel freundlicher vorgekommen. Sie hatten sich sogar so überschwänglich für die Übernahme der Tour bei ihm bedankt, dass es ihm schon unangenehm gewesen war. »Ich werde den Termin in Nogales nicht einhalten können.«

»Warum nicht?«

Der Ton des Kerls gefiel ihm überhaupt nicht, aber Jack war klar, dass er sich mit ihm gut stellen musste, bis sein Truck wieder aufgetaucht war. Alles andere wäre außerdem unprofessionell. »Es gibt da ein kleines … technisches Problem, das ich aber sicher morgen behoben haben werde. Ich rufe Sie an, sobald ich einen neuen Termin für die Anlieferung weiß.«

»Das können Sie doch nicht einfach …« Der Mann brach ab, im Hintergrund waren Stimmen zu hören. Danach fuhr er viel freundlicher fort. »In Ordnung. Sagen Sie uns bitte möglichst früh Bescheid, damit wir alles planen können.«

»Selbstverständlich.«

»Gut. Wo sind Sie im Moment?«

»In der Nähe von Sonora.«

»Ah. Okay. Wir sprechen uns morgen wieder.« Damit legte er auf.

Jack blickte den Hörer an, aus dem ihm nur noch ein Brummen entgegenschallte. Wie freundlich. *Auch Ihnen einen schönen Tag.* Kopfschüttelnd hängte Jack den Hörer auf die Gabel. Er war selbst schuld an seiner Misere, seine Auftraggeber konnten schließlich nichts dafür. Vielleicht könnte er dem Eistee ja die Schuld geben, der ihn zum Anhalten gezwungen hatte. Sein Blick fiel auf Lissa, die ihn gerade beobachtete. Jack schlenderte zurück zum Motorrad.

»Cola oder Eistee?«

Manchmal fragte er sich, ob sie überhaupt die gleiche Sprache sprachen. »Wie bitte?«

Lissa hielt zwei Dosen hoch. »Welche wollen Sie?«

»Gar keine.«

»Sie müssen etwas trinken.«

»Ich habe keinen Durst.«

Sie drückte ihm die Cola in die Hand. »Hier. Trinken Sie. Es bringt nichts, wenn Sie irgendwann ausgetrocknet von der Maschine kippen.« Sie lächelte grimmig. »Oder soll ich sie Ihnen intravenös verabreichen?«

Jack blieb nichts anderes übrig, als sich zu fügen und die Dose zu öffnen. Er trank einen großen Schluck und wischte sich dann mit dem Handrücken über den Mund. Lieber würde er tot umkippen, als zuzugeben, wie gut sich die Flüssigkeit in seinem trockenen Hals anfühlte. Er hatte tatsächlich nicht gemerkt, wie durstig er gewesen war. Zeit für ein Ablenkungsmanöver. »Sind Sie Krankenschwester?«

»Wie kommen Sie darauf?«

»Intravenös.«

Lissa zwinkerte ihm zu. »Ich bin sehr belesen.«

»Das sagten Sie bereits.«

»Und es stimmt immer noch. Trinken Sie aus, wir müssen weiter.«

Jack salutierte mit der Dose. »Jawohl, Sir.«

Lissa grinste ihn an und begann, in ihrem Rucksack zu wühlen. Kurze Zeit später holte sie eine leichte Jeansjacke heraus und zog sie an.

»Ist das nicht ein wenig zu warm?«

»Im Stehen schon, aber während der Fahrt kühlt man schnell aus. Außerdem ist meine Haut ziemlich empfindlich. Ich würde Ihnen auch etwas anbieten, aber ich glaube nicht, dass Ihnen meine Sachen passen.«

Jack ließ seinen Blick langsam an ihr hinab und wieder hinauf wandern und bewunderte ihre schlanke, aber an den richtigen Stellen gerundete Figur. »Nein, vermutlich nicht.« Aber er würde sie zu gerne einmal in seinem T-Shirt sehen – ohne alles andere.

Lissa schien es nichts auszumachen, dass er sie offen anstarrte, sie grinste ihn nur an. »Irgendwie bin ich auch froh darüber. Ich mag lieber Männer, die deutlich kräftiger sind als ich.« Diesmal ließ sie ihren Blick über seinen Körper gleiten. Ein Griff in den Rucksack förderte einen breiten Nierenschutz hervor, den sie ihm in die Hand drückte. »Falls wir den Truck nicht sofort wiederfinden, ist es besser, wenn Sie zumindest ein wenig gegen die Auskühlung geschützt sind.«

Jack band den Gurt um seine Taille. »Danke.«

Für einen Moment sah Lissa in seine Augen und wandte sich dann wieder ihrem Rucksack zu. Sie gab einen triumphierenden Laut von sich und hielt Jack etwas hin.

»Was ist das?«

»Eine Schutzbrille. Ihre Augen sind schon ganz rot.«

Jack verzog angewidert das Gesicht, als sie ihm die mit einem Gummizug versehene Plastikbrille hinhielt. Er wollte ablehnen, aber es wäre dumm, aus Eitelkeit Augenschäden zu riskieren. Widerwillig nahm er sie entgegen und setzte sie auf. Es war deutlich zu sehen, wie heroisch Lissa gegen ihr Lachen ankämpfte.

»Nun machen Sie schon, sonst platzen Sie noch.«

Lissas melodisches Lachen verfolgte ihn und ließ ihn auch dann nicht los, als sie schon lange wieder über die Asphaltpiste rasten. Wer war sie, und was machte eine Frau wie sie alleine in dieser Gegend? Gabelte sie öfter mittellose, halb nackte Männer auf? Ein sehr gefährliches Hobby, seiner Meinung nach. Aber das würde sie sicher nicht hören wollen, und solange er sie noch brauchte, wäre es unklug, sie zu verärgern. Jedenfalls zu sehr. Zu seinem Erstaunen gefielen ihm ihre kleinen Wortgefechte, er fühlte sich dadurch lebendiger als seit langer Zeit. Ganz zu schweigen davon, dass ihre Nähe etwas in ihm weckte, das er nicht benennen konnte.

»Warum hat Tease so getan, als hätte er den Lastwagen noch?« Arthur Bells Stimme hallte von den Wänden der großen Lagerhalle wider, die auf dem Komplex von Bell & Hoppes Enterprises in Los Angeles lag.

»Woher soll ich das wissen? Vielleicht wollte er es einfach nicht zugeben.« Karl Hoppes' Gesicht war vor Aufregung gerötet, ein breites Lächeln verzog seine fleischigen Lippen.

»Das könnte natürlich sein. Du bist sicher, dass es José auch wirklich gelungen ist, den Truck zu stehlen?«

»Bin ich. Er hat es ganz gerissen angestellt und sich bei einem Tankstopp in der Fahrerkabine versteckt, ohne dass Tease es bemerkt hat. Als Tease später anhielt, brauchte er sich nur noch hinters Lenkrad zu setzen und loszufahren.«

»Und wenn er ihn dabei erwischt hätte?«

Karls Grinsen wurde hässlich. »José hat eine Waffe dabei, zur Not hätte er Tease gezwungen, den Truck zu verlassen.«

»Aber woher sollen wir jetzt wissen, wer die Wahrheit sagt? José behauptet, dass er den Truck hat und Tease hat nicht gesagt, dass er ihn verloren hat.«

»Offensichtlich hat Tease ein Problem, sonst hätte er uns ja nicht angerufen. Und was er erzählt hat, klingt für mich wie eine Ausrede.«

»Natürlich ist es das, oder meinst du, Tease würde uns erzählen, dass ihm die Lieferung abhandengekommen sei? Nein, vermutlich wird er versuchen, den Truck wiederzubekommen.«

»Glaubst du, er schafft das?« Karls Stirn runzelte sich sorgenvoll.

»Wie sollte er? José ist mit dem Lastwagen längst über alle Berge. Sonora ist meilenweit von seinem derzeitigen Standort entfernt.«

»Zur Sicherheit schicken wir Richards hinterher, er wird dafür sorgen, dass Tease den Truck garantiert nicht wieder in die Hände bekommt.«

Arthur Bell verschränkte die Arme über der Brust. »Und was ist, wenn er die Polizei einschaltet?«

»Sehr unwahrscheinlich. Deshalb haben wir ihn doch ausgesucht.«

»Hoffen wir es. Was machen wir jetzt?«

»Wir sollten vielleicht schon mal Mr Fellini darüber informieren, dass bedauerlicherweise seine Kisten zusammen mit unseren gestohlen wurden.«

»Hältst du das für sinnvoll?«

»Wieso nicht? Ich sehe keinen Grund, es ihm zu verheimlichen. Schließlich werden wir für seine Ladung noch mehr Geld von der Versicherung kassieren.« Karl lächelte zufrieden. »Bleib du hier, während ich mit Mr Fellini spreche und ihm unser Bedauern über seinen Verlust ausrichte.«

Die Sonne stand als riesiger, glühender Ball über dem Highway und ließ die Grenze zwischen Asphalt und Horizont verschwimmen. Als sie die Ausfahrt zur nächsten Tankstelle hinunterfuhren, hatte Jack jegliches Gefühl in seinem Hinterteil verloren. Sein ganzer Körper schmerzte, als wäre eine Dampfwalze über ihn gerollt. Besonders seine alten Verletzungen protestierten gegen diese Behandlung. Seine Kiefermuskeln schmerzten, weil er die ganze Zeit mit den Zähnen geknirscht hatte. Er hasste das Motorrad mit einer Inbrunst, die er nur sehr selten für etwas aufbrachte. Wenn es nicht um seinen Truck ginge, hätte er schon vor Stunden aufgegeben und wäre per Anhalter nach Hause zurückgekehrt. Doch so klammerte er sich weiterhin an Lissa, während sie in einem eleganten Bogen die kurze Einfahrt zur Tankstelle hochfuhr.

Sie stützte die schwere Maschine mit den Beinen und stellte den Motor ab. »Absteigen!«

Jack versuchte es, schaffte es aber nicht, seinen Körper dazu zu bewegen. Wie festgenagelt saß er auf dem Motorrad und fragte sich, ob er jemals wieder in der Lage sein würde, aufrecht zu stehen.

»He, schlafen Sie?« Lissas Stimme klang schon deutlich ungeduldiger.

Jack gelang es, zumindest seine Hände von ihrer Taille zu lösen und sich ein kleines Stück aufzurichten. Mit der Zunge fuhr er über seine trockenen Lippen. Er erwischte ein Insekt und spuckte auf den Asphalt.

»Wehe, Sie haben mein Baby erwischt!«

Verständnislos blickte Jack sie an. »Baby?«

»Die Harley.«

»Nein, es war eher eine Fliege oder etwas Ähnliches.«

Lissa drehte sich halb zu ihm um, ihre Augenbrauen hochgezogen. »Steigen Sie jetzt ab oder nicht?«

Jack fühlte, wie die Hitze seinen Nacken heraufkroch. »Ich würde ja sehr gerne, aber irgendwie …« Er brach ab.

Lissa schien ihn trotzdem zu verstehen. Mit einer eleganten Bewegung stieg sie von der Maschine, wobei ihr Fuß nur Millimeter an seiner Nasenspitze vorbeizischte. Überrascht zuckte Jack zurück. Das hatte fast ausgesehen wie …

Bevor er sich zurückhalten konnte, hatte er es schon ausgesprochen. »Sie sind Balletttänzerin.« Er hatte doch beschlossen, dass es ihn nicht interessierte, was Lissa machte. Warum vergaß er das nur immer wieder?

Lachend baute sich Lissa neben ihm auf. »Nein. Allerdings habe ich als Kind ein paar Jahre trainiert.«

»Heute nicht mehr?«

»Eher Kickboxen.«

»Autsch.«

Lissa schob ihren Arm unter seine Achsel. »Merken Sie es sich gut. So, und jetzt versuchen Sie aufzustehen, indem

Sie sich auf mich stützen.« Misstrauisch betrachtete Jack ihren eher schlanken Körperbau. »Keine Angst, ich habe schon schwerere Brocken aus dem Sattel bekommen.«

Brocken! Jack blickte sie mit verengten Augen an. Sie machte sich schon wieder über ihn lustig. Aber wenn er heute noch von der Maschine herunter wollte, dann musste er ihre Hilfe wohl annehmen, auch wenn es ihm gegen den Strich ging. Er legte einen Arm um Lissas Schulter und versuchte, sein Bein über den Sitz zu heben. Es gelang ihm erst beim dritten Anlauf und sah nicht sehr elegant aus. Lissa zog ihn hoch, bis er mit wackeligen Beinen neben ihr stand. Wenn sie ihn nicht gestützt hätte, wäre er vermutlich auf der Stelle zu Boden gegangen. Jack presste die Lippen zusammen und bemühte sich, wieder Gefühl in seine unteren Gliedmaßen zu bekommen. Das Prickeln, als die Durchblutung wieder einsetzte, ließ nicht lange auf sich warten. *Verdammt, tat das weh!*

»Prickelt's schon?«

»Ja.«

»Gut, dann sind Sie gleich wiederhergestellt.«

Jack schob die Brille hoch und warf ihr einen finsteren Blick zu. Sie hatte leicht reden, tänzelte hier herum wie eine Ballerina und sah immer noch so frisch aus, als hätte sie nur einen kleinen Spaziergang hinter sich. Er mochte sich gar nicht vorstellen, wie er jetzt aussah. Seine Kleidung war durchgeschwitzt und verstaubt, die Haare standen zu allen Seiten ab und sein Kinn zierte vermutlich bereits ein Dreitagebart. Instinktiv fuhr er zurück, als sie die Hand hob. Offenbar war auch nach drei Jahren sein militärisches Training noch lebendig.

»Keine Sorge, Sie haben da …«

Jack zwang sich, still stehen zu bleiben, als klar war, dass ihm keine Gefahr drohte. Geschickt pflückte Lissa etwas aus seinen Haaren und trat dabei so nah an ihn heran, dass ihre Brüste seinen Oberkörper streiften. Die Berührung fuhr wie ein kleiner elektrischer Schlag durch Jack. Ihre Gesichter waren sich so nah, dass er sie küssen könnte, wenn er seinen Kopf nur ein wenig senken würde. Für einen Moment verharrten sie so, und Jack hätte schwören können, dass er ein Echo seiner Gefühle in ihren Augen sah. Dann trat Lissa einen Schritt zurück und Jack musste sich zurückhalten, sie nicht wieder an sich zu ziehen. Verwirrt blickte er auf, als sie ihm zur Begutachtung etwas hinhielt. Jack betrachtete die auf ihrem Handschuh sitzende Grille. Na toll, vermutlich klebte ihm auch noch jede Menge anderes Ungeziefer am Körper, kein Wunder, dass sie ihm nicht näher kommen wollte. »Danke«, murmelte er.

Lissa achtete nicht auf seinen brummigen Tonfall, sondern lächelte ihn unbekümmert an. »Bitte.« Behutsam setzte sie die Grille auf der Zapfsäule ab. »Drehen Sie sich um.«

Misstrauisch blickte Jack sie an. »Warum?« Sie war so unberechenbar und impulsiv, nie wusste er, was sie als Nächstes vorhatte.

Lissa verdrehte hinter der Sonnenbrille die Augen. »Damit ich Ihnen die Hose runterziehen kann, natürlich.« Als er den Mund öffnete, hob sie die Hand. »Ich will nur meine Kreditkarte aus dem Rucksack nehmen.«

Wortlos wandte Jack ihr den Rücken zu. Lissa konnte sich ein Grinsen nicht verkneifen. Sie sollte ihn wirklich nicht ständig aufziehen, aber irgendetwas in ihr trieb sie dazu. Vielleicht war es seine Distanziertheit, die sie dazu brachte, ihn immer wieder aufs Neue herauszufordern und aus der Reserve zu locken. Obwohl sie glaubte, eben bei ihm ein Interesse an ihr entdeckt zu haben, allerdings könnte es auch reines Wunschdenken sein. Es wäre sicher interessant zu erfahren, was hinter seiner ruhigen Art verborgen war. Natürlich war es nicht gesagt, dass ihr auch gefallen würde, was sie entdeckte, aber dieses Risiko musste sie eingehen. Schließlich wusste sie nicht, wie lange Jack überhaupt noch in ihrer Nähe war und sie eine Chance hatte, den Mann hinter der zurückhaltenden Fassade kennenzulernen. Wenn sie seinen Truck fanden, würde er sicher schneller wieder verschwunden sein, als sie ›Auf Wiedersehen‹ sagen konnte. Lissa versuchte, den Stich zu ignorieren, den ihr dieser Gedanke versetzte. Auf jeden Fall sollte sie etwas freundlicher zu ihm sein, schließlich hatte der arme Mann heute schon einiges durchgemacht.

Sie steckte die Handschuhe in ihre Jackentasche und öffnete den Rucksack. Mit ihrem Portemonnaie in der Hand trat sie wieder zur Zapfsäule. Sie steckte die Karte in den Schlitz und zog sie schnell wieder heraus. Diesmal funktionierte die Kreditkartenzahlung. Nachdem sie sich vergewissert hatte, dass der getankte Betrag abgebucht werden würde, schloss sie den Tank auf, der sich zwischen Sitzbank und Lenker befand, und schraubte den Deckel auf. Dann nahm sie den Einfüllstutzen und drückte ihn Jack in die Hand. »Sie tanken, ich bin gleich wieder da.« Damit strebte sie eilig auf das Kassenhaus zu, ohne seine Zustimmung abzuwarten.

»He!«

»Was?«

»Wie viel soll ich tanken?«

Lissa wandte sich um. »Alles was geht.«

Sie wartete, bis Jack nickte, dann betrat sie das kühle Gebäude. Der Kassierer händigte ihr die Chipkarte für den Waschraum aus, der sich außen auf der Rückseite des Hauses befand. Ihren Schlüssel hatte sie mitgenommen. Obwohl sie nicht erwartete, dass Jack sich einfach auf die Maschine schwingen und losfahren würde, war es doch besser, vorsichtig zu sein und ihm nicht die Gelegenheit dazu zu geben. Während sie sich die

Hände wusch, betrachtete sie im Spiegel ihr Gesicht. Um ihre Augen hatte sie dort, wo sonst ihre Sonnenbrille saß, zwei helle Stellen. Sie sah aus wie ein umgekehrter Panda. Ihre Haare hingen in zerzausten Strähnen um ihr gerötetes Gesicht. Seufzend schob Lissa sie hinter ihre Ohren. Gut, dass die Sonne langsam unterging, ihre Haut war es einfach nicht gewöhnt, so lange den Strahlen ausgesetzt zu sein. Nachdem sie ihr Gesicht eine Zeit lang ins kalte Wasser getaucht hatte, trocknete sie es mit Papiertüchern aus dem Spender ab.

Nun fühlte sie sich etwas erfrischter. Die Ereignisse des Tages hatten sie innerlich aufgekratzt, auch wenn sie sich nach außen hin locker gab. Auch die ständige körperliche Nähe zu Jack – einem völlig Fremden – machte sie auf merkwürdige Weise unruhig. Hätten sie sich eben wirklich beinahe geküsst oder hatte sie sich eingebildet, dass sich Jacks Mund in ihre Richtung bewegt hatte? Aber egal, was in ihm vorging, ihr Körper reagierte eindeutig auf seine Nähe. Eilig fuhr sie ein letztes Mal mit den Fingern durch ihre Haare, um wenigstens ein Minimum an Ordnung in ihre Frisur zu bekommen, bevor sie sich den Schlüssel schnappte und wieder ins Freie trat.

5

Beladen mit kalten Getränken, Snacks und Bagels kehrte Lissa einige Minuten später zur Tanksäule zurück. Ihr Motorrad stand noch da, allerdings war Jack verschwunden – mit ihrem Rucksack. Vor Schreck ließ sie beinahe ihre Einkäufe fallen. Eilig blickte sie sich um. Vielleicht war er nur ein paar Schritte gegangen, um seine Durchblutung wieder in Gang zu bringen. Sie steckte das Essen in ihre Gepäcktaschen und verschloss den Tank, bevor sie sich auf die Suche nach ihm machte. Weit konnte sie sich nicht entfernen, wenn sie nicht riskieren wollte, dass ihr jemand die Maschine oder zumindest die Taschen stahl, aber das brauchte sie auch gar nicht.

Sie entdeckte ihn im Fahrerhaus eines Trucks. Ein Bein ragte heraus, das ihr verdächtig bekannt vorkam. Die Frage, wie sie ihn nur an seiner Jeans und dem Stiefel erkennen konnte, kam ihr gar nicht. Wütend stapfte sie auf ihn zu und zog kräftig am Fuß.

»Au!«

Der dumpfe Schmerzenslaut bereitete ihr Genugtuung, aber ihre Wut war dadurch noch nicht verraucht. Es war erstaunlich, wie sehr es sie verletzte, dass Jack sie hintergangen hatte. Wie hätte sie auch ahnen können, dass sie den Kerl trotz der erst sehr kurzen Dauer ihrer Bekanntschaft wirklich mochte! Erin hatte recht, sie war zu leichtgläubig und sah in anderen immer nur das Gute. Zumindest bis sie eines Besseren belehrt wurde. Sie trat um die offene Tür herum und sah sich Jack und einem anderen Mann gegenüber, der sie erstaunt musterte. Es war ihr unangenehm, vor ihm eine Szene zu machen, aber sie konnte Jack nicht davonkommen lassen.

»Wollten Sie einfach so verschwinden, ohne mir wenigstens Bescheid zu sagen? Und dann auch noch mit meinem Rucksack!«

»Lissa …«

»Nein, ich will keine blöden Ausflüchte hören. Sie haben sich ja schon eine andere Mitfahrgelegenheit gesucht.«

»Lissa …«

»Ein einfacher Dank, dass ich den ganzen Tag geopfert habe, um Ihren blöden Truck wiederzufinden, hätte genügt. Mehr habe ich nicht erwartet. Oder doch – dass ich nicht auch noch bestohlen werde!«

Damit riss sie ihm den Rucksack vom Schoß, drehte sich auf dem Absatz um und stürmte zu ihrem Motorrad zurück. Sie konnte sich nicht erinnern, wann sie das letzte Mal so sauer und vor allem enttäuscht gewesen war. Das kam davon, wenn man an alberne Träume glaubte! Sie hatte gedacht, ihre Begegnung mit Jack wäre so etwas wie Schicksal, dass er etwas Besonderes war. Dumm! Mit wütenden Bewegungen streifte sie die Riemen ihres Rucksacks über die Schultern, zog sich die Handschuhe an und schwang sich auf die Maschine. Halb blind vor Zornestränen schob sie den Schlüssel in das Zündschloss, zog die Kupplung, drückte den Startknopf und drehte den Gasgriff. Der Motor heulte auf. Wegen dieses Idioten ruinierte sie noch ihre Harley!

Als sich unvermittelt eine Hand um ihren Arm legte, zuckte sie heftig zusammen. Eine andere Hand drehte den Schlüssel herum und zog ihn ab. Abrupt kehrte Stille ein. Fassungslos saß Lissa einen Moment bewegungslos auf der Maschine, bevor sie langsam den Kopf drehte. Jack stand so dicht neben ihr, dass sie den Kopf heben musste, um ihm ins Gesicht blicken zu können. Seine Lippen waren fest zusammengepresst, seine Augen schienen zu lodern. Unwillkürlich zuckte Lissa zurück.

»Verdammt.« Jack ließ sie sofort los und schob die Hände in seine Hosentaschen. »Lassen Sie mich doch …«

Lissa ließ ihn wieder nicht ausreden. »Wir haben uns alles gesagt. Geben Sie mir den Schlüssel und verschwinden Sie!« *Bevor ich mich hier noch mehr zum Idioten mache.*

»Sie bekommen den Schlüssel gleich wieder, aber erst will ich etwas klarstellen: Sie haben vielleicht alles gesagt, aber ich konnte mich nicht verteidigen, weil Sie mich gar nicht zu Wort haben kommen lassen.«

»Aber …«

Jack hob die Hand. »Nein, jetzt bin ich dran. Ich wollte weder einfach verschwinden, noch den Rucksack klauen. Ich habe ihn nur mitgenommen, damit ihn keiner stiehlt, während ich bei meinem Kollegen noch einmal die Suchmeldung durchfunke.« Seine Stimme wurde sanfter. »Ich hätte Bescheid gesagt, wenn Sie nicht so lange verschwunden gewesen wären und ich Angst haben musste, dass der Truck vorher wegfahren würde. Wenn Sie mir Ihre Adresse geben, werde ich die Ausgaben für das Benzin und alles andere erstatten.«

Ohne ein weiteres Wort ließ er den Schlüssel in ihre Hand fallen und trat zur Seite. Die Arme über der Brust verschränkt, wartete er darauf, dass sie eine Entscheidung traf. Dabei verfinsterte sich Jacks Gesichtsausdruck immer mehr. Seine Finger trommelten nervös auf den Arm, er wirkte, als könnte er seine Ungeduld kaum noch im Zaum halten. Vermutlich sollte sie einfach weiterfahren und ihn vergessen, aber sie bezweifelte, dass sie das konnte. Nicht nur, weil ihr Gewissen es nicht zulassen würde, dass sie einen hilflosen Mann zurückließ, sondern auch, weil sie dann nie erfahren würde, ob er derjenige war, den sie in ihrem Traum gesehen hatte.

Sie konnte förmlich Erins rauchige Stimme hören, die diese Form von Logik in der Luft zerreißen würde. Ein Traum war ein Hirngespinst, nichts weiter. Niemand konnte erwarten, eine Fantasie im wirklichen Leben wiederzufinden. Nun, sie hatte sie gefunden, zumindest einen Teil davon. Und sie weigerte sich, diese Möglichkeit einfach zu ignorieren und davonzulaufen. Es lag einfach nicht in ihrer Art, den leichten Ausweg zu wählen. Vor allem, wenn seine Begründung so logisch klang, dass sie zugeben musste, eventuell überreagiert zu haben.

Mit ruckartigen Bewegungen setzte sie den Rucksack ab und warf ihn Jack an die Brust. Obwohl sie ihm verziehen hatte und einsah, dass sie möglicherweise mit ihren Beschuldigungen zu voreilig gewesen war, wollte sie keine Schwäche zeigen. »Kommen Sie endlich, sonst fangen wir den Dieb nie.«

Mario Fellini war über Arthur Bells Anruf überhaupt nicht glücklich. Welche Spedition war so blöd, sich einen ihrer Lastwagen stehlen zu lassen? Oh ja, sie hatten ihn damit beschwichtigen wollen, dass die Ladung versichert war und ersetzt werden würde, aber das half ihm auch nicht weiter. Den Inhalt seiner Kisten konnte niemand ersetzen, er war mit Geld nicht aufzuwiegen. Wenn die Pakete in die falschen Hände gerieten, wäre alles zunichte gemacht, was er in den letzten Monaten so sorgfältig geplant hatte. Die Abnehmer seiner Ware würden alles andere als belustigt sein, wenn sie von dem Verlust hörten. Natürlich hatte er in den Lieferpapieren einen anderen Inhalt angegeben, aber sie würden einer gründlichen Überprüfung nicht standhalten. Fellini fuhr mit den Fingern durch seine Haare. Warum hatte er nicht einfach einen seiner Männer damit beauftragt, die Ware über die Grenze zu bringen? Dann wäre sie vermutlich ohne Probleme bei den Kunden gelandet. Aber nein, er hatte besonders schlau sein und durch die Beauftragung einer Spedition sämtliche Spuren verwischen wollen.

Das war gründlich nach hinten losgegangen. Jetzt musste er sehen, wie er seine Ladung schnellstmöglich zurückbekam. Bell schien nicht wirklich traurig über den Verlust des Trucks zu sein. Könnten die Spediteure mehr darüber wissen, als sie ihm gesagt hatten? Die Versicherungssumme, die Bell ihm genannt hatte, war ziemlich hoch, wenn wirklich nur Hardware geladen war. Auf jeden Fall konnte es nicht schaden, wenn er ein paar seiner Männer nach Los Angeles zum Sitz der Spedition schickte und noch einmal nachhaken ließ. Sollten Bell und Hoppes versuchen, ihn zu betrügen, würden sie sich rasch wünschen, niemals mit ihm Geschäfte gemacht zu haben.

Der Scheinwerfer durchschnitt die Dunkelheit und ließ die wenigen Verkehrsschilder entlang des Highways gespenstisch aufleuchten. Seine Arme schlangen sich fester um Lissa, als das Motorrad plötzlich zu schwanken begann. Sie hatte es sofort wieder unter Kontrolle, trotzdem wurde Jack erneut bewusst, wie unwohl er sich fühlte, wenn er nicht selbst das Lenkrad in der Hand hatte. Allerdings hatte diese Höllenmaschine so etwas nicht und genau das war sein Problem. Er fühlte sich auf der Sitzbank ungefähr so sicher wie auf einem Schwebebalken in zehn Metern Höhe. Nicht, dass er das schon ausprobiert hatte, aber er stellte es sich ziemlich unangenehm vor.

Aber das Schlimmste war, Jack wusste ganz genau, was passieren konnte, wenn beim Motorradfahren nur eine winzige Kleinigkeit schiefging. Doch den Gedanken daran schob er lieber ganz weit weg. Es hatte auch nichts damit zu tun, dass der Fahrer kein Mann war – nun, zumindest nur ganz am Rande. Er war selbstständiger Transportunternehmer geworden, weil er unabhängig sein wollte. Und nun war er auf eine fremde

Frau angewiesen und musste versuchen, irgendwie seinen Lebensinhalt zurückzubekommen. Alles andere war zweitrangig.

Sein Kopf ruckte hoch, als das Motorrad die Fahrt verlangsamte. Der blinkende grüne Pfeil deutete an, dass sie die Abfahrt nehmen wollte. War der Tank schon wieder leer? Jack wartete, bis der Fahrtwind es ihm erlaubte, Lissa anzusprechen. »Warum fahren wir raus?«

Lissa warf ihm nur einen kurzen Blick zu, bevor sie sich wieder ganz auf die Straße konzentrierte. Falls sie ihm geantwortet hatte, war es zumindest nicht bei ihm angekommen. Seit ihrem Zusammenstoß an der Tankstelle war sie ungewöhnlich schweigsam gewesen. Zumindest war ihre vorherige überbordende Fröhlichkeit wie weggeblasen. Es war kaum zu glauben, aber ihre frechen Kommentare fehlten ihm. Erst jetzt realisierte er, dass ihre humorvolle Art ihm geholfen hatte, einen kühlen Kopf zu bewahren und nicht einfach drauflos zustürmen, wie er es sonst vielleicht getan hätte. Nicht nur das, sie hatte auch den ganzen Tag geopfert, um ihm bei der Suche nach seinem Truck zu helfen. Er sollte wirklich etwas freundlicher zu ihr sein, sie hatte es verdient.

Er wartete, bis sie auf einem schwach beleuchteten Parkplatz nahe einem Schnellimbiss hielt, und stieg eilig ab. Diesmal trugen ihn seine Beine zwar, aber dennoch schmerzten seine Muskeln, Knochen und Gelenke höllisch. Anscheinend war die Reha doch nicht so erfolgreich gewesen, wie er geglaubt hatte. Oder es lag daran, dass er viel zu verkrampft auf der Harley gesessen hatte. Heldenhaft widerstand er dem Drang, seine Meinung über Motorräder im Allgemeinen und dieses im Besonderen mit Flüchen auszudrücken. Das würde ihm bei Lissa sicher keine Pluspunkte einbringen.

Als sie die Maschine ausschaltete, herrschte einen Moment lang tiefe Stille. Dann setzte das laute Ticken des abkühlenden

Motors ein, und auch die Grillen am Straßenrand nahmen ihr unterbrochenes Lied wieder auf. *Zirp. Zirpzirp. Zirp*. Gott, wo waren sie hier überhaupt, am Ende der Welt?

»Müssen wir tanken?«

»Nein, aber für heute ist Schluss.«

»Schluss?«

»Ende, aus. Ich bin müde und verdammt hungrig. Ich kann nicht weiterfahren, ohne uns und andere Verkehrsteilnehmer zu gefährden.«

»Aber wir müssen weiter ...«

»Ich ...« Sie betonte das Wort, indem sie auf ihre Brust klopfte. »*Ich* muss gar nichts. Und Sie können nicht. Also treffe ich die Entscheidung.« Als sie sah, dass Jack erneut etwas einwenden wollte, seufzte sie. »Jack, wir haben seit Stunden keine neue Nachricht über Ihren Truck erhalten. Wer weiß, ob er überhaupt noch vor uns und nicht schon längst abgefahren ist? Vielleicht hat der Dieb ebenfalls irgendwo haltgemacht.«

»Eben, das ist eine gute Gelegenheit, ihn zu erwischen.«

»Ja, aber nur, wenn wir wissen, wo er ist!« Ihre Stimme wurde sanfter. »Könnten Sie sich damit anfreunden, jetzt erst einmal etwas zu essen und vielleicht ein wenig zu schlafen? Ich verspreche Ihnen, dass wir sofort losfahren, sobald wir wissen, wo der Truck ist.«

Jack drehte sich um und blickte zum Highway zurück. In unregelmäßigen Abständen tauchten Scheinwerfer auf und verschwanden wieder. Irgendwo da draußen war der verdammte Dieb und machte sich einen schönen Tag mit seinem Truck. Und er konnte hier nur herumstehen und darauf hoffen, dass er irgendwann den nächsten Anruf erhielt. Seine Hände ballten sich in hilfloser Wut zu Fäusten. »Würden Sie mir das Motorrad leihen?«

»Nein, ganz sicher nicht. Erstens würde ich es nie weggeben und zweitens können Sie überhaupt nicht fahren.« Jack schwieg. »Oder?«

Die Frage wollte er lieber nicht beantworten. »Wenn ich einen Truck lenken kann, dann auch ein Motorrad.«

Lissa lachte auf. »Da gibt es einen kleinen, aber entscheidenden Unterschied.«

»Und der wäre?«

»Den erkläre ich Ihnen irgendwann mal, wenn ich nicht gerade verhungere. Kommen Sie jetzt mit? Ich lade Sie ein.«

Jack beobachtete weiter den Highway. »Ich sollte eigentlich weiterfahren.«

Lissa streckte die Hand aus. »Wenn Sie das unbedingt wollen, kann ich Sie nicht aufhalten. Viel Glück bei Ihrer Suche.«

Jack reichte ihr den Rucksack, den Nierenschutz und die Brille. »Danke. Für alles.«

Das fröhliche Grinsen tauchte wieder auf. »Bitte, gern geschehen. Es war sehr … interessant, Sie kennenzulernen, Jack Tease.«

Ihre Finger berührten kurz seine Hand, dann wandte sie sich um und strebte auf den Eingang des Fastfood-Restaurants zu.

6

Jack blickte ihr mit einem seltsam hohlen Gefühl in der Brust hinterher. Vielleicht war es auch sein Magen, so genau konnte er das nicht zuordnen. Er ging einige Schritte in Richtung des Highways, dann blieb er wieder stehen. Was sollte er nun tun? Er hatte Lissas Handynummer als Kontaktnummer angegeben und war nur über sie erreichbar. Natürlich könnte er versuchen, eine neue Mitfahrgelegenheit zu finden, aber dann würde er nicht mehr erfahren, wohin sein Truck verschwunden war. Nach einem letzten Blick auf die Lichter des Highways kehrte er um und strebte entschlossen auf den Imbiss zu.

Sicher konnte er sie dazu überreden, ihm das Handy zu leihen, und wenn nicht, hatte er wenigstens etwas gegessen, bevor er weiter seinem Lastwagen hinterherjagte. Er hatte Schmarotzer immer gehasst, aber im Moment entwickelte er sich selbst zu einem. Von sich selbst angewidert stieß Jack die Schwingtür des Restaurants mit mehr Kraft als nötig auf. Er zuckte zusammen, als sie mit einem lauten Knall gegen die Wand stieß, woraufhin sämtliche Gäste in ihren Bewegungen innehielten und ihn anstarrten. Toller Auftritt!

Nachdem er der Bedienung entschuldigend zugenickt hatte, wanderte sein Blick über die wenigen Anwesenden. Bald fand er Lissa an einem Tisch in der Ecke, mit einem großen Glas eisgekühlter Cola vor sich. Plötzlich kam ihm sein Mund staubtrocken vor. Ob das an dem verlockenden Getränk oder vielmehr an ihren zu einem herzlichen Lächeln verzogenen Lippen lag, vermochte er nicht zu sagen. Während er sich betont langsam auf die gepolsterte Sitzbank sinken ließ, blieb sein Blick an der Speisekarte hängen, die sie in den Händen hielt.

Lissa bemerkte offenbar, wo er hinschaute. »Mögen Sie Cheeseburger mit Pommes?«

Jack nickte stumm. Hätte er den Mund aufgemacht, hätte er wahrscheinlich vor Hunger gesabbert.

»Okay.« Lissa hob den Kopf und blickte schräg an ihm vorbei. »Zweimal Cheeseburger extra large, dazu Pommes.«

Die Bedienung trug ein schlichtes Uniformkleid und eine aufgebauschte Frisur, die direkt aus den Siebzigern zu stammen schien. Der Blick, mit dem sie Jack maß, war ausgesprochen argwöhnisch.

»Keine Angst, er beißt nicht.«

Jack funkelte Lissa warnend an. Anscheinend hatte das Getränk sie bereits belebt. »Ein Bier, alkoholfrei.«

Die Frau schrieb die Bestellung auf ihren dünnen Spiralblock und kehrte eilig zur Theke zurück. Wahrscheinlich hatte sein knurriger Tonfall sie endgültig davon überzeugt, dass er besser mit einigem Abstand zu genießen war. Aber solange sie sein Essen brachte, war ihm das ziemlich egal. Seine Finger trommelten auf den zerkratzten Holztisch, während er Lissa unauffällig betrachtete. »Woher willst du das wissen?«

»Wie bitte?«

»Dass ich nicht beiße.«

Lissas Lächeln schoss ihm direkt in den Unterleib. »Tust du es denn?«

Jack ließ einen Bierdeckel zwischen seinen Fingerspitzen kreiseln. Ein Kribbeln breitete sich in seinem Körper aus. Er schaute tief in Lissas Augen und versuchte zu ergründen, ob sie das Knistern zwischen ihnen auch spürte. »Gelegentlich … ja.«

Lissa ließ geräuschvoll die Luft entweichen und fing dann an zu lachen. »Du gefällst mir, Jack.«

Langsam beugte er sich vor und brachte sein Gesicht dicht an ihres. Deutlich konnte er dunklere Punkte in ihrer violetten Iris erkennen. Unzählige Sommersprossen bedeckten ihre erhitzt wirkende, helle Haut. Sie war eindeutig an ihm interessiert. Der Gedanke ließ sein Herz schneller schlagen. »Darf ich dich beißen?«, entfuhr es ihm, ehe er sich bremsen konnte.

Hitze durchströmte Lissas Körper. *Wow, dieser Mann war wirklich gefährlich!* Sie hatte es schon die ganze Zeit geahnt, aber wenn sie ihn jetzt so ansah, mit den zerzausten Haaren, den funkelnden Augen und der rauen Stimme, erinnerte er sie an einen schwarzen Panther. Ruhig und geduldig wartete er darauf, dass sie einen Fehler machte, um dann zuzubeißen. Wenn sie nicht aufpasste, könnte er ihr wirklich zum Verhängnis werden. Sie betrachtete seinen Mund: Schmal, die Unterlippe etwas voller als die Oberlippe. Sie konnte sich gut vorstellen, wie er seinen Mund hart und fordernd auf ihre Lippen senkte.

Ihre Wangen glühten, und es gelang ihr nicht, die Augen abzuwenden. »Später vielleicht.« Hastig schlug Lissa die Hand vor den Mund. Das hatte sie nicht sagen wollen, aber nun war es zu spät.

Jacks Augen verengten sich, sein Blick wanderte zu ihrem Mund. Seine Finger hatten jede Bewegung eingestellt, er sah aus, als wäre er jederzeit zum Sprung bereit. Er beugte sich weiter über den Tisch, kam ihr immer näher. Sein Atem streifte ihren Mund.

»Ihre Bestellung: zweimal Cheeseburger extra large, Pommes und ein Bier. Sonst noch was?« Die quäkende Stimme der Bedienung schnitt wie ein Messer durch die erotische Spannung.

Erleichtert und gleichzeitig ein wenig enttäuscht lehnte Lissa sich zurück und bemühte sich, ihre Fassung wiederzugewinnen. Was hatte dieser Mann nur an sich, dass sich jedes Mal ihr Verstand abschaltete, wenn sie den Mund aufmachte? Dass sie Dinge sagte, die sie sich sonst nicht trauen würde. Vielleicht war sie ja krank. Mit der Hand kontrollierte sie die Temperatur an ihrer Stirn. Zwar war sie warm, aber nicht fiebrig. Außer man würde diese heimtückische Lust als Krankheit bezeichnen, die sie immer häufiger durchströmte, wenn sie Jack nur ansah. Doch sie sollte lieber daran denken, dass dieser Mann jeden Moment für immer aus ihrem Leben verschwinden könnte. Das musste sie sich unbedingt vor Augen halten, bevor sie eine Dummheit beging und womöglich Gefühle in ihn investierte oder sich ihm gar an den Hals warf.

Lissa bedankte sich bei der Bedienung, die umständlich die Teller und Gläser auf dem Tisch arrangiert hatte, und blickte auf ihr Essen hinunter. Man musste schon ziemlich hungrig sein, um dieses zermatschte Etwas appetitlich zu finden. Aber nach einem ganzen Tag auf dem Motorrad, mit nur einigen kleineren Snacks zwischendurch, brauchte sie dringend Nahrung. Jack schien es genauso zu gehen, denn er zögerte nicht, sich sofort auf den Berg Pommes frites zu stürzen, der als Beilage gereicht wurde. Eine Weile herrschte einträchtige Stille, nur unterbrochen vom gelegentlichen Klicken und Knacken der schmelzenden Eiswürfel. Von den anderen Gästen war Gemurmel zu vernehmen, im Hintergrund spielte Countrymusik.

Als sein Teller bis auf die Salatbeilage leer war, lehnte Jack sich zurück. Durch das Essen hatte sich seine Stimmung etwas gebessert, seine Energiereserven waren wieder aufgefüllt. Vor allem war er von seinem Hormonhoch heruntergekommen und in der Lage, vernünftig zu denken. So gerne er auch von Lissa ›kosten‹ würde, er musste Prioritäten setzen. Und die lagen derzeit eindeutig bei seinem Truck.

»Würdest du mir dein Handy leihen?«

Bedächtig stellte Lissa ihr Glas zurück auf den Tisch. »Um damit den Truck zu finden?«

»Ja.«

»Nein.«

Enttäuscht ließ Jack den angehaltenen Atem entweichen. Er hatte geahnt, dass sie es ihm nicht so einfach machen würde. »Warum nicht?«

Lissa lehnte sich vor, die Arme auf die Tischplatte gestützt, ihr eindringlicher Blick ruhte direkt auf ihm. »Weil es dir nicht helfen würde. Du wüsstest dann vielleicht, wo dein Truck sich gerade befindet, aber du würdest nie schnell genug dorthin kommen. Oder glaubst du, jemand anders würde sofort seine Route ändern und dich dorthin fahren? Und wenn der Lastwagen dann längst wieder woanders ist, ihm hinterherjagen? Deine beste Chance ist es, bei mir zu bleiben und auf den nächsten Anruf zu warten.« Ihre Augen glitten durch den Raum, bevor sie wieder auf seine trafen. »Aber es ist deine Entscheidung, ich werde dich nicht aufhalten.«

Jack blieb stumm, während er im Kopf seine Möglichkeiten durchging. So sehr es ihm auch missfiel, sie hatte recht. Trotzdem würde es ihm schwerfallen, die ganze Nacht hier im Restaurant zu verbringen, Kaffee zu trinken und abzuwarten, bis etwas geschah. Und was wäre, wenn sich niemand mehr meldete, der den Truck gesehen hatte? Vermutlich hätte er schon längst zur Polizei gehen sollen, sicher hätten sie den Dieb bereits gefasst. Langsam richtete er sich auf. Wenn sich bis morgen früh keine Spur fand, würde er endlich die Polizei anrufen. Abrupt stand er auf und entschuldigte sich, bevor er zur Herrentoilette ging. Wenigstens für ein paar Minuten musste er aus Lissas Nähe entkommen, um klar denken zu können.

Kurze Zeit später kehrte er zum Tisch zurück. Sofort fiel sein

Blick auf Lissa, die ihm mit einem leichten Lächeln entgegensah. Wortlos ließ er sich auf seiner Seite des Tisches nieder und trank einen großen Schluck Bier.

»Ärger?«

»Anderen, als dass mein Truck verschwunden ist und ich die Ladung deshalb nicht pünktlich abliefern kann? Nein.« Seine Stimme klang unwirsch, aber er entschuldigte sich nicht dafür. Vielleicht war es besser, wenn Lissa erkannte, was für ein unhöflicher, ungehobelter Kerl er war. Wenn sie sich von ihm fernhielt, würde es ihm vielleicht leichter fallen, dem Drang zu widerstehen, ihr näherzukommen. *Viel* näher.

Lissas Wangen färbten sich rötlich. »Das war eine blöde Frage, tut mir leid.«

»Kein Problem.«

»Wohin wolltest du die Lieferung bringen?«

»Einen Teil nach Nogales und den Rest nach Los Angeles.«

»Dann haben wir ja noch eine ganz schöne Strecke vor uns.«

Jack setzte sein Glas ab und lehnte sich vor. »Hör mal, ich erwarte nicht …«

»Das weiß ich. Aber da ich gerade nichts Besseres zu tun habe, werde ich selbst entscheiden, wie lange unsere Freundschaft dauert.«

Jacks Mundwinkel zuckte nach oben. »Wie du willst.«

»Genauso ist es.« Lissa streckte die Arme aus und gähnte. »Ich glaube, ich brauche jetzt ein Bett.«

Jack schluckte schwer, während sein Blick gierig über ihren Körper glitt. Es war keine gute Idee, sich jetzt bildlich vorzustellen wie sie … Abrupt richtete er sich auf. Er musste noch die ganze Nacht auf dieser unbequemen Bank durchstehen, besser, er fing gar nicht erst mit sexuellen Gelüsten an, die dann doch unbefriedigt bleiben mussten. »Du sagst mir Bescheid, wenn sich jemand wegen des Trucks meldet?«

»Natürlich, sofort.« Langsam erhob Lissa sich und legte den fälligen Betrag sowie ein stattliches Trinkgeld auf die Rechnung. Ihren Rucksack über die Schulter geschlungen wandte sie sich um.

Sehnsüchtig blickte Jack ihr nach. »Danke. Gute Nacht.«

Erstaunt blickte sie bereits auf halbem Weg zur Tür zu ihm zurück. »Wie, ›gute Nacht‹? Wo willst du denn hin?«

»Nirgends, aber du hast doch gesagt, du willst ins Bett. Wir sehen uns dann morgen früh hier.«

Lissa kam zu ihm zurück und blieb dicht vor ihm stehen. Als sie sich zu ihm herunterbeugte, berührte eine Haarsträhne sein Gesicht. Der Geruch von Sonne und Shampoo streifte seine Nase und ließ ihn wünschen, er könnte darin eintauchen. Hastig riss er die Augen wieder auf. *Prioritäten!*

»Du willst hier im Restaurant bleiben? Die ganze Nacht?«

»Hatte ich vor, ja.«

»Ein Bett würdest du nicht vorziehen?«

Jack blickte sie frustriert an. »Was denkst du denn? Aber ohne Papiere und Geld …« Er brach ab, um seinen Ärger unter Kontrolle zu bringen. »Mir geht es gut hier.«

»Vor allem, wo der Kaffee so toll schmeckt.«

»Lissa …«

»Nun hör schon mit dem Mist auf und komm mit.«

Jack sah an ihrem Gesichtsausdruck, dass er nicht mit ihr würde reden können. Wenn sie einmal einen Entschluss gefasst hatte, war sie nicht mehr davon abzubringen. Innerlich mit den Schultern zuckend erhob er sich gehorsam und folgte Lissa zur Tür. Insgeheim musste er zugeben, dass er froh war, nicht die ganze Nacht alleine im Imbiss sitzen und über den Diebstahl seines Trucks grübeln zu müssen. Er wusste zwar nicht, was Lissa vorhatte, aber es war immer noch besser als die Alternative. Die Zeiten durchzechter Nächte waren eindeutig für ihn vorbei. Und da sich sein Körper auch noch anfühlte, als hätte er ein paar Stunden auf dem Rücken eines bockenden Bullen verbracht, war er doppelt froh, bald in ein Bett zu kommen. Zumindest hoffte er, dass sie das plante.

Verwundert blickte er Lissa an, als sie den Schlüssel ins Motorrad steckte. »Fahren wir doch weiter?«

»Ja.« Sie deutete dorthin, wo die Lichter der kleinen Stadt in der Dunkelheit schimmerten. »Genau bis zum ersten Motel im Ort.«

Jack verkniff sich jede weitere Bemerkung, nahm Lissa den Rucksack ab, setzte ihn auf und schwang sich dann mühsam hinter ihr auf die Höllenmaschine. Ein leises Stöhnen entfuhr ihm, als sein lädierter Hintern die harte Sitzbank berührte. Fast sehnsüchtig blickte er zum Restaurant zurück. Vielleicht wäre er doch besser dort geblieben.

»Alles klar?«

»Ja.«

Seine Antwort ging im Dröhnen des Motors unter. Das Vibrieren der Harley ließ seine Zähne aufeinanderschlagen. Rasch klappte er den Mund zu und schlang seine Arme um Lissas Taille. Es fehlte gerade noch, dass er das Gleichgewicht verlor und rückwärts vom Motorrad kippte. Er konnte sich ihr Grinsen vorstellen, wenn sie ihre Arme um seinen Körper legen und ihn vom Boden hochziehen würde. Ihre Hände wären weich und warm auf seiner Haut, ihre nicht zu verachtenden Kurven würden sich an ihn pressen. Er würde sie dichter an sich ziehen und mit dem Gesicht in ihre Halsbeuge eintauchen. Seine Lippen …

»Absteigen, wir sind da.«

Abrupt erwachte Jack aus seiner Fantasie. Gut, dass es so dunkel war, sonst hätte Lissa mit Leichtigkeit die verräterische Röte in seinem Gesicht entdecken können. Hastig stieg er ab und entfernte sich vorsichtshalber einige Schritte von ihr, während sie das Motorrad abschloss und ihre Gepäcktaschen abnahm. Ihre geschickten Bewegungen verrieten, dass sie kein Neuling auf dem Gebiet war. Aber das hatte er bei ihrer Fahrweise auch nicht angenommen. Nicht zum ersten Mal fragte er sich, was für ein Leben sie wohl führte. Wo und vor allem wie lebte sie? Offensichtlich wollte sie ihm nichts von sich erzählen, und er hatte kein Recht, sie zu bedrängen. Aber eigentlich wollte er sie auch gar nicht näher kennenlernen. Am besten wäre es, Lissa wie eine Schwester zu behandeln. Eine Schwester – ja, sicher. Er unterdrückte ein schnaubendes Lachen und folgte Lissa, als sie mit langen Schritten auf das zweistöckige Motel zustrebte.

7

Lissa war sich nicht sicher, ob es eine gute Idee war, mit Jack zusammen in einem Zimmer zu übernachten, aber als der Portier gefragt hatte, wie viele Zimmer sie benötigten, hatte sie sich für eins entschieden. Warum sollte sie doppelt so viel Geld ausgeben, wenn sie genauso gut einen Raum mit zwei Betten teilen konnten? Natürlich war es nicht ganz ungefährlich, einem fremden Mann so nahe zu kommen, aber sie vertraute ihrem Gefühl, dass Jack ihr nichts tun würde.

Amüsiert blickte sie zu Jack hinüber, der an die Wand gelehnt aus dem Fenster blickte, seine tief gebräunte Haut ein starker Kontrast zur hellen Tapete. Sie hätte überhaupt nichts dagegen, mehr über ihn zu erfahren – und von ihm zu sehen. Aber leider war selbst sie dafür zu feige. Im Grunde war sie eben doch ein einfaches Mädchen und keine Femme fatale. Schade eigentlich, Jack sah so aus, als wäre es sehr interessant, ihn näher kennenzulernen.

»Welches willst du?«

Jack drehte sich langsam zu ihr um, einen unergründlichen Ausdruck auf seinem Gesicht. »Wie bitte?«

»Welches Bett. Wand oder Fenster?«

»Da du bezahlt hast …«

Lissa hob die Hand. »Stopp! Davon will ich nichts hören. Also, welche Seite?«

»Fenster. Ich bin nicht gerne … eingesperrt.«

»Abgemacht. Ich bin mehr ein Wandtyp, das gibt mir Sicherheit.«

Jack hob die Augenbrauen. »Wirklich? So wie du Motorrad fährst, hätte ich dich eher für eine Draufgängerin gehalten.«

Lachend schüttelte Lissa ihre Bettdecke aus. »Auf der Maschine will ich ja auch nicht schlafen, sondern etwas erleben.« Verwundert blickte sie Jack an, als er ein unterdrücktes Geräusch von sich gab. »Was ist?«

»Nichts.«

»Deshalb siehst du auch so aus, als hättest du gerade deine Zunge verschluckt.«

Langsam kam Jack auf sie zu und beugte sich zu ihr herunter, bis sein Gesicht fast ihres berührte. Seine Hand stützte er neben ihrem Kopf ab, sodass sie zwischen seinem heißen Körper und der Wand gefangen war. »Auch in Betten kann man etwas erleben.« Seine leise Stimme klang rau.

Lissa erstarrte für einen Moment, dann benetzte sie ihre plötzlich trockenen Lippen. »Ob nun Bett, Motorrad, Boden oder Dusche …« Sie brach ab, als Jack auf einmal an ihr vorbei zur Tür ging. »Wo willst du hin?«

»Frische Luft schnappen.« Er nahm die Schlüsselkarte vom Tisch und steckte sie in seine Hosentasche. »Warte nicht auf mich.«

Natürlich wartete Lissa trotzdem eine Weile, aber irgendwann war sie so müde, dass sie die Augen nicht länger offen halten konnte. Sie schlief tief und traumlos, bis das Quietschen der Bettfedern sie weckte. Verwirrt blinzelte sie in die Dunkelheit. Nur langsam kehrte die Erinnerung zurück, wo sie war. Allerdings erklärte das nicht, warum *ihre* Matratze sich langsam zur Seite neigte, als hätte sich jemand daraufgesetzt.

»Jack?«

Ein undeutliches Murmeln, dann ertönte Jacks Stimme dicht neben ihrem Ohr. »Bist du wach?«

»Jetzt ja. Was genau tust du hier, in meinem Bett?«

Sie spürte, wie er sich langsam von ihr fortbewegte, die Matratze zitterte ein letztes Mal, dann war sie wieder allein. »Ich wollte nur nachsehen, ob du noch da bist.«

»Du hättest nur das Licht anschalten müssen.«

»Ich wollte dich nicht wecken.«

Lissa verdrehte die Augen. Männer und Logik. Wie kam es nur, dass das nie klappte? Sie stützte sich auf ihren Ellbogen und beugte sich zum Nachttisch hinüber. Irgendwo musste hier der Schalter … Ah, da war er ja.

»Das würde ich nicht …« Die Lampe flammte auf und tauchte den Raum in warmes Licht. »… machen.« Jacks Warnung kam zu spät.

Lissa riss die Augen auf, als sie sah, dass Jack nur mit einem knappen Slip bekleidet einen Meter von ihr entfernt auf seiner Bettkante saß. Als ihr schockierter Blick über seinen Körper glitt, zuckte er mit den Schultern.

»Ich habe versucht, dich zu warnen.«

»Das ist … schon in … Ordnung.« Lissa hatte Schwierigkeiten zu schlucken. Angezogen war dieser Mann schon eine Augenweide, aber so ganz – oder fast – ohne, war er einfach phänomenal. Die Muskeln in Oberkörper und Armen waren klar modelliert, die langen Beine ebenso muskulös. Die schmale Hüfte wurde durch den schwarzen Slip noch betont. Kein Wunder, dass ihre Augen immer wieder dorthin wanderten. Sie riss den Blick erst los, als Jack sich laut räusperte.

»Hast du genug gesehen?«

»Für den Moment – ja.«

»Dann solltest du vielleicht das Licht wieder ausmachen.«

»Vermutlich.« Lissa gönnte sich einen letzten genüsslichen Blick, dann hob sie den Kopf. »Du hättest dich natürlich auch bedecken können.«

Jack grinste. »Vermutlich.«

Hastig beugte sie sich vor und löschte das Licht. Einen Moment lang herrschte tiefe Stille, dann raschelte Jacks Bettzeug, die Bettfedern quietschten, während er eine bequeme Stellung suchte. Schließlich ließen die Bewegungen nach, ein tiefer Seufzer wehte aus dem Nachbarbett zu ihr herüber. Lächelnd drehte sich Lissa auf die Seite, sodass sie mit dem Gesicht zu dem geheimnisvollen Fremden lag, den sie das erste Mal auf einer alten, staubigen Straße gesehen hatte. Das war erst heute Morgen gewesen und jetzt teilte sie sich sogar ein Motelzimmer mit ihm. Sie musste eindeutig verrückt geworden sein. Jedenfalls war das Erins Erklärung gewesen, als Lissa ihre Freundin angerufen hatte, um ihr zu erzählen, was passiert war.

War es verrückt, als allein reisende Frau einen fremden Mann mitzunehmen? Sicherlich. War es sinnvoll, Zeit und Geld zu opfern, um seinem verschwundenen Truck hinterherzufahren? Natürlich nicht. War es irrsinnig, ihm anzubieten, im gleichen Zimmer, nur einen Meter von ihr entfernt, zu schlafen? Absolut. Aber warum fühlte sie sich dann trotzdem so gut und sicher wie seit langer Zeit nicht mehr? Weil sie *wusste*, dass es das Richtige war. Jack würde ihr nichts tun, davon war sie felsenfest überzeugt. Und was das Geld anging: Sie konnte es sich leisten, ein paar Tage lang zwei Menschen durchzubringen. Außerdem würde Jack sicher darauf bestehen, ihr alles zurückzuzahlen, wenn er erst seinen Truck gefunden hatte.

Das Einzige, was ihr gefährlich werden könnte, war Jacks magnetische Anziehungskraft, die sie schon bemerkt hatte, bevor er überhaupt ein Wort zu ihr gesagt hatte. Andere Frauen würden ihn vermutlich zu schweigsam, zu roh und unzivilisiert finden, aber ihr gefiel er so, wie er war. Erneut kam ihr der Vergleich zu einem schwarzen Panther in den Sinn. Ja, er war genauso dunkel, geschmeidig und gefährlich wie die Raubkatze.

»Gute Nacht, Lissa.«

»Gute Nacht, Jack.« Mit einem zufriedenen Lächeln auf dem Gesicht schlief sie wenige Minuten später ein.

Eine piepsige Melodie ließ Jack aus dem Schlaf aufschrecken. Er war schon halb aus dem Bett, als er erkannte, dass es nur das Handy war. Das Rascheln der Bettdecke und ein leiser Fluch deuteten darauf hin, dass Lissa auch aufgewacht war.

»Ja?«

Lissas vom Schlaf raue Stimme strich über ihn und fachte erneut die Erregung an, vor der er gestern Abend abrupt aus dem Zimmer geflohen war.

»Ah, Sie haben ihn gesehen? Einen kleinen Moment, ich hole Jack.«

Schlagartig wurde Jack bewusst, dass Lissa ihn erneut von seinem Truck abgelenkt hatte. Mit mehr Kraft als nötig drehte er den Schalter der Nachttischlampe und kniff die Augen vor der plötzlichen Helligkeit zusammen. Als er sich daran gewöhnt hatte, blickte er zu Lissa hinüber. Sie saß in ihrem Bett, die Decke war zu ihrer Taille heruntergerutscht und entblößte ein tief ausgeschnittenes, enges Top und viel helle Haut. Einen Augenblick lang schauten sie sich schweigend in die Augen, dann riss Lissa sich aus der Erstarrung und hielt ihm das Handy hin. »Für dich.«

Ihre Finger berührten sich, als er ihr das Telefon abnahm.

»Jack Tease.« Er hörte einen Moment zu. »Genau, das ist er. Wo haben Sie ihn gesehen?« Er blickte auf, als Lissa aufstand und anfing, in ihrem Rucksack zu wühlen. Zu dem engen Top trug sie nicht minder enge Shorts. Das elastische Material zeichnete jede Kurve ihrer Hüfte nach. Mit einer Karte in der Hand erhob sie sich wieder und kam zu ihm. »Entschuldigung, könnten Sie das noch einmal wiederholen?«

Lissa hatte genau mitbekommen, wohin seine Aufmerksamkeit und Augen gewandert waren, wie ihr Grinsen zeigte.

»Las Cruces, New Mexico.«

Lissa schlug die Straßenkarte auf und fuhr mit dem Finger auf der Interstate 10, der sie den ganzen Tag gefolgt waren, von Fabens nach Westen. Las Cruces befand sich etwa fünfundsiebzig Meilen entfernt, direkt hinter der Abzweigung der I25 Richtung Albuquerque. Jack nickte.

»Parkplatz an der Umgehungsstraße. Okay, vielen Dank für Ihre Hilfe.«

Jack unterbrach die Verbindung und warf das Handy auf das Bett. Zusammen mit Lissa beugte er sich über die Karte. Automatisch strich er ihr eine Locke hinter das Ohr, die ihr ins Gesicht gefallen war. Als er erkannte, was er da tat, riss er seine Hand zurück und ballte sie zur Faust. Sein Blick tauchte in ihren. »Darf ich dich etwas fragen?«

»Klar.«

»Waren deine Augen nicht violett?«

Lachend zwinkerte Lissa ihm zu. »Gut beobachtet. Mir war gestern nach ein wenig Veränderung, deshalb habe ich getönte Kontaktlinsen benutzt.«

Wie gebannt starrte Jack in ihre silbrig grauen Augen, deren Iris von der Pupille zum äußeren Rand immer dunkler wurde. Schließlich räusperte er sich. »Trägst du jetzt auch welche?«

»Nein.«

»Mir gefällt die Farbe.«

»Oh, danke.« Theatralisch legte sie eine Hand auf ihr Herz. »Ein Kompliment am Morgen danach, ich weiß gar nicht, was ich sagen soll.«

Jack funkelte sie missmutig an. »Dann lass es.«

Lissa grinste und wandte sich wieder der Karte zu. »Wenn wir uns beeilen, können wir es in einer Stunde schaffen.« Sie blickte auf die Uhr. »Halb fünf. Mit ein bisschen Glück ist der Dieb kein Frühaufsteher.«

Lissa sprang auf und sammelte ihre am Vorabend im ganzen Zimmer verstreuten Sachen zusammen. »Ich gehe zuerst ins Bad.«

Eilig zog Jack sich an und suchte das Gepäck zusammen. Vielmehr Lissas, er selbst trug alles, was er im Moment besaß, bereits am Körper. Als Lissa wenige Minuten später wieder auftauchte, lief er schon ungeduldig im Zimmer auf und ab.

»Womit hast du dir eigentlich gestern die Zähne geputzt?«

Jack blickte sie einen Moment lang nur an. »Mit deiner Zahnbürste. Ich hoffe, das macht dir nichts aus.«

»Mit meiner?« Lissa schlug die Hand vor den Mund. »Igitt! Das ist doch nicht dein Ernst, oder?«

Jack begann zu lachen. Ihr Gesichtsausdruck war wirklich sehenswert. »Nein, das war ein Scherz. Im Schrank war eine Zahnbürste vom Motel.«

Lissa ließ langsam die Hand sinken. »Oh, gut.« Ihr Mundwinkel hob sich. »Das war nicht lustig. Es gibt kaum etwas Ekligeres, als dass jemand meine Zahnbürste benutzt.«

Jack blickte zu Boden. Und er konnte sich nichts Schlimmeres vorstellen, als von anderen abhängig zu sein. Aber genau das war er im Moment. Von Lissa, den Truckern, die ihn anriefen und über den Aufenthaltsort seines Trucks unterrichteten, sogar von der Großzügigkeit des Motels, was Hygieneartikel betraf. Wenn er diesen elenden Kerl erwischte, der den Truck geklaut hatte … Bevor er ihn der Polizei übergab, würde er ihn sich erst einmal selbst zur Brust nehmen. Wortlos drehte er sich um und verschwand im Bad.

Fünf Minuten später fuhren sie bereits die schwach beleuchtete Auffahrt zum Highway hinauf. Jack unterdrückte ein Stöhnen, als sich seine schmerzenden Muskeln sofort wieder bemerkbar machten. Der Fahrtwind zerrte an seinen Haaren und seiner Kleidung. Nur gut, dass es hier in der Gegend auch nachts nicht wesentlich kühler wurde, in seinem ärmellosen Shirt wäre er so früh am Morgen sicher erfroren. Er klammerte sich an Lissas warmen Körper, während sie viel zu schnell die Kurve nahm und bereits nach wenigen Sekunden auf dem Highway auf 75 Meilen beschleunigte. Die Dunkelheit half ihnen vielleicht dabei, von der Polizei nicht entdeckt zu werden. Lissa hatte ihre dunkle Sonnenbrille gegen die ungetönte Schutzbrille getauscht, deshalb musste er ohne Brille auskommen, bis es hell genug war. Jack presste sein Gesicht dicht an ihren Nacken, um sich vor dem Fahrtwind und Insektenbeschuss zu schützen. Tief atmete er Lissas unverwechselbaren Duft ein. Die Vorstellung, sich vielleicht schon bald von ihr trennen zu müssen, verursachte ein schmerzhaftes Ziehen in seiner Brust.

8

Erste Sonnenstrahlen zauberten rote Spuren auf die glatte Fahrbahn, als sie vom Highway auf die Umgehungsstraße nach Las Cruces abbogen. Nicht mehr lange, und die Sonne würde wieder vom Himmel brennen und den Aufenthalt im Freien ungemütlich werden lassen. Trotzdem hätte Lissa diese Zeit in der Freiheit für nichts in der Welt eingetauscht. Hier draußen hatte sie das Gefühl, direkt mit der Natur verbunden zu sein, sich im Einklang mit ihr zu bewegen. Und natürlich gab es nichts Besseres, als das Vibrieren der kraftvollen Harley unter sich zu spüren.

Ihre Begegnung mit Jack Tease war nur ein Zufall gewesen, aber jetzt, wo ihre gemeinsame Zeit vielleicht schon kurz vor dem Ende stand, war sie seltsam unwillig, ihn so schnell wieder zu verlieren. Natürlich war ihr von vorneherein klar gewesen, dass er weiterziehen würde, sobald er seinen Truck gefunden hätte, aber sie hatte sich doch daran gewöhnt, seinen Körper dicht an ihrem zu spüren – seine warmen Hände an ihrer Taille, seinen Atem in ihrem Nacken. Ganz zu schweigen von den Momenten, in denen sie kurz davor gewesen waren, sich zu küssen. Sogar die seltsamen knackenden Geräusche, die er im Schlaf von sich gab, hatten sie nicht gestört.

Lissa zuckte zusammen, als Jack plötzlich ihren Arm drückte. Für einen Moment verriss sie den Lenker, bevor sie die schwere Maschine wieder unter Kontrolle brachte. Sie drosselte den Motor und lenkte die Harley auf den unasphaltierten Parkplatz, auf den Jack deutete. Die riesige, mit rötlichem Sand und tiefen

Schlaglöchern bedeckte Fläche war leer. Sollte der Truck hier gestanden haben, war er jetzt jedenfalls verschwunden. Lissa beobachtete, wie Jack mit steifen Bewegungen vom Motorrad abstieg und langsam über den Platz ging. Sein gesenkter Kopf zeigte seine Enttäuschung. Mit geübten Bewegungen stellte Lissa den Motor ab und klappte den Seitenständer aus. Die plötzliche Stille schien erdrückend.

»Ist das hier wirklich der richtige Parkplatz? Vielleicht gibt es noch andere in der Gegend.«

Jack schaute vom Boden auf, wo er hockte und etwas untersuchte. »Ja. Es müsste dieser gewesen sein.« Er fuhr mit den Fingern eine Linie entlang. »Siehst du diese Reifenspuren hier?«

Neugierig trat Lissa näher. Die Augen zusammengekniffen beugte sie sich hinunter. »Ja, und?«

»Das war mein Truck.«

Skeptisch blickte sie auf die breiten Reifenspuren, die sich über mehrere Meter durch den Sand zogen. Für Lissa hätte das jeder beliebige Lastwagen sein können. »Bist du sicher?«

»Sofern mein Truck keinen Zwilling hat, dann war er es. Siehst du diesen merkwürdigen Kreis am inneren Doppelreifen? Das ist ein Fehler im Material. Ich habe den Reifen selbst vor einigen Wochen montiert.«

»Aber du kannst nicht zufällig auch spüren, wie lange er schon weg ist, oder?«

Jack erhob sich in einer fließenden Bewegung, wischte die Hände an der Jeans ab und sah zum Motorrad hinüber. Er ignorierte die Ironie. »Leider nicht.«

»Warum stehen wir dann hier herum? Vielleicht ist dein Fahrzeug noch irgendwo in der Nähe, und wir erwischen den Dieb.«

»Du hast recht.«

Schweigend kehrten sie zur Harley zurück. Bevor Lissa sich auf den Sitz schwingen konnte, hielt Jack sie am Arm zurück. »Danke.«

»Wofür?«

»Dass du mir glaubst und hilfst, meinen Truck wiederzubekommen.« Sein Mundwinkel zuckte. »Und dass du mich davon abhältst, aufzugeben.«

»So ein Wort kenne ich überhaupt nicht. Und du auch nicht, schätze ich.« Lächelnd bedeutete sie Jack, sich umzudrehen. »Ich brauche meine Sonnenbrille bevor wir weiterfahren.«

»Und dabei stand dir die Schutzbrille doch so gut.«

»Übertreib es nicht, sonst rutschst du noch auf deiner Schleimspur aus.«

Belustigt lachte Jack auf. Lissas Mundwerk war nicht zu übertreffen. Erstaunlicherweise mochte er genau das an ihr: ihre Frische, ihre Natürlichkeit und ihre Respektlosigkeit. Sie nahm wirklich kein Blatt vor den Mund. *Wer wusste, was sie sonst noch alles mit diesen großzügigen Lippen anstellen konnte.* Jack schloss die Augen und atmete tief durch.

Lissa wechselte in Rekordzeit die Brille, reichte ihm die Schutzbrille und bestieg dann das Motorrad. »Alles bereit.«

Jack nahm das als sein Stichwort und kletterte eilig hinter ihr auf die Sitzbank. Kurze Zeit später waren sie bereits wieder auf der Umgehungsstraße unterwegs. Je näher sie der Stadtgrenze kamen, desto mehr Fahrzeuge kamen ihnen entgegen, der morgendliche Berufsverkehr hatte eingesetzt. Die Wahrscheinlichkeit, den Truck in diesem Gewimmel zu finden, wurde mit jeder Minute geringer.

»Wie sieht er überhaupt aus?« Lissas Stimme war über dem Lärm des Motors kaum zu verstehen.

Jack beugte sich dicht zu ihrem Ohr. »Groß. Zugmaschine

und Anhänger blau. Kennzeichen aus Kalifornien. Am Fahrerhaus der silberne Schriftzug ›J. T.'s Spedition‹.«

»Na, der sollte leicht zu entdecken sein.«

Jack wusste nicht, ob sie das scherzhaft oder ernst meinte. Auf jeden Fall würde er seinen Truck sofort erkennen, sogar mit geschlossenen Augen, wenn es sein musste. Es reichte, wenn er danach Ausschau hielt, Lissa würde sowieso zu sehr mit dem Verkehr beschäftigt sein, um ihm dabei helfen zu können. Langsam fuhren sie die Main Street der Universitätsstadt Las Cruces entlang, achteten auf jede Tankstelle, jeden Schnellimbiss, Supermarkt und Parkplatz. Auch auf einigen der Nebenstraßen und in den Vororten suchten sie nach dem gestohlenen Lastwagen, aber vergebens. Entmutigt gaben sie schließlich auf. Es brachte nichts, hier weiter die Zeit zu vertrödeln. Wahrscheinlich wäre es besser, zur Interstate zurückzukehren und darauf zu hoffen, dass der Dieb in die gleiche Richtung fuhr wie sie. Lissa unterbrach seine Gedanken.

»Das Telefon vibriert. Zieh es aus meiner Hose, ich habe gerade keine Hand frei.«

Jack musste grinsen. Er hatte zwar schon hin und wieder Frauen in die Hose gefasst, aber nie, um ein Handy herauszuholen. Langsam schob er seine Hand in ihre Jeans, streifte Haut, etwas, das sich verdächtig wie Spitze anfühlte, und schließlich – endlich – das Telefon. Lissa zuckte zusammen, als seine Finger erneut ihre Haut berührten. Jack biss die Zähne aufeinander und zog rasch das Handy heraus. Während das Motorrad langsam auf dem unbefestigten Seitenstreifen ausrollte, hielt Jack das Handy ans Ohr.

»Ja?« Zuerst hörte er nur Rauschen, dann wurde die Verbindung langsam klarer. Als die Harley endlich stand, sprang Jack von der Maschine und entfernte sich einige Schritte, damit er sich darauf konzentrieren konnte, was ihm der Trucker am anderen Ende zu sagen hatte. Schließlich beendete er befriedigt das Gespräch.

»Gibt's was Neues?«

»Mein Truck ist auf der Interstate 25 gesehen worden, nur wenige Kilometer von der Abzweigung nach Las Cruces entfernt. Wenn wir uns beeilen, können wir ihn bestimmt einholen. Gibt es eine Abkürzung dorthin?« Jack stellte sich so neben Lissa, dass sie die Karte aus dem Rucksack nehmen konnte. Gemeinsam beugten sie sich darüber.

»Ja, sie zweigt ein paar Meilen weiter nördlich ab und schlägt einen Bogen zur 25. Wenn wir Glück haben, sind wir dann nur wenige Minuten hinter ihm.«

»Okay, worauf warten wir noch?«

»Darauf, dass du aufsteigst.«

Anscheinend hatten sich seine Muskeln mittlerweile daran gewöhnt, denn er schaffte es, innerhalb kürzester Zeit auf den Sitz zu klettern, ohne dass er etwas spürte. Vielleicht war es auch nur die Aussicht darauf, bald diesen elenden Dieb in die Finger zu bekommen.

Entmutigt und erschöpft war Jack am späten Nachmittag fast bereit, die Jagd aufzugeben. Sie waren einem zweispurigen Highway gefolgt, der durch eine baumlose Ebene führte, die hauptsächlich mit vertrockneten Gräsern bewachsen war. Hin und wieder waren wie hingeworfen wirkende Felsblöcke aufgetaucht, deren rote Farbe in der Morgensonne intensiv strahlte. Er hatte jedoch keinen Blick dafür übrig gehabt, sondern sich an Lissa geklammert, während sie in hohem Tempo der kurvenreichen Straße gefolgt waren. Doch die Anstrengungen hatten sich nicht ausgezahlt, der Dieb war ihnen im letzten Moment entwischt. Auch alle weiteren Hinweise führten nicht zum Truck. Wenn sie ihn bis zum Sonnenuntergang nicht gefunden hatten, würde er die Polizei benachrichtigen.

Mittlerweile war sogar Lissa körperlich am Ende und ausgelaugt von der ständigen Fahrerei. Besonders deutlich hatte er das während einer kurzen Pause gemerkt, die sie auf einem Rastplatz eingelegt hatten. Sie war vor Erschöpfung nicht einmal in der Lage gewesen, ihr Sandwich auszuwickeln! Natürlich kostete es viel Kraft, ein Motorrad über so eine lange Strecke zu lenken, vor allem wenn auch noch eine weitere Person darauf saß. Es war ein Wunder, dass sie ihn nicht schon längst irgendwo am Straßenrand abgesetzt hatte und einfach verschwunden war. Er hatte ihr angeboten, ihn bei der nächsten Tankstelle abzusetzen, doch sie wollte davon nichts wissen. Ihre Loyalität zu ihm, einem Fremden, war erstaunlich. Und vor allem verlor sie nie ihren Humor. Er schien stets in ihren Augen zu blitzen, bereit, jederzeit hervorzubrechen.

Jack bemühte sich, seine verkrampften Muskeln ein wenig zu entlasten, und löste sich ein Stück von Lissas Körper. Sofort schlug ihm der Fahrtwind ins Gesicht und nahm ihm den Atem, gerade als er einige Hundert Meter vor ihnen auf einer kleinen Parallelstraße einen blauen Truck entdeckte. Hastig zwinkerte er die Tränen fort. Ja, der Lastwagen sah seinem verdammt ähnlich. In diesem Moment verschwand der Truck hinter dem letzten Waggon eines Güterzuges, der auf den Gleisen zwischen Highway und Straße dahinkroch. Verdammt! Wie sollte er nun nachprüfen, ob es wirklich sein Fahrzeug war? Natürlich hatte er aus dieser Entfernung das Nummernschild und den Schriftzug nicht erkennen können, aber es war zumindest nicht ausgeschlossen, dass es sein Truck war. Aufgeregt drückte er Lissas Arm und deutete nach vorne.

»Was ist?« Lissa blickte für eine Sekunde zu ihm zurück, bevor sie sich wieder auf den Verkehr konzentrierte.

»Fahr schneller, da vorne ist ein blauer Lastwagen.«

Lissa reckte den Hals. »Wo?«

»Die Straße auf der anderen Seite der Gleise, er ist gerade hinter dem Zug verschwunden, etwa dreihundert Meter vor uns.«

Als ein niedrigerer Containerwagen kam, blitzte dahinter etwas Blaues auf. »Ich sehe ihn. Gut festhalten!«

Jack folgte ihrer Anweisung, ohne zu zögern. Sein Gesicht noch tiefer in ihrem Nacken vergraben, versuchte er, den Truck trotzdem nicht aus den Augen zu verlieren. Sie schossen an den anderen Fahrzeugen vorbei, schlängelten sich durch den Verkehr, bis sie nur noch wenige Meter vom Zugende trennten. Ja, das war eindeutig sein Lastwagen, auch wenn er das Kennzeichen nicht sehen konnte. Er kannte seinen Truck in- und auswendig. Zusammen mit seiner Wut auf den Dieb kam nun ein Gefühl des Triumphs, dass er es geschafft hatte, ihn selbst wieder aufzuspüren, ohne die Polizei in Anspruch zu nehmen. Nun ja, ganz alleine war es ihm natürlich nicht gelungen, ohne Lissa hätte er keine Chance gehabt. Er lockerte seine Hände, die sich in seiner Aufregung tiefer in Lissas Taille gegraben hatten. Wenn sie doch nur auf der gleichen Straße wären! Irgendwie mussten sie einen Weg finden, die Bahngleise zu überqueren.

Es schien sein Glückstag zu sein, denn bereits kurz darauf tauchte eine Abfahrt auf, die über die Gleise direkt zu der kleinen Nebenstraße führte. Sofort setzte Lissa den Blinker und fuhr ab. Anscheinend wurde die schmale Straße nicht oft benutzt, denn stellenweise lag der Sand zentimeterdick auf dem bröckeligen Asphalt. Obwohl Lissa abbremste, waren sie bald von einer dichten Staubwolke umgeben. Der Sand knirschte zwischen seinen Zähnen und prickelte auf seiner Haut. Mit einem lauten Knarren hob sich die kleine Halbschranke und erlaubte ihnen damit die Weiterfahrt.

»Glück gehabt!«

Lissa gab Gas und fuhr über die Gleise. Nur etwa hundert Meter hinter dem Truck fuhren sie ebenfalls auf die einspurige Straße. Während Lissa sich ganz darauf konzentrierte, die Maschine auf der rissigen Piste ruhig zu halten, überlegte Jack sich, wie sie den Fahrer zum Anhalten bewegen konnten. Wenn der Dieb ihre Verfolgung bemerkte, würde er sicher zu fliehen versuchen. Natürlich waren sie mit dem Motorrad wendiger, aber ein Truck war einfach stärker. Ein paar Schlenker und sie würden ihn nie überholen können, schließlich waren direkt neben der Straße die Gleise, auf denen der Zug entlangratterte. Nun, dann würde er eben während der Fahrt von der Harley absteigen und auf den Lastwagen wechseln müssen. Bei diesem Gedanken drehte sich Jacks Magen um. Hoffentlich gab es auch einen anderen Weg, denn diesen würde er wirklich nur im Notfall wählen.

Jack wurde aus seinen Gedanken gerissen, als er aus den Augenwinkeln eine Bewegung wahrnahm. Erstaunt blickte er über die Schulter. Bisher war die Straße bis auf den Lastwagen völlig leer gewesen, doch jetzt bog hinter ihnen ein weiteres Motorrad ab. Der Fahrer war völlig schwarz gekleidet, sein ebenfalls dunkler Helm glänzte in der Sonne. Wie der Typ es in dieser Aufmachung schaffte, keinen Hitzschlag zu bekommen, war Jack ein Rätsel. Er wandte sich wieder um und bemerkte erleichtert, dass sie seinem Truck bereits viel näher waren. Nur noch ein kleines Stückchen … Ein lautes Röhren unterbrach seinen Gedanken. Es sah aus, als wollte der schwarze Motorradfahrer ihnen ein Rennen liefern, denn er kam immer näher heran. Wenn Jack Lissas Harley bisher als zu laut empfunden hatte – diese Maschine übertraf sie noch um ein Vielfaches. Erneut sah er nach vorne. Nur noch wenige Meter. Hinter ihm heulte der Motor auf, doch er ignorierte es.

Er durfte sich jetzt nicht ablenken lassen, sein Ziel war zum Greifen nah.

In diesem Moment gab auch der Truck Gas und vergrößerte den Abstand zwischen ihnen wieder. Verdammt, er hatte sie bemerkt! Doch Jack würde sich auf keinen Fall wieder abschütteln lassen, auch wenn er nicht gerade Wert darauf legte, noch schneller zu fahren. Er lehnte sich vor, bis er direkt in Lissas Ohr sprechen konnte. »Schneller!«

Er sah noch ihr Grinsen aufblitzen, dann drehte sie den Motor auf. Jack klammerte sich an ihr fest und schloss für einen kurzen Moment die Augen. Jetzt war sicher ein guter Zeitpunkt, mit dem Beten anzufangen. Die Maschine krachte in ein Loch und schoss wieder daraus hervor. Hoffentlich hatten sie den Truck bald eingeholt, sonst …

Der andere Motorradfahrer raste dicht an ihnen vorbei und hielt weiter auf den Truck zu. Während neben ihnen die Zugspitze immer näher kam, lieferten sich die beiden Motorräder ein Rennen. Anhaltend dröhnte die Hupe der Lok, als wollte der Fahrer sie anfeuern. Ein riesiger Bruch erschien im Asphalt vor ihnen. Nur auf einer Seite der Straße war noch ein schmaler Streifen Asphalt, der gerade genug Platz für eine Maschine bot. Derjenige, der durch das Loch fuhr, würde mit Sicherheit stürzen. Das war die ganze Sache nicht wert. Jack beugte sich vor, um Lissa anzuweisen, abzubremsen, doch sie drehte im gleichen Moment den Gasgriff bis zum Anschlag. Wie eine Kanonenkugel schoss die Maschine vorwärts, donnerte über den schmalen Steg und ließ das andere Motorrad hinter sich zurück. Ihr Tempo war so hoch, dass der Zug bald nur noch ein kleiner Punkt hinter ihnen war.

Eine Kreuzung tauchte vor ihnen auf. Der Truck wurde langsamer und bog auf eine weitere kleine Straße ab, die zu den Schienen zurückführte. Verdammt! Sie hätten einfach weiter auf dem Highway bleiben können, denn dort wollte der Dieb anscheinend hin. So mussten sie erneut die sandige Zufahrt entlangfahren, nur dass diesmal der Lastwagen vor ihnen so viel Staub aufwirbelte, dass sie nur noch im Schritttempo fahren konnten und innerhalb von Sekunden von Sand umgeben waren. Nur schwach hörte Jack, wie Lissa fluchend einen Gang herunterschaltete, der Lärm von dem Motorrad hinter ihnen war einfach zu groß. Ungehalten blickte Jack sich erneut um. Warum war dieser Kerl schon wieder so dicht hinter ihnen? Fast als würde er sie verfolgen.

Ein neues Geräusch übertönte den Motorenlärm, ein lautes Ding-Ding-Ding: Die Bahnschranken schlossen sich! Anscheinend war der Zug in der Zwischenzeit wesentlich näher gekommen. Während der Lastwagen die Gleise unbehelligt überquerte, sprang direkt vor ihnen das Licht auf Rot um und die Halbschranke schloss sich. Lissa bremste scharf ab und kam vor ihr zum Stehen.

»Was machst du?«

Lissa deutete nach links, wo der Zug durch den Staubschleier undeutlich sichtbar wurde. »Anhalten.«

Wie sie vorher schon gesehen hatten, war es nicht einfach nur ein Zug, sondern ein Ungetüm mit drei Loks und unendlich vielen Waggons. Zudem fuhr er dermaßen langsam, dass sie sicher zwanzig Minuten warten müssten, bis sie weiterfahren konnten. Und in der Zeit würde der Truck wieder einmal entkommen. Hinter ihnen heulte ein Motor auf. Der andere Motorradfahrer war anscheinend auch nicht glücklich über die Situation.

»Verdammt!«

Lissa schien den gleichen Gedanken zu haben, denn sie wandte sich zu ihm um. »Soll ich vorher rüberfahren?«

Jack schätzte die Entfernung ab. »Das müssten wir locker schaffen.«

»Dann halt dich gut fest.« Damit gab sie Gas, lenkte um die Schranke herum und fuhr dann über die Schienen.

Der andere Motorradfahrer tat es ihnen gleich. Erstaunt blickte Jack der Maschine hinterher, die an ihnen vorbeischoss, sowie sie die Gleise überquert hatten. Leider hatte Jack keine Hand frei, um dem Idioten zu zeigen, was er von ihm hielt. So atmete er nur erleichtert auf, als sie sicher auf der anderen Seite ankamen und er einige Hundert Meter vor ihnen seinen Truck entdeckte. Noch immer versperrte ihnen der hochgewirbelte Sand die Sicht, doch noch wenige Sekunden, dann …

Jack erschrak, als neben ihnen plötzlich eine Sirene ertönte. Das durchdringende Geräusch dröhnte schmerzhaft in seinen Ohren. Als er dort hinschaute, erkannte er, dass in der Warteschlange auf dieser Seite der Schienen ein Polizeiwagen stand, der nun wendete und hinter ihnen herfuhr. Der Polizist gab ihnen ein Zeichen anzuhalten. Verdammt, beinahe hätten sie es geschafft!

9

Lissa bremste langsam ab und lenkte die Harley an den Straßenrand. Sie konnte spüren, wie Jacks Finger sich tiefer in ihre Taille bohrten. Es musste schwer sein, so kurz vor dem Ziel aufgehalten zu werden. Aber wenn sie Glück hatten, würde es nicht lange dauern und sie könnten den Lastwagen mit Leichtigkeit wieder einholen.

»Bleib sitzen, bis die Polizisten hier sind.«

Jack drückte ihre Taille zum Zeichen, dass er sie verstanden hatte. Dann fielen seine Hände von ihr ab. Locker lagen sie auf seinen Oberschenkeln, damit die Polizisten deutlich sahen, dass er nicht nach einer Waffe griff. Lissa stellte den Motor ab und setzte beide Beine auf den Boden. Während einer der Polizisten mit gezogener Waffe hinter dem Streifenwagen stand, kam der andere zu ihnen hinüber.

»Guten Tag. Ihnen ist doch klar, was das rote Licht bedeutet? Der Bahnübergang ist gesperrt.«

»Ja …«

»Gut. Steigen Sie langsam und vorsichtig ab und geben Sie mir dann Ihre Papiere.«

»Aber …«

»Sofort!«

Lissa presste die Lippen aufeinander. Natürlich war es sinnlos, sich mit dem Cop auseinanderzusetzen. Sie wartete, bis Jack abgestiegen war, dann folgte sie ihm. Während sie aus der Seitentasche des Rucksacks die Papiere holte, warf sie Jack einen prüfenden Blick zu. Man sah ihm an, dass seine Geduld nur an einem sehr dünnen Faden hing. Seine Kiefer waren fest aufeinandergepresst, die Hände zu Fäusten geballt. Wenn Blicke töten könnten, hätten die Polizisten bereits im Staub gelegen.

Der Streifenpolizist hielt ihr seine Hand entgegen, um ihren Führerschein in Empfang zu nehmen. Er blätterte darin, schrieb etwas in seinen Block und blickte dann auf das Motorrad. »Ist das Ihre Maschine?«

»Ja.«

»Schickes Teil. Haben Sie den Fahrzeugschein dabei?«

»Natürlich.« Lissa händigte ihm auch diesen aus. »Entschuldigen Sie, aber wir haben es ziemlich eilig, weil …«

Weiter kam sie nicht, denn der Polizist unterbrach sie. »Wir haben bemerkt, dass Sie es eilig haben. Sonst hätten Sie gewartet, bis der Zug vorbeigefahren wäre.«

»Ja, weil …«

»Die Gründe sind mir völlig egal. Und wer sind Sie?« Sein Blick bohrte sich in Jack.

»Ich bin der Beifahrer.«

»Name?«

»Jack Tease.«

»Papiere?«

»Die sind in dem Truck, den wir gerade verfolgt haben. Der wurde mir nämlich …«

»Sie haben also keine Papiere dabei.«

»Ich habe doch gerade versucht zu erklären …«

Der Polizist machte sich eine Notiz auf seinem Block. »Unwichtig.« Er ignorierte Jack und wandte sich wieder an Lissa. »Sie bekommen einen Strafzettel wegen Überquerens eines geschlossenen Bahnübergangs und Gefährdung anderer Verkehrsteilnehmer. Das macht fünfhundert Dollar.«

»Was? So viel habe ich nicht dabei!«

»Dann müssen Sie wohl mitkommen und einen Strafbefehl unterschreiben.«

»Und was ist mit dem anderen Motorradfahrer, der vor uns hinübergefahren ist? Warum verfolgen Sie den nicht auch?«

»Der war eben schneller. Also, Sie kommen jetzt mit uns ...«

Jack trat vor. »Das können Sie nicht machen! Wir müssen dringend weiter, sonst ist der Dieb mit meinem Truck verschwunden. Wenn Sie einfach mal zuhören und nicht nur die Nase in Ihr dämliches Regelbuch stecken würden, dann würden Sie erkennen, dass hier ein Notfall vorliegt. Lissa wäre nicht über den Bahnübergang gefahren, wenn sie nicht versucht hätte, den Lastwagen einzuholen, der mir gestohlen wurde.«

»Hey Travis, hast du eben auch gehört, dass der Typ uns als dämlich bezeichnet hat?«

»Jup.« Der andere Polizist löste sich vom Wagen und schlenderte zu ihnen herüber. »Sieht so aus, als wollte er uns beleidigen.«

Jack schnitt eine Grimasse. »Ich habe niemanden beleidigt, ich habe nur versucht ...«

»Ich denke, wir nehmen ihn mit, vielleicht kühlt er dann ein wenig ab.«

»Gute Idee.«

»He, das können Sie nicht machen, wir haben Rechte ...«

Der erste Polizist trat hinter ihn und legte ihm Handschellen an. »Nein, Sie haben keine Rechte, denn ohne Papiere sind Sie niemand.«

Lissa trat dazwischen. »Lassen Sie ihn los. Ich bin Zeugin, dass er überhaupt nichts getan hat. Sie können ihn doch nicht einfach so verhaften!«

»Wer sagt, dass wir das tun? Wir nehmen ihn nur zur Befragung mit. Und Sie auch, schließlich haben Sie Verkehrsregeln gebrochen. Wenn Sie nicht ebenfalls Handschellen tragen wollen, dann kommen Sie lieber freiwillig mit.«

»Ich …« In dem Moment fing sie Jacks fast unmerkliches Kopfschütteln auf. Er hatte recht, es würde überhaupt nichts bringen, wenn sie protestierte. »Was ist mit meinem Motorrad?«

Die beiden Polizisten blickten sich an, dann grinste der jüngere. »Ich werde damit hinterherfahren. So eine Maschine wollte ich schon immer mal haben.«

Jack murmelte etwas, das sie nicht verstehen konnte. Vermutlich war es nicht sonderlich freundlich gewesen. Lissas Herz zog sich zusammen, als sie ihre Harley betrachtete. Niemand durfte diese Maschine fahren, sie war ihr Baby! Aber natürlich wollte sie sie auch nicht hier mitten in der Einöde stehen lassen. Außerdem würden die Polizisten sowieso tun, was sie wollten, egal, wie sehr sie dagegen protestierte. Mit zugekniffenem Mund blieb sie still stehen, während Travis erst Jack und dann sie selbst nach Waffen abtastete. Er fand das Handy und steckte es in ihren Rucksack, bevor er sie zum Streifenwagen führte. Dort übergab er sie an den anderen Polizisten, der den Rucksack auf den Beifahrersitz warf und sie dann mit einer Hand auf dem Kopf auf die Rückbank schob.

Mit eiserner Miene sah Jack starr geradeaus, ein Muskel zuckte in seiner Wange. Lissa blickte auf seine Hände hinunter, die hinter seinem Rücken mit Handschellen gefesselt waren. Es musste ziemlich unbequem sein, so zu sitzen. Sie griff hinüber, zog den Sicherheitsgurt über seinen Körper und rastete ihn ein. Es war schon schlimm genug, dass sie in Polizeigewahrsam waren, sie wollte nicht auch noch bei einem Unfall zu Schaden kommen. Nachdem sie sich selbst auch angeschnallt hatte, blickte sie aus dem Fenster zu ihrer Maschine. Verdammt!

Jack musste ihre Gedanken erkannt haben, denn er brach sein Schweigen. »Es tut mir leid.«

Lissa sah zu ihm hinüber. »War ja nicht deine Schuld, ich hätte einfach warten sollen.«

»Ich habe dich dazu angestachelt, außerdem hätte ich nicht ›dämlich‹ sagen sollen.«

Lissa gelang ein Lächeln. »Obwohl du damit natürlich recht hattest.«

»Ja, aber es hat uns nicht wirklich weitergebracht. Und jetzt sind wir auch noch das Motorrad los, jedenfalls bis wir den ganzen Mist aufgeklärt haben.«

»Solange ich meine Maschine bald wiederbekomme, werde ich versuchen, es als kleines Abenteuer anzusehen.«

Jack verzog den Mund. »Und in der Zwischenzeit verschwindet mein Truck in den Weiten des Südwestens.«

Tröstend legte Lissa ihre Hand auf seinen Arm. Egal, was sie auch sagen mochte, es würde ihm nicht helfen, seinen Lastwagen wiederzubekommen. Warum mussten auch diese blöden Polizisten genau dann auftauchen, wenn sie nach zwei Tagen endlich fast am Ziel waren? Vielleicht hatte ja das Schicksal eingegriffen, damit sie noch etwas mehr Zeit mit Jack verbringen konnte. Obwohl sie den Gedanken gleich als lächerlich abtat, klopfte ihr Herz plötzlich schneller. Zuerst der Traum, dann das Treffen mit Jack in der Einöde und jetzt dies. Natürlich konnte alles nur Zufall sein, aber wenn nicht …

»Hm.«

Verwirrt blickte sie Jack an. »Wie bitte?«

»Das fühlt sich gut an.«

»Was?«

Jack deutete mit seinem Kopf nach unten. Ihre Hand lag immer noch auf seinem Arm, mit den Fingern streichelte sie seine warme Haut. Lissa errötete, zog die Hand aber nicht fort.

»Ich habe es gar nicht bemerkt.«

Jacks Mundwinkel hob sich. »Das weiß ich.«

»Soll ich aufhören?«

»Meinetwegen kannst du gerne ewig so weitermachen.«

Jack schloss mit einem kleinen Lächeln auf den Lippen die Augen und lehnte den Kopf gegen das Polster zurück. Fasziniert betrachtete Lissa ihn. Es war das erste Mal, dass sie ihn ein wenig entspannter sah. Sie hatte große Lust, sich einfach an ihn zu schmiegen und … Nein, lieber nicht darüber nachdenken, zumindest nicht, während der Polizist sie im Rückspiegel beobachtete. Um seinem Blick zu entgehen, schaute sie aus dem Fenster auf die vorbeirasende Landschaft. Durch die sengende Sommersonne verdorrte Grasflächen wechselten sich mit Espen- und Fichtenwäldern ab, die von den umliegenden Gebirgsketten überthront wurden. Manche waren so hoch, dass selbst im Sommer noch Schnee auf ihren Gipfeln lag. Nach der kargen Wüste im Süden war diese Gegend eine wohltuende Abwechslung.

Es machte ihr nichts aus, ein paar Tage ihres Urlaubs zu opfern, um Jack zu helfen, aber es war Zeitverschwendung, in einem Polizeiwagen durch die Gegend zu fahren. Sie vermisste bereits jetzt den Wind, der ihr auf der Harley entgegenblies, das Dröhnen der Maschine unter ihr und die Sonne, die warm auf sie herabschien. Am meisten aber fehlte ihr die Freiheit, zu tun, was sie wollte, wann immer und mit wem sie es wollte.

Lissa riss die Augen auf, als neben ihr ein Schatten vorbeiflog. Ihr Magen krampfte sich zusammen als sie den jungen Polizisten erkannte, der auf ihrer Harley neben dem Polizeiwagen herfuhr. Es sah aus, als hätte er viel Spaß dabei. Der Ärger trieb Röte in ihr Gesicht. Seit sie das Motorrad vor zwei Jahren gekauft hatte, war niemand außer ihr selbst darauf gefahren. Wenn schon jemand anders es benutzte, dann wollte sie wenigstens selbst entscheiden können, wer. Erneut heulte der Motor auf, und die Harley schoss am Polizeiwagen vorbei.

»Wehe, der macht meine Maschine kaputt!«

Der Polizist grinste sie im Rückspiegel an. »Vielleicht sollte ich anhalten, dann können wir tauschen.«

Lissa kniff die Lippen zusammen, um nicht damit herauszuplatzen, was sie von ihm hielt. Stattdessen betrachtete sie wieder die Landschaft. Kurze Zeit später bogen sie auf eine kleinere Straße ab, die sie tiefer in die Bergwelt hineinführte. Sie konnte Jacks Frustration nachvollziehen: anstatt in diesem Moment bereits den Truck gestellt zu haben, fuhren sie nun sogar in die entgegengesetzte Richtung.

»Genug geträumt! Wir sind da.«

Die Stimme des Polizisten riss sie aus ihren Gedanken. Irritiert blickte sie ihn an. »Wo sind wir?«

»In Trinidad.«

»Trinidad?«

»Der Ort, nicht die Insel.«

Lissa verzog den Mund. »Da bin ich aber beruhigt.«

Jack hatte den Wortwechsel insgeheim amüsiert verfolgt. Lissa war wirklich nicht lange ruhig zu halten. Wären nicht die kurzen Momente gewesen, als sie ihn so sanft berührt hatte, hätte er nicht geglaubt, dass sie überhaupt dazu fähig wäre. Feurige Leidenschaft, ja. Aber ruhiges, bedächtiges Streicheln? Er hatte es wirklich genossen, auch wenn er mit Handschellen in einem Polizeiauto saß. Bemüht, seine erneut aufsteigende Irritation zu unterdrücken, blickte er sich um. Trinidad war eine von den vielen kleinen Städten, die während des Goldrauschs entstanden und irgendwann einmal touristisch aufpoliert worden waren. Die Häuser entlang der Hauptstraße waren herausgeputzt, die Bürgersteige und kleinen Touristenläden gepflegt. Es gab Motels, Tankstellen, einen Supermarkt und sogar einen Schnellimbiss. Über den Straßen hingen Banner, die auf das

Trinidaddio Blues Fest hinwiesen. Natürlich war da auch noch die schmucke Polizeistation, die sie gerade betraten. An den Wänden hingen Fotos von vermissten Personen und Steckbriefe von gesuchten Verbrechern, eine Theke trennte den Raum, dahinter waren zwei Schreibtische und eine Tür, die vermutlich zur Toilette führte. Ein Polizist bemannte das Funkgerät, das in unregelmäßigen Abständen ein statisches Knistern von sich gab. Er sah auf und beobachtete desinteressiert, wie Jack und Lissa hineingeführt wurden.

Es passte Jack überhaupt nicht, wie ein Schwerverbrecher behandelt zu werden, aber er schwieg, um weitere Ausbrüche zu vermeiden, die nur dazu führen würden, dass sie noch länger hier festsaßen. Mit etwas Glück könnten sie vielleicht nach Angabe ihrer Personalien und Bezahlen der Strafe hier wieder verschwinden. Andererseits, wenn die Polizisten hier so wenig zu tun hatten wie es schien, dann würden sie ihre Gäste vielleicht einfach zum Zeitvertreib länger dabehalten. Tolle Aussichten. Genau deshalb war er nicht mehr in der Army. Er war nicht dafür geschaffen, stumm Befehle entgegenzunehmen, ohne etwas dagegen zu sagen, und vor allem hielt er sich nicht gerne an unsinnige Regeln. Außerdem hatte er auf schmerzhafte Art lernen müssen, dass auch die ›Guten‹ häufig nicht davor zurückschreckten, ihre Machtpositionen auszunutzen. Aber jetzt waren sie diesen Dorfpolizisten ausgeliefert und konnten nichts dagegen tun.

10

»Hoppes.« Der Spediteur lehnte sich in seinem Stuhl zurück und blickte aus dem Fenster auf die geschäftige Straße herunter. Diese ganze Geschichte machte ihn nervös, aber er hatte keine Wahl gehabt. Die Spedition brachte einfach nicht genug Geld ein, um all seine Bedürfnisse zu befriedigen.

»Hier ist Richards. Dieser Tease hätte beinahe den Truck eingeholt.«

Ruckartig setzte Hoppes sich auf, sein Herz begann zu rasen. »Was? Wie ist er denn dort hingekommen? Gestern Abend war er doch noch weit weg!«

»Ich habe keine Ahnung.«

Die Hand, mit der er den Hörer hielt, zitterte. »Haben Sie ihn außer Gefecht gesetzt?«

Richards lachte. »Das war gar nicht nötig. Er wurde von der Polizei verhaftet.«

Erleichterung breitete sich in Karl Hoppes aus. »Warum das?«

»Vermutlich weil er bei geschlossener Schranke einen Bahnübergang überquert hat.«

»Bahnübergang? Egal. Hauptsache er hat den Lastwagen nicht erwischt. Wo ist Tease jetzt?«

»Wahrscheinlich in Trinidad, Colorado. Der Wagen war vom Sheriffs Department Trinidad.«

»Warum sind Sie ihm nicht gefolgt?«

»Das wäre zu gefährlich gewesen, sie hätten mich bemerken können. Es war schon riskant genug, alles von Weitem zu beobachten. Außerdem dachte ich, es wäre in Ihrem Sinne, wenn ich beim Truck bleibe und darauf achte, dass er nicht verloren geht.«

»Ja, Sie haben recht. Bleiben Sie außer Sichtweite und passen Sie auf, dass sich niemand daran zu schaffen macht.«

»Alles klar.« Damit beendete Richards die Verbindung, ohne sich zu verabschieden.

»Setzen Sie sich dorthin.«

Unsanft wurde Jack auf einen harten Holzstuhl geschoben und mit einer Handschelle daran befestigt.

»Könnten Sie mich jetzt losmachen?«

»Nicht, solange wir nicht Ihre Identität geklärt haben.«

»Sie haben kein Recht, mich hier festzuhalten, ich habe nichts getan.«

Der Polizist setzte sich ihm gegenüber. »Sie haben Polizisten beleidigt und sich dann der Festnahme widersetzt.«

»Ich habe nichts dergleichen getan.«

Langsam schüttelte der Polizist den Kopf. Laut dem Namensschild auf seiner Uniform hieß er Walters. »Doch, das haben Sie, und dafür können wir Sie bis zu vierundzwanzig Stunden hier festhalten. Also passen Sie lieber auf, was Sie sagen.«

Jack schloss den Mund und drehte sich zu Lissa um. Sie sprach gerade mit dem anderen Polizisten, Travis, der an einer alten Schreibmaschine etwas tippte. Wahrscheinlich das Ticket über fünfhundert Dollar. Noch etwas, das er Lissa zurückzahlen musste, wenn er erst wieder Herr über sein Leben war.

»Hier spielt die Musik.« Ein Tritt gegen das Stuhlbein lenkte seine Aufmerksamkeit wieder auf Walters. Als dieser seinen mörderischen Blick sah, zuckte er erst zurück, fing dann aber an zu lachen. »Nicht schlecht, aber völlig nutzlos. Hier regiere ich, und wenn Sie sich mir nicht unterordnen, werden Sie in meiner Zelle verschimmeln. Habe ich mich klar ausgedrückt?«

Jack nickte. Am liebsten hätte er diesem Idioten den Hals umgedreht, aber das würde seiner Freiheit nicht förderlich sein. Stattdessen beantwortete er mehr oder weniger geduldig sämtliche Fragen, bis es ihm schließlich doch zu viel wurde. »Wir sind das alles schon dreimal durchgegangen. Glauben Sie, dass sich noch irgendetwas ändern wird? Ich bin Jack S. Tease, fahre einen Truck, der mir gestern geklaut wurde und den ich jetzt bereits wieder hätte, wenn Sie uns nicht gestoppt hätten. Mehr gibt es dazu nicht zu sagen.«

»Nun, wenn das so ist, dann können Sie sich jetzt für die nächsten zwölf Stunden in meiner Zelle ausnüchtern.«

»Ausnüchtern? Ich habe überhaupt nichts getrunken!«

»Na und?«

Jack presste die Lippen zusammen und schwieg. Es war klar, dass Walters hier die absolute Macht hatte, alles zu tun, was er wollte, und dies auch schamlos ausnutzte.

Lissa hatte inzwischen alle nötigen Zettel ausgefüllt, um ihr Motorrad wiederzubekommen, und blickte Jack mit großen Augen an, als Walters seine Handschelle vom Stuhl löste und ihn durch die Tür zur einzigen Zelle des Gebäudes führte.

Sie wandte sich an Travis. »Was haben Sie mit ihm vor?«

Der Polizist blickte uninteressiert auf und zuckte mit den Schultern. »Vermutlich darf er für die Nacht unsere Gastfreundschaft genießen.«

»Was? Warum?«

Travis legte seinen Stift zur Seite und sah Lissa verschwörerisch an. »Ich gebe Ihnen den guten Rat weiterzufahren, sobald Ihr Motorrad freigegeben wird.«

»Ich lasse Jack nicht hier zurück.«

Wieder zuckte er mit den Schultern. »Dann müssen Sie halt warten, bis er wieder draußen ist. Vielleicht bekommen Sie in einem der Motels noch ein Zimmer.«

Ratlos kaute Lissa an ihrer Lippe, während sie überlegte, was sie tun sollte. Natürlich könnte sie im Motel warten, bis Jack wieder herauskam, aber sie wollte ihn auch nicht alleine lassen. Außerdem hatte er bestimmt Hunger. »Kann ich ihm etwas zu essen bringen?«

»Sicher, solange Sie keine Feile darin verstecken.« Travis lachte laut über seinen Witz.

Lissa setzte die Sonnenbrille auf, damit er nicht sah, wie sie die Augen verdrehte. Diese Kleinstadt-Cowboys waren echt der Hit. Nur weil sie gerade nichts Besseres zu tun hatten, durfte Jack die Nacht im Gefängnis verbringen.

Aber wenn es nicht anders ging, konnten sie es sich wenigstens so bequem wie möglich machen. Doch dazu musste sie noch einige Dinge besorgen. »Ich komme gleich wieder.« Damit schnappte sie sich ihren Rucksack und ging zur Tür.

»Lassen Sie sich Zeit. Ihr Freund geht in nächster Zeit nirgendwohin.«

Mit einem tiefen Seufzer trat Lissa auf den Bürgersteig vor der Polizeistation. Gut, dass sie ihre Jacke ausgezogen hatte, die ihr in Wellen entgegenschlagende Hitze ließ sie fast wieder in das klimatisierte Gebäude flüchten. Nur der Gedanke an Jack hinter Gittern brachte sie dazu, die Hauptstraße hinunterzulaufen, bis sie auf einen kleinen Supermarkt mit angeschlossenem Imbiss traf. Dort stockte sie ihre Vorräte auf und nahm auch noch ein frisch gegrilltes, verlockend duftendes Hähnchen mit. Das Wasser lief ihr im Mund zusammen, während sie mit der Tüte in der Hand noch einige Häuser weiterging. In einem kleinen Souvenirgeschäft kaufte sie für Jack ein Sweatshirt, das mit einem federgeschmückten Indianerkopf als Motiv zwar ziemlich blöd aussah, aber immerhin wärmer wäre als sein Shirt.

Zurück im Polizeigebäude zeigte sie Travis ihre Einkäufe vor. Dieser streckte die Hand danach aus. »Ich werde ihm die Sachen in die Zelle bringen.«

»Aber ich habe doch auch noch nichts gegessen! Eigentlich dachte ich, wir könnten dort drinnen ein kleines Picknick veranstalten.«

Travis blickte sie irritiert an, dann zuckte er mit den Schultern. »Wie Sie wollen. Sie haben eine Stunde, danach werden keine Besucher mehr hereingelassen.«

Lissa verzog das Gesicht. »Na toll.«

»Später bekommen Sie auch das Motorrad nicht mehr heraus, das Aufbewahrungsgelände ist nachts geschlossen.«

Lissa stemmte die Hände in die Hüften. »Das wird ja immer besser! Ohne meine Maschine kann ich mir doch kein Zimmer suchen.«

Travis zuckte mit den Schultern. »Meine Rede. Vergessen Sie den Typen.«

Wütend funkelte Lissa den Polizisten an. »Das werde ich sicher nicht! Kann ich jetzt zu ihm?«

Travis erkannte, dass es ihr ernst war und zuckte ergeben mit den Schultern. »Wie Sie wollen. Viel Spaß.«

Lissa nahm sich aus ihren Gepäcktaschen, was sie brauchte und trat wieder vor ihn. »Danke, den werde ich haben.«

Kopfschüttelnd öffnete er die Gittertür und ließ Lissa hindurchtreten.

Jack schaute erst auf, als die Tür mit einem lauten Knall zuschlug, der Schlüssel aber nicht herumgedreht wurde. Erstaunt beobachtete er, wie Lissa die kurze Strecke bis zur Pritsche überquerte und sich dann darauf fallen ließ. »Haben sie dich auch eingesperrt?«

Grinsend testete Lissa die dünne Matratze. »Nein, die Tür ist noch offen.« Sie fing an, in der Tüte zu wühlen. »Ich dachte, du hättest vielleicht Hunger.«

»Du bist verrückt.«

»Könnte sein. Ist das schlimm? Ich dachte, es wäre sicher angenehm, wenn man nicht alleine hier sitzen muss, sondern ein wenig Gesellschaft hat.« Sie wurde ernst. »Soll ich wieder gehen?«

Jack blickte sie eine Weile schweigend an, dann verschränkte er seine Finger mit ihren. »Bleib bitte.«

Lissas strahlendes Lächeln bewies ihm, dass seine Entscheidung richtig gewesen war. Allerdings, wie sollte er es ertragen, ihr so nahe zu sein, ohne sie zu berühren? Denn genau das würde er jetzt am liebsten tun, nachdem sie ihn vorhin im Auto so sanft gestreichelt hatte. Vielleicht sollte er einfach näher an sie heranrutschen, seinen Arm um sie legen und sie dicht an sich ziehen – auch wenn die Polizisten einen direkten Blick auf die Zelle hatten. Wie würden sich wohl ihre Lippen auf seinen anfühlen? Seidig weich, aber fordernd, ihre Zunge, die forschend in seinen Mund tauchte. Ihre Hände würden unter sein Shirt schlüpfen und … Mit einem Ruck erwachte Jack aus seiner Fantasie. Hastig ließ er ihre Hand los und rutschte ein Stück zur Seite. Lissas ironisches Lächeln zeigte, dass sie genau wusste, was in ihm vorging. Unruhig rutschte er auf der harten Pritsche herum. Es war eindeutig Zeit, sich abzulenken.

»Hattest du etwas von Essen gesagt?«

Lissa setzte sich auf. »Oh, ja, das habe ich fast vergessen.« Sie wühlte in der Tüte und brachte schließlich einen Plastikbehälter mit Grillhähnchen zum Vorschein. »Tada, Poulet à la surprise.«

»Bitte, was?«

»Huhn, auf Französisch.«

»Du bist Französischlehrerin?«

Lachend zerteilte Lissa das Fleisch und reichte ihm etwas davon. »Nein.«

»Köchin?«

»Oh Gott, nein. Das würde niemand überleben.«

Jack vergrub seine Zähne im saftigen Fleisch und schwieg. Als Lehrerin konnte er sie sich nicht vorstellen. Dafür war sie zu … jung, zu frech und dynamisch. Obwohl sich vermutlich die Lehrer seit seiner Schulzeit erheblich verändert hatten. Wenn er jemanden wie Lissa als Lehrerin gehabt hätte, wäre er immer pünktlich gewesen und hätte sich in die erste Reihe gesetzt, um ihr möglichst nahe zu sein. Seine Mundwinkel hoben sich. Gut, dass er sie erst jetzt kennengelernt hatte und alt genug war, um seinen Gefühlen für sie auch nachzugeben.

Aus den Augenwinkeln blickte er zu ihr hinüber. Als wäre es das Natürlichste der Welt, saß sie mit überschlagenen Beinen neben ihm in der Gefängniszelle und verzehrte in aller Ruhe einen Hähnchenschenkel. Ihre Lippen glänzten vor Fett, die Haare hingen in zerzausten Strähnen um ihr Gesicht. Jack kniff die Augen zu. Gott, wie gerne würde er sie einfach an sich ziehen und küssen, bis sie beide außer Atem waren. Ob sie ihn genauso hungrig betrachten würde wie das Fleisch?

»Klebt mir was im Gesicht?«

Überrascht hob Jack seine Augen zu ihren. »Nein, warum?«

»Wenn mich jemand erst anstarrt, als wäre mir eine zweite Nase gewachsen und dann die Augen schließt …«

Jack fühlte, wie Hitze seinen Nacken heraufkroch. »War es so offensichtlich?«

»Nun ja, es war schwer zu übersehen. Also, habe ich mich beschmiert?«

»Nein, darum ging es nicht.«

Lissa zog die Augenbrauen hoch. »Worum dann?«

»Es wäre besser, wenn ich das für mich behalte … zumindest solange wir hier sind.«

»Oh.« Nach einem letzten Bissen warf Lissa den abgeknabberten Schenkel in den Plastikcontainer und wischte sich die Hände und den Mund an einer Serviette ab. Sie warf einen Blick durch die Gitterstäbe zu den Polizisten, die im Vorraum ihrer Arbeit nachgingen, bevor sie dichter an Jack heranrückte. »Die Typen beachten uns gar nicht, du kannst es mir ruhig sagen.«

»Es ging mir weniger um das Publikum als vielmehr darum, dass du dich nicht gezwungen fühlen sollst.«

Lissa rutschte noch näher, bis ihre Schulter seinen Arm berührte, ihre Haare streiften sein Gesicht. »Okay, ich bin gewarnt. Jetzt spuck's aus.«

Mit kontrollierten Bewegungen legte er sein Essen beiseite, säuberte Finger und Gesicht, bevor er sich zu ihr beugte. Sein Mund war nur wenige Zentimeter von ihr entfernt, sein Atem strich über ihre Haut. »Du hast es so gewollt.«

11

Damit senkte er den Kopf und strich mit seinen Lippen über ihre. Lissa gab einen erstaunten Laut von sich, rückte aber nicht von ihm ab. Im Gegenteil, ihre Augen schlossen sich, und sie ließ sich in die Berührung sinken. Gott, das fühlte sich genauso gut an, wie er vermutet hatte. Mit einem rauen Seufzer öffnete sie ihre Lippen und ermöglichte ihm, ihren Mund mit der Zunge zu erkunden. Er schob seine Arme um ihren Körper und zog sie noch näher zu sich heran. Während er seine Finger in ihre Haare wühlte, schlüpfte seine andere Hand unter ihr T-Shirt und berührte ihren nackten Rücken. Er spürte, wie ein Zittern durch ihren Körper lief. Ein antwortendes Beben erfasste ihn. Fast verzweifelt trafen sich ihre Zungen, berührten sich ihre Körper. Mit zitternden Fingern fuhr Jack die Linie ihres Rückgrats nach, fühlte die Muskeln unter ihrer glatten Haut. Lissa streichelte über seine Arme, dann ließ sie ihre Finger an seinem Brustkorb hinuntergleiten, legte sie auf sein Herz.

»He, das Einsperren soll eine Strafe sein und keine Belohnung!«

Erschrocken fuhren Jack und Lissa auseinander. Mit vor Leidenschaft glänzenden Augen blickten sie erst einander, dann Walters an, der vor der Zelle stand, die Hände in die beleibten Hüften gestützt, und sie mit einem schmierigen Grinsen im Gesicht betrachtete.

»Wenn ich hier noch mal so etwas sehe, muss sie sofort gehen, ist das klar?« Er wartete nicht ab, bis ihm jemand antwortete, sondern marschierte in den anderen Raum zurück.

Jack sah ihm hinterher und bemühte sich, seine Wut zu unterdrücken. Er ärgerte sich, weil Walters sie unterbrochen hatte, aber auch, ihm überhaupt erst die Gelegenheit gegeben zu haben. Was hatte er sich dabei gedacht, hier in aller Öffentlichkeit so über Lissa herzufallen? »Es tut mir leid.«

»Mir auch.« Lissa grinste ihn an. »Der Junge hat ein verdammt schlechtes Timing. Es fing gerade an, richtig interessant zu werden.«

Erstaunt blickte Jack sie an, dann hoben sich seine Mundwinkel. Es sah nicht so aus, als würde Lissa den Kuss bereuen, also warum sollte er sich darüber Gedanken machen? Trotzdem musste er sich ganz dringend ablenken, sonst würde er es nie durchhalten, Lissa so nah zu sein, ohne sie berühren zu dürfen. Wer hätte gedacht, dass er sich in einer Polizeizelle jemals so gut fühlen würde? In seiner Zeit bei der Army war er auch schon im Gefängnis gewesen, aber nie in Anwesenheit einer interessanten und erotischen Frau.

Er sollte dringend über etwas anderes nachdenken, etwas, das ihn garantiert abkühlen würde. »Hast du deinen Vibrator dabei?«

Überrascht blickte Lissa ihn an. »Meinen *was*?«

»Das Handy.«

»Ach so.« Lachend klopfte Lissa auf ihren Bauch. »Alles noch vorhanden. Ich habe es draußen aus dem Rucksack genommen und wieder versteckt. Die Polizisten haben gar nicht daran gedacht, noch einmal nachzuschauen, ob ich keine Waffen bei mir trage.«

»Dann hätte ich ihnen auch persönlich die Finger gebrochen.«

Eine Weile schwieg Lissa, dann lächelte sie. »Danke.« Sie räumte die Reste ihres Essens beiseite und gab Jack das Sweatshirt, das sie ihm mitgebracht hatte. Als er es nur verwirrt betrachtete, seufzte sie. »Ja, ich weiß, es ist nicht besonders schön, aber ich dachte, es wäre besser, wenn du etwas Wärmeres – und auch Frischeres – zum Anziehen hast.«

»Mit anderen Worten: ich stinke.«

Lissa grinste nur und hielt ihm weiter das Sweatshirt hin. Widerwillig nahm er es an, verzog den Mund, als er den Indianerkopf darauf sah und legte es schließlich auf seine Beine. Er zog sein Muskelshirt über den Kopf und warf es neben sich. Lissa machte sich nicht die Mühe, so zu tun, als würde sie ihn nicht beobachten. Zwar hatte sie ihn letzte Nacht bereits fast nackt gesehen, aber es lohnte sich durchaus, seinen eindrucksvollen Brustkorb noch einmal genauer anzuschauen. Besonders, nachdem sie sich gerade geküsst hatten und sie für einen kurzen Moment sein heftig klopfendes Herz gespürt hatte. Was gäbe sie darum, ihn jetzt noch einmal zu berühren, mit ihren Fingern über seine gebräunte, leicht behaarte Brust zu streichen, seine Brustwarzen zu reizen.

»Jetzt weiß ich, warum du wolltest, dass ich mich umziehe.«

Lissa riss den Kopf so schnell hoch, dass es in ihrem Nacken protestierend knackte. Jacks Augen funkelten amüsiert und eindeutig erregt. Sie musste sich räuspern, bevor sie ihrer Stimme traute. »Ehrlich gesagt habe ich gar nicht daran gedacht. Aber ich kann nicht leugnen, dass ich dich gerne ansehe.« Abrupt stand sie auf und ging zur Zellentür. »Ich glaube, ich werde mich erst einmal ein wenig frisch machen.«

Jack blickte sie forschend an, dann trat er zu ihr. Die Wärme seines Körpers berührte den ihren. »Vielleicht wäre es besser, wenn du dir ein Hotelzimmer suchst. Es ist nicht sonderlich komfortabel hier.«

Lissa schaute über die Schulter zu ihm zurück. »Bisher hat es mir bei dir gut gefallen. Wenn du mich allerdings nicht hier haben willst …«

Jacks Oberkörper presste sich gegen ihren Rücken, seine Hüfte berührte die ihre. Mit dem Finger fuhr er zärtlich an ihrem Ohr entlang, den Hals hinunter bis zu ihrer Schulter. Als er sprach, war seine Stimme ein heiseres Flüstern, nur für sie bestimmt. »Oh doch, ich will dich. Mehr als ich sollte …«

Bevor Lissa reagieren konnte, rückte er von ihr ab und drehte ihr den Rücken zu, als Travis vor der Zellentür erschien.

»Wollen Sie gehen?«

»Nein, ich hatte nur gehofft, ich könnte mir die Hände waschen.«

Der Polizist warf einen Blick auf Jacks nackten Rücken, dann bedeutete er ihr, ihm zu folgen. Auf dem Weg zur Toilette nahm sie ihren Rucksack vom Stuhl, wo sie ihn hatte abstellen müssen. Als sie beim Waschraum ankamen, legte Travis eine Hand auf ihren Arm. »Wenn der Kerl Sie belästigt, schreien Sie, ich werde sofort kommen.«

Genervt blickte sie ihn an. »Ich weiß nicht, warum Sie das immer wieder sagen, Jack wird mir nichts tun.«

»Wenn Sie das sagen …«

»Das sage ich. Und selbst wenn, könnte ich mich zur Wehr setzen.«

»Sollten Sie es sich anders überlegen, können Sie jederzeit gehen.«

Lissa nickte knapp und zog dann die Tür fest hinter sich zu. Mit geschlossenen Augen lehnte sie sich mit dem Rücken dagegen und seufzte tief auf. *Es passierte wirklich!* Diesmal schien ihr Traum tatsächlich Realität zu werden. Mit der Fingerspitze fuhr sie vorsichtig über ihre Lippen. Jack hatte sie tatsächlich geküsst, seine raue Hand ihre Haut berührt. Und es war besser gewesen als alles, was sie je geträumt hatte. Lissa öffnete die Augen und wandte sich zum Waschbecken um. Zu schade, dass der Polizist sie gestört hatte, wer weiß, wohin sie der Kuss noch geführt hätte. Okay, vermutlich war es besser, das, was immer sich zwischen ihnen anbahnte, aufzuschieben bis sie irgendwo alleine waren. Doch für ihre Geduld war sie noch nie bekannt gewesen. Nun, vielleicht war es mit Sex so wie mit Wein, je länger man wartete, desto besser wurde er.

Hastig kühlte Lissa ihre brennenden Wangen mit kaltem Wasser. Sie würde sich bald ein Hotelzimmer suchen müssen, aber noch mochte sie sich nicht von Jack trennen. Nicht nur, weil sie sich eine weitere Annäherung erhoffte, sei sie auch noch so flüchtig. Sie fürchtete auch, dass er womöglich nur ein Teil ihrer überbordenden Fantasie war und verschwinden würde, sobald sie ihm den Rücken kehrte. Lieber würde sie ihm nicht von der Seite weichen, bis er den Truck gefunden hatte oder ihr Urlaub zu Ende war. Was immer davon als Erstes geschah. Und danach … Nein, darüber würde sie nicht nachgrübeln, dafür war die Zeit mit ihm einfach zu kostbar.

Rasch wusch sie Hände und Gesicht, dann zog sie ihr Handy aus der Hose. Es wurde Zeit, sich bei Erin zu melden, die sich bestimmt schon um sie sorgte. Ungeduldig tippte sie mit den Fingern auf den Rand des Waschbeckens.

»Hallo?«

»Hi Erin, ich bin's.«

»Lissa! Wo bist du? Warum hast du dich nicht mehr gemeldet?«

Grinsend hielt Lissa das Telefon vom Ohr weg, bis ihre Freundin sich wieder beruhigt hatte. »Mir geht es gut. Ich war den ganzen Tag unterwegs, deshalb komme ich erst jetzt dazu, dich anzurufen.«

»Bist du in einem Motel? Hast du dich endlich von diesem merkwürdigen Typen getrennt?«

»Nein und nein. Ich bin gerade in einer Polizeistation.«

»Was? Hoffentlich habe ich mich verhört.«

Lissa lachte. »Nein, hast du nicht. Aber bevor du dich aufregst, ich bin mehr oder weniger freiwillig hier.«

»Was soll *das* denn heißen?«

»Dass Jack verhaftet wurde und ich ihm Gesellschaft leiste.«

Ein Stöhnen drang durch den Hörer. »Das darf doch nicht wahr sein! Erst gabelst du mitten in der Einöde einen wildfremden Mann auf und dann bekommst du seinetwegen Ärger mit der Polizei. Was hat er angestellt? Er ist hoffentlich kein gesuchter Verbrecher!«

»Aber nein, wir sind gemeinsam über einen geschlossenen Bahnübergang gefahren und wurden dabei erwischt. Ich musste nur eine Strafe zahlen, aber Jack haben sie eingesperrt, weil er sich nicht ausweisen konnte. Sie behaupten, er hätte sie beleidigt, aber das stimmt gar nicht. Nun ja, immerhin habe ich endlich mal eine Zelle von innen gesehen.« Sie schlug einen leichteren Ton an, um Erin zu beruhigen, aber es schien nicht zu wirken.

»Würdest du bitte auf mich hören und zurückkommen?«

Lissa wurde ernst, als sie die Sorge aus Erins Stimme heraushörte. »Es ging mir seit Langem nicht mehr so gut, Erin.«

Das brachte ihre Freundin zum Schweigen, wenn auch nur für einen kurzen Moment. »Glaubst du immer noch, dass dieser Jack derjenige ist, den du in deinem Traum gesehen hast?«

»Ich bin mir sogar ziemlich sicher. Es passt alles zusammen. Und Erin, er ist absolut zum Anbeißen.«

Diesmal lachte Erin. »Du machst mich wirklich neugierig. Wann bekomme ich dieses Prachtexemplar denn mal zu sehen?«

Lissa verzog den Mund. Genau das war das Problem: Sie wusste nicht, wie es mit Jack und ihr weitergehen würde, was passieren würde.

»Lissa?«

»Ich weiß es nicht. Er muss sicher gleich weiterfahren, wenn er seinen Lastwagen endlich zurück hat. Und bisher haben wir ja nur …«

»Was?«

»Äh, nichts. Ich wollte sagen, es ist ja nicht so, als hätten wir eine Beziehung. Noch nicht, zumindest.«

»Lass dich bitte nicht von ihm ausnutzen.«

»Wohl kaum. Und selbst wenn, es wäre sicher die Erfahrung wert.«

Erins rauchiges Lachen drang durch den Hörer. »Du bist unverbesserlich!«

»Und stolz darauf. Was macht Henry?«

»Nur Unsinn natürlich. Dieser Hund hat schon zwei meiner Schuhe durchgekaut, Haare überall in meiner Wohnung verteilt, und wenn ich mit ihm rausgehe, muss ich joggen. Du weißt, ich hasse Sport!«

Lissa lachte. Ja, Erin bemühte sich, so wenig wie möglich zu Fuß zu erledigen. Aber statt übergewichtig zu sein, musste sie sogar noch aufpassen, ihr Gewicht zu halten. Sie war einfach viel zu nervös und zappelig, um Fett anzusetzen. Seit sie mit dem Rauchen aufgehört hatte, war es noch schlimmer geworden. »Danke, dass du auf Henry aufpasst.«

Erin schnaubte. »Ich habe eher das Gefühl, der Köter passt auf mich auf. Ich hatte vorgestern ein heißes Date und wollte den Typen noch mit in die Wohnung nehmen, aber er hat nur einen Blick auf meinen Wachhund geworfen und ist wieder umgedreht.«

Lissa schluckte rasch ihr Lachen hinunter. »Tut mir leid.«

»Ja, ja, lach du nur. Du wirst ja sehen, was dein geheimnisvoller Fremder dazu sagt, wenn plötzlich dieses Riesenkalb vor ihm steht.«

Wenn er ihn überhaupt jemals zu Gesicht bekommt. Aber

diesen Gedanken behielt Lissa für sich. Sie wollte nicht darüber nachdenken, wie sie sich fühlen würde, wenn Jack sich einfach umdrehte und mit dem Truck wegfuhr, ohne dass sie je die Gelegenheit gehabt hätte, ihn besser kennenzulernen.

»Bist du noch da?«

Abrupt kehrte Lissa in die Gegenwart zurück. Es brachte nichts, sich darüber den Kopf zu zerbrechen. Wenn Jack sie verlassen würde, könnte sie ihn nicht aufhalten. »Ja, aber ich muss jetzt Schluss machen, bevor jemand anders in den Waschraum kommt.«

»Wo bist du denn genau?«

»Trinidad, Colorado.«

»Würde ich den Ort auf einer Landkarte finden?«

»Wenn du lange genug suchst …«

Erin seufzte. »Pass gut auf dich auf, Lissa. Ich möchte nicht, dass du verletzt wirst. In jeglicher Hinsicht.«

»Das werde ich schon nicht. Gib Henry einen Kuss von mir.«

»Nur über meine Leiche!«

Lachend beendete Lissa das Gespräch. Es tat ihr gut, mit ihrer Freundin zu sprechen. Vor allem hatte sich ihr Körper inzwischen beruhigt, und ihr Gehirn funktionierte wieder einwandfrei. Erin hatte natürlich recht. Was wusste sie schon über Jack Tease – außer, dass er sehr gut küssen konnte? Selbst die Polizisten hatten nichts über ihn herausgefunden, wenn man von Walters' mürrischem Gesichtsausdruck ausging. Natürlich hätte sie ihn schon lange fragen können, wo er herkam und wie sein Leben normalerweise aussah, doch sie hatte es nicht getan. Hatte sie ihre Illusionen behalten wollen und einfach nur Angst davor gehabt, dass Jack sich als jemand entpuppen würde, den sie lieber nicht kennen wollte? Sie konnte es nicht genau sagen, und das erschreckte sie. Lissa stützte sich auf das Waschbecken und betrachtete ihr Spiegelbild.

Jede Faser ihres Körpers sehnte sich nach Jack, am liebsten würde sie bei ihm bleiben, aber sie musste vernünftig sein. Sie würde jetzt aus der Polizeistation hinausgehen und auf ihrer Maschine wegfahren – auch wenn es ihr das Herz brach und sie sich dafür schämte, sich so feige davonzuschleichen. Aber sie wusste genau, wenn sie Jack wieder vor sich sah, würde sie sich nicht von ihm trennen können. Er hatte eine seltsame Macht über sie, die sie sich nicht erklären konnte. Als würde sie ihn schon viel länger kennen als nur zwei Tage. Das lag sicher an dem Traum, den sie seit Monaten hatte, aber konnte sie wirklich auf dieser Grundlage einem wildfremden Mann trauen? Sogar für ihre Verhältnisse klang das völlig verrückt.

Am besten sollte sie sich ein Motelzimmer nehmen und noch einmal gründlich über alles nachdenken. Wenn sie dann morgen früh immer noch das Gefühl haben würde, dass sie bei Jack bleiben sollte, würde sie zurückkehren und ihm weiter dabei helfen, seinen Truck zurückzubekommen. Wenn nicht … Sie konnte sich nicht vorstellen, Jack einfach so im Stich zu lassen, aber sie durfte sich auch nicht in eine Position bringen, in der ihr Leben oder ihr Herz in Gefahr gerieten. Sofern es dafür nicht schon längst zu spät war. Schließlich gab Lissa sich schweren Herzens einen Ruck und verließ den Waschraum.

12

Jack wartete ungeduldig auf Lissas Rückkehr. Zehn Minuten, zwanzig … so lange konnte doch niemand im Waschraum einer Polizeistation verbringen. Vielleicht brauchte sie ein wenig Zeit, um sich von dem Kuss zu erholen. Ein Lächeln überzog sein Gesicht. Es hatte sich so richtig angefühlt, sie zu küssen, tief in ihren Mund einzutauchen und sich darin zu verlieren. Heiß und leidenschaftlich, gleichzeitig aber auch tief und sanft. Seine Finger spannten sich um das Sweatshirt, das sie ihm gekauft hatte. Wenn er ganz tief einatmete, konnte er einen Hauch ihres Duftes riechen, der an ihm und allem hing, was sie berührt hatte. Er verzog den Mund. Lieber hätte er gefroren, als in diesem Pulli herumzulaufen, aber da Lissa ihn extra für ihn gekauft hatte, brachte er es nicht übers Herz, die nette Geste abzulehnen. Gerade als er seinen Kopf durch den Halsausschnitt steckte, wurde ihm bewusst, dass Travis vor der Zellentür stand. Alleine. Jacks Herz zog sich schmerzhaft zusammen. Nein, sie würde nicht …

»Die Dame ist gegangen, ich soll Ihnen ausrichten, dass es ihr leidtut.«

Jack bemühte sich um eine unbeteiligte Miene, während der Schmerz durch seinen Körper fuhr. Auch wenn er versuchte, sich einzureden, dass es Lissas gutes Recht gewesen war, ihn zu verlassen – sie hätte es schon gestern tun können –, fühlte er sich seltsam verraten und leer. Zumindest hätte sie sich persönlich von ihm verabschieden können, besonders, nachdem sie sich gerade erst so leidenschaftlich geküsst hatten. Was war geschehen, dass sie ihn so plötzlich allein ließ? Aber er hatte nicht vor, dem Polizisten zu zeigen, wie sehr ihn Lissas Abschied schmerzte. So nickte er nur und drehte Travis dann den Rücken zu.

»Wenn Sie sich waschen wollen, sagen Sie Bescheid.«

Vielleicht würde ein wenig kaltes Wasser helfen, seine Enttäuschung und auch den bitteren Geschmack in seinem Mund fortzuwaschen. Und dabei ging es ihm gar nicht mal darum, dass er nun ganz auf die Polizei angewiesen war, seinen Lastwagen zu finden, sondern allein um den Verlust von Lissa. Ihre Heiterkeit, ihr Lächeln, ihre frechen Antworten. Er würde sie schrecklich vermissen – sie fehlte ihm schon jetzt. Aber er würde es überleben, so wie er schon vorher viel tiefere Enttäuschungen überstanden hatte. Jack atmete tief durch, dann gab er Travis ein Zeichen, die Zelle aufzuschließen. »Danke, ich weiß das zu schätzen.«

Im Bad bemühte er sich darum, den Schweiß und Staub des Tages abzuwaschen, doch mit der einfachen Seife, die er dem Spender entnahm, war nicht mehr als eine oberflächliche Wäsche möglich. Aber das war jetzt auch egal, schließlich brauchte er Lissa nicht mehr zu gefallen. Sein Herz zog sich zusammen. Es war erstaunlich, wie schnell sie sich in seinen Kopf und in sein Leben eingeschlichen hatte. Sie hatte Farbe hineingebracht, Freude, obwohl er derzeit wirklich nichts zu lachen hatte. Aber sie hatte die Wut und die Sorge um seine Zukunft nach dem Diebstahl des Trucks durch ihre Anwesenheit etwas gedämpft, ihn hin und wieder sogar zum Lachen gebracht. Doch jetzt war sie fort, und eine Leere breitete sich in seinem Herzen aus, als hätte sie ein Stück davon mitgenommen. Wütend zerknüllte Jack das Papiertuch und warf es in den Abfalleimer. Er würde seinen Lastwagen finden und sein Leben wieder in die gewohnten Bahnen lenken. Lissa konnte ihm ein für alle Mal gestohlen bleiben!

Kurze Zeit später wurde er wieder in die Zelle gebracht und die Tür hinter ihm mit einem metallischen Klicken geschlossen. Er bezwang den Impuls, an den Gitterstäben zu rütteln und darum zu bitten, herausgelassen zu werden. Mindestens bis zum Morgen würde er hier herumsitzen müssen, während sich sein Truck immer weiter von ihm entfernte. Und ohne Lissa hatte er noch nicht einmal eine Möglichkeit, ihn wiederzufinden, sondern musste sich darauf verlassen, dass die Polizei ihre Arbeit tat. Jack schnaubte. Ja, er konnte sich richtig vorstellen, wie sich gerade jetzt jemand darum bemühte, den Truck zu finden. Wahrscheinlich saßen schon alle Gesetzeshüter bei ihren Familien und stopften sich das Abendessen in den Mund. Ein saftiges Hähnchen tauchte vor seinem geistigen Auge auf und damit die Erinnerung an ihr gemeinsames Essen. Jack lehnte sich gegen die raue Wand und schloss die Augen. Verdammt, er wollte nicht mehr an Lissa denken!

Mit quietschenden Reifen stoppte Lissa vor dem ersten Motel im Ort und verzog den Mund. Sie musste ihre Ruhe wiederfinden, sonst würde sie noch zu einer Gefahr für die anderen Verkehrsteilnehmer werden. Seit sie die Polizeistation überstürzt verlassen hatte, fühlte sie sich elend. Einerseits wollte sie Jack nicht verlassen, aber andererseits wollte sie erst einmal ein wenig Distanz zwischen ihnen schaffen. Doch es tat überraschend weh, sich vorzustellen, wie Jack auf ihr plötzliches Verschwinden reagieren würde. Es schmerzte, ihn verlassen zu haben.

Rasch klappte sie den Ständer aus, zog den Schlüssel ab und überquerte den überfüllten Parkplatz. Es schienen ungewöhnlich viele Leute unterwegs zu sein, hoffentlich war überhaupt noch ein Zimmer frei. Seufzend öffnete Lissa die Tür zur Rezeption.

Einige Minuten und Diskussionen mit dem Manager später trat sie kopfschüttelnd wieder auf die Straße. Es schien sich heute wirklich alles gegen sie verschworen zu haben. Gerade diese Nacht musste das Motel wegen eines Bluesfestivals voll ausgebucht sein. Und alle anderen Unterkünfte ebenfalls, jedenfalls war das die Auskunft des Rezeptionisten gewesen. Am Festivalwochenende waren sämtliche Motels schon Monate vorher reserviert. Was sollte sie jetzt tun? Der nächste größere Ort mit Hotel war mindestens fünfzig Meilen entfernt, aber sie würde den Weg wohl auf sich nehmen müssen, wenn sie nicht gerade auf einer Parkbank übernachten wollte. Inzwischen machten sich die lange Fahrt und die Aufregung bemerkbar, ihr Körper fühlte sich wie zerschlagen an. Da das Selbstmitleid sie auch nicht vorwärts brachte, schwang Lissa sich auf die Harley, startete den Motor und fuhr vom Parkplatz wieder auf die Straße.

Während Lissa durch die in tiefen Schatten liegende Landschaft fuhr, hörte sie wieder Erins Stimme, die ihr riet, sich von dem Fremden fernzuhalten. Natürlich hatte sie durch die ganze Situation schon einiges über ihn erfahren, aber Erin hatte eindeutig recht: Sie war verrückt, ihm so nahezukommen. Trotzdem konnte sie sich nicht dazu durchringen, einfach wegzufahren und Jack seinem Schicksal zu überlassen. Zumindest musste sie sich bei ihm dafür entschuldigen, dass sie ihn verlassen hatte, ohne ein Wort zu sagen, und ihm ihre Entscheidung persönlich mitteilen. Lissa blickte in den Rückspiegel. Das hinter ihr fahrende Auto war weit genug entfernt. Kurz entschlossen bremste sie scharf ab und schlug eine enge Kurve. Sie geriet auf den unbefestigten Seitenstreifen, ignorierte aber die Steine, die unter den Reifen wegspritzten. Sofort hatte sie die Maschine wieder unter Kontrolle. Sowie sie auf dem Asphalt war, gab sie Gas.

Es war die richtige Entscheidung, umzukehren. Je näher sie

Trinidad kam, und damit auch Jack, desto sicherer war sie sich. Ihr Herz klopfte mit jedem Kilometer, den sie zurücklegte, immer heftiger. Wie würde Jack auf ihre Rückkehr reagieren? Würde er verstehen, warum sie Hals über Kopf geflohen war? Sie hoffte es. Wenige Minuten später hielt sie vor dem Polizeigebäude an und blickte unentschlossen auf den beleuchteten Eingang. Es könnte durchaus sein, dass ihr der Zugang verwehrt wurde, aber sie musste es zumindest versuchen. Die Vorstellung, dass Jack ganz alleine in der Zelle saß, veranlasste sie zum Handeln. Rasch stieg sie ab und lief auf das Gebäude zu. Als sie durch die Tür trat, blickte Travis auf. Sein Mund öffnete sich, doch sie kam ihm zuvor.

»Es gab kein einziges freies Zimmer mehr. Ich brauche eine Übernachtungsmöglichkeit.«

»Warum sind Sie dann zurückgekommen?«

»Das werde ich Jack erklären, aber sicher nicht Ihnen.«

»Fahren Sie weiter, vielleicht haben Sie in Capulin oder Springer mehr Glück.« Travis erhob sich, als sie sich auf die Schreibtischkante setzte.

»Ich kann aber nicht weg, solange Jack noch hier ist. Können Sie ihn nicht freilassen?«

»Das ist völlig unmöglich. Sie müssen schon bis morgen früh warten.«

Lissa verschränkte die Arme vor der Brust. »Dann übernachte ich auch hier.«

»Es ist nicht erlaubt, jemanden in eine Zelle zu sperren, der nichts verbrochen hat.«

»Ich habe das Motorrad gelenkt.«

»Ja, aber Sie haben die Strafe bereits gezahlt, deshalb können Sie gehen.«

Lissa zog die Augenbrauen hoch. »Und wenn ich nicht möchte?«

»Das ist unerheblich.«

»Muss ich auch jemanden beleidigen, um eingesperrt zu werden? Würde das reichen?«

Travis blickte sie an, als wäre ihr ein zweiter Kopf gewachsen. »Das ist Irrsinn. Wir haben nur diese eine Zelle und die ist schon durch diesen Typen belegt.«

»Ich kenne Jack, er wird mir nichts tun. Außerdem sind Sie ja auch hier, oder?«

»Ja. Allerdings nicht mehr lange, dann ist nur noch die Nachtwache da.« Genervt rückte er das Namensschild auf dem Tisch zurecht. »Wir sperren Sie nicht ein, das ist mein letztes Wort.«

»Bitte, ich bin von der langen Fahrt und der Aufregung erschöpft, ich kann nicht mehr so weit fahren.«

»Das tut mir leid, aber es bleibt trotzdem dabei: Wir sperren Sie nicht in die Zelle.«

»Dann lassen Sie einfach wieder die Tür offen. Wir werden sicher nicht flüchten und außerdem habe ich vorhin meine Personalien angegeben.«

»Das …«

Lissa beugte sich vor. »Sie können gar nicht gewinnen, Travis. Wenn Sie mich nicht zu Jack lassen, werde ich hier so viel Ärger machen, dass Sie mich sowieso einsperren werden. Also, warum ersparen wir uns nicht das Vorspiel und kommen gleich zur Sache?«

Travis sah aus, als wollte er erneut protestieren, doch er überlegte es sich offensichtlich anders, als er ihr entschlossenes Gesicht bemerkte. Kopfschüttelnd holte er den Schlüsselbund heraus und führte sie zur Zelle. »Damit wir uns verstehen, ich möchte, dass Sie morgen früh, wenn Walters eintrifft, auf dem Besucherstuhl sitzen, ist das klar?« Lissa nickte stumm. »Ich lasse die Tür offen, damit Sie jederzeit gehen können. Meinen Kollegen werde ich dementsprechend instruieren, aber wenn

Ihr Freund versucht abzuhauen, werde ich Sie wegen Beihilfe zur Flucht belangen.«

»In Ordnung.« Travis öffnete die Tür und winkte sie hindurch. Als er sich wieder entfernen wollte, legte sie ihre Hand auf seinen Arm. »Danke.«

»Hoffentlich werde ich es nicht bereuen.« Damit verschwand er im schwach beleuchteten Gang.

»Was soll das werden?«

Lissa wirbelte herum, als Jacks Stimme dicht an ihrem Ohr ertönte. »Gott, hast du mich erschreckt!«

»Du hast meine Frage nicht beantwortet.«

»Ich … ich wollte mich bei dir entschuldigen.«

Jack kreuzte die Arme über der Brust. »Wofür? Du bist mir nichts schuldig. Fahr einfach weiter.«

Lissas Hals zog sich zusammen, als sie den unterdrückten Ärger in seinen Augen sah. »Doch, ich schulde dir eine Erklärung.«

»Ich will sie nicht hören.«

Lissas Temperament regte sich. »Dein Pech, dass du nicht fliehen kannst. Du wirst mir wohl zuhören müssen.«

»Noch nicht einmal in einer Zelle hat man seine Ruhe!« Erregt strich Jack mit den Händen durch seine Haare. Schließlich senkte er seine Stimme. »Es ist in Ordnung, Lissa, ich verstehe, warum du gegangen bist. Jetzt verschwinde bitte.«

»Das kann ich nicht.«

Jack ließ die Hände sinken und sah sie erstaunt an. »Warum nicht? Haben sie dich doch eingesperrt?«

»Nein, ich werde hier übernachten.«

»Bist du verrückt geworden? Das ist kein Hotel!«

Lissa blickte sich in der kargen Zelle um. »Ja, das ist mir aufgefallen. Aber in der ganzen Stadt ist kein Zimmer mehr frei, und ich will nicht in einen anderen Ort fahren.«

»Lissa …«

»Wenn einer deiner Kollegen anruft und berichtet, dass er deinen Truck gesehen hat, möchtest du dann, dass ich erst stundenlang fahren muss, bis ich wieder hier bin?« Jack schwieg. »Das dachte ich mir.«

»Trotzdem …«

»Du kannst dir den Atem sparen, ich habe mich entschieden.«

»Ich kann nicht glauben, dass dir die Polizisten das erlaubt haben.«

Lissa grinste. »Ich kann eben sehr überzeugend sein.«

Jack atmete langsam aus. »Mit anderen Worten, ich habe sowieso keine Chance, dich davon abzuhalten, oder?«

»Richtig.« Lissa trat zögernd auf ihn zu. Seine Miene war völlig ausdruckslos, sie konnte nicht erkennen, was er jetzt von ihr hielt. »Jack, ich möchte wirklich, dass du mich verstehst. Ich mag dich sehr gern und wollte dich nicht allein lassen. Meine Freundin Erin sagte in unserem Telefongespräch etwas, das ich einfach nicht von der Hand weisen konnte: Ich kenne dich kaum. Trotzdem fühle ich mich dir so nah, dass ich einfach Angst bekommen habe. Was ist, wenn ich dir noch näherkomme und du dann nicht derjenige bist, den ich zu sehen glaube?« Sie drehte sich weg und schlang ihre Arme um sich. »Es würde zu sehr schmerzen, von dir enttäuscht zu werden.«

Zögernd berührten seine Finger ihre Haare, dann umfasste er ihre Schultern, während seine Brust ihren Rücken streifte. »Das geht mir genauso. Ich hätte es nicht für möglich gehalten, aber als du plötzlich fort warst …« Jack brach ab und räusperte sich. »Ich freue mich, dass du wieder hier bist.«

Lissa drehte sich um, ihre Augen glänzten feucht. »Ich mich auch.«

Jack zog sie in seine Arme und legte sein Kinn auf ihren Scheitel. Hart klopfte sein Herz gegen seinen Brustkorb, sie konnte es sicher fühlen. Es war geradezu beängstigend, wie sie es immer hinbekam, ihn aus dem Gleichgewicht zu bringen. Trotzdem schaffte er es nicht, Lissa loszulassen. Langsam ließ Jack seinen Blick über die kärgliche Einrichtung der Zelle schweifen. Es gab einfach nicht genug Platz für zwei Personen auf der Pritsche. »Wenn du wirklich hierbleiben willst, schlage ich vor, du legst dich hin, während ich sitze.«

Lissa protestierte sofort. »Das ist doch viel zu unbequem für dich!«

Zögernd löste er sich von ihr. »Mir ist es lieber, du bist bei mir und ich schlafe im Sitzen, als alleine zu sein.« Er setzte sich ans Kopfende der Pritsche und breitete die Decke, die als Kissen hatte dienen sollen, über sich. »Leg dich hin, dann kannst du mich als Kopfkissen benutzen.«

Lissa sah immer noch nicht überzeugt aus. Unentschlossen knabberte sie an ihrer Unterlippe. »Bist du dir wirklich sicher?«

»Ja. Und jetzt komm her.«

Seine raue Bitte überzeugte sie. Er wollte wirklich, dass sie bei ihm blieb, auch wenn er dadurch wesentlich weniger Komfort hatte. Rasch schlüpfte sie unter die zweite Wolldecke und zog sie über ihre Schultern. Gut, dass sie ihre Jacke noch trug. In der von der Klimaanlage gekühlten Luft wurde ihr langsam ziemlich kalt. Aber unter der Decke, mit Jacks Oberschenkeln als Kopfkissen, wurde ihr schnell wärmer. Sie blickte zu Jack hoch, der im Halbdunkel der Nachtbeleuchtung nur noch schemenhaft zu erkennen war.

»Bequem?« Seine leise Stimme strich über sie, hüllte sie sanft ein.

Sie schmiegte ihren Kopf tiefer in seinen Schoß, spürte die Wärme, die durch die dünne Decke von ihm ausging. Schläfrig blinzelte sie zu ihm auf. »Besser als jedes Vier-Sterne-Bett.« Jacks rumpelndes Lachen ließ ihr Kopfkissen erbeben. »He, halt still!«

»Dein Wunsch ist mir Befehl.« Seine Hand legte sich auf ihren Kopf, strich über die wirren Haare. »Schlaf schön.«

»Du auch.« Lissas Stimme war wenig mehr als ein Schnurren. Es fühlte sich so gut an, wie seine Finger mit ihren Haarsträhnen spielten, federleicht über ihr Gesicht glitten und ihr Ohr nachfuhren. Die Augen geschlossen seufzte sie lautlos. Genauso hatte sie es sich vorgestellt. Es war egal, dass sie sich in einer Gefängniszelle befanden, müde waren und nicht besonders frisch rochen, denn es fühlte sich einfach richtig an. Sie schmiegte sich noch dichter an Jack, kroch mit der Hand unter sein Sweatshirt und legte sie auf seinen warmen Rücken. Mit einem weiteren zufriedenen Seufzer glitt sie in den Schlaf hinüber.

Jack fiel es nicht ganz so leicht einzuschlafen, denn Lissas Kopf drückte auf eine empfindliche Stelle, die sich dadurch äußerst lebendig anfühlte. Wie sollte er in erregtem Zustand schlafen? Und immer wenn er dachte, es könnte endlich klappen, bewegte Lissa sich oder gab ein Geräusch von sich, das ihn sofort wieder hellwach werden ließ. Schließlich fiel er in einen leichten, unruhigen Schlummer, aus dem er einige Zeit später wieder erwachte, weil ihn Schmerzen in Nacken und Rücken quälten. Anscheinend wurde er langsam alt. Als er auf die Uhr schaute, stellte er fest, dass es noch einige Stunden bis zum Morgengrauen dauern würde. Er hatte jetzt zwei Möglichkeiten: Entweder litt er weiter vor sich hin, oder er tat etwas dagegen. Wenn sie beide auf der Seite lägen, sollte es doch eigentlich möglich sein, sich mit Lissa die schmale Pritsche zu teilen. Einen Versuch war es auf jeden Fall wert. So vorsichtig wie möglich schob er eine Hand unter ihren Kopf und hielt ihn hoch, während er mühsam aufstand, mit einer Hand die Decke zusammenfaltete und sie unter Lissas Kopf schob. Zum Glück wachte sie von dem Manöver nicht auf. Beruhigt kroch er neben sie.

Das Bett war wirklich zu schmal, eine unbedachte Bewegung würde ihn auf den Boden werfen. Jack legte seinen Arm um Lissas Taille und zog sie dicht an sich. Ja, so war es schon viel besser. Zufrieden schloss er die Augen und schlief augenblicklich ein.

13

Fellinis Männer beendeten ihre Suche im Stadtbüro von Bell & Hoppes Enterprises mit einigen interessanten Neuigkeiten für ihren Chef. Die Spedition hatte eine zusätzliche Versicherung für die beiden mit dem Truck verschwundenen Ladungen abgeschlossen. Ein eindeutiges Zeichen dafür, dass sie bereits vorher wussten, was mit dem Lastwagen passieren würde. Wo aber steckte der Truck samt seiner Fracht jetzt? Um das zu erfahren, wies Fellini seine Männer an, die Herren Bell und Hoppes persönlich aufzusuchen und sie – wenn nötig mit Gewalt – dazu zu bringen, ihr Wissen über den Diebstahl preiszugeben.

Anrufe bei der Ehefrau von Bell und der Haushälterin von Hoppes ergaben, dass die beiden Geschäftsmänner noch nicht zu Hause waren. Als Fellinis Männer in die Lagerhalle der Spedition eindrangen, fanden sie beide gemeinsam in einem kleinen Büro vor, das an den Hallenkomplex angrenzte. Das war ungemein praktisch, so mussten sie nicht zu den jeweiligen Häusern fahren, die Frauen aufregen, und vor allem gab es auch keine Zeugen. Man könnte sie direkt menschenfreundlich nennen.

Karl Hoppes war gerade dabei, den bevorstehenden Gewinn der ganzen Aktion auszurechnen, als plötzlich zwei Männer in der Türöffnung erschienen. Bevor er reagieren oder wenigstens Arthur darauf aufmerksam machen konnte, standen sie bereits vor ihm, eine große Pistole direkt auf seinen Brustkorb gerichtet. Nun konnte er nichts mehr sagen, selbst wenn er es gewollt hätte, denn seine Kehle war wie zugeschnürt.

»Wer sind Sie und was wollen Sie hier?« Sein Partner schien das Problem nicht zu haben, aber er war ja auch nicht derjenige, der durch das Mündungsloch fast die Kugel sehen konnte, die ihn vielleicht töten würde.

»Wir wollen Ihnen nur ein paar Fragen stellen.«

»Was denn für Fragen?«

»Das werden Sie dann schon merken. Stehen Sie ganz langsam auf und kommen Sie hinter dem Schreibtisch heraus, die Hände schön sichtbar in der Luft.«

Karl dachte daran, zu protestieren, aber da eine Waffe auf ihn gerichtet war, wollte er lieber nichts riskieren. Überfallen im eigenen Büro. Wenn er das seinen Golffreunden erzählte, würden sie es sicher nicht glauben.

»Okay, ist ja schon gut.« Er blickte zu Arthur hinüber, der immer noch mit aschfahlem Gesicht hinter dem Schreibtisch saß. »Beweg dich, oder willst du erschossen werden?«

Anscheinend nicht, denn sein Geschäftspartner wuchtete sich eilig aus seinem Ledersessel und wankte um den Tisch herum auf die Männer zu. Karl blickte auf die Uhr.

»Haben Sie noch irgendeinen Termin?«

Karl riss den Kopf hoch. »Äh, nein. Worum geht es denn?«

»Nun, zunächst einmal setzen Sie sich auf die Besucherstühle und halten Sie den Mund.«

Arthur saß bereits. Da die Waffe immer noch auf ihn gerichtet war, klappte Karl den Mund wieder zu. Während einer der Männer ein Stück Seil aus der Tasche holte und damit ihre Hände und Füße an den Stühlen festband, hielt der andere sie weiterhin mit der Pistole in Schach. Es sah nicht so aus, als wollten die Herren ihnen einfach nur Fragen stellen und dann wieder verschwinden. Es schien eine längere, unangenehmere

Sitzung zu werden. Würde seine Haushälterin Rosetta die Polizei benachrichtigen, wenn er nicht pünktlich nach Hause kam? Wahrscheinlich nicht, es war schon öfter vorgekommen, dass er länger gearbeitet und einfach vergessen hatte, sich zu melden. Aber Arthurs Frau würde ihn doch sicherlich vermissen, oder? Sein Blick glitt hinüber zu seinem Partner, der inzwischen so aussah, als stünde er kurz vor einem Herzinfarkt. Nun ja, vielleicht wäre sie auch froh, wenn er nicht so früh wiederkam. Oder überhaupt jemals.

Karl Hoppes hatte Schwierigkeiten, Luft zu bekommen. Die gebrochene Nase war zugeschwollen, und in seinem Mund hatten sich so viel Blut und Schleim angesammelt, dass er beim Schlucken jedes Mal fast ertrank. Durch seine Augenschlitze versuchte er seinen Partner anzuschauen, aber seine Sicht war zu unscharf, um mehr von dessen Gesicht erkennen zu können als eine blutende, geschwollene Masse. Wahrscheinlich war das auch besser so, denn er hatte schon mit sich selbst genug zu tun. Er zuckte zusammen, als ein weiterer dumpfer Schlag Arthur Bell aufstöhnen ließ. Leider hatte er eine ziemlich genaue Vorstellung davon bekommen, wie es sich anfühlte, wenn die Fäuste der Männer auf Magen, Nieren oder Leber trafen. Es tat höllisch weh. Das war es doch alles nicht wert, es war an der Zeit, dem ganzen Theater ein Ende zu bereiten. Sein erster Versuch, etwas zu sagen, endete in einem erstickten Gurgeln. Karl spuckte Blut und Zahnsplitter auf den teuren beigefarbenen Teppich.

»Hören Sie auf, wir … sagen Ihnen … was Sie wissen … wollen.«

Der Verbrecher, der neben ihm stand, beugte sich zu ihm hinunter und entblößte sein mit Goldzähnen gespicktes Gebiss. »Warum denn nicht gleich so? Also, was ist mit dem Lastwagen passiert?«

Karl fuhr mit der Zunge über seine aufgeplatzte Lippe. »Er … wurde gestohlen.«

Ohne Vorwarnung versank die Faust des Mannes in seinem gut gepolsterten Bauch.

»Umpf.« Husten schüttelte Karls lädierten Körper. »Halt! Ich … sagte doch, ich erzähle alles.«

»Der Diebstahl ist nicht gerade eine Neuigkeit. Sie sollten sich ein bisschen mehr bemühen.«

Arthur saß wimmernd vornübergebeugt in seinem Stuhl, er würde ihm sicher nicht helfen. »Wir … brauchten Geld, deshalb haben wir … einen Dieb beauftragt, den Truck zu stehlen.«

»Die zusätzliche Versicherung zahlt einen ganzen Batzen, wenn die Ladung verloren geht«, ergänzte der Verbrecher.

Karl wollte nicken, überlegte es sich dann aber anders, als ein scharfer Schmerz durch seinen Kopf fuhr. »Ja. In letzter … Zeit lief … das Speditionsgeschäft … nicht so gut.«

»Und da dachten Sie, dass auch ruhig die Pakete von Mr Fellini verschwinden könnten.«

»Nein! Das war nicht … so geplant. Er hat die Lieferung erst ziemlich spät in Auftrag gegeben.«

Wie beiläufig schlug der Mann seine Faust gegen Karls Kinn. »Aber immerhin noch früh genug, um auch darauf eine Versicherungspolice abzuschließen.«

Halb bewusstlos hing Karl in den Fesseln, sein Kopf dröhnte, sein Kiefer pochte. Er hatte keinen Zweifel mehr, dass die Männer es ernst meinten. Und vor allem schienen sie bereits alles zu wissen. »Ja.«

»Gut, wir kommen der Sache anscheinend näher. Wer hat den Truck gestohlen?«

»Den …« Karl hustete und spuckte erneut aus. »… ganzen Namen weiß ich nicht, wir haben in einer Bar den Tipp bekommen, dass José der Richtige für so etwas wäre. Den Kontakt … haben wir per Telefon hergestellt. Als er den Truck hatte, hat er uns angerufen.«

»Und wo ist er jetzt?«

»Das weiß ich nicht.«

Der zweite Mann nahm seine glühende Zigarette aus dem Mund und drückte sie an Arthurs Hals. Karls Augen weiteten sich, als er die Schmerzensschreie seines Partners hörte. »Hören Sie auf!«

»Was möchten Sie uns erzählen?«

»Ab morgen Mittag wird er in Gunnison stehen.« Kein Grund, von dem Peilsender zu erzählen, mit dessen Hilfe sie jede Bewegung des Trucks verfolgen konnten und der es José und auch Richards ermöglicht hatte, ihn zu finden. Vielleicht hatten sie Glück und konnten ihn verschwinden lassen, bevor die Kerle Gunnison erreichten.

»Gunnison, wo?«

»Co … Colorado. Auf einem Abstellplatz am Rand der Stadt.«

»Inhaber des Trucks ist ein gewisser Jack S. Tease, stimmt das?«

»Ja. Er ist ein Sub …«

»Das interessiert mich nicht.« Er hielt Karl einen Zettel vor die Nase. »Ist dies das Kennzeichen des Lastwagens?«

Karl kniff die Augen zusammen, um die Buchstaben und Ziffern lesen zu können. »Ja, sieht so aus. Woher …«

»Unwichtig. Wie sieht der Truck aus? Farbe, Beschriftung, Größe?«

Arthur hatte aufgehört zu schreien und war wieder zum Wimmern übergegangen. Aber auch das zerrte an Karls Nerven. Wann hatten die Männer endlich genug und verschwanden? Er gab ihnen die gewünschten Informationen und atmete tief durch. Mehr wusste er nicht, die Schläger hatten also keinen Grund, noch länger hierzubleiben. Erleichtert sackte er im Stuhl zusammen, als der Mann endlich von ihm abließ.

»Es war sehr vernünftig, den Widerstand aufzugeben. Obwohl ich sagen muss, dass Sie eine ungewöhnlich niedrige Schmerzgrenze haben.«

Karl presste die Lippen zusammen, um nichts zu sagen, das die Kerle dazu bewegen könnte, weiterzumachen. Allerdings waren Arthur und er selbst immer noch an den Stühlen festgebunden. Die beiden Männer gingen auf die Tür zu.

»He, schneiden Sie uns los!«

Der Mann drehte sich um und grinste ihn an. »Das wird nicht nötig sein.« Seine Pistole glitzerte bedrohlich im Licht der Neonröhre.

Karl wurde schlagartig kalt. »Was soll das? Wir haben Ihnen alles gesagt!«

»Wofür wir sehr dankbar sind. Aber wir lassen nie Zeugen zurück.«

Schweiß lief in Strömen über Karls Gesicht. Selbst Arthur schien verstanden zu haben, worum es ging, und hatte den Kopf gehoben. »Wir würden nie zur Polizei gehen, damit würden wir uns nur selbst belasten. Stimmt's, Arthur?« Arthur nickte matt. »Gehen Sie einfach und vergessen Sie, dass es uns gibt.«

Der Mann lachte. »Oh, das werden wir.«

Ein ploppendes Geräusch ertönte, dann drehten sich die Männer wieder um. Karl blickte verwundert auf den roten Fleck in seinem Hemd. Der Schmerz setzte mit Verspätung ein und raubte ihm den Atem. Ungläubig beobachtete er, wie die Verbrecher verschwanden. Unendlich langsam drehte er den Kopf in Arthurs Richtung. Zusammengesunken hing sein Partner in den Seilen, die ihn an den Stuhl fesselten. Eine Blutlache bildete sich zwischen seinen Füßen. Karls Blick trübte sich, Schwärze kroch auf ihn zu. Panik stieg in ihm hoch, er kämpfte ein letztes Mal gegen die Fesseln, doch es war zu spät.

Sie konnte einfach nicht ruhig hier sitzen und *nichts* tun. Zu diesem Entschluss kam Erin, nachdem sie die letzten anderthalb Stunden in ihrem Wohnzimmer auf und ab gelaufen war. Auch wenn Lissa glücklich wirkte und sehr sicher schien, dass dieser Jack ihr nichts tun würde, könnte es bestimmt nicht schaden, wenn sie die ganze Situation überprüfen ließ. Und sie kannte genau die richtige Person dafür. Erin suchte die Telefonnummer aus ihren Unterlagen und tippte sie in ihr Telefon, bevor sie es sich anders überlegen konnte. Es ging hier um Lissa. Dafür würde sie auch mit einem Bastard zusammenarbeiten.

»Gladstone Investigations.«

Als Erin die sanfte Stimme hörte, biss sie automatisch die Zähne zusammen. Nur mit Mühe bekam sie ihren Kiefer wieder auseinander. »Hier ist Erin Trevelyan.«

Die tiefe Stille am anderen Ende zeugte von seinem Erstaunen. Warum sollte Ross auch nicht verwundert sein? Schließlich hatte sie damals mehr als deutlich gemacht, dass sie nie wieder von ihm hören wollte; dass seine Entschuldigungen unerwünscht waren. Nun, jetzt hatte er die Möglichkeit, etwas von dem Schaden wiedergutzumachen, den er angerichtet hatte. Auch wenn das kaum möglich war.

Schließlich ertönte ein tiefer Atemzug, dann ein Räuspern. »Das ist wirklich eine Überraschung. Wie geht es dir?«

Die Frage schlug wie eine Kugel in Erins Körper ein und hinterließ einen sengenden Schmerz. Woher nahm er das Recht, sie nach ihrem Befinden zu fragen? »Ich habe sicher nicht angerufen, um Small Talk zu halten! Es geht um einen Nachforschungsauftrag.«

Sie konnte förmlich hören, wie seine Augenbrauen in die Höhe schossen. Damit hatte er ganz sicher nicht gerechnet. Wenn sie ehrlich war, hätte sie das bis vor Kurzem auch noch nicht. Schon gar nicht, dass sie ihn um einen Gefallen bitten würde.

»Ich höre.«

Seltsamerweise machte ihr seine knappe Geschäftsmäßigkeit die Sache leichter. So konnte sie sich vorgaukeln, dass er einfach irgendein unbekannter Privatdetektiv war und nicht der Mann, der sie mehr verletzt hatte als jeder andere Mensch zuvor. Papier raschelte, ein Stift klopfte nervös auf Holz. Erin holte tief Luft und sammelte ihre Gedanken. Sie tat das Richtige. Auch wenn Lissa das vielleicht nicht so sehen würde, aber lieber ertrug sie den Zorn ihrer Freundin, als zuzusehen, wie sie verletzt wurde.

»Eine Freundin von mir hat auf ihrem Motorrad einen Mann mitgenommen, dem angeblich sein Truck gestohlen wurde. Sie fährt seit zwei Tagen mit ihm durch die Gegend, immer auf der Spur des Diebes. Diese Nacht verbringt sie mit diesem Fremden im Gefängnis eines kleinen Ortes in Colorado. Mir kommt die ganze Geschichte sehr merkwürdig vor, und ich möchte, dass der Mann überprüft wird.«

»Name des Mannes?«

»Jack Tease.«

»Wohnort?«

»Keine Ahnung.«

»Kennzeichen des Trucks?«

»Kenne ich nicht.«

»Wie heißt der Ort, in dem sie jetzt sind?«

»Trinidad.«

Ein Stift kratzte über Papier, dann herrschte ein Moment Stille. »Name der Frau?«

»Den werde ich sicher nicht sagen! Er soll überprüft werden, nicht sie.«

»Die Angaben sind ein wenig dürftig.«

»Das weiß ich!« Erin atmete tief durch. »Deshalb mache ich mir ja solche Sorgen um Lis … meine Freundin.« Sie biss sich auf die Lippe.

»Okay, gibt es sonst noch irgendwelche Angaben? Beruf des Mannes?«

»Trucker, soweit ich weiß. Sie deutete an, dass er früher vielleicht beim Militär war.«

»Militär. Gut, wenn das stimmt, ist er sicher nicht allzu schwer zu finden.«

»Anscheinend will er eine Lieferung nach Los Angeles bringen. Für irgendeine Spedition … Ex & Hopp oder so ähnlich.«

Wieder Rascheln, dann das Klappern einer Tastatur. Gladstones Stimme klang gedämpft, als hätte er den Hörer zwischen Schulter und Ohr geklemmt. »Ich werde sehen, was ich finden kann.«

»Gut. Welchen Stundensatz verlangst du?«

»Darüber reden wir, wenn ich weiß, ob ich die Informationen beschaffen kann.« Erin runzelte die Stirn. Er klang sachlich genug, aber was war, wenn er sie wieder hereinlegte? »Erin?«

»Was ist?«

»Unter welcher Nummer kann ich dich erreichen?«

Unsicher biss Erin auf ihre Lippe. Eigentlich wollte sie ihm ihre Telefonnummer nicht geben, andererseits könnte er sie mit Leichtigkeit auch selbst herausfinden. Außerdem wollte sie die Informationen so schnell wie möglich haben, und sie konnte schlecht alle zehn Minuten bei ihm anrufen und nachfragen.

»In Ordnung. Melde dich, sobald du etwas gefunden hast.« Erin diktierte ihre Nummer, dann legte sie langsam den Hörer auf den Tisch. Normalerweise war sie ein höflicher Mensch, aber sie konnte sich nicht dazu bringen, ihm zu danken. Das schien er auch nicht zu erwarten. Auch wenn sein Charakter zweifelhaft war, seine Intelligenz war unbestritten. Wenn es etwas zu entdecken gab, dann würde er es finden.

14

Lissa erwachte am nächsten Morgen, als etwas Schweres auf ihre Rippen drückte. Sie unterdrückte einen Anflug von Panik und versuchte sich zu erinnern, wo sie sich befand. Es roch nach unverputzter Wand und alter Matratze. Ihre Hüfte schmerzte an der Stelle, wo sie auf dem harten Untergrund lag. Die Gefängniszelle! Jack! Hastig versuchte sie, sich umzudrehen, schaffte es aber nicht. Ein warmer Körper presste sich von Kopf bis Fuß dicht an sie und hielt sie so wirksam gefangen. Sie entspannte sich wieder, als sie Jack erkannte. Lissa schloss die Augen und genoss für einen Moment das Gefühl, ihm so nahe zu sein. Anscheinend war seine Idee, die Nacht sitzend zu verbringen, doch nicht so gut gewesen. Sein Arm war fest um sie geschlungen, als hätte er Angst gehabt, sie würde noch einmal vor ihm fliehen. Ein Lächeln erhellte ihr Gesicht. Wahrscheinlich versuchte er eher, nicht von der schmalen Pritsche zu fallen. Aber das war ihr egal. Jack war bei ihr, nur das zählte. Mit einem leisen Seufzer schmiegte sie sich dichter an ihn. Ihr Po rieb sich an seiner Hüfte und erweckte damit seinen Penis zum Leben.

»Lieg still.«

Jacks raues Flüstern verursachte eine Gänsehaut auf ihren Armen. Sie bemühte sich wirklich, sich nicht mehr zu bewegen, aber es schien, als hätte ihr Körper einen eigenen Willen. Noch einmal rieb sie sich an ihm. Mit einem unterdrückten Stöhnen legte Jack seine Hand über ihren Unterleib und hielt sie fest an sich gedrückt. Lissa konnte einen erregten Laut nicht verhindern.

»Still.« Jacks Atem wehte durch ihre Haare.

Lissa wartete darauf, dass Jack sich bewegte, doch nichts passierte. Es schien ihm ernst zu sein mit dem Stillliegen. Ihr Mund verzog sich. Es war immer das Gleiche, wenn sich eine Frau nicht nahm, was sie wollte, dann konnte sie ewig darauf warten. Langsam ließ Lissa die Hand in ihre Hose gleiten.

Jacks Muskeln spannten sich an. »Was tust du da?«

»Wonach sieht es aus? Ich nehme die Sache in die Hand.«

Ein erstickter Laut entfuhr Jack. »Die Sache?«

»Ich entferne das Handy. Es drückt. Außerdem möchte ich es gerne fühlen, wenn du mich berührst.«

Jack presste seine Stirn an ihren Hinterkopf. Seine Finger glitten tiefer, umfassten ihren weichen Hügel. Lissa erstarrte, dann atmete sie laut aus. Sie drückte sich seiner warmen Handfläche entgegen, gleichzeitig griff sie nach seinem Hinterteil und versuchte, ihn näher an sich zu ziehen. Jack kam ihrer stummen Aufforderung sofort nach. Mit dem Knie schob er ihre Beine auseinander und presste seinen Oberschenkel dazwischen. Sie konnte seine Hitze an ihrer empfindlichsten Stelle spüren. Ein Zittern lief durch ihren Körper und setzte sich in seinem fort.

Lissas Hand krampfte sich in Jacks Hinterteil. Sein harter Oberschenkel bewegte sich an ihrer Weiblichkeit und trieb sie damit fast in den Wahnsinn. Genauso wie seine Finger, die sie warm umschlossen. Sie konnte nur noch daran denken, wie es wäre, seine Hände direkt auf ihrer Haut zu spüren, gemeinsam mit ihm in der Leidenschaft zu versinken. Die Decke verbarg ihre Körper vor den Blicken des Polizisten, der im Hauptraum der Polizeistation saß. Es würde also niemand bemerken, wenn sie Jacks Hose öffnete und dann …

»Nicht.«

Enttäuscht zog Lissa ihre Hand zurück. Woher wusste Jack,

was sie vorhatte? Und warum war er dagegen? Jeder andere Mann in seinem Zustand hätte ihre Berührungen herbeigesehnt. »Warum nicht?«

»Weil ich das nicht länger als ein paar Sekunden durchhalten würde.« Sein Atem strich über ihr Ohr. »Überleg dir etwas anderes.«

Leicht gesagt, aber wie sollte sie das tun, wenn sie mit dem Gesicht zur Wand lag und Jack hinter ihr? Er hatte sämtliche Vorteile in der Hand. Natürlich war sie darüber nicht wirklich unglücklich, denn so konnte er sie überall berühren. Und es sah so aus, als wollte er das auch ausnutzen. Gerade schob er seinen Arm unter ihren Körper. Lissa hielt den Atem an, als sie ein leichtes Zupfen an ihrem T-Shirt spürte. Durch die karge, düstere Umgebung nahm sie jede Berührung viel intensiver wahr. Federleicht fuhren Jacks raue Fingerspitzen über ihren Bauch, umrundeten ihren Bauchnabel, bevor sie weiter nach oben wanderten. Gänsehaut überzog Lissas Körper.

»Ist dir kalt?«

Ein atemloses Lachen entkam Lissa. »Nein, ganz und gar nicht.«

Jacks Zungenspitze fuhr über ihre Ohrmuschel. »Dann ist es ja gut. Ich will, dass du für mich brennst.«

Seine samtige Stimme ließ ihre letzte Beherrschung zusammenbrechen. Um ihre Gefühle zu kontrollieren, versuchte sie, die Beine zusammenzupressen, aber Jacks Oberschenkel drückte sich nur noch fester gegen sie. Lissa biss sich in die Unterlippe, um zu verhindern, dass sie ihn anbettelte, etwas zu unternehmen. Sie würde nicht zulassen, dass Jack sie innerhalb kürzester Zeit zu einem Orgasmus brachte. Schließlich wollte sie die Gefühle auch genießen. Es war eindeutig an der Zeit, ihn abzulenken. Sie löste die Hand von seinem Hinterteil und schob sie in die Hose. Jack zuckte zusammen, als ihre Finger seine nackte Haut berührten. Die Muskeln bewegten sich unter ihren Fingerspitzen. Mit einem unterdrückten Stöhnen schob er sich dichter an sie heran. Lächelnd nahm Lissa zur Kenntnis, dass sie nicht die Einzige war, deren Beherrschung an einem seidenen Faden hing. Den Beweis seines Verlangens konnte sie deutlich an ihrer Hüfte fühlen.

Es spielte überhaupt keine Rolle, dass sie beide vollständig angezogen waren und die Matratze sehr zu wünschen übrig ließ. *Er wollte sie.* Der einzige Grund, warum er sich noch nicht in ihr vergraben hatte, war, dass er eine Störung durch die Polizisten wohl nicht überleben würde. Gut, ein weiterer Nachteil war, dass er keine Kondome dabei hatte – die natürlich auch in seinem Truck lagen – und es zu dunkel war, um viel von Lissa zu erkennen. Wenn er mit ihr schlief, wollte er sie dabei sehen: Die Leidenschaft in ihren silbernen Augen, die Sommersprossen in ihrem Gesicht und auf ihrem Körper, die roten Haare, von seinen Händen zerwühlt, den schlanken Körper, die verlockenden Rundungen. Er unterdrückte ein Stöhnen. Wenn die Vorstellung ihn schon fast die Beherrschung verlieren ließ, was wäre, wenn es wirklich einmal dazu kommen sollte?

Mit den Fingerkuppen strich er über ihre Rippen, kam ihren Brüsten immer näher. Schließlich hatte er die weichen Hügel erreicht. Ungeduldig schob er den BH hoch, um ihre nackte Haut zu spüren. Sanft glitten seine Finger über ihre Brust, streiften die harte Spitze, die sich unter seiner Berührung noch fester zusammenzog. Ein zufriedenes Lächeln spielte um Jacks Mund. Ja, Lissa war genauso erregt wie er. Langsam und genüsslich neckte er ihre Nippel, erkundete die weiche Fülle ihrer Brüste, während er sie gleichzeitig durch die Jeans streichelte. Seine Lippen glitten über ihren Hals, suchten den schnellen Puls an ihrer Kehle. Immer härter drängte sich ihr Po gegen seine Erektion, presste sie sich gegen seinen Oberschenkel. Vermutlich sollte er aufhören, da er genau wusste, dass es zu nichts führen würde, aber er konnte es nicht. Zu gut fühlte sich Lissas Körper an, ihre Hitze, die er sogar durch die Hose spürte.

Lissa entfuhr ein protestierender Laut als Jacks Hand sich zurückzog. Unerwartet kniff sie in seinen Hintern.

»Au, wofür war das?«

»Dafür, dass du deinem Namen alle Ehre machst und mich quälst.«

Ein Lachen rumpelte tief in Jacks Brust. »Wenn ich geahnt hätte, dass du so gierig bist …«

»Warte, bis du mich erst richtig kennenlernst.«

Jack biss leicht in ihren Nacken. »Ich kann es kaum erwarten.« Ohne jede Vorwarnung glitten seine Finger in ihren Slip, fuhren über ihre glatte Haut und umfassten sie. Durch sein Bein zwischen ihren Schenkeln war sie weit geöffnet, seinen heißen Berührungen ausgeliefert. Gleichzeitig stöhnten sie auf. Jacks Atem streifte ihr Ohr. »Du bist rasiert.«

Lissa Lachen klang mehr wie ein Stöhnen. »Gut … erkannt.«

Jack tastete über ihre weiche Haut, die sich heiß und feucht gegen seine Hand drückte. Was gäbe er darum, sie jetzt sehen zu können. Offen und bereit vor ihm liegend, ihr Körper in goldenes Sonnenlicht getaucht. Jack schloss die Augen und drückte sie fest an sich. Ihm war wirklich nicht mehr zu helfen. Lissa hatte den Köder ausgeworfen und jetzt hing er hoffnungslos an der Angel. Und das Schlimmste war, dass er nirgendwo anders sein wollte.

Mit Daumen und Zeigefinger zupfte er an ihrer steifen Brustwarze, entlockte ihr ein weiteres Stöhnen. Ihr Unterleib bewegte sich ruhelos gegen seine Hand. Seine Fingerspitze strich über ihre Falten und tauchte dann darin ein. Er fühlte Lissas Reaktion, ihre Feuchtigkeit und Hitze hüllten ihn ein.

Zu gerne wäre er jetzt in ihr, seine pochende Erektion tief in ihren Lenden vergraben. Doch so konnte er seinen Schaft nur dicht an sie pressen und sich damit Lust verschaffen, mehr war in dieser Situation nicht möglich.

Lissa fühlte, wie das Fieber ihren ganzen Körper erfasste. Ihre Haut schien überall dort in Flammen zu stehen, wo Jack sie berührte. Seine geschickten Finger entlockten ihr Gefühle, die sie nicht für möglich gehalten hätte. Am liebsten hätte sie sich die Kleidung vom Leib gerissen und ihn auf sich gezogen, aber ein letzter Rest von Vernunft sagte ihr, dass das keine so gute Idee wäre, auch wenn sie es noch so sehr brauchte. Jack schien zu spüren, was in ihr vor sich ging, denn er schob ihr T-Shirt nach oben und presste seinen nackten Brustkorb an ihren ebenso bloßen Rücken. Seine Brusthaare kitzelten ihre empfindliche Haut, seine harten Nippel rieben sich an ihr. Mehr, sie wollte mehr. Eilig zog sie ihre Hand aus seiner Hose und machte sich am Verschluss zu schaffen.

»Lissa …«

Jacks raue Stimme zitterte, aber er machte keine Anstalten, sie aufzuhalten. Gut so, denn noch einmal würde sie sich nicht davon abbringen lassen, ihn zu fühlen. Ungeschickt fummelte sie an dem Reißverschluss, der schließlich mit einem leisen Ratschen nachgab. Rasch zog sie seinen Slip nach unten. Sofort sprang ihr sein Penis entgegen, als wäre er froh, endlich aus seinem engen Gefängnis befreit worden zu sein. Jack erschauerte, setzte aber seine eigene Erkundung ihres Körpers fort. Seine Finger fanden ihren feuchten Eingang, tauchten darin ein. Lissa stieß einen unartikulierten Laut aus, als sie ihn tief in sich fühlte. Ihr Körper spannte sich an, ihre freie Hand krallte sich in die Decke. *Oh Gott, das fühlte sich so gut an!* Doch Jack intensivierte noch seine Berührungen. Ein weiterer Finger tauchte in sie ein, während sein Daumen über ihr Lustzentrum strich. Immer schneller atmete Lissa, immer hektischer bewegte sie ihre Hüfte.

»Langsam, wir haben Zeit.«

Zeit, wer hatte hier Zeit? Sie wollte es jetzt! Ihre Hand schloss sich fester um seinen harten Schaft, bewegte sich an ihm auf und ab. Immer größer und härter wurde er, drängte sich ihr auffordernd entgegen. Irgendwie war plötzlich seine Hose nicht mehr über seiner Hüfte und auch ihre hing um ihre Oberschenkel. Lissa erschauerte, als sich seine Erektion an ihr rieb, auf und ab, aber nie dort, wo sie sein sollte.

»Mehr!« War das wirklich ihre eigene Stimme, die so rau und drängend klang?

»Nein, das geht nicht.«

Lissa wusste, dass er recht hatte, aber es fiel ihr schwer, im Eifer des Gefechts nicht einfach die Vernunft zu vergessen. Sie bewunderte ihn umso mehr dafür, dass er es noch konnte, auch wenn sich sein Schaft an ihrem Po rieb und kurz davor war, zu explodieren. Jack hatte sich über sie gebeugt, sein Mund fuhr über ihre entblößten Rippen. Sein heißer Atem strich über ihre Brustwarze, bis sie sich noch höher aufrichtete. Da die Pritsche zu schmal war, konnte sie sich nicht umdrehen, sodass nur seine Zungenspitze ihre Brust berührte. Lissa erschauerte, als seine raue Zunge mit ihrem Nippel spielte, ihn neckte, reizte und nie das einlöste, was sie versprach. Ein dritter Finger tauchte in sie ein, dehnte sie. Sein Schaft berührte ihren Po, drückte sich gegen einen Punkt unterhalb ihres Steißes. Lissa spürte, wie sich ein Druck in ihr aufbaute, der sie zum Zittern brachte. Ihre Hand umklammerte seine Hüfte, ihre Finger gruben sich in sein Fleisch. Gleich …

Noch einmal drang er tief in sie, reizte sein Daumen ihre feuchte Perle, während seine Zungenspitze über ihre Brustwarze fuhr. Jacks Penis schob sich ein winziges Stück in ihre hintere Öffnung und baute die Erregung damit noch weiter auf. Sein Oberkörper drückte ihre Schulter ein Stück nach unten, sodass sein Mund sich vollständig über ihrer Brust schließen konnte. Das Saugen ließ die Hitze in ihrem Körper weiter ansteigen, sie fühlte, wie die Spannung ihr ganzes Sein bestimmte, sie immer näher an den Abgrund führte. Jack legte seine Hand über ihren Mund, um die erregten Töne zu dämpfen, die sie von sich gab. Als seine Zähne sich um ihren geschwollenen Nippel schlossen und sanft zubissen, explodierte sie. Ihr Körper bäumte sich auf, ihre Hand krallte sich in sein Hinterteil.

Jack kniff die Augen zusammen und versuchte, die Beherrschung nicht zu verlieren. Das Gefühl, wie Lissa seine Finger ritt und ihre Muskeln sich immer wieder um sie zusammenzogen, war unglaublich. Ein letztes Mal presste er seinen Schaft an sie, dann rückte er ein Stück von ihr ab. Jede Berührung könnte seinen Widerstand zusammenbrechen lassen, und das wäre nicht nur gefährlich, sondern auch dumm. Seine heiße Stirn an Lissas Haare gepresst, brachte er sie langsam wieder zur Erde zurück. Noch einmal tauchten seine Finger tief in sie ein, dann unterbrach er auch diese Verbindung. Seine Erektion pochte schmerzhaft, machte ihm klar, wie dicht er vor der Erfüllung gewesen war. Aber das würde warten müssen. Entweder, bis sich eine bessere Gelegenheit mit Lissa bot, oder bis er wieder alleine war. Wobei er die Lösung mit Lissa eindeutig vorzog. Warm und weich lag sie an ihn geschmiegt da, während sie langsam wieder zu Atem kam. Immer wieder liefen Schauer durch ihren Körper.

Lissa konnte sich nicht erinnern, jemals durch einfache Berührungen einen solchen Orgasmus erlebt zu haben. Jack schien wirklich magische Hände zu besitzen. Lächelnd blickte sie die zerkratzte Wand an. Wer sagte, dass man nicht auch in einer Gefängniszelle Spaß haben konnte? »Wow!« Jacks Antwort bestand in einem rumpelnden Lachen. Seine Finger malten Muster auf ihre Hüfte und ihre Rippen, während sein Atem über ihre Wange strich. »Das war unglaublich.«

Mit der Nase strich er über ihr Ohr, küsste die weiche Stelle dahinter. »*Du* bist unglaublich.« Seine Zunge berührte ihre empfindliche Haut.

Lissa fühlte, wie ihre Brustspitzen hart wurden. Es konnte doch wohl nicht sein, dass sie gerade erst einen Höhepunkt erlebt hatte, sich die Erregung aber schon wieder in ihr aufbaute? Ein Zittern lief durch ihren Körper. Doch, es war so. Aber sie würde Jack nicht noch einmal so ausnutzen. Mit der Hand tastete sie über seine Hüfte, bis sie seinen Schaft umfasste. Er war immer noch vollständig erigiert und zuckte, als sie ihn berührte. Ein Stöhnen kam über Jacks Lippen, bevor er sein Gesicht in ihren Haaren vergrub. Für einen Moment hielten sie beide still, dann legte Jack seine Hand um ihre. Es war erregend, gemeinsam mit ihm seine Erektion zu umfassen. Doch bevor sie das Gefühl richtig genießen konnte, hatte er ihre Finger gelöst und mit seinen verschränkt.

»Warum …?«

Jack legte einen Finger auf ihren Mund. »Nicht hier und jetzt.«

»Wann dann?«

Jacks Lachen hatte einen verzweifelten Unterton. »Wenn wir irgendwo sind, wo wir viel Platz, Licht und Zeit haben. Und wo uns niemand stören kann.«

»Ach verdammt, und ich dachte schon, wir könnten es einfach draußen auf der Straße tun.«

»Lissa …«

»Ja?«

»Ich bin gerade ziemlich verzweifelt, könntest du bitte ruhig sein und vor allem still liegen?«

Lissa merkte, dass seine Beherrschung nur noch an einem seidenen Faden hing. Da er anscheinend wirklich nicht hier seinen Gefühlen nachgeben wollte, musste sie ihn irgendwie ablenken. Sie konnte damit anfangen, dass sie sich wieder ordentlich anzog und damit die Versuchung verringerte. Eilig zog sie ihre Hose hoch und knöpfte sie zu, bevor sie sich ihrem T-Shirt zuwandte, das sich um ihren Oberkörper gewickelt hatte. Nachdem sie das erledigt hatte, drehte sie sich vorsichtig um, bis sie auf der anderen Seite mit dem Gesicht zu Jack, lag.

»Bist du jetzt fertig mit dem Gerammel?«

Lissa grinste ihn an. »Ja.«

»Gut.«

Jacks Arm legte sich um ihre Taille, damit er nicht von der schmalen Pritsche fiel, während er weiterhin versuchte, Abstand zwischen ihnen zu halten. Er brauchte gar nicht erst versuchen, seinen Penis in die Hose zu bekommen, im Moment würde das ohne größere Verluste nicht funktionieren. Also lag er einfach still da, blickte in Lissas Augen und versuchte herauszufinden, was in ihr vor sich ging. Wieso half sie einem Fremden, den sie auf der Straße aufgesammelt hatte, fuhr mit ihm durch den halben Südwesten, übernachtete gemeinsam in einer Zelle und ließ sich dann auch noch von ihm berühren? Nicht, dass er sich darüber beschweren wollte, aber er konnte einfach nicht verstehen, welches Motiv sie hatte. Oder machte sie das öfter? Ein Gedanke, der ihm überhaupt nicht gefiel. Er betrachtete ihre glitzernden Augen, die geröteten Wangen, den weichen, zu einem kleinen Lächeln verzogenen Mund. Nein, er konnte sich nicht vorstellen, dass sie derart freizügig war. Sie schien in ihm etwas zu sehen, das sie dazu veranlasste, das alles für ihn zu tun. Vielleicht sollte er aufhören, alles zu hinterfragen und es einfach hinnehmen und genießen, was sie ihm bot.

15

Walters hatte keine bessere Laune als am Abend zuvor, als er endlich in der Polizeistation eintraf. Lissa besetzte ordentlich hergerichtet einen der Besucherstühle im Hauptraum, während Jack alleine auf der Pritsche saß. Mit einem mürrischen Gesichtsausdruck öffnete Walters die Zelle und winkte ihn zu sich. »Kommen Sie, wir haben noch einigen Papierkram zu erledigen.«

Jack wollte gerade sagen, dass sie das abends doch schon gemacht hätten, aber er überlegte es sich anders. Wenn er nicht aufpasste und dem Polizisten die Gelegenheit dazu bot, würde der ihn sicher noch länger einsperren. Jack setzte sich auf den Stuhl, auf den Walters deutete. Ob der Idiot sich noch weitere Schikanen ausgedacht hatte? Es schien fast so.

»Sie haben gestern ausgesagt, dass Ihr Truck gestohlen wurde.«

»Ja.«

Der Polizist runzelte die Stirn. »Warum haben Sie den Diebstahl nicht angezeigt?«

»Das hatten wir gestern doch alles schon! Ich dachte, ich würde ihn selbst schneller finden als die Polizei. Ist das verboten?« Sicher würde er Walters nicht sagen, dass er niemandem vertraute, wenn es um seine Zukunft ging. Jack fühlte, wie Lissas Hand sich auf seine Schulter legte und ihn beruhigend drückte. Mit Mühe unterdrückte er seine Ungeduld und fuhr ruhiger fort. »Kann ich jetzt gehen?«

»Noch nicht. Ich habe gestern Ihre Daten überprüft, und

raten Sie mal, was heute Morgen in meinem Faxgerät war.« Er hielt eine Seite mit zwei Zeilen Text hoch. »Das hier: Jack S. Tease. Akte gesperrt.« Mit einer Hüfte ließ er sich auf seinem Schreibtisch nieder und blickte auf Jack hinunter. »Nun sagen Sie mir bitte, was das zu bedeuten hat.«

»Ganz einfach, die Akte ist gesperrt.«

Walters blitzte ihn wütend an. »Versuchen Sie nicht, mich zu verarschen! Sie sagten, Sie wären Lastwagenfahrer, hätten Ihr eigenes kleines Transportunternehmen.«

»Korrekt.«

»Und wieso kann ich Ihre Akte nicht einsehen?« Er hob die Hand, bevor Jack antworten konnte. »Und wenn Sie jetzt sagen, weil sie gesperrt ist, dann buchte ich Sie noch einmal für vierundzwanzig Stunden hier ein. Haben Sie das verstanden?«

»Ja.«

»Gut. Also, warum ist die Akte nicht zugänglich?«

»Ich war beim Militär.«

Walters schien damit nicht zufrieden zu sein. »Wo beim Militär?«

»Army.«

»Wo stationiert?«

»An verschiedenen Orten. Und bevor Sie fragen: Nein, ich darf Ihnen nicht sagen, wo ich war oder was ich gemacht habe, deshalb ist auch meine Akte gesperrt. Aber Sie können sich gerne beim Oberkommando nach mir erkundigen, ich bin sicher, man wird Ihnen bestätigen können, dass meine Angaben stimmen.«

Es war klar, dass der Polizist das nur ungern hörte. Er blickte einen langen Augenblick auf das Blatt hinunter, dann warf er es auf den Schreibtisch. »Wenn ich Sie noch mal erwische, werde ich nicht mehr so großzügig sein.«

Jack schwieg und sah Walters geradewegs in die Augen.

Dieser erhob sich von der Tischkante und ließ sich auf den Stuhl fallen, der unter seinem Gewicht protestierend quietschte. »Wir haben Kennzeichen, Marke und Aussehen Ihres Trucks notiert und durchgegeben. Wenn er gefunden wird, benachrichtigen wir Sie.«

»Danke.«

Mit mürrischer Miene nickte Walters Lissa und Jack zu. »Sie können gehen.«

Das ließen sie sich nicht zweimal sagen. Rasch packten sie ihre Sachen zusammen und verließen das Gebäude. Die Harley wartete vor der Polizeistation auf sie. Mit den Fingern strich Lissa liebevoll über die Maschine.

»Alles in Ordnung?« Solange ein Polizist in der Tür stand und sie beobachtete, würden sie sich nicht in Ruhe unterhalten können.

Lissa sah auf, genau in Jacks Augen. »Ja. Ich wollte nur sichergehen, dass ihr nichts passiert ist.«

»Es tut mir leid, dass du meinetwegen solche Probleme hast.«

Ein Lächeln erschien auf Lissas Gesicht und wischte die ernste Stimmung fort. »Ich würde sagen, es hat sich gelohnt.«

Das Blitzen in ihren silbernen Augen und die Röte in ihren Wangen zeigten deutlich, wie sehr sie ihr kleines Intermezzo genossen hatte. Jack unterdrückte ein Stöhnen, konnte aber nicht verhindern, dass sein Blick an ihrem Körper hinunterwanderte. Die Erinnerung daran, was er alles berührt und liebkost hatte, trieb einen Hitzestoß durch seinen Körper. Kopfschüttelnd wandte er sich von ihr ab und trat neben die Harley. Während Lissa die Gepäcktaschen überprüfte und zurechtrückte, setzte Jack den Rucksack auf. Schon jetzt brannte die Sonne gnadenlos vom Himmel und ließ das Muskelshirt an seinem Körper kleben. Trotzdem hatte er das Sweatshirt darüber gezogen, denn beim Fahren würde es wieder kühl werden. Aus den Augenwinkeln sah er, wie Lissa zusammenzuckte und dann in ihre Hose griff. Aufregung machte sich in ihm breit als sie das Telefon herauszog und aufklappte. Sie meldete sich und hörte kurz zu, dann reichte sie es an ihn weiter.

Erleichterung breitete sich in ihm aus, als sein Kollege ihm berichtete, dass der Lastwagen heute Morgen mit geschlossenen Vorhängen auf einem Abstellplatz am Rande von Gunnison gesichtet worden war. Vielleicht hatten sie Glück und er war noch dort, wenn sie ankämen. Jack bedankte sich und beendete das Gespräch. Sie hatten keine Zeit zu verlieren. Es wäre nett, wenn seine Pechsträhne zu Ende ginge und er in wenigen Stunden seinen Truck wieder in Empfang nehmen könnte. Der Morgen hatte jedenfalls schon recht vielversprechend begonnen.

»Und?«

»Gunnison, Colorado. Er soll dort auf einem Abstellplatz stehen.«

Lissa lächelte ihn an. »Es sieht so aus, als wären wir wieder im Rennen.«

»Hoffentlich.«

Auf der Karte suchten sie den schnellsten Weg nach Gunnison, dann überprüfte Lissa noch einmal, ob ihre Maschine fahrbereit war, bevor sie aufstieg. Jack schob die Schutzbrille über die Augen, schwang sich hinter ihr auf das Motorrad, presste sich dicht an Lissa und schlang seine Arme um ihre Taille.

Sie drehte den Kopf und blickte ihn über den Rand ihrer Sonnenbrille an. »Bereit?«

»Mehr als du glaubst.« Seine Antwort ging glücklicherweise im Lärm des aufheulenden Motors unter.

Warum hatte Fellini nicht jemanden geschickt, der näher dran war? Es machte nicht gerade viel Sinn, Smith und ihn noch in der Nacht von Los Angeles aus losfahren zu lassen, nur um einen dämlichen Lastwagen in Colorado abzuholen. Was war überhaupt dermaßen Wichtiges in der Fracht, dass darum so ein Aufstand gemacht wurde? Es machte Cladock nichts aus, diese jämmerlichen Spediteure zu erledigen, aber es wäre schon nett gewesen, den Grund dafür zu erfahren. Nun ja, Fellini war noch nie für sein Mitteilungsbedürfnis bekannt gewesen. Er sagte ihnen immer nur genau so viel, wie nötig war, aber er bezahlte gut, und das war die Hauptsache. Immer wenn jemand versuchte herauszufinden, wer Fellini wirklich war, verschwand derjenige spurlos. Man lebte einfach länger, wenn man seine Nase nicht in seine Angelegenheiten steckte. Und Cladock war zu schlau, um sein Leben so aufs Spiel zu setzen. Vor allem aber war er gut in seinem Job, diskret und zuverlässig, deshalb wurde er gerne gebucht und seine Gage war auch nicht zu verachten.

Darum saßen sie nun in einem unauffälligen Geländewagen und fuhren durch die erbärmliche Wüste in Richtung Gunnison. Überall nur Sand, verdorrte Sträucher und vergammelte Ruinen. Wie konnte hier jemand leben wollen? Inzwischen waren sie bereits kurz vor Gunnison angekommen und lagen damit noch gut in der Zeit, wenn es stimmte, was dieser Heini von der Spedition gesagt hatte. Der Dieb würde ab mittags dort auf sie warten. Ein freudloses Grinsen überzog Cladocks Gesicht. Es würde sicher eine äußerst unangenehme Überraschung für ihn werden, wenn er merkte, dass sie nicht gekommen waren, um ihn zu bezahlen.

Die Strecke forderte Lissas ganze Aufmerksamkeit, als sich die Harley die Sawatch Range in den Rocky Mountains bis in 3500 Meter Höhe hinaufschlängelte. Waren sie vorher durch beeindruckende Wälder gefahren, herrschte weiter oben nur noch eine kahle Gebirgslandschaft vor. Auch jetzt im Sommer war es in dieser Höhe ziemlich kühl. Jacks Körper schmiegte sich noch enger an sie, gab ihr zusätzliche Wärme. Trotzdem – oder vielleicht gerade deswegen – atmete sie erleichtert auf, als sie den Höhenzug hinter sich ließen und wieder in wärmere Gefilde kamen.

Je tiefer sie kamen, desto angenehmer wurde die Temperatur. Es roch nach Bäumen und Gras, riesige Rinderherden weideten in den Tälern. Während Jack sich weiterhin an ihr festklammerte, fuhren sie in lang gezogenen Serpentinen in das fruchtbare Tal rund um Gunnison hinab. Gewaltige Obstbaumplantagen erstreckten sich soweit das Auge reichte. Lissa beobachtete fasziniert den Wechsel in der Landschaft, von alpinem Gebirge zu grüner, blühender Oase, die Gunnison umgab.

»Wo genau soll der Truck sein?« Der Fahrtwind riss ihr fast die Worte von den Lippen.

»Von hier aus gesehen am anderen Ende der Stadt. Auf einem großen Abstellplatz. Angeblich nicht zu verfehlen.«

»Na dann, auf in den Kampf.«

Jack verzog den Mund. Er hatte manchmal den Eindruck, dass Lissa das Ganze immer noch als Abenteuer betrachtete und nicht realisierte, dass der Dieb vielleicht auch gefährlich sein könnte. Die Ortsgeschwindigkeit von dreißig Meilen pro Stunde kam ihm furchtbar langsam vor. Es war, als könnte er die Nähe seines Trucks schon spüren, und irgendetwas schien ihm zu sagen, dass er sich beeilen musste, wenn er ihn nicht wieder verlieren wollte. Allerdings wollte er auch keine weitere Nacht in einer Zelle verbringen, deshalb biss er die Zähne zusammen, als Lissa ordnungsgemäß an einer roten Ampel hielt. Glücklicherweise kamen sie nicht direkt im morgendlichen oder abendlichen Stoßverkehr an, denn sonst hätten sie sicher nicht so zügig die Hauptstraße entlangfahren können.

Liebevoll gestaltete Wohn- und Geschäftshäuser flogen an ihnen vorbei, gepflegte Rasenflächen mit perfekt gestutzten Hecken und Bäumen vor prachtvollen offiziellen Gebäuden. Alles war auf den Tourismus ausgerichtet. Nach endlosen Minuten erreichten sie schließlich das andere Ende der Stadt. Erst hier gab es einige Tankstellen und auch leere Grundstücke, die einen heruntergekommenen Eindruck machten.

Sein Kollege hatte recht gehabt, der Abstellplatz war nicht zu übersehen. Direkt hinter dem Ende der Ortschaft befand sich ein riesiger freier Platz, auf dem Lastwagen, Wohnwagen und Autos standen. Jack spürte, wie Lissa zusammenzuckte, als sie an einigen zu einem Schrottberg aufgetürmten Motorrädern vorbeifuhren. Eine Familie mit kleinen Kindern hielt ein improvisiertes Picknick ab, zwei Jugendliche knutschten in einem Auto. Sein Herz machte einen Satz, als er im hinteren Bereich des Platzes einen blauen Truck entdeckte. Obwohl er das Kennzeichen noch nicht erkennen konnte, war er sich absolut sicher, dass es seiner war.

Er berührte Lissas Arm. »Dort hinten ist er. Warte hier beim Motorrad, dann schaue ich nach, wo der Dreckskerl ist, der mir meinen Truck gestohlen hat.«

»Ich komme mit.«

Jack stieg bereits von der Maschine ab, bevor Lissa den Motor abgestellt hatte. »Nein!« Er strich mit der Hand durch seine Haare und fuhr ruhiger fort. »Das ist keine gute Idee. Ich weiß nicht, ob er bewaffnet ist, es wäre nicht sicher.«

»Dann sollte ich erst recht mitkommen, zwei sehen mehr als einer.«

Jack nahm ihr Gesicht in beide Hände und blickte ihr beschwörend in die Augen. »Bitte Lissa, ich möchte nicht, dass dir etwas passiert. Bleib hier und warte auf mich, okay?«

16

Jack kauerte am Rand des Abstellplatzes hinter einem dichten Gebüsch. Nur wenige Meter von seinem Truck entfernt konnte er gut erkennen, was in dem Fahrzeug vor sich ging: nichts. Die Vorhänge waren geschlossen, nichts rührte sich. Es schien wirklich so, als hätte der Dieb hier angehalten, um zu schlafen. Ein paar Minuten würde er die Situation noch beobachten, bevor er den Ersatzschlüssel holte, der unter dem Anhänger befestigt war.

Wenn er ganz leise war, könnte es ihm sogar gelingen, den Mann im Schlaf zu überwältigen. Danach würde er ihn fesseln und bei der Polizei als Geschenk abliefern. Vielleicht bekam er dann endlich Antworten auf die Fragen, die ihm schon seit Tagen im Kopf herumgeisterten. Woher war der Dieb gekommen? Wieso hatte er gewusst, dass Jack sich entfernen würde? Er musste schon direkt neben dem Truck gewesen sein, sonst hätte er es niemals geschafft, in der kurzen Zeit ins Fahrerhaus zu steigen und den Motor zu starten. Irgendwie konnte Jack sich nicht vorstellen, dass das alles ein Zufall gewesen war. Die Gegend war dafür zu einsam gewesen. Niemand wäre auf die Idee gekommen, sich dort auf die Lauer zu legen, um verirrte Reisende zu bestehlen.

Jack fuhr mit erhobenem Arm herum, als hinter ihm ein Zweig knackte. Er hatte sich auf die Person geworfen und sie zu Boden gedrückt, bevor diese überhaupt registrierte, dass sie entdeckt worden war. Sein Griff lockerte sich, als er Lissa erkannte. Jack stieß einen leisen Fluch aus, zog sie hoch und mit sich in das Gebüsch. »Was machst du denn hier? Ich hatte dich doch gebeten, beim Motorrad zu warten!«

Lissa strich sich ihre zerzausten Locken aus dem Gesicht. »Das war ein Befehl und auf so etwas reagiere ich nicht. Außerdem kann ich dir helfen.« Ihren Arm massierend blickte sie ihn störrisch an.

»Im Moment lenkst du mich nur ab. Wenn du nicht gekommen wärst, hätte ich inzwischen schon den Schlüssel geholt und wäre auf dem Weg ins Fahrerhaus.«

»Worauf wartest du dann noch? Lass dich von mir nicht stören. Ich werde dir Rückendeckung geben.«

»Lissa …«

»Keine Diskussion. Du verschwendest Zeit.«

Wütend wandte Jack sich ab. Warum mussten Frauen immer so unvernünftig sein? Sie würde ihn und vor allem sich selbst nur in Gefahr bringen. Verstand Lissa denn nicht, dass er für so etwas ausgebildet war? Nein, wie sollte sie auch, er hatte ihr schließlich nichts über sein früheres Leben erzählt. Nun war es zu spät, wenn er noch zugreifen wollte, musste er sich beeilen.

Er beugte sich dicht zu Lissa. »Bleib hier, bis ich dir ein Zeichen gebe.« Ihre zusammengezogenen Augenbrauen warnten ihn vor einem Widerspruch. Er legte seine Finger über ihren Mund. »Bitte.«

Lissa nickte knapp und kauerte sich auf den Boden. Nach einem letzten Blick auf sie schob er sich durch die Büsche, bis er nur wenige Meter vom Hinterrad seines Trucks entfernt herauskam. Rasch überquerte er die freie Fläche und rollte sich unter den Anhänger. Innerhalb von Sekunden schlossen sich seine Finger um den kleinen Metallkasten, den er dort versteckt angebracht hatte, damit ihn außer ihm niemand fand. Gerade als er den Deckel öffnen wollte, knirschte Sand neben ihm. Verdammt! Er hatte Lissa doch gesagt …

Jack beugte sich vor und spähte unter dem Lastwagen hervor. Nein, diese Lackschuhe gehörten sicher nicht Lissa. Aber wer war es dann? Befand sich der Fahrer doch nicht im Fahrerhaus? Allerdings konnte er sich auch nicht vorstellen, dass der Dieb solche Schuhe trug. Vorsichtig schob Jack sich ein Stück weiter heraus und blickte nach vorne. Eine Hose mit Bügelfalten, eine Lederjacke, mehr konnte er nicht sehen. Eine Bewegung in den Büschen ließ seinen Kopf herumfahren. Lissa hatte einige Zweige beiseitegeschoben, damit sie verfolgen konnte, was geschah. Ihre roten Haare leuchteten in der Sonne. *Sie wusste wirklich nicht, was gut für sie war!* Während er ihr mit Handbewegungen zu verstehen gab, dass sie sich zurückziehen sollte, bemerkte er beinahe nicht den zweiten Mann, der dem ersten gefolgt war.

Jack unterdrückte einen Fluch, als er sich beim Zurückziehen den Kopf an einem Metallrohr stieß. Die Hand an die schmerzende Stelle gepresst, zog er sich weiter unter den Lastwagen zurück. So konnte er zwar nichts sehen, aber immerhin hören, was vor sich ging.

Lissa presste die Hand vor den Mund. Sie hatte die Männer zwar kommen sehen, aber keine Möglichkeit gehabt, Jack zu warnen. Jetzt lag er unter dem Truck und konnte nicht wieder zurück, bevor die Typen verschwanden. Aber es sah nicht so aus, als würden sie das in nächster Zeit tun, denn einer klopfte gerade an die Seitenscheibe. Lissa hielt den Atem an, während langsam die Sekunden verrannen. Zuerst tat sich nichts, dann wurde der Vorhang zurückgeschoben, und das Fenster öffnete sich einen Spalt breit.

Eine raue Stimme ertönte. »Wer sind Sie?«

»Wir kommen von Bell & Hoppes Enterprises. Steigen Sie aus.«

»Ist es denn schon mittags?«

»So gut wie. Kommen Sie nun raus, damit wir das Geschäftliche abwickeln können, oder nicht?«

»Ja, ja, nur keine Eile.«

Damit wurde das Fenster wieder geschlossen, die Kabine schaukelte. Lissas Blick suchte Jacks. Sie winkte ihn zu sich, doch er schüttelte den Kopf. Erneut gab er ihr Zeichen, dass sie sich zurückziehen sollte, aber sie wollte sehen, was die Männer dort taten, und vor allem würde sie nicht ohne Jack gehen. Schließlich wurde die Tür aufgeschoben und ein kleiner, dürrer Mann erschien in der Öffnung. Die dunkle Hautfarbe und der Schnauzbart deuteten zusammen mit seinem Akzent darauf hin, dass die Kassiererin an der Tankstelle mit ihrer Vermutung, der Dieb wäre Mexikaner, richtig gelegen hatte. Er zog seine Hose ein Stück höher, dann stellte er sich auf die Stufen des Fahrerhauses und streckte die Hand aus. »Mein Geld.«

Einer der Männer verzog sein Gesicht. »Gleich zur Sache, wie?« Er bedeutete dem Dieb herunterzukommen. »Keine Angst, Sie bekommen Ihren Lohn, José. Aber erst will ich sehen, ob auch wirklich die komplette Ladung vorhanden ist.«

Der Mexikaner richtete sich zu seiner vollen Größe auf. »Die Abmachung war, dass ich den Truck hierherbringe. Und genau das habe ich getan.«

»Dann brauchen Sie auch keine Angst zu haben, dass wir unzufrieden sind.« Als der Dieb weiter zögerte, zog der Mann eine Waffe und richtete sie auf ihn. »Kommen Sie ganz langsam da raus, die Hände gut sichtbar.«

Lissa duckte sich tiefer in die Büsche, ihr Herz klopfte wild in der Brust. Was waren das für Typen? Und warum hatten sie Waffen dabei, wenn sie den Dieb doch einfach nur bezahlen mussten, um den Lastwagen zu bekommen? Irgendetwas sehr Merkwürdiges ging hier vor. Wenn Jack endlich unter dem

Truck hervorkam, musste sie sich mal ernsthaft mit ihm unterhalten. Was hatte er für eine Ladung, die irgendwelchen Verbrechern so viel wert war, dass sie mit Pistolen in der Gegend herumfuchtelten? Sie konnte sich nicht vorstellen, dass Jack Drogen schmuggelte, aber wenn man sich die handelnden Personen anschaute – einen Mexikaner, zwei Männer in schicker Kleidung mit Waffen und einen Ex-Militär-Trucker, der ungern mit der Polizei zu tun hatte –, dann waren die Indizien erdrückend. Und was wusste sie schon über Jack? Nur, dass er einen umwerfenden Körper hatte, eine sexy Stimme und begnadete Finger … Lissa verzog den Mund. Nicht gerade hilfreich, um herauszufinden, ob er ein Verbrecher war oder nicht.

»Wird's bald? Wir haben nicht den ganzen Tag Zeit!«

Gebannt beobachtete Lissa, wie der bewaffnete Mann näher an den Dieb herantrat und dabei die Pistole hob. Oh Gott, er würde doch nicht wirklich jemanden einfach so umbringen, noch dazu auf einem öffentlichen Platz, oder?

»Sind Sie schwerhörig? Rauskommen habe ich gesagt!«

Der zweite Mann hatte ebenfalls eine Waffe gezogen und blickte sich nach Zeugen um. Als er niemanden entdeckte, richtete er seine Aufmerksamkeit wieder auf seinen Kumpan. José hatte anscheinend nicht vor, seine Beute so einfach aufzugeben. Blitzschnell schob er die Tür weiter auf und traf damit den ersten Mann am Arm, sodass die Pistole im hohen Bogen durch die Luft flog und in den Sand fiel. Fast gleichzeitig zog José neben dem Sitz eine riesige Schrotflinte heraus, die er dem zweiten Mann direkt auf die Brust setzte. Lissa zuckte zurück und presste die Hand vor den Mund. Die ganze Situation wurde immer wahnsinniger! Wo war Jack? Er musste unbedingt sofort da raus, bevor die Kugeln flogen. Außerdem steckte sein Kopf direkt vor den gewaltigen Doppelreifen, wenn der Truck losrollen würde, wäre er in Lebensgefahr. Lissa versuchte, ihm Zeichen zu geben, aber er schaute nicht in ihre Richtung.

»Zurück, sofort!« Die Stimme des Mexikaners zitterte, aber es war deutlich zu erkennen, dass er den Truck mit allen Mitteln verteidigen würde. Anscheinend verstanden die Männer das auch, denn sie traten behutsam ein paar Schritte zurück, die Augen immer auf ihren Widersacher gerichtet. Lissa wollte gerade erleichtert aufatmen, als der Dieb sich auf den Fahrersitz schob und den Motor startete. Die Waffe hielt er dabei weiterhin durch die offene Tür auf die Angreifer gerichtet. Oh nein, wenn er losfuhr, würde er Jack überrollen! Sie hatte sich schon halb erhoben, als ihr klar wurde, dass sie ihn nie würde aufhalten können. Sowohl er hatte eine Waffe als auch die beiden Männer, die immer noch neben dem Lastwagen standen. Sie würden sie bestimmt nicht einfach laufen lassen. *Los, Tease, jetzt wäre ein geeigneter Zeitpunkt, um wieder herauszukommen!* Doch Jack blieb verschwunden. Die Stelle, wo er vorher gelegen hatte, war leer. Erst langsam, dann immer schneller fuhr der Truck über den sandigen Abstellplatz. Die Männer liefen ein Stück hinterher, gaben aber schnell auf. Einer hob seine Pistole, doch der andere schlug sie herunter.

»Lass das, Fellini hat gesagt die Ladung darf nicht beschädigt werden!«

Widerwillig steckte der Mann seine Waffe ein. »Und was machen wir jetzt?«

»Hinterherfahren, was denn wohl sonst?«

Die Verbrecher liefen zu einem in der Nähe geparkten Geländewagen und sprangen hinein. Mit durchdrehenden Rädern fuhren sie los, eine riesige Staubwolke hinter sich herziehend. Lissa wartete, bis sie sich ein Stück entfernt hatten, dann richtete sie sich auf. »Jack?«

Keine Antwort.

»Jack!«

Lissa biss sich auf die Unterlippe, während sie die Umgebung absuchte. Hing Jack womöglich noch unter dem Truck und wurde gerade zu Tode geschleift? Nein! Sicher hatte er irgendeinen Weg gefunden, sich festzuklammern, sodass er unbeschadet mitfahren konnte. Das hoffte sie zumindest. Auf jeden Fall musste sie so schnell wie möglich hinterher! Rasch drehte sie sich um und lief los.

»Lissa!«

Beinahe hätte sie den leisen Ruf über dem lauten Pochen ihres Herzens nicht gehört. Sie wirbelte herum. Jack kam hinter einem Stapel Schrott heraus und klopfte sich den Sand von der Hose. Mit offenem Mund starrte sie ihn an. »Du bist noch da!«

Jack ergriff ihren Arm und steuerte sie auf das Motorrad zu. »Natürlich. Dachtest du, ich würde dich mit bewaffneten Männern alleine lassen?« Als Lissa nichts erwiderte, verzog er den Mund. »Gut, für einen kurzen Moment habe ich darüber nachgedacht, ob ich unter dem Truck mitfahren sollte, aber davon habe ich schnell Abstand genommen.« Sein Mundwinkel hob sich. »Zu unbequem.«

Lissa boxte ihn in den Arm.

»Au, warum schlägst du mich?«

»Du Idiot! Ich habe mir Sorgen um dich gemacht! Ich dachte, du wärest überfahren oder unter dem Lastwagen zu Tode geschleift worden.«

Jack zuckte zusammen. »Das wäre aber ziemlich dumm, wenn ich doch auch bequem auf dem Motorrad hinterherfahren kann.« Seine Augen trafen ihre. »Das kann ich doch, oder?«

»Die Männer haben Waffen.«

»Ich weiß.«

»Wie willst du da jemals den Lastwagen zurückerobern?«

»Ich habe keine Ahnung. Vermutlich warte ich, bis sich eine gute Gelegenheit ergibt.« Mit der Hand fuhr er durch sein Haar. »Ich denke, die Sache hat bewiesen, dass mein Truck nicht zufällig ausgesucht wurde, sondern der Diebstahl von der Spedition in Auftrag gegeben worden ist.«

Forschend blickte Lissa Jack in die Augen. »Aber warum haben es alle auf deinen Truck abgesehen? Irgendetwas muss doch darin sein, weswegen ihn deine Auftraggeber haben stehlen lassen.«

»Wenn ich gewusst hätte, dass meine Ladung so gefragt ist, hätte ich den Truck sicher für keine Sekunde aus den Augen gelassen. Aber leider hat mich niemand vorgewarnt.«

»Meinst du, es sind Drogen?«

Jacks Gesichtszüge verhärteten sich. »Das will ich nicht hoffen. Aber sowie ich den Truck wieder habe, werde ich ihn von oben bis unten auseinandernehmen und herausfinden, was zum Teufel hier los ist.«

Lissa schob die Sonnenbrille über ihre Augen und schwang sich auf die Maschine. »Hoffen wir, dass das passiert, bevor uns das Benzin ausgeht.« Sie zog eine Augenbraue hoch. »Wenn du nicht langsam aufhörst, mich anzustarren und endlich aufsteigst, werden wir sie nie einholen.«

Das ließ sich Jack nicht zweimal sagen, schnell schwang er sich auf das Motorrad. Keine Sekunde zu früh, denn Lissa legte einen Start hin, als wollte sie ein Rennen gewinnen. Im Grunde war es genau das, und der Hauptpreis war sein Truck. Jack presste sein Gesicht in ihren Nacken und hoffte, dass die ganze Jagd bald ein Ende hätte und er Lissa für den Rest ihres Urlaubs zeigen könnte, wie sehr er ihre Hilfe zu schätzen wusste. Doch erst musste es ihm gelingen, die drei bewaffneten Männer entweder auszutricksen oder zu überwältigen. Keine leichte Aufgabe, wenn man bedachte, dass sie alle motorisiert unterwegs waren. Aber er hatte früh gelernt, dass nichts unmöglich war. Mit guter Planung und ein wenig Glück war alles machbar.

17

Sie folgten Truck und Geländewagen in sicherer Entfernung. Die sanften Felder und grasbewachsenen Hügel um Gunnison wurden abgelöst von schroffen Felsen, mehreren Stauseen und schließlich dem tiefen Black Canyon, dessen dunkle Felswände durch die Enge der Schlucht bedrohlich wirkten. Lissa wagte nur hin und wieder einen schnellen Seitenblick, denn die meiste Zeit musste sie sich darauf konzentrieren, den Truck und die Verbrecher nicht aus den Augen zu verlieren und gleichzeitig die steile Straße von der Vernal Mesa hinunterzunavigieren. Sie konnten nur hoffen, dass der Dieb genug Erfahrung mit Lastwagen hatte und nicht irgendwann die Gewalt über das Fahrzeug verlor und von der Straße abkam.

Genauso plötzlich wie die Schlucht aufgetaucht war, verschwand sie auch wieder. Laubwälder und Wiesen bildeten erneut ein Tal, während im Hintergrund majestätische, schneebedeckte Gipfel emporragten. Lissa atmete erleichtert auf, als sie die kleine Stadt Montrose erreichten, wo sie die Geschwindigkeit drosseln und sich etwas erholen konnte. Während sie den quirligen Ort durchquerten, der größtenteils aus Motels, Souvenirläden und Fastfood-Restaurants bestand, lockerte Lissa ihre verkrampften Arme und Beine. Hoffentlich dauerte die Verfolgung nicht zu lange, denn sie wusste nicht, wie lange sie die kurvenreichen Gebirgsstraßen ohne Pausen würde fahren können. Alleine wäre das alles kein Problem, aber mit Jacks zusätzlichem Gewicht schwanden ihre Kräfte viel schneller. Sie bremste ab, als sie erkannte, dass Truck und Jeep an einer roten

Ampel hielten. Es sah nicht so aus, als würden die Männer die Gelegenheit nutzen, den Dieb zu überwältigen, um den Lastwagen selbst zu beanspruchen. Wahrscheinlich gab es einfach zu viele potenzielle Zeugen in der Gegend.

Doch hinter der Stadt wurde der Touristenstrom schon deutlich geringer, sie hatten die Straße fast für sich. Durch das offene Tal des Uncompahgre River folgten sie dem Truck in die hochalpinen Ableger der Rocky Mountains. Umringt von gewaltigen Bergen, in einem Talkessel der San Juan Mountains kamen sie schließlich in den Gebirgsort Ouray. Lissa sah sich aufmerksam um, während sie die Main Street der kleinen Stadt entlangfuhren. Zu beiden Seiten der Straße standen gepflegte Backstein- und Holzhäuser, umgeben von Laubbäumen und saftigen Rasenflächen. Kein Wunder, dass die Gegend »Die Schweiz Amerikas« genannt wurde, der Ort hatte eindeutig ein europäisches Flair, genauso wie die sanften Hügel und schroffen Steilwände des Gebirges. Nach einem letzten bedauernden Seitenblick auf die Thermalquellen und den tosenden Wasserfall, der durch eine enge Felsspalte brach, passte sie die Geschwindigkeit erneut den Verbrechern an.

Lissa achtete darauf, immer mehrere Hundert Meter hinter ihnen zu bleiben, damit sie nicht bemerkt wurden. Allerdings sah es nicht so aus, als wären sich die Männer im Geländewagen überhaupt bewusst, was hinter ihnen geschah. Ihre Geduld war wohl bereits erschöpft, denn sie fuhren immer dichter an den Truck heran. Der Mexikaner versuchte, mit gewaltigen Schlenkern zu verhindern, dass sie sich neben ihn setzten. Lissa stockte der Atem, als sie sah, wie nah der Fahrer dem ungesicherten Straßenrand kam. Wenn er nicht aufpasste, würde er auf dem steinigen Seitenstreifen die Kontrolle über den Lastwagen verlieren und die Böschung herunterstürzen. Oder auf der Gegenfahrbahn unbeteiligte Autofahrer gefährden.

Vorbei an durch Eisenerz rötlich getönten Berghängen und stillgelegten Gold- und Silberminen setzte sich die Verfolgungsjagd fort. Flüchtig wunderte sich Lissa, warum die Männer nicht einfach einen Reifen des Lastwagens zerschossen, aber vermutlich hatten sie erkannt, dass das unter Umständen zum Verlust des Trucks führen würde. Die Strecke wurde immer kurvenreicher, bald verlor sie die Wagen aus den Augen, als sie abbremste, um nicht von den Verbrechern gesehen zu werden.

Fluchend trieb Cladock seinen Kollegen Smith dazu an, näher an den Truck heranzufahren. Als die Stoßstange des Jeeps nur wenige Zentimeter vom Truck entfernt war, öffnete er die Tür und stieg aus. Der Fahrtwind drückte ihn gegen das Metall und zerrte an seiner Kleidung. Mehr als einmal rutschte er mit seinen glatten Ledersohlen auf dem Trittbrett ab und stürzte fast in die Tiefe. Stück für Stück arbeitete er sich vor, bis er auf der Haube hing. Jetzt kam der gefährlichste Teil: Er müsste über die Haube klettern, ohne richtigen Halt und auf die Gefahr hin, dass der Lastwagen jederzeit scharf abbremsen und ihn damit einklemmen könnte. Wie in einem seltsamen Tanz schossen Truck und Jeep über die Fahrbahn, beschleunigten und bremsten wieder ab. Es war nur eine Frage der Zeit, bis jemand die Kontrolle verlieren und zu Schaden kommen würde.

Cladock lag quer über der Haube des Jeeps und versuchte, mit den Händen die hintere Ladeklappe des Lastwagens zu erreichen. Seinen Fuß hatte er in den Griff gehakt, der seitlich am Jeep angebracht war. Mit einem knirschenden Geräusch stieß der Geländewagen gegen den Truck. Cladock beugte sich vor und sprang ab. Mit einer Hand umkrallte er den Griff am Ende des Lastwagens, der Rest seines Körpers taumelte mit jeder Bewegung des Trucks von einer Seite zur anderen. Der Jeep verlangsamte ein wenig und fuhr nun in einigen Metern Abstand hinterher. Smith versuchte, so den Bremsattacken des Diebs entgehen. Mit einer verzweifelten Anstrengung gelang es Cladock schließlich, sich mit beiden Händen an der Ladeklappe festzuhalten. Seine Beine hingen unter dem Anhänger, nur wenige Zentimeter tiefer, und seine Füße würden über den Asphalt schleifen.

Unbeirrt setzte José seine Fahrt fort. Entweder wusste er nicht, dass Cladock am Lastwagen hing oder hoffte einfach, dass er schon irgendwann herunterfallen würde. Aber den Gefallen würde er dem Dieb nicht tun. Die Muskeln angespannt, zog Cladock sich quälend langsam hoch, bis er sich auf das Gestänge stützen und einen Moment ausruhen konnte. Ärgerlich winkte er Smith zu, der ihn drängte, sofort den Angriff zu starten. Langsam, Zentimeter für Zentimeter richtete Cladock sich auf und zog sich an den hervorstehenden Schließhaken des Anhängers nach oben. Der einzige Weg, ungesehen bis zur Fahrerkabine zu kommen, führte über das glatte Dach – wenn er hier genug Halt fand. Mit weit ausgestreckten Armen und Beinen schob Cladock sich bäuchlings vorwärts. Die Fahrweise des Diebs machte seine Aufgabe nicht gerade angenehmer.

Endlich war er so weit vorgedrungen, dass er zwischen Zugmaschine und Anhänger herunterklettern und damit dem beißenden Wind entgehen konnte. Für diese Aktion wollte er von Fellini mehr Geld sehen, es war nie die Rede davon gewesen, dass er auf fahrenden Trucks herumklettern sollte! Wütend zog er seine Pistole aus dem Holster, das er unter der Lederjacke trug, und entsicherte sie. Noch einmal atmete er tief durch, bevor er einen Fuß auf das Trittbett stellte und in einer schnellen Bewegung die Tür zur Fahrerseite aufriss. Der Mexikaner war eindeutig überrascht, ihn auftauchen zu sehen. Cladock hielt sich an der Tür fest und zog José die Pistole über den Kopf. Halb betäubt sackte er für einen Moment nach vorne, bevor er anfing, sich zu wehren.

Der Truck schlingerte, während sie miteinander kämpften. Hupend versuchte Smith, sich neben den Lastwagen zu setzen, aber die enge Straße und der schleudernde Anhänger ließen das nicht zu. Cladock griff ins Lenkrad und versuchte, den Truck auf der Straße zu halten. Fellini würde sie umbringen, wenn er von der Straße abkommen und in den Graben stürzen würde. Mit neuer Energie packte er José am Hemd und zerrte ihn in Richtung Tür. Der Kerl wehrte sich immer noch! Cladock lehnte sich vor und schlug ihm mit Wucht seine Faust ins Gesicht. Einmal, zweimal, dann sackte der Mexikaner vornüber. Diesmal gab es keine Gegenwehr, als er ihn zur Tür zog und hinausstieß.

»Fahr etwas schneller, sonst verlieren wir sie.«

Lissa gehorchte Jacks Anweisung, obwohl sie es für keine gute Idee hielt, den Verbrechern zu nahe zu kommen. Wenn sie entdeckt wurden … Sie fuhren um eine enge Kurve, hinter der sie in einiger Entfernung den Truck sehen konnten. Noch immer fuhr der Jeep dicht dahinter, während der Lastwagen wild schaukelnd um die nächste Kurve fuhr. Instinktiv bremste Lissa die Maschine stark ab, als sie sah, wie jemand aus dem Fahrerhaus des Trucks auf die Straße stürzte. Sie verhinderte gerade noch ein Blockieren der Räder und rollte langsam aus. Der Jeepfahrer machte im letzten Augenblick einen Schlenker, hielt aber nicht an, sondern verschwand ebenfalls um die Kurve. Entsetzt musste sie zusehen, wie der Mann über den Asphalt und den unbefestigten Seitenstreifen rollte, bevor er die Böschung hinunterstürzte. Jack sprang vom Motorrad, ehe es richtig stand. Während Lissa mit zitternden Händen den

Motor abstellte, folgte er den Spuren, die der Gestürzte hinterlassen hatte.

Lissa versuchte aufzustehen und ihm zu folgen, aber ihre Beine trugen sie nicht. Es war, als besäße ihr Körper keinen einzigen funktionierenden Muskel mehr. In der plötzlichen Stille klangen ihre harschen Atemzüge überlaut. Ihre Hände schlangen sich umeinander und bedeckten ihren Mund. Wo blieb Jack nur? Warum kam er nicht wieder? Ein Krankenwagen, das war es! Sie musste Hilfe rufen. Sie versuchte noch immer das Handy aus ihrer Hose zu ziehen, als Jack wieder auftauchte. Ein Blick in sein Gesicht genügte, um ihren Hoffnungen ein Ende zu bereiten. Oh nein! Als hätte er sie gehört, nickte Jack. Sein Mund war fest zusammengekniffen, die Lippen blutleer. Mit ruhigem Griff zog er das Handy aus ihrer Hose und wählte den Notruf.

»Hier ist jemand aus einem fahrenden Auto gestürzt, schicken Sie bitte einen Krankenwagen.«

Er hörte einen Moment zu, dann schüttelte er den Kopf. »Highway 550 zwischen Ouray und Silverton. Nein, dem Mann ist nicht mehr zu helfen.« Er blickte ernst in Lissas vor Schock glasige Augen. »Gut, danke.«

Damit steckte er das Telefon zurück und hockte sich an den Straßenrand. Lissa sah nicht, was er tat, aber sie konnte sich einfach nicht dazu bringen, aufzustehen und nachzusehen. Ihr gesamter Körper war wie betäubt, ihr Gehirn funktionierte nur noch wie in Zeitlupe. Ein Mann war gestorben, direkt vor ihren Augen. Von einem Augenblick zum nächsten war ein Leben ausgelöscht worden. Natürlich war er nicht unbedingt ein unbescholtener Bürger gewesen, aber sicher hatte er trotzdem irgendwo eine Familie, die sich Sorgen um ihn machte und auf ihn wartete. Vergeblich. Schmerz schnürte Lissas Kehle zu und trieb Tränen in ihre Augen, als sie beobachtete, wie Jack aufstand, die Hände abklopfte und vor sie trat.

»Lass uns fahren.«

Mit offenem Mund starrte sie ihn an. »Fahren?«

»Ja, sonst verlieren wir den Truck.«

Für einen Moment war sie sprachlos, dann drang Wut durch ihre Betäubung. »Du willst diesen armen Menschen hier einfach so liegen lassen und noch nicht mal auf die Polizei warten? Ist dir dein verfluchter Lastwagen mehr wert als ein Menschenleben?«

Ein Muskel zuckte in Jacks Wange, aber seine Stimme klang ruhig. »Der Dieb ist tot, ich kann ihm nicht mehr helfen. Aber ich kann seine Mörder verfolgen und dafür sorgen, dass sie zur Rechenschaft gezogen werden.«

»Aber das ist nicht richtig!«

»Das mag sein, aber ich kann die Situation nicht ändern. Entweder wir bleiben hier und drehen Däumchen, während die Verbrecher vielleicht entkommen, oder wir fahren hinterher und versuchen einen Weg zu finden, ihnen den Truck abzunehmen und sie unschädlich zu machen.«

Lissa blickte ihn aufmerksam an. »Es geht dir nur um deinen Lastwagen, oder?«

Jack zuckte mit den Schultern. »Ich werde sicher nicht abstreiten, dass es mir sehr wichtig ist, ihn wiederzubekommen. Nicht nur wegen des Trucks, sondern auch damit die Ladung, um die es ja anscheinend geht, nicht mehr in den Händen von Verbrechern ist. Seien es Drogen, Waffen oder etwas ganz anderes, es ist wichtig, dass sie aus dem Verkehr gezogen werden.« Er trat zur Seite und gab so den Blick auf das frei, was er eben getan hatte. Mit Sand und kleinen Steinen hatte er einen Pfeil auf den Asphalt gemalt, der genau auf die Stelle deutete, wo der Mann hinuntergefallen war. »Natürlich wollte ich nicht, dass ein Mann stirbt, aber es war nun mal seine eigene Entscheidung, den Truck zu stehlen. Für die Konsequenzen ist er ganz alleine verantwortlich. Und ich war es nicht, der ihn getötet hat, also sieh mich nicht so an.«

Lissa atmete tief durch. Jack hatte recht, es war wirklich nicht seine Schuld, und sie konnten hier sowieso nichts tun, außer auf die Polizei zu warten. Mithilfe des Pfeils würden sie die Stelle sicher schnell finden.

»Steig auf.« Sie konnte seine Erleichterung deutlich spüren, obwohl er keine Miene verzog, als er sich hinter ihr auf die Sitzbank schwang. Sowie er sich an ihr festhielt, startete sie den Motor und gab Gas.

Bereits hinter der nächsten Kurve sahen sie den Truck vor sich. Er stand halb auf der Fahrbahn und halb auf dem Seitenstreifen, der Jeep dicht dahinter. Lissa drosselte das Tempo und warf Jack einen schnellen Blick zu. »Was machen die da?«

Jack kniff die Augen zusammen. »Sieht so aus, als hätten sie eine Panne. Vielleicht ist ein Reifen geplatzt. Ich könnte ihnen anbieten, ihn zu wechseln, dann sind sie beschäftigt bis die Polizei kommt.«

»Das ist doch viel zu gefährlich!«

Jack verzog den Mund zu einem schiefen Grinsen. »Ich habe schon Reifen gewechselt, da bist du noch mit der Rassel um den Weihnachtsbaum gelaufen.«

»Du weißt, was ich meine! Die Männer haben Waffen und werden sie auch benutzen, wenn du ihnen nicht gefällst oder sie dich nicht mehr brauchen.«

»Ich weiß.«

Seine Zustimmung hatte sie wohl nicht erwartet, denn er konnte deutlich die sich steigernde Panik in ihrem Gesicht erkennen. »Und was mache ich?«

»Du bleibst hier und wartest.«

»Oh sicher, es fällt auch überhaupt nicht auf, wenn du zu Fuß mitten durch die Einöde marschierst und ihnen anbietest, den Reifen zu wechseln.«

Jack schwieg. Es war klar, dass sie recht hatte, aber er wollte sie auf keinen Fall in Gefahr bringen. Der tote Dieb bewies, wie diese Männer mit Menschen umgingen, die ihnen im Weg waren. Alleine hatte Jack gute Chancen, sich notfalls verteidigen zu können, aber wenn Lissa in der Nähe war, musste er nicht nur für seine, sondern auch für ihre Sicherheit sorgen.

»Ich kann sie ablenken, während du dich mit dem Reifen beschäftigst.«

»Nein, ich will nicht, dass du ihnen so nahe kommst.«

Lissa warf ihm einen ungeduldigen Blick zu. »Wir können natürlich auch hier stehen bleiben und warten, bis sie die Sache selbst erledigt haben und weiterfahren.«

Jack schloss für einen Moment die Augen. Trotz seiner Sorge um Lissa sah er einfach keine andere Möglichkeit, seinen Truck wiederzubekommen und die Verbrecher zu stoppen. Wenn er das geahnt hätte, dann hätte er sich schon beim ersten Truckstop von Lissa getrennt und eine andere Mitfahrgelegenheit gesucht.

»Okay. Aber lass die ganze Zeit den Motor laufen. Sobald es gefährlich wird, verschwindest du.«

»Aber …«

Jack legte seine Finger auf ihre Lippen. »Versprich es mir.«

»In Ordnung.«

Abrupt beugte Jack sich vor und küsste sie. »Okay, fahren wir.«

18

Bevor sie losfuhr, wischte Lissa sich die Haare aus der feuchten Stirn. Sie hatte zwar so getan, als würde es ihr nichts ausmachen, aber in Wahrheit hatte sie schreckliche Angst vor diesen Männern. Vielleicht war sie gar nicht in der Lage, sich ihnen gegenüber zu verstellen. Jack wusste, was in ihr vorging, auch wenn er nichts gesagt hatte. In seinen Augen hatte Verständnis gelegen. Wenn er wirklich beim Militär gewesen war, dann kannte er sich sicher mit solchen Situationen aus und würde einen Weg finden, sie beide heil herauszubringen. Es war merkwürdig, dass sie ihm instinktiv vertraute. Sonst war sie immer eher vorsichtig, beinahe misstrauisch. Aber bei Jack war alles von Anfang an anders gewesen. Neu und aufregend. Sie sollte Erin anrufen und sich den Kopf zurechtrücken lassen, sie konnte doch nicht allen Ernstes dabei mitmachen, diesen Verbrechern den Reifen zu wechseln!

Gerade als Lissa kurz davor war, einen Rückzieher zu machen, erreichten sie die beiden Männer, die neben dem Jeep standen und ihnen misstrauisch entgegenblickten. Wenn sie jetzt wendeten, würden sie es vermutlich nicht überleben. Mit Mühe setzte Lissa ein strahlendes Lächeln auf, als sie neben den Verbrechern abbremste. »Hi, hatten Sie einen Unfall?«

Der Mann strich sich die vom Wind zerzausten Haare glatt und zuckte mit den Schultern. »Nicht direkt. Ich bin mit dem Truck auf den Seitenstreifen geraten und dabei ist mir ein Reifen geplatzt.«

Lissa betrachtete den zerfetzten Reifen auf der linken Seite des Anhängers, enthielt sich aber eines Kommentars. Es wäre sicherlich der Gesundheit nicht zuträglich, wenn sie darauf hinwies, dass der Seitenstreifen normalerweise rechts war. Sie konnte sich immer noch nicht daran gewöhnen, dass ihr Gegenüber nicht wie ein Mörder aussah, sondern eher wie ein seriöser Geschäftsmann. Wenn sie ihm irgendwo in einer Stadt begegnet wäre, hätte sie sicher nie vermutet, was er wirklich für ein Mensch war.

»Können wir Ihnen irgendwie behilflich sein?« Jacks Stimme dicht hinter ihr ließ sie zusammenzucken.

Die Männer blickten sich an, dann Jack, dann den Truck. Anscheinend wussten sie nicht, was sie machen sollten. Einerseits wollten sie niemanden in der Nähe haben, andererseits konnten sie Hilfe gut gebrauchen. Die beiden sahen jedenfalls nicht so aus, als wüssten sie, wie man an einem Lastwagen einen Reifen wechselte.

Der Jeepfahrer antwortete schließlich. »Nein, das ist nicht nötig. Danke.«

Jack zuckte mit den Schultern und stellte die Füße wieder auf die Fußrasten. »Wie Sie wollen. Komm, wir fahren weiter.«

Lissa blickte ihn einen Moment erstaunt an, fing sich aber, als er ihr mit einem Finger in den Rücken piekte. »Okay.« Sie beugte sich verschwörerisch zu den Männern hinüber. »Mein Freund ist Automechaniker, der hätte den Reifen in Sekunden ausgewechselt. Aber ich bin sicher, Sie schaffen das genauso schnell. Viel Glück!«

Sie hob grüßend die Hand, gab Gas und ließ den Motor aufheulen. Bevor sie nur einen halben Meter weit rollen konnte, wurde sie schon zurückgerufen. Lissa unterdrückte ein befriedigtes Lächeln und wandte sich um. »Ja?«

»Ist er wirklich so gut?«

»Natürlich, warum sollte ich lügen? Aber Sie können ihn gerne auch selbst fragen.«

Sie konnte fast hören wie Jack mit den Zähnen knirschte. »Danke.«

»Bitte.«

Der Anführer der beiden Verbrecher schien einen Entschluss gefasst zu haben. »Würden Sie uns helfen?«

Jack setzte eine missmutige Miene auf, stieg langsam vom Motorrad ab und reichte Lissa den Rucksack und die Schutzbrille. »Okay. Haben Sie einen Ersatzreifen?«

Die Männer blickten sich wieder ratlos an. »Äh, vermutlich.«

Jack stieß einen langen Seufzer aus, während er zum Anhänger schlurfte. »Ich sehe schon, ich werde mir alles selbst zusammensuchen müssen.« Er entfernte sich in Richtung des defekten Reifens. »Immer diese Fahrer, die keine Ahnung von ihrem Truck haben. Irgendwann werden sie nicht mal mehr das Lenkrad finden.« Seine Stimme wurde immer leiser, war aber trotzdem noch zu verstehen.

»Hören Sie nicht auf ihn, er hat heute einen schlechten Tag.« Sie beugte sich vertraulich vor. »Wissen Sie, es stört ihn, wenn ich fahre.« Lissa richtete sich auf und reckte sich ausgiebig. »Aber wir haben geknobelt und ich habe gewonnen.«

Die Verbrecher wussten nicht, was sie von ihr halten sollten, und genau das hatte sie beabsichtigt. Es war besser, wenn ihre Aufmerksamkeit auf Lissa ruhte und Jack tun konnte, was immer er vorhatte. Das Dröhnen des Motors würde zusätzlich jedes verräterische Geräusch überdecken. Aus den Augenwinkeln beobachtete sie, wie er unter dem Truck herumkroch. Was machte er da nur schon wieder?

»Machen Sie hier Urlaub?«

Abrupt richtete Lissa ihren Blick wieder auf den Mann. »Ja. Vorhin waren wir am Black Canyon, die Schlucht ist wirklich so was von gewaltig, man kann sich gar nicht vorstellen, welche Kraft der Fluss haben muss, um so viel Gestein abzutragen. Waren Sie schon einmal dort?«

»Nein.«

»Oh, das müssen sie aber unbedingt noch nachholen, die Gegend ist wirklich einzigartig. Sind Sie geschäftlich hier?« Lissa merkte, wie die Männer erstarrten und biss sich auf die Zunge. Es war überhaupt nicht klug, die Verbrecher zu fragen, was sie hier taten. »Im Grunde bin ich auch zum Teil geschäftlich unterwegs.« Sie beugte sich vor. »Wissen Sie, ich arbeite als Stripperin und bin gerade auf der Suche nach einem neuen Club. Dort, wo ich jetzt arbeite, wird meine Kunst einfach nicht genug gewürdigt. Sie kennen nicht zufällig einen guten Laden?«

Diesmal hatte sie wirklich erreicht, was sie wollte: die Aufmerksamkeit der beiden Männer lag nun ganz auf ihr. Eine bessere Gelegenheit würde Jack nicht bekommen. Lissa verbarg ihr Unbehagen darüber, von diesen Mördern angestarrt zu werden, und lächelte sie flirtend an.

Jack richtete sich auf und beobachtete, wie Lissa den Verbrechern schöne Augen machte. Sie war wirklich gut. Wenn sie in Wirklichkeit keine Stripperin war, dann sicher Schauspielerin. Auf jeden Fall wirkte sie verdammt sexy, wie sie da auf dem Motorrad saß, es war ein Wunder, dass die Maschine nicht in Flammen aufging. Aber immerhin lenkte sie die Männer ab, wie es abgesprochen war, und wenn er sich jetzt auch noch dazu aufraffen würde, seinen Teil zu erledigen, anstatt eifersüchtig zu reagieren, könnten sie bald aus der Reichweite der Ganoven verschwinden. Mit geschickten Bewegungen löste er das Reserverad aus der Verankerung unter dem Anhänger und rollte es vorne um den Lastwagen herum. Die Fahrertür stand offen.

Nachdem Jack sichergestellt hatte, dass er für die Verbrecher nicht zu sehen war, kletterte er rasch in die Kabine.

Seine Anspannung ließ nach, als er endlich wieder das Lenkrad vor sich hatte. Er hatte seinen Truck wirklich vermisst. Doch jetzt war keine Zeit für ein emotionales Wiedersehen, er musste dafür sorgen, dass die Mörder keine Gelegenheit hatten, ihnen zu folgen. Aus dem Handschuhfach holte er ein Taschenmesser und einen Schraubendreher und steckte beides in seine Hosentasche. Nach seinem Geld oder Handy zu greifen verschob er auf später, da ihm die Zeit weglief und er dringend wieder hier raus musste.

Jack überprüfte, ob ein Schlüssel im Zündschloss steckte. Wenn es nachher schnell gehen musste, wollte er nicht noch den Schlüssel suchen müssen. Es juckte ihm in den Fingern, einfach loszufahren und alles andere hinter sich zu lassen, aber natürlich ging das nicht, solange Lissa in der Nähe der Verbrecher und der Reifen noch defekt war. Eilig stieg er wieder aus und machte sich an die schweißtreibende Arbeit, den kaputten Reifen gegen das Reserverad zu tauschen. Zehn Minuten später klemmte er den Radschlüssel wieder an seinen Platz und wischte sich den Schweiß von der Stirn. Jetzt musste er nur noch irgendwie an das Auto der Verbrecher herankommen, ohne dass sie ihn bemerkten. Lautlos schlich er vorsichtig weiter, bis er Lissa und die Männer sehen konnte. Sie standen immer noch mit dem Rücken zum Jeep vor dem Motorrad und lauschten gebannt ihren Worten.

Vermutlich war es besser, wenn er nicht wusste, worüber sie gerade redete, es würde ihn nur ablenken. Jetzt kam der entscheidende Moment. Wenn sie bemerkten, was er tat, würden sie sicher nicht lange zögern, ihn zu töten. Und Lissa auch. Also hatte er einen wirklich guten Grund, alle Anschleichtechniken, die er je in seiner Militärzeit gelernt hatte, anzuwenden. Jack lief um den Truck herum und duckte sich in den flachen Straßengraben. Einige Meter weiter war er in dem Bereich, den die Verbrecher einsehen könnten, wenn sie sich umdrehen würden. Doch sie waren weiterhin nur auf Lissa fixiert, die gerade über irgendetwas herzlich lachte. Jack biss die Zähne zusammen und kroch weiter. Er sollte froh sein, dass sie für Ablenkung sorgte, aber seine Eingeweide zogen sich trotzdem zusammen.

Bestimmt war er nicht eifersüchtig. Er kannte dieses Gefühl überhaupt nicht. Außerdem wusste sie, dass es Mörder waren, und spielte ihnen nur etwas vor. Vorsichtig hob Jack seinen Kopf. An Lissas fast unmerklichem Zucken erkannte er, dass sie ihn gesehen hatte. Er signalisierte ihr, dass sie sich bald zur Flucht bereit machen musste, bevor er weiter zum Geländewagen kroch. Außer Sichtweite der Männer hockte er sich dahinter und holte den Schraubenzieher heraus. Mit aller Kraft drehte er die Spitze in das harte Gummi. Als er ein leises Zischen hörte, zog er ihn wieder heraus. Schließlich sollte seine Manipulation erst auffallen, wenn es zu spät wäre. Gerade als er überlegte, ob er sich die Zeit nehmen sollte, auch den zweiten Reifen anzubohren, ertönten laute Stimmen.

»Wo ist Ihr Freund geblieben?«

»Wahrscheinlich verstaut er gerade den defekten Reifen und das Werkzeug.«

Es wurde Zeit, so schnell wie möglich von hier zu verschwinden, bevor die ganze Sache aufflog. Eilig kroch Jack durch den Graben zurück zum Truck. Absichtlich schlug er an der Seite des Anhängers gegen das Gestänge.

»Bin sofort fertig!«

Damit wollte er nicht nur die Verbrecher in Sicherheit wiegen, sondern Lissa die Möglichkeit geben, sich vorzubereiten. Er hörte die Erleichterung in ihrer Stimme, als sie die Aufmerksamkeit der Männer wieder auf sich lenkte.

»Sehen Sie, mein Freund ist wirklich von der schnellen Truppe.«

Der Mörder zückte sein Portemonnaie. »Eine echte Hilfe, danke.« Er hielt ihr einen Schein hin.

Lissa wollte erst ablehnen, erinnerte sich aber im letzten Moment an ihre Tarnung als Stripperin auf Arbeitssuche, nahm die zwanzig Dollar entgegen und stopfte sie in ihre Hosentasche.

»Jederzeit gerne wieder.« Sie zog die Kupplung und legte mit der Fußspitze den ersten Gang ein. »Es war nett, mit Ihnen zu plaudern. Ich hoffe, Sie kommen ohne weitere Pannen an Ihr Ziel.«

Lissa sah sich unauffällig nach Jack um, konnte ihn aber nirgends entdecken. Vermutlich war er bereits im Truck. Gerade als sie sich zur Flucht bereit machen wollte, schoss von hinten ein Motorrad heran. Im letzten Moment bremste es direkt vor ihnen ab. Der Fahrer war ganz in Schwarz gekleidet und trug einen Helm mit verspiegeltem Visier. War das nicht der Typ vom Bahnübergang?

Er zog eine Pistole aus seiner Jacke und richtete sie auf die beiden Männer und Lissa. »Absteigen. Auf den Boden legen. Sofort!«

Nach einem ängstlichen Blick auf die Fahrerkabine stellte Lissa den Motor ab, klappte den Ständer der Maschine aus und trat zurück. Die Verbrecher zögerten kurz, bevor sie schließlich gehorchten. Lissa legte sich neben sie und hob die Hände über den Kopf. Sie bemühte sich, das Zittern zu unterdrücken, das ihren Körper erfasste. Wer hätte gedacht, dass die Aktion so enden würde? Gerade hatte sie geglaubt, das riskante Täuschungsmanöver glücklich überstanden zu haben, da tauchte plötzlich noch jemand mit Pistole auf!

»Wo ist Tease?«

Lissas Kopf fuhr herum. Woher kannte der Typ Jacks Namen? Ehe sie sich bremsen konnte, sprach sie ihn an. »Sie sind tatsächlich der Kerl vom Bahnübergang! Also waren Sie doch absichtlich hinter uns.«

»Stimmt. Nur war ich schnell genug, um nicht von der Polizei erwischt zu werden. Und ich habe den Truck nie aus den Augen verloren.«

Lissa bemerkte, dass die zwei Verbrecher sich irritierte Blicke zuwarfen. Vielleicht würde es Jack mehr Zeit geben, wenn sie den Motorradfahrer ablenkte. »Warum kommen Sie dann erst jetzt?«

»Ich war anderweitig beschäftigt.« Er hob die Pistole, sodass sie genau auf ihren Kopf zeigte. »Noch einmal: Wo ist Tease?«

Wie hypnotisiert starrte Lissa auf die Waffe. Warum tat Jack nicht irgendetwas, um die Situation unter Kontrolle zu bringen? Als hätte Jack sie gehört, erwachte in diesem Moment der Motor des Trucks zum Leben. Das laute Dröhnen ließ den Motorradfahrer zum Lastwagen herumfahren. Die beiden Männer nutzten die Ablenkung und griffen nach ihren Waffen. Lissa rappelte sich auf, lief zu ihrer Harley und schwang sich darauf. Die Mörder hielten sich nicht damit auf, ihren Gegner aufzufordern, seine Pistole abzulegen, sondern fingen ohne Warnung an zu schießen. Mit zitternden Fingern drehte Lissa den Schlüssel um und drückte den Startknopf. Ein kurzes Stottern war alles, was sie der Maschine entlocken konnte.

Verzweifelt betätigte Lissa noch einmal den Knopf, aber es passierte nichts. Gerade in diesem Moment funktionierte der E-Starter nicht! Um sie herum flogen Geschosse durch die Gegend, und sie brachte ihre Harley nicht zum Laufen! Laut und anhaltend dröhnte die Hupe des Trucks, während er langsam anfuhr. Jack würde sie nicht alleine lassen, das wusste sie, aber die Situation würde für ihn immer gefährlicher werden, je länger er dort ungeschützt stand. Wenn eine der Kugeln einen Reifen traf, dann könnten sie nicht mehr mit dem Lastwagen entkommen. Noch mehr Angst hatte sie allerdings davor, dass Jack verletzt oder sogar getötet werden könnte. Von ihr selbst ganz zu schweigen.

Schweiß rann ihren Rücken hinab, ihre Finger in den Handschuhen waren feucht. Es gab nur eine Möglichkeit, den Motor zum Laufen zu bringen, wenn der elektrische Starter nicht funktionierte. Allerdings hätte sie in solch einer gefährlichen Situation lieber darauf verzichtet. Mit der Fußspitze klappte sie den Hebel neben der Fußraste heraus und brachte ihn in Position. Sie verlagerte das Gewicht und trat dann mit Schwung und Einsatz ihres gesamten Körpers den Kickstarter durch. Als hätte er nur darauf gewartet, erwachte der Motor schlagartig zum Leben.

Ihr erleichtertes Aufatmen ging in ein entsetztes Keuchen über, als direkt vor ihr der behelmte Mann von mehreren Kugeln getroffen mit einem lauten Röcheln zusammenbrach. Übelkeit stieg in ihr auf, als er vor ihr auf den Asphalt prallte. Ihr erster Impuls war, abzusteigen und zu versuchen, ihm zu helfen, aber das ging nicht. Sie musste so schnell wie möglich verschwinden, bevor die Verbrecher auf die Idee kamen, auch auf sie zu schießen. Ganz davon abgesehen, dass der Mann offensichtlich nicht mehr zu retten war, hätte sie auch gar nicht gewusst, was sie hätte tun können.

Während die Mörder fluchend hinter dem langsam anrollenden Truck herliefen, nutzte Lissa die Gelegenheit und raste an ihnen vorbei. Sie duckte sich tief über den Lenker, um ein möglichst kleines Ziel abzugeben. Erleichtert atmete sie auf, als sie den Lastwagen überholt hatte und sich vor ihm einordnete. Jack würde niemanden vorbeilassen. Im Rückspiegel konnte sie sehen, wie er ihr ein Zeichen gab, vorzufahren. Lissa schaltete hoch und gab Gas.

Langsam wich Jacks Anspannung, als er Lissa davonbrausen sah. Glücklicherweise war sie unbeschadet aus der lebensgefährlichen Situation hervorgegangen. Die Männer liefen gerade zu ihrem Jeep zurück und wollten sich an die Verfolgung machen. Noch schienen sie nicht bemerkt zu haben, dass ein Reifen Luft verlor. Es war nur eine Frage der Zeit, bis sie liegen bleiben würden. Hoffentlich würden sie nicht allzu weit kommen, damit sie nicht der Polizei entwischten. Jack prägte sich Marke und Kennzeichen des Geländewagens ein, damit er beides weitergeben konnte, sobald er eine Hand frei hatte, um sein Handy zu erreichen, das im Handschuhfach lag.

Gerade als Jack überlegte, was er tun könnte, falls die Verfolger sich nicht abschütteln ließen, schlingerte der Jeep, wurde langsamer und blieb schließlich auf dem unbefestigten Seitenstreifen stehen. Die Männer sprangen aus dem Auto und richteten die Pistolen auf ihn, aber sie waren bereits zu weit weg, um großen Schaden anrichten zu können. Ein triumphierendes Grinsen zog Jacks Mundwinkel auseinander. Er hatte endlich seinen Truck wieder, und wenn die Polizei schnell genug war, würden sie auch die Mörder verhaften können. Was hatte die Männer dazu getrieben, den Dieb zu töten? Waren sie einfach nur gierig gewesen und hatten ihn nicht bezahlen wollen oder steckte etwas anderes dahinter? Und woher war plötzlich wieder der mysteriöse Motorradfahrer gekommen? Er kannte sogar seinen Namen! Auf jeden Fall würden ihm seine Auftraggeber Bell und Hoppes vieles erklären müssen.

Wenn Fellini das erfuhr, würde er außer sich sein. Nicht über den Mord an dem Motorradfahrer. Wer mit einer Waffe drohte, musste damit rechnen, selbst getötet zu werden. Aber wie hatten sie sich von dieser rothaarigen Schlampe nur so täuschen lassen können? Und er hatte ihr auch noch zwanzig Dollar für ihre Hilfe gegeben! Zu gerne würde er sie noch einmal in die Finger bekommen und eine private Stripshow mit ihr veranstalten. Wenn der Typ wirklich Jack Tease war, dann würde er ihn vorher in der Nähe anbinden und zuschauen lassen. Aber das würde warten müssen, denn Smith stellte sich beim Reifenwechsel ziemlich dämlich an. Man sollte nicht glauben, dass jemand, der bereits über dreißig war, keine Ahnung davon hatte, wie man einen Reifen austauschte.

Die Aufgabe war Smith zuteil geworden, weil er selbst von der Kletterpartie über den schlingernden Lastwagen immer noch Krämpfe in den Armen hatte. Allerdings würde er die Schmerzen wohl ignorieren müssen, denn wenn sie auch nur die geringste Chance haben wollten, den Truck wiederzufinden, mussten sie den Jeep schnell wieder fahrtüchtig bekommen. Und das hieß, dass derjenige den Reifen wechselte, der das auch konnte. Vielleicht sollte er Fellini doch mal stecken, dass Smith in vielen Dingen nicht besonders gut war. Eigentlich konnte er nur eines wirklich gut: Leute zu überzeugen, ihm alles zu sagen, was er wissen wollte. Bei diesen dämlichen Spediteuren war das Talent jedenfalls ganz nützlich gewesen.

Cladock nahm einen letzten Zug von seiner Zigarette, dann trat er neben Smith und schob ihn grob zur Seite. »Ich mache das, bevor wir hier noch übernachten müssen.«

»Nur zu.« Smith trat zur Seite und lehnte sich an den Kotflügel des Jeeps. »Was machen wir jetzt? Soll ich Fellini anrufen?«

Cladock wuchtete den Ersatzreifen hoch und schob ihn mit leicht zitternden Armen auf die Achse. Dann funkelte er seinen Kollegen an. »Bist du verrückt geworden? Was glaubst du, wird Fellini mit uns machen, wenn wir ihm erzählen, dass wir den Truck bereits hatten und ihn uns von zwei lausigen Amateuren haben abnehmen lassen?«

Smith kratzte sich am Kopf. »Okay. Aber was machen wir dann?«

»Erst einmal …« Cladock biss die Zähne zusammen, während er die erste Mutter festzog. »… werden wir diesen verfluchten Jeep wieder flottmachen und dann versuchen, den Truck wiederzufinden. So einfach kann er in dieser Gegend ja nicht verschwinden. Und die Frau mit dem Motorrad ist auch ziemlich auffällig.«

»Hast du dir das Kennzeichen gemerkt?«

»Nein, du?«

Smith schüttelte stumm den Kopf.

»Na toll. Was sind wir doch für Profis.« Cladock schlug mit der Hand gegen den Reifen. »Für den Fall, dass die anderen schlauer waren, sollten wir unsere Nummernschilder austauschen und so schnell wie möglich einen anderen Wagen besorgen. Ein Freund von mir wohnt in der Nähe, er wird uns sicher helfen können.« Er sah Smith wütend an, als der weiterhin am Wagen lehnte. »Worauf wartest du noch, die Polizei kann jeden Moment hier sein!«

19

Als es an der Tür klingelte, stieß Erin vor Schreck das Wasserglas um, das neben ihrer Tastatur stand. Während sie hastig mit einem Papiertuch die Flüssigkeit wegwischte und dabei unterdrückt fluchte, warf sie einen Blick auf die Uhr. Wer konnte das sein? Sie erwartete niemanden, und ungebetene Besucher hatte sie äußerst selten. Vor allem seit Henry bei ihr wohnte. Ihr Mundwinkel zuckte nach oben, als sie sah, wie er auf dem Parkettboden ausrutschte, während er zur Tür lief. Er landete auf seinem Bauch und rutschte ein Stück weit, bis er sich wieder gefangen hatte. Vorwurfsvoll blickte er Erin mit seinen großen braunen Augen an, als sie über ihn lachte.

»Sieh mich nicht so an, du bist selbst schuld. Ich habe dir schon öfter gesagt, dass dieser Boden nichts für dich ist.«

Beleidigt drehte Henry sich um und lief weiter zur Tür, diesmal wesentlich vorsichtiger als vorher. Erin warf das durchweichte Papier in den Papierkorb und stand langsam auf. Wer immer das war, sie hatte zu arbeiten. Außerdem wartete sie schon den ganzen Tag darauf, dass sich dieser verfluchte Gladstone meldete. Langsam vermutete sie, dass er sie absichtlich warten ließ. Wahrscheinlich versuchte er gerade, auch noch die Unterhosengröße von diesem Jack Tease herauszufinden.

Ihr Grinsen wandelte sich zu einer Grimasse, als es erneut klingelte. »Ja doch!«

Henry stand schwanzwedelnd neben der Wohnungstür und schaute sie fragend an. Vermutlich verstand er nicht, warum sie nicht so wie er sofort auf dem Bauch zur Tür gerutscht war, um sie zu öffnen. Auch wenn sie Lissa gegenüber immer so tat, als wäre der Hund eine Zumutung und sie ihn nur aus Freundschaft während ihres Urlaubs aufnehmen würde, entsprach das nicht ganz der Wahrheit. Sie war froh, ein wenig Gesellschaft in ihrer sonst so stillen Wohnung zu haben. Henry konnte sich zwar nicht mit ihr unterhalten und sabberte alles voll, aber er war auch ausgesprochen lieb und schmuste gern. Die ersten Nächte hatte sie ihn noch aus ihrem Bett geworfen, aber inzwischen hatte sie sich daran gewöhnt, seinen warmen Hundekörper neben sich zu spüren. Die Haare waren allerdings eine Plage. Außerdem war er fast so groß wie sie, und das nahm sie ihm wirklich übel. Okay, das war übertrieben, aber ein Hund sollte einem nicht bis zum Bauchnabel reichen.

Erin drückte auf den Knopf der Sprechanlage. »Wer ist da?«

Niemand antwortete.

»Hallo?«

Wut stieg in Erin auf. Wenn sie jetzt wegen eines dummen Streichs ihr Wasser über der Tastatur ausgekippt hatte … Es klopfte an ihrer Tür. Erin erstarrte. Da Henry weiterhin mit dem Schwanz wedelte, zwang sie sich, durch den Türspion zu schauen. Ein kurzer Blick genügte. Dieses Gesicht hätte sie überall wiedererkannt. Sie zuckte zurück und presste sich mit wild klopfendem Herzen an die Wand. *Sie hätte nie Kontakt zu ihm aufnehmen sollen.* Ihre Hände ballten sich zu Fäusten, während sie Henry hilflos anblickte.

»Erin, mach auf, ich habe wichtige Informationen.«

Sie holte tief Luft und richtete sich auf. *Nein, noch einmal würde sie sich nicht von ihm um den Finger wickeln lassen.* »Ruf mich an.«

Sie konnte seinen Seufzer durch das dünne Holz der Tür hören. »Das hätte ich natürlich tun können, aber ich möchte dir persönlich sagen, was ich herausgefunden habe.«

»Schon mal was von einem Faxgerät gehört? Oder E-Mails?«

»Erin …«

»Kannst du mir versichern, dass du mir aus rein geschäftlichen Gründen persönlich die Informationen überbringen willst?«

Auf der anderen Seite der Tür breitete sich Schweigen aus. Gladstone seufzte erneut. »Nein.«

Ein simples Wort, aber es schwang eine Vielzahl von Gefühlen darin mit. Ungeduld. Reue. Akzeptanz. Eine Prise Humor. Seine Stimme war schon immer sehr ausdrucksvoll gewesen, trotzdem ärgerte es Erin, dass sie auch jetzt noch genau wusste, was in ihm vorging. Wie hatte ihr damals entgehen können, dass er sie mit jedem Wort nur belogen und betrogen hatte? Ärgerlich schüttelte sie den Kopf. Es war egal, sie hatte selbst den Kontakt wieder hergestellt, jetzt musste sie mit den Konsequenzen leben.

Sie öffnete die Tür einen Spalt breit und streckte die Hand hindurch. »Die Unterlagen.«

Zuerst spürte sie nur Luft an ihrer Handfläche, dann die Berührung rauer Finger. »So funktioniert das nicht, Erin.«

»Warum nicht?«

»Weil ich sicher nicht im Hausflur über vertrauliche Daten diskutieren werde.«

Hastig zog Erin ihre Hand zurück, als ihr bewusst wurde, dass er sie immer noch umfangen hielt. Sie schloss die Tür wieder, schob den Kettenriegel zurück und öffnete sie weiter. Sofort nutzte Henry die Gelegenheit und schoss hindurch.

»Henry, nicht!«

Aber es war schon zu spät. Er hatte sich voller Eifer auf den Besucher gestürzt. Seine riesigen Pfoten gegen Gladstones Brust gestützt, leckte er hingebungsvoll dessen Gesicht. Der Detektiv hatte die Aktentasche fallen gelassen und versuchte, sich mit den Händen zu schützen, war aber nicht sonderlich erfolgreich dabei. Erin gönnte sich einen Moment des rachsüchtigen Vergnügens, bevor sie aus der Wohnung trat und Henrys Halsband ergriff. »Genug, Junge. Bei Fuß!«

Henry blickte sie enttäuscht an, kam ihrem Befehl aber nach. Als er neben ihr Platz nahm, stand sie Gladstone das erste Mal seit Jahren wieder gegenüber. Seine Wange glänzte feucht, wo der Hund ihn geleckt hatte. Eine Weile betrachteten sie sich stumm, erfassten die Veränderungen im jeweils anderen. Dann bückte er sich und hob seine Tasche auf.

»Darf ich?« Er deutete zur Tür.

Erin entschied, dass es besser wäre, ihn sagen zu lassen, warum er gekommen war, und ihn dann schnell wieder wegzuschicken, als die Sache unnötig in die Länge zu ziehen, indem sie ihm den Zugang zur Wohnung verweigerte. Deshalb nickte sie und zog sich rasch zurück. Das Klicken der Wohnungstür hinter ihr ließ sie zusammenzucken. Sie wollte nicht alleine mit ihm sein, mit ihm reden, ihn ansehen müssen. Henry schien ihre Gefühle zu spüren, denn er schob seinen Kopf unter ihre Hand und schmiegte sich an sie. Der Hauch eines Lächelns erschien auf ihrem Gesicht. Wenn Gladstone wieder fort war, würde sie den Hund mit einem extra dicken Knochen belohnen.

Erin führte den Detektiv in ihre Wohnküche und setzte sich an den breiten Holztisch. Gladstone kannte sie gut genug, um auf der gegenüberliegenden Seite Platz zu nehmen, mit viel Holz zwischen ihnen.

»Was hast du gefunden?« Ihre Frage klang harsch und unhöflich, doch sie entschuldigte sich nicht dafür.

Das schien er auch nicht zu erwarten, denn er packte einfach seine Unterlagen aus und legte sie auf den Tisch. Dann hob er seinen Blick zu ihr. Mit ausdrucksvollen blauen Augen sah er sie ernst an. »Deine Freundin ist in Schwierigkeiten.«

»Sie hat nichts …« Erins automatischer Protest erstarb, als er die Hand hob.

»Da ich ihren Namen nicht kenne, konnte ich es natürlich nicht nachprüfen, aber ich nehme an, dass sie einfach zur falschen Zeit am falschen Ort war.«

Etwas besänftigt nickte Erin. »Fahr fort.«

»Jack S. Tease ist wirklich Trucker. Seit drei Jahren hat er ein kleines Ein-Mann-Speditionsunternehmen, das in der Branche einen guten Ruf genießt.« Gladstone schob ihr einige Blätter zu. »Davor war er acht Jahre bei der Army. Über diese Zeit konnte ich nichts herausfinden, da die Akten geheim sind. Seine Mutter lebt in einer kleinen Wohnung in der Nähe von Los Angeles, wo er auch wohnt. Er unterstützt sie finanziell.«

Erleichtert atmete Erin auf. »Gut, dann scheint Lis … meiner Freundin wirklich keine Gefahr von ihm zu drohen.«

»Von ihm nicht unbedingt, außer er hat etwas mit der Sache zu tun, aber das konnte ich nicht herausfinden.«

»Welche Sache?«

Gladstone beugte sich vor und verschränkte die Hände auf dem Tisch. »Dem geplanten Diebstahl des Trucks, dem Versicherungsbetrug und den Morden.«

»Mord?« Erins Stimme versagte. »Was meinst du mit Mord? Wer wurde ermordet?«

»Vielleicht berichte ich lieber von Anfang an.«

Erin fuhr sich mit zitternder Hand über ihre kurzen Haare. »Bitte.«

»Als Jacks Daten keine Erklärung dafür lieferten, warum jemand seinen Truck stehlen sollte, habe ich überprüft, was es mit der von dir genannten Spedition auf sich hat.« Ein kleines Lächeln hob seinen Mundwinkel. »Ex & Hopp heißt eigentlich Bell & Hoppes Enterprises und ist eine in Los Angeles ansässige Spedition.« Sein Lächeln verschwand so schnell, wie es aufgetaucht war. »Sie hatten hohe Versicherungen auf die Ladung des Lastwagens abgeschlossen.«

»Hatten?«

Gladstone verzog den Mund. »Als ich bei ihnen nachprüfen wollte, ob sie etwas mit dem Diebstahl des Trucks zu tun haben, erfuhr ich, dass sowohl Arthur Bell als auch Karl Hoppes letzte Nacht ermordet wurden.«

Erin atmete erschrocken ein. »Aber Tease kann es nicht gewesen sein, der saß zu der Zeit in Colorado in einer Gefängniszelle.«

»Ich weiß. Also hatte er entweder Helfer oder es ist noch jemand mit im Spiel, von dem wir nichts wissen.« Seine Augenbrauen zogen sich zusammen. »Ich tippe auf Letzteres. Es ergibt einfach keinen Sinn, dass Tease seinen eigenen Truck stehlen lässt. Außer er wollte die Versicherungssumme für den Lastwagen kassieren.«

»Würde er da viel bekommen?«

»Zumindest genug, um sich einen neuen Truck zu kaufen.«

»Was sollte das bringen? Er hat doch einen.«

»Eben. Jedenfalls wurde mir gesagt, dass die Spediteure nicht ›einfach‹ ermordet, sondern vorher noch … befragt wurden.«

Erins Augen weiteten sich, als sie verstand, was er meinte. »Dann hatten sie Informationen, die für jemand anderen wichtig waren.«

»Möglicherweise.«

»Informationen über den Aufenthaltsort des Trucks?«

»Es könnte sein.«

Erin funkelte ihn wütend an. »Weißt du überhaupt *irgendetwas*?«

»Immerhin so viel, dass du möglichst schnell deine Freundin anrufen und warnen solltest. Es könnte sein, dass jemand hinter Tease her ist, der keine Bedenken hat, Leute umzubringen.«

»Du hast recht.« Erin sprang auf und kehrte mit ihrem Telefon zurück. Eilig wählte sie Lissas Nummer und wartete ungeduldig, dass ihre Freundin sich meldete. Doch anstelle ihrer Stimme hörte sie nur die Ansage der Mailbox. Lissa hatte doch das Handy immer bei sich, warum ging sie nicht dran?

»Hier ist Erin. Bitte melde dich sofort, wenn du diese Nachricht abhörst, es ist wirklich wichtig!« Langsam ließ Erin das Telefon auf den Tisch sinken und fuhr sich durch ihre Haare. »Sie meldet sich nicht, was soll ich jetzt machen?«

»Abwarten und ruhig bleiben.«

Gladstones verschlossene Miene machte sie nur noch unruhiger. »Aber was ist, wenn die Mörder sie bereits gefunden haben?«

20

Jack folgte Lissa langsam in die schmale, verwitterte Einfahrt. Wenn er Bremsspuren hinterließ, könnten sie die beiden Mörder auf ihre Spur führen. Sofern sie nicht bereits verhaftet worden waren. Aber ohne Beweise ging er davon aus, dass sie noch frei waren und ihnen gefährlich werden konnten. Hätte er etwas mehr Zeit gehabt, um den zweiten Reifen auch noch zu zerstechen, dann bräuchte er sich darüber keine Gedanken mehr zu machen. Aber er hatte gelernt, mit dem zu arbeiten, was er hatte, deshalb waren sie in die Zufahrt einer verlassenen Silbermine eingebogen. Die in Rot- und Gelbtönen leuchtende Bergkuppe ragte einige Hundert Meter über ihnen auf. Der Minenschacht war mit Holzlatten verbarrikadiert, sodass nur noch eine enge Öffnung übrig blieb, wo einige Bretter fehlten. Zu schmal, um den Truck darin zu verstecken.

Eine verrostete Förderanlage, über die früher das abgetragene Gestein auf Loren transportiert worden war, führte von einem oberen Minenausgang etwa dreißig Meter über das Gelände hinweg, bevor sie abrupt über dem Platz endete. Der Asphalt war brüchig, tiefe Löcher ließen den Lastwagen gefährlich schwanken. Das Bremslicht des Motorrads leuchtete vor ihm auf. Lissa deutete nach links auf eine schmale Schotterpiste, die am Berg vorbeiführte, bevor sie zwischen den Bäumen verschwand, die den Gipfel malerisch einrahmten. Auf der anderen Seite lag erneut ein Waldstück. Der steile Hang mündete in ein Tal, in dem ein schmaler Fluss rauschte. Jack betrachtete den Weg, dann hob er den Daumen. Es würde nicht einfach werden, den großen Truck dort hindurchzumanövrieren, aber dieser geschützte Platz nahe an der Straße war ideal für sie.

Lissa hielt vor der Schotterstraße an und ließ ihn vorfahren. Jack freute sich schon darauf, Lissa endlich einmal neben sich sitzen zu haben und nicht schreien zu müssen, wenn er mit ihr sprechen wollte. Außerdem tat der weich gepolsterte Sitz seinem lädierten Hinterteil unendlich gut. *Weichei!* Jack zog eine Grimasse und konzentrierte sich darauf, seinen Truck ohne größere Schäden in den engen Weg zu bugsieren. Tief hängende Zweige kratzten über den Lack und ließen ihn zusammenzucken. Er lenkte den schaukelnden Lastwagen noch einige Meter tiefer in den Wald, dann stoppte er. Das Ticken des abkühlenden Motors klang laut in der plötzlichen Stille. Einen Moment lang saß er regungslos da und lauschte.

Lissa hatte ihre Maschine hinter dem Truck abgestellt und wartete darauf, dass Jack herauskam, doch er rührte sich nicht. Rasch lief sie zur Fahrerseite und blickte durch die Scheibe. Jack war nirgends zu sehen. Laut klopfte sie ans Fenster. Als Jacks Kopf plötzlich erschien, zuckte sie erschrocken zurück. Sein Blick war so intensiv, dass ihr Herz unwillkürlich heftiger pochte. Lissa trat einen Schritt zur Seite, um ihm zu ermöglichen, aus der Fahrerkabine auszusteigen. Während er seine große Gestalt aus dem Truck schwang, glitten ihre Augen über jeden Zentimeter seines Körpers. Erleichtert atmete sie auf, als sie erkannte, dass er anscheinend unverletzt war.

»Was war eben los?«

»Eben?«

»Der Motor ist schon seit mehreren Minuten aus.«

»Ich habe mich umgezogen.« Jack strich mit einem Finger über ihre Wange und hob dann ihr Gesicht an. Seine braunen Augen betrachteten sie besorgt. »Alles in Ordnung mit dir?«

»Es geht mir gut.« Jack erkannte offensichtlich die Lüge, ließ sie ihr aber durchgehen. Deshalb redete sie schnell weiter. »Was machen wir jetzt?«

Jack ließ seine Hand sinken und richtete sich auf. »Am besten laden wir erst einmal das Motorrad ein.«

»Okay.«

Jack schloss die hintere Klappe des Anhängers auf und löste die Riegel, bevor er mit der Steuerung, die seitlich angebracht war, die Klappe herunterfuhr. Das Piepsen und Blinken der Lampen ließ Lissa zusammenzucken.

Unruhig sah sie sich um. »Kann man das nicht abstellen?«

»Nein. Keine Angst, hier ist niemand.«

Trotzdem behielt Lissa auch weiterhin ihren Blick auf das Ende der Schotterpiste gerichtet. Wenn in diesem Augenblick die Verbrecher vorbeikämen … Ruckartig richtete sie sich auf. Sie musste die Polizei anrufen! Während Jack weiterhin die Ladeklappe im Auge behielt, zog Lissa ihr Handy aus der Hose.

Neugierig blickte Jack sie an. »Was tust du da?«

»Ich rufe die Polizei.«

»Das habe ich schon getan, gleich nachdem der Jeep uns nicht mehr gefolgt ist. Mit etwas Glück dürften die Männer schon verhaftet sein.«

»Und warum verstecken wir uns dann hier?«

»Falls die Polizei nicht schnell genug war. Ich werde nachher erneut nachfragen, ob sie gefasst sind, aber vorher werde ich kein Risiko eingehen, den Typen noch einmal zu begegnen. Beim nächsten Mal werden sie sicher nicht zögern, uns zu töten.«

Lissa unterdrückte ein Schaudern. Nein, vermutlich nicht. Sie würden ihre Waffen ziehen und sie einfach erschießen. Schließlich waren sie zwei lästige Zeugen, die ihnen ihre Beute gestohlen und den Mord beobachtet hatten. Aber es brachte nichts, sich deswegen jetzt verrückt zu machen, es war wichtiger, dass sie herausfanden, warum überhaupt so ein Interesse an dem Truck bestand. Was hatte Jack geladen, das so vielen zwielichtigen Typen so wichtig war? Um nicht noch mehr kostbares Tageslicht zu vergeuden, steckte Lissa das Handy zurück in ihre Hose und wandte sich der Laderampe zu, die inzwischen dicht über dem Boden schwebte.

»Alles klar, du kannst drauf, ich fahre dich dann wieder hoch.«

Lissa schob die Harley auf die Metallplatte und beobachtete irritiert, wie Jack zu ihr trat. »Und wer bedient jetzt den Schalter?«

Jack deutete auf die Rampe. Dort war ein kleiner Hebel eingebaut, den man mit dem Fuß bedienen konnte.

»Ich bin beeindruckt. Beam uns hoch, Scotty.«

Fasziniert beobachtete Lissa, wie sich Jacks ganzes Gesicht veränderte, als er lachte. Während er sonst ernst und unnahbar wirkte, umgaben nun Lachfältchen seine Augenwinkel und in seinen Wangen erschienen zwei winzige Grübchen. »Dein Wunsch ist mir Befehl.«

Lissa konnte nicht sagen, ob das seltsame Gefühl in ihrem Magen von der sanften Aufwärtsbewegung der Rampe herrührte oder ein Zeichen dafür war, dass Jack sich immer tiefer in ihr Herz einschlich. Sie befürchtete Letzteres. Schon heute Morgen in der Zelle hatte sie dieser Anziehung nachgegeben und konnte es kaum erwarten, ihn noch näher kennenzulernen. Natürlich war Jack nicht der liebenswürdigste Mann, den sie kannte, und sie wusste nicht, ob er überhaupt zu tieferen Gefühlen fähig war. Und die ihr verbleibende Zeit würde vermutlich nicht reichen, um alles über ihn herauszufinden, aber sie würde es trotzdem versuchen.

Vorsichtig schob sie ihr Motorrad in den Anhänger und schaute sich neugierig um. Von innen kam ihr der Truck noch riesiger vor als von außen. In den vorderen zwei Dritteln waren unzählige Kartons übereinandergestapelt und mit Riemen und verschiebbaren Trennwänden gesichert.

»Du machst wirklich keine halben Sachen, oder?«

Jacks Mundwinkel hob sich, seine Augen glühten. »Nur selten.«

Wärme breitete sich in Lissas Körper aus. Sie sollte lieber nicht darüber nachdenken, was sie alles mit Jack zwischen diesen Kartons tun könnte. »Schlechtes Timing.«

»Wie bitte?«

Lissas Kopf fuhr zu ihm herum. »Ich wollte nur ausprobieren, ob es hier drin ein Echo gibt.« Gut, dass er im Halbdunkel des Lastwagens die Röte nicht sehen konnte, die ihr in die Wangen stieg. »Wo soll ich die Maschine hinstellen?«

»Am besten rechts an das Wandgestell, dann kann ich sie mit den Riemen sichern.«

»Gut. Ich möchte nicht, dass meinem Baby etwas passiert.«

»Keine Angst, ich werde gut darauf aufpassen.«

»Danke. Vorsicht, einige Metallteile werden ziemlich heiß sein.«

»Alles klar.«

Lissa zuckte zusammen, als das Handy an ihrem Bauch vibrierte. »Jack?«

»Ja?«

»Würdest du mir bitte in die Hose fassen?« Als sie seinen Gesichtsausdruck sah, verdrehte sie die Augen. »Das Telefon.«

Jack verkniff sich ein Stöhnen und tat, worum sie ihn bat. Während sie das Motorrad sicher abstellte, nahm er ihr Gespräch entgegen. »Ja?«

Stille am anderen Ende, dann eine aufgebrachte Frauenstimme. »Wer sind Sie? Und was haben Sie mit Lissa gemacht?«

Jack schossen einige erregende Dinge durch den Kopf, die er mit Lissa getan hatte, aber er vermutete, dass es besser wäre, sie für sich zu behalten. »Mein Name ist Jack, Lissa ist gerade mit dem Motorrad beschäftigt. Um was geht es?«

Ein erleichterter Seufzer drang durch die Leitung. »Ich bin Erin. Ich muss ganz dringend mit Lissa sprechen.«

Jack hielt Lissa das Handy entgegen, als sie ihn fragend anblickte. »Eine Erin, die dich unbedingt sprechen will.«

»Einen kleinen Moment, ich bin sofort fertig. Halt sie noch ein wenig hin.«

Die rauchige Stimme klang klar und deutlich aus dem Telefon. »Das habe ich gehört. Lissa, schwing die Hufe, es geht um Leben und Tod.«

Lissas Kopf schnellte in die Höhe und ihre Augen weiteten sich erschrocken. »Oh mein Gott, ist irgendetwas mit Henry?«

Jack nahm ihr das Motorrad ab, während sie nach dem Handy griff. *Henry? Wer war das denn?* Sie hatte ihm erzählt, sie wäre nicht verheiratet. Ein Sohn vielleicht? Oder gar ihr Freund? Lissa stand direkt neben ihm, deshalb hörte er die Antwort ihrer Freundin.

»Nein, er ist gesund und munter.«

Erleichtert sackte Lissa gegen Jacks Körper. »Oh, gut. Musst du mich so erschrecken?«

»Ich habe nur gesagt, dass ich dringend mit dir sprechen muss.«

Lissa lächelte Jack dankbar zu, dann entfernte sie sich von ihm. »Um Leben und Tod hast du gesagt. Also, was ist los?«

Jack bemerkte, wie sich Lissas Erleichterung rasch in Bestürzung und Angst verwandelte. Zu gerne hätte er gewusst, was diese Reaktion in ihr ausgelöst hatte. Ihre Augen trafen seine, und er wusste, dass sie über ihn redeten. Mist! Was immer es war, es konnte nur schlecht sein. Jack zwang sich dazu, sich umzudrehen und das Motorrad zu sichern, wie er es versprochen hatte. Sorgfältig legte er die Riemen um die Harley, während er gleichzeitig das Gespräch belauschte.

»Woher weißt du das alles?« Ihre Fingerknöchel färbten sich weiß, so fest hielt Lissa das Handy umklammert. »Du hast was? Ohne mich zu fragen?« Sie hörte einen Moment zu, dann nickte sie. »Ja, ich weiß, dass du nur mein Bestes im Sinn hattest, aber du hättest mich fragen müssen! Und wie kommst du dazu, dich wieder mit diesem Gladstone einzulassen? Du weißt doch, wie es damals endete.« Ein Schnauben entkam Lissa. »Wenn du dir das einreden willst, bitte. Aber sag hinterher nicht, ich hätte dich nicht gewarnt.« Überrascht blieb sie stehen. »Er ist bei dir? Zu Hause? Erin … ach, darüber soll ich nicht reden, aber du mischst dich in meine Angelegenheiten ein, ja?« Lissa atmete tief durch. »In Ordnung, ich melde mich in ein paar Minuten wieder bei dir. Nein, ich bin sicher, dass Jack mir nichts tun wird. Warum sollte er?«

Jack fühlte, wie sich seine Schultermuskeln entspannten. Sie vertraute ihm. Mit dem Rücken zu ihr erlaubte er sich ein kleines Lächeln. Was immer das Problem war, sie würden es gemeinsam lösen.

»Jack?«

»Ja?«

»Können wir uns unterhalten?«

Jack drehte sich zu ihr um und betrachtete sie aufmerksam. Ihr Gesicht war blass, Falten hatten sich zwischen ihre Augenbrauen gegraben. »Natürlich.« Er zog ein letztes Mal am Riemen und wischte sich an einem Lappen die Hände ab, während er auf sie zuging. »Worum geht es?«

Lissa lehnte sich an die gegenüberliegende Trennwand und verschränkte die Arme vor der Brust, als wäre ihr kalt. »Meine Freundin Erin hat sich Sorgen um mich gemacht und deshalb einen Privatdetektiv beauftragt, der dich unter die Lupe nehmen sollte.«

Jack trat neben sie. »Und, hat er etwas gefunden?«

»Nichts, was darauf hindeuten würde, dass du ein Verbrecher bist.«

Jacks Mundwinkel hob sich. »Wie nicht anders zu erwarten.«

»Warum bist du so ruhig, stört es dich überhaupt nicht, dass jemand in deinem Leben herumgestöbert hat?«

»Es würde nichts bringen, mich darüber aufzuregen. Es ist passiert und nicht mehr zu ändern. Während deine Freundin zu weit gegangen ist, bist du ein wenig zu vertrauensselig. Ich hätte durchaus irgendein Verbrecher sein können.«

»Das bist du aber nicht.« Lissa hob die Hand, als er etwas entgegnen wollte. »Was aber viel wichtiger ist, der Detektiv hat etwas anderes herausgefunden. Sagt dir der Name Bell & Hoppes Enterprises etwas?«

Jacks Körper versteifte sich. »Ja. Das ist die Spedition, für die ich die Ladung abliefern sollte. Ich glaube, ich hatte den Namen dir gegenüber erwähnt.«

»Genau. Es sieht so aus, als hätten sie eine hohe Versicherung auf die Ladung abgeschlossen, die bei Verlust auszuzahlen wäre.«

Jacks Hände ballten sich zu Fäusten. »Ich werde sie umbringen, wenn ich nach Los Angeles komme!«

Lissa räusperte sich. »Das ist nicht mehr nötig.«

Jack erstarrte. »Was?«

»Die beiden Besitzer sind tot. Ermordet und vorher … gefoltert.« Ihre Finger gruben sich in ihre Arme.

»Du denkst doch nicht, dass ich …«

»Nein, natürlich nicht. Es ist letzte Nacht passiert, als du mit mir zusammen eingesperrt warst. Und ich glaube auch nicht, dass du die Morde in Auftrag gegeben hast.«

»Danke.«

Lissa betrachtete ausgiebig sein Gesicht und atmete dann tief durch. »Ich denke, damit können wir davon ausgehen, dass der Diebstahl des Trucks und auch die Verfolgung durch die beiden Männer und den Motorradfahrer wirklich mit deiner Ladung zusammenhängen.«

Jacks Wangenmuskel zuckte. »Vermutlich. Ich hatte gerade vor, sie zu überprüfen.« Seine Hände ballten sich zu Fäusten. »Und wenn ich dort etwas finde, was nicht in den Papieren steht, werde ich herausbekommen, wer dafür verantwortlich ist.«

»Aber wenn sie schon tot sind …«

»Bell und Hoppes mögen den Diebstahl in Auftrag gegeben haben, um die Versicherung zu kassieren, aber ich glaube nicht, dass sie ihren eigenen Tod geplant haben.«

Lissa berührte seinen Arm. »Wir werden es herausfinden. Sicher wird uns auch der Detektiv helfen können, den Erin engagiert hat.«

Jack genoss einen Moment das Gefühl ihrer Hand auf seinem Arm, dann löste er sich von ihr, hob eines der Pakete herunter und hockte sich davor. »Hoffen wir es.«

21

»Wo sind sie hin, verdammt?«

Cladock rieb über seinen feuchten Nacken. Seit er den Reifen gewechselt hatte, schien sich sein Körper nicht mehr abkühlen zu wollen. Entweder war er nahe an einem Hitzschlag oder es lag daran, dass er sich Sorgen um Fellinis Reaktion machte, wenn er erfuhr, dass sie den Truck verloren hatten. Sie waren bereits durch Silverton gefahren und hätten ihn längst einholen müssen, denn der riesige Lastwagen konnte auf dieser kurvenreichen Strecke nicht besonders schnell fahren. Einige winzige Nebenstraßen hatten sie noch entdeckt, aber die Schotterpisten waren dermaßen eng und mit tiefen Löchern übersät gewesen, dass dort kein Durchkommen für etwas Größeres als einen Jeep wäre. Vielleicht hatte sich die Frau auf dem Motorrad dort entlang geflüchtet, aber sie war zweitrangig. Erst wenn sie den Truck und vor allem die Ladung hatten, konnten sie sich auch auf die Suche nach ihr machen.

»Nimm dir eine Karte und sieh nach, ob es hier in der Gegend noch andere größere Straßen gibt.«

Smith wühlte im Handschuhfach. »Wir haben nur Karten von Kalifornien und Arizona.«

»Verdammt!« Cladock atmete tief durch. »Egal, wir werden sie auch so finden. Jetzt tauschen wir erst einmal den Wagen, dann sehen wir weiter.«

»Hätten wir nicht den toten Motorradfahrer verschwinden lassen sollen?«

»Und wann hättest du das tun wollen? Als wir hinter dem

Truck hergefahren sind oder als wir Hunderte von Metern entfernt einen Platten hatten? Du hättest natürlich gerne zurückgehen können, während ich den Reifen gewechselt habe, aber es hätte dich leicht jemand dabei erwischen können.«

»Ich dachte ja nur …«

Cladock blickte seinen Partner verächtlich an. »Überlass das Denken lieber mir.«

Jack schnitt mit einem Taschenmesser das Klebeband auf, bevor er den Karton öffnete. Neugierig blickte Lissa hinein, nur um dann enttäuscht auf ihre Fersen zurückzusinken. »Ein DVD-Rekorder.«

»Jup. Genau wie es in den Papieren steht.« Mit einem Schraubenzieher öffnete er das Gehäuse. »Sieht alles ganz normal aus.«

»Versuchen wir es mit dem nächsten Paket.«

Eine Weile lang arbeiteten sie schweigend nebeneinander: Jack hob eine Kiste herunter, stellte sie vor Lissa, die die Verpackung entfernte, bevor er dann den Inhalt überprüfte. Gerade wollte er schon aufgeben, als er endlich etwas entdeckte. Vorsichtig löste er den kleinen Gegenstand vom Gehäuse des Rekorders und betrachtete ihn eingehend.

»Was ist das?«

»Das …« Jack drehte den kleinen Knopf im hereinfallenden Tageslicht. »… ist der Grund, warum der Motorradtyp den Lastwagen aufspüren konnte.« Er begegnete Lissas verständnislosem Blick. »Ein Peilsender. Bell und Hoppes wussten die ganze Zeit, wo der Lastwagen war.«

Lissa wurde blass. »Heißt das, die Mörder können uns jederzeit finden?«

»Es könnte sein, aber ich glaube es nicht. Wir haben es mit zwei verschiedenen Parteien zu tun. Zum einen die Spedition, die die Versicherung betrügen will und gleichzeitig sicherstellen möchte, dass die Ladung dennoch zu ihnen gelangt. Deshalb auch der Sender. Und dann ist da noch jemand, der einen anderen Grund hat, die Ladung stehlen zu wollen. Und der hat die Mörder damit beauftragt, jeden zu töten, der sich ihm in den Weg stellt.«

Jack warf den Peilsender auf den Boden und trat darauf. Befriedigt betrachtete er die zerbrochenen Einzelteile. Jetzt würde damit zumindest niemand mehr ihren Aufenthaltsort herausfinden können.

»Welcher Grund ist das?«

»Das werden wir hoffentlich herausfinden, wenn wir die Kartons durchsuchen. Irgendwo muss etwas versteckt sein, das uns einen Hinweis darauf gibt.«

Zweifelnd blickte Lissa die riesigen Stapel an. »Damit werden wir die ganze Nacht beschäftigt sein.«

»Hast du etwas Besseres vor?«

Seufzend streckte Lissa ihren schmerzenden Rücken. »Nun ja, ich könnte mir schon einiges vorstellen, was ich lieber täte, aber das wird wohl warten müssen, bis wir wissen, was hier vorgeht.«

Jack unterdrückte gerade noch ein Stöhnen. Leider hatte sie recht. Solange er nicht wusste, von wem ihnen Gefahr drohte, würde er weitersuchen müssen. Rasch stand er auf.

»Wo willst du hin?« Lissas Stimme erklang hinter ihm.

Jack drehte sich nicht zu ihr um, sondern begann, sich am Motorrad vorbeizuschlängeln. »Bevor ich sämtliche Pakete der einen Ladung aufreiße, sehe ich mir lieber vorher an, was in der zweiten ist.«

»Noch eine Ladung?«

»Ich hatte dir doch erzählt, dass ich einen Teil der Fracht in Nogales abliefern sollte.«

»Stimmt, das hatte ich vergessen.« Lissas Stimme klang weniger gedämpft, als sie um die Abtrennung herumschaute. »Ist da auch Unterhaltungselektronik drin?«

»Laut Lieferliste ist es Computerhardware. Wir werden es gleich herausfinden.«

Jack zog einen Karton heraus und durchschnitt das Paketband. Ein Drucker kam zum Vorschein, zusammen mit Kabel und allem was dazugehörte. Mit gerunzelter Stirn untersuchte er das Gerät.

»Und, was ist es?«

»Hardware.«

Lissa stieß einen enttäuschten Seufzer aus. »Also wieder eine Niete.«

»Ich bin mir da nicht so sicher.«

Neugierig presste Lissa sich rasch an der Harley vorbei und kniete sich neben ihn. »Hast du etwas gefunden?«

»Nicht direkt. Ich frage mich gerade, warum jemand Geld für eine professionelle Lieferung von veralteten Geräten ausgeben sollte. Dieses Modell ist höchstens noch fünfzig Dollar wert.«

»Vielleicht ist in den anderen Paketen neuere Ware enthalten.«

»Könnte sein.«

Jack stellte den Drucker wieder in den Karton und nahm sich den nächsten vom Stapel. Ein Monitor. Originalverpackt, aber ebenfalls eindeutig ein älteres Modell. Eine Lieferung mit seinem Lastwagen war nicht preiswert und lohnte sich nur, wenn es entweder sehr teures Gut oder die Menge sehr groß war. Jack betrachtete die Stapel der Nogales-Ladung. Es waren höchstens dreißig Kisten. Bei diesem Inhalt würden die Kosten bei Weitem die Einnahmen übersteigen. Also musste irgendetwas darin verborgen sein, das wesentlich wertvoller war.

»Und?«

Jack zuckte zusammen, als Lissa direkt in sein Ohr sprach. Er drehte sich zu ihr um. »Alt.«

»Nogales liegt doch direkt an der mexikanischen Grenze, oder?« Auf Jacks Nicken hin fuhr sie fort. »Vielleicht sind die Geräte hier veraltet, bringen dort aber noch genug Geld ein.«

Jack schüttelte bereits den Kopf. »Mexiko mag in der technischen Entwicklung etwas hinterher sein, aber auch dort würde niemand mehr Geld dafür ausgeben. Wenn die restlichen Kisten einen ähnlichen Inhalt haben, dann hat jemand ein großes Verlustgeschäft getätigt.«

Lissa biss nachdenklich auf ihre Unterlippe. »Kam der Auftrag für diese Ladung ebenfalls von der Spedition oder von jemand anderem?«

»Sie wurde nachträglich von Bell & Hoppes mit in die Lieferung aufgenommen. Soweit ich weiß, hat sie einen anderen Auftraggeber als die Fracht mit der Unterhaltungselektronik. Aber es steht nichts in den Papieren.«

»Vielleicht kann Gladstone mehr darüber herausfinden.«

»Wer?«

»Ross Gladstone, der Schnüffler, den Erin ins Spiel gebracht hat.«

»Höre ich da eine gewisse Feindseligkeit heraus?«

Lissa blies sich eine Haarsträhne aus den Augen. »Ja. Ich weiß wirklich nicht, was Erin sich dabei gedacht hat, als sie sich ausgerechnet an Gladstone gewandt hat.«

»Ist er schlecht?«

»Beruflich? Nein, vermutlich nicht. Aber menschlich ist er eine absolute Niete. Er hat Erin ausgenutzt und sie dann sitzen gelassen. Ich will dich nicht mit Einzelheiten langweilen, aber sie hat lange gebraucht, um die Sache zu überwinden.«

»Warum hat sie ihn dann kontaktiert?«

Lissa nahm sich den nächsten Karton und durchschnitt das Paketband. »Genau das ist es, was ich nicht verstehe. Aber ich werde es schon noch herausfinden.«

Er konnte es sich vorstellen. Wenn Lissa sich einmal in etwas verbiss, würde sie nicht eher loslassen, bis sie es erfahren hatte. Vielleicht würde es sich noch als nützlich erweisen, jemanden zu kennen, der die ganze Sache von außen betrachtete. Man konnte wesentlich sachlicher darüber nachdenken, wenn nicht gerade Mörder hinter einem her waren. Oder man neben einer Frau saß, die sogar zerzaust und inmitten von Pappkartons und Klebeband unglaublich sexy aussah. Jack biss die Zähne zusammen und wandte sich wieder der Aufgabe zu, herauszufinden, was so Wertvolles in den Paketen war, um dafür sogar zu morden. Während Lissa weiterhin die Kartons aufschnitt und die Geräte herausnahm, untersuchte und zerlegte er sie.

Trotzdem hätte er es beinahe übersehen: In einem Laptop steckte eine Speicherkarte. Vorsichtig zog Jack sie heraus und drehte sie vorsichtig zwischen den Fingern. Hatte jemand sie einfach nur im Gerät vergessen oder war sie absichtlich dort versteckt worden?

»Was ist das?« Lissas Stimme riss ihn aus den Gedanken.

»Ein Datenspeicher.«

»Steht was drauf?«

Jack kniff die Augen zusammen, konnte aber trotzdem nichts erkennen. »Es ist zu dunkel hier drin.« Er ging zum Ausgang und hielt die Karte ans Licht. Es sah aus wie eine normale Speicherkarte, nur in der Ecke … Jack stutzte und rieb mit dem Finger darüber. »Verdammt, das kann doch nicht wahr sein!«

Lissa war neben ihn getreten und blickte über seine Schulter. »Nun mach es nicht so spannend.«

Als Jack sich zu ihr umdrehte, zuckte sie erschrocken zurück, weil er so finster dreinblickte.

Er hielt ihr den Datenspeicher vor die Nase. »Wenn es das ist, was ich annehme, dann hat unser Land ein ziemlich großes Problem. Ist das genug Spannung für dich?«

Lissa ignorierte den Seitenhieb. »Die USA? Was meinst du damit?«

»Ich fürchte, auf diesem Datenspeicher befinden sich geheime Informationen, die vielen Menschen das Leben kosten könnten, wenn sie in die falschen Hände gerieten.«

»Wie sicher bist du?« Lissas Augen wirkten riesengroß in ihrem blassen Gesicht. Ihre Finger bohrten sich in seinen Arm, während sie auf seine Antwort wartete.

Jack schloss seine Faust um die Speicherkarte. »Sehr sicher.«

»Woher willst du wissen, was darauf ist? Du könntest dich irren.«

Jack stützte seinen Ellbogen gegen die Wand des Anhängers und blickte auf die sie umgebende Natur. »Ich wünschte, es wäre so.« Er senkte den Kopf und atmete tief aus. »Erinnerst du dich daran, wie ich dem Sheriff sagte, große Teile meiner Arbeit beim Militär waren geheim? Nun, ich war beim Militärgeheimdienst und habe unter anderem mit genau diesen und ähnlichen Datenspeichern zu tun gehabt.« Er hielt die Karte so, dass Lissa sie betrachten konnte. »Siehst du die Zahlen und Buchstaben unten in der Ecke? Jede Speicherkarte von der NSA hat so einen Code, damit immer genau nachvollzogen werden kann, wo welche Karte gerade ist und wer sie benutzt.«

»National Security Agency? Was haben die damit zu tun? Und vor allem: Wie kommt diese Karte in deinen Truck?«

Jacks Mund verzog sich. »Genau das werde ich herausfinden müssen. Und vor allem, wie viele von diesen Dingern gestohlen wurden.« Er betrachtete die Kisten, die sich noch ungeöffnet im Lastwagen stapelten und richtete sich auf. »Wir haben heute noch viel zu tun.«

Jack hockte sich wieder vor den Karton und wollte den Laptop aufheben, doch Lissa war schneller und hatte ihn bereits gegriffen. Ihre Hände stießen zusammen, der Laptop geriet ins Rutschen. Hastig fasste er nach und bekam das Gerät im letzten Moment zu fassen, bevor es zu Boden fiel. Ein leises Surren ertönte.

»Puh, das war knapp.«

»Pst.«

Lissa blickte ihn erstaunt an, dann sah auch sie den Bildschirm aufleuchten. »Was ist denn jetzt passiert?«

»Ich bin wohl an den Startknopf gekommen. Ich hätte nicht gedacht, dass der Akku überhaupt funktioniert.« Er wartete bis das Betriebssystem hochfuhr, dann steckte er die Speicherkarte in den passenden Schlitz. »Okay, sehen wir mal, was wir da haben.«

Jack wählte das Laufwerk aus und hielt den Atem an. Hoffentlich irrte er sich und es war nur ein ganz harmloser Datenspeicher. Dann wüssten sie zwar immer noch nicht, warum der Truck so wichtig war, aber …

»Verdammt!«

Auf dem blauen Hintergrund standen genau drei Wörter.

NSA
Identifikation:
Passwort:

Der Cursor blinkte hinter dem ersten Doppelpunkt.

»Du hattest recht.«

Jack nickte grimmig. »Leider.«

»Was machen wir jetzt?«

»Weitersuchen. Wir müssen alle Datenspeicher finden, die hier sind, egal, ob es nur einer ist oder hundert.«

22

Es waren genug, um Jack davon zu überzeugen, dass der Verbrecher sehr fleißig gewesen war. Die Aktion war anscheinend sehr gut geplant gewesen. Allerdings hätte es bei der NSA auffallen müssen, wenn plötzlich Datenspeicher verschwanden. Zählte denn niemand die Dinger nach? Irgendwie konnte er sich das nicht vorstellen, die NSA war geradezu paranoid, was die Sicherheit anging. Nicht umsonst erarbeiteten ihre Kryptologen immer neue Chiffriersysteme, die anderen den Zugang zu sämtlichen geheimen Daten der USA verwehren sollten. Jack wischte sich den Schweiß von der Stirn und blickte zu Lissa hinüber, die an die Trennwand gelehnt saß, die Arme um die Beine geschlungen, das Kinn auf ein Knie gestützt. Sie war mit jedem neuen Fund schweigsamer geworden. Die letzte halbe Stunde hatte sie mit zusammengepressten Lippen neben ihm gearbeitet.

Jetzt blickte sie ihn an. »Warum würde jemand so etwas tun?«

Das war eine gute Frage. »Geld vermutlich. Vielleicht auch Rache.«

»Rache an wem?«

Jack setzte sich neben sie und wischte die schmutzigen Finger an seinen Hosenbeinen ab. »An irgendjemandem. Es gibt so viele Verrückte, die meinen, den einen oder anderen Grund dafür zu haben, dem Land Schaden zufügen zu wollen, und denen es egal ist, wie viele Unschuldige dabei draufgehen.« Er bemerkte Lissas Zittern und rückte näher heran. »Aber ich tippe eher auf Geld. Gier ist das häufigste Motiv für Verrat. Wahrscheinlich wird der Täter für den Diebstahl sehr gut bezahlt. Die Käufer hätten die Ladung in Nogales in Empfang genommen und sich damit nach Mexiko abgesetzt. Vermutlich sind sie jetzt ziemlich verärgert.« Jack richtete sich ruckartig auf. »Darum wollten die beiden Männer den Lastwagen unbedingt haben! Die Spediteure haben ihnen einen Strich durch die Rechnung gemacht, indem sie den Truck haben stehlen lassen.«

Lissas Augen weiteten sich. »Deshalb wurden sie ermordet.«

»Das würde Sinn machen.«

Erneut lief ein Zittern durch Lissas Körper. »Und jetzt sind sie hinter uns her, weil wir ihnen den Lastwagen abgenommen haben.«

»Vermutlich.«

Wenn Lissa nicht schon vorher der Ernst der Lage bewusst gewesen wäre, der Ausdruck in Jacks Augen ließ keinen Zweifel offen. Sie hatte schon immer ein Talent dafür gehabt, in die absurdesten Situationen zu geraten, aber das hier schlug alles. Obwohl sie Jack gerne die Schuld dafür geben wollte, gelang es ihr nicht. Er war auch nur ein unschuldiges Opfer widriger Umstände und trug keine Verantwortung für das, was hier passiert war. Außerdem hätte sie ihn auf der Straße stehen lassen können, aber sie hatte es nicht getan, weil er absolut umwerfend aussah und weil er sie an ihren Traum erinnerte.

Wie dämlich musste man eigentlich sein, einen fremden Mann mitzunehmen, nur weil er heiß war? Okay, und weil sie ihm den langen Weg ersparen wollte. Aber wenn sie ganz ehrlich war, hätte sie bei einem dicken, glatzköpfigen Typen vielleicht angehalten, ihn aber sicher nicht mitgenommen. Eigentlich war es nur gerecht, dass sie für ihre Oberflächlichkeit bestraft wurde. Nur, musste es unbedingt *so etwas* sein? Sie kam sich fast vor wie in einem James-Bond-Film: Verrat, Verfolgungsjagd, Mord. Wenn sie überlebte, könnte sie ein Buch darüber schreiben: *Meine Erlebnisse mit Jack S. Tease oder wie ich das Land rettete*.

Lissa verdrehte die Augen. Die Aufregung musste wirklich ihrem Gehirn geschadet haben. Es wurde Zeit, sich abzulenken. »Wofür steht das ›S‹?«

»Wie bitte?«

»Jack S. Tease.«

»Das willst du nicht wissen.«

»Doch, sonst würde ich nicht fragen.«

»Und wenn ich es nicht sagen will?«

Lissas Mundwinkel hoben sich. »Dann müsste ich raten. Stephen? Simon? Was gibt es denn noch für Vornamen mit S? Sam? Nein, warte, ich hab es …«

Jack funkelte sie an. »Sag es nicht …«

»Strip. Habe ich recht?«

Jack umfasste ihren Nacken und schob sein Gesicht dicht an ihres heran. »Ich habe dich gewarnt.«

»Willst du mich bestrafen, nur weil ich deinen Namen erraten habe? Was ist denn so schlimm an Strip Tease? Ich kann mir das sogar sehr gut bei dir vorstellen.«

»Na warte!«

Jacks warmer Atem streifte ihr Gesicht, bevor er seinen Mund auf ihren senkte. Auch wenn es vielleicht gar nicht beabsichtigt war, flammte sofort das Feuer wieder auf, das sie morgens in der Gefängniszelle geweckt hatten, sowie sich ihre Lippen berührten. Mit einem Stöhnen zog er sie näher an sich und küsste sie hungrig. Brennende Hitze schoss durch ihren Körper, es kribbelte auf der Haut. Bisher hatten sie sich nur kurz in der Zelle unter den Blicken der Polizisten geküsst, aber nun waren sie das erste Mal ganz alleine und konnten sich gegenseitig nach Herzenslust erforschen. Seine Zunge glitt über ihre und ließ Lissas Atem stocken. Ihre Hände schoben sich unter sein T-Shirt und berührten seine warme Haut. Mit den Fingerspitzen fuhr sie über seine Rippen, immer höher hinauf, bis sie bei seinen flachen Brustwarzen ankam.

Jacks hungriger Laut fachte ihre eigene Sehnsucht nur noch weiter an. Gierig strichen ihre Hände über seinen Brustkorb, seinen Rücken, seinen flachen Bauch. Doch sie wollte mehr von ihm erkunden. Langsam schob sie sein T-Shirt hoch. Nur noch ein kleines Stück, dann könnte sie ihn endlich ausgiebig betrachten. Lissa zuckte erschreckt zusammen, als plötzlich das Handy in ihrer Hose vibrierte.

»Was hast du?«

Lissa räusperte sich und rückte ein Stück von Jack ab. »Telefon.« Sie zog es heraus. »Ja?«

»Warum meldest du dich nicht? Seit Stunden warte ich hier schon auf deinen Rückruf! Geht es dir gut?«

Lissa hielt den Hörer ein Stück entfernt, bis Erin sich etwas beruhigt hatte. »Entschuldige, wir waren beschäftigt.«

»Womit?«

Lissa spürte, wie sie errötete und hoffte, dass die einbrechende Dunkelheit ihre Verlegenheit ausreichend verbergen würde. »Sämtliche Kartons der Ladung auszupacken und nachzusehen, ob etwas darin ist, das mehrere Morde rechtfertigen würde.«

»Und, habt ihr etwas gefunden?«

»Einen Peilsender und …« Lissa blickte Jack an, weil sie nicht wusste, ob sie verraten durfte, was in den Kartons gewesen war. Er nickte ihr zu.

»Und was? Spann mich nicht so auf die Folter!«

»Datenspeicher. Offensichtlich von der NSA.« Sie hörte, wie

Erin ihre Worte laut wiederholte. »Ist dieser Gladstone etwa immer noch da?«

»Er hat es sich hier gemütlich gemacht.« Erin räusperte sich und fuhr fort. »Lenk nicht vom Thema ab. Was sind das für Speicher? Und woher wisst ihr, was darauf ist?«

Lissa brauchte einige Minuten, um ihrer Freundin alles zu berichten.

»Das ist ja noch viel schlimmer, als ich es mir vorgestellt hatte! Was hast du dir nur dabei gedacht?«

»Ich? Du tust ja fast so, als hätte ich …«

»Es tut mir leid. Ich mache mir nur solche Sorgen um dich. Erst ein fremder Mann, die Jagd nach dem Lastwagen, Mörder und jetzt auch noch so etwas. Wir müssen uns irgendetwas ausdenken, wie du aus der Geschichte wieder herauskommst.«

»Wie *wir* wieder herauskommen. Ich werde Jack auf keinen Fall im Stich lassen.«

»Lissa …«

»Nein, das ist mein letztes Wort.«

»In Ordnung, ganz wie du willst. Aber sag hinterher nicht, ich hätte dich nicht gewarnt.«

»Ganz sicher nicht. Also, habt ihr schon irgendeine Idee?«

Während Erin sich mit dem Detektiv beriet, warf Lissa einen Blick auf Jack, der mit vor der Brust überkreuzten Armen an der Wand lehnte.

»Sie hat recht.« Jacks Stimme war ruhig und sachlich.

»Womit?«

»Vielleicht solltest du wirklich so schnell wie möglich von hier verschwinden. Ich habe meinen Truck wieder, du brauchst mich also nicht länger mitzunehmen.«

Einen Moment lang schaute Lissa Jack nur schweigend an, dann schüttelte sie den Kopf. »Guter Versuch. Beinahe hätte ich dir abgenommen, dass ich für dich nur die Fahrerin war.

Allerdings solltest du noch etwas an deiner Mimik arbeiten. Wenn du so etwas sagst und auch meinst, darfst du nicht gleichzeitig aussehen, als würde man dir dein liebstes Spielzeug wegnehmen.«

Jack trat einen Schritt auf sie zu. »Ich habe nie behauptet ...« Weiter kam er nicht, denn sie hob die Hand.

»Ja, Erin, ich bin noch dran. Was sagt Gladstone?«

»Er will sich mit euch treffen. Wo seid ihr jetzt?«

Lissa wandte sich an Jack. »Der Detektiv will sich mit uns treffen.«

»Gut, aber nicht hier. Im Dunkeln würde er uns sowieso nicht finden. Wo ist die Straßenkarte?« Er nahm sie aus der Seitentasche des Rucksacks, auf den Lissa deutete, und schlug die Karte auf. Mit dem Finger fuhr er den Million Dollar Highway nach, der sich durch die bergige Wildnis schlängelte, und landete bei Durango. »Woher kommt er?«

»Aus Amarillo, Texas.«

Jack schätzte rasch die Strecke ab. »Das sind ungefähr vierhundert Kilometer. Am besten treffen wir uns morgen Vormittag in Durango. Er kann sich ein Zimmer in einem unauffälligen Motel nehmen und uns dann anrufen.«

Lissa wusste, dass er der Sache noch nicht ganz traute und sich deshalb alle Optionen offen halten wollte. Sie gab seinen Vorschlag an Erin weiter, die wiederum mit dem Detektiv sprach.

»In Ordnung, er wird euch dort treffen«, sagte Erin schließlich.

Jack gab ihr ein Zeichen. »Lissa, frag, ob er eine Waffe dabei hat.«

Erin hatte die Frage gehört und stellte sie Gladstone. »Ja, hat er.«

»Gut, wir könnten sie gebrauchen. Kann der Detektiv noch

einmal bei der hiesigen Polizei nachfragen, ob die Mörder inzwischen gefasst wurden? Zwar wäre dann immer noch ihr Auftraggeber hinter uns her, aber wenigstens niemand mehr in direkter Nähe.«

Erin versprach Lissa, dass Gladstone sich darum kümmern würde. Lissa gab ihm mit Jacks Hilfe die Informationen über die Männer und deren Fahrzeug durch und wartete dann mit angehaltenem Atem auf die Antwort. Hoffentlich waren die beiden Mörder schon gefasst!

Eine Weile herrschte angespanntes Schweigen in der Leitung, dann meldete Erin sich wieder. »Nein, anscheinend haben sie die Männer und den Jeep noch nicht gefunden. Sie haben zwar eine Suchmeldung laufen, aber es sieht nicht gut aus. Es tut mir leid.«

»Und mir erst.« Auf Jacks fragenden Blick hin schüttelte sie den Kopf. »Trotzdem danke, Erin. Hoffen wir, dass sich morgen alles klärt.« Kurze Zeit später beendete Lissa das Gespräch, stellte das Handy auf Klingelton und steckte es in ihren Rucksack.

»Sie sind noch nicht gefasst?«

»Nein.«

»Ich hätte selbst zurückfahren und sie überwältigen sollen.«

Lissa ging zu ihm. »Womit denn? Du hattest keine Waffen, sie aber schon.«

Ein Muskel zuckte in Jacks Wange. »Ich hätte einen Weg gefunden.«

»Da bin ich mir sicher, aber ich bin wirklich froh, dass wir unversehrt entkommen sind. Es wäre zu gefährlich gewesen, wenn du sie angegriffen hättest.« Jack schwieg. Es war klar, dass er ihre Meinung nicht teilte und auch nicht in der Stimmung war, sich beschwichtigen zu lassen. »Und was machen wir jetzt?«

»Ich werde noch ein wenig aufräumen, und dann sollten wir uns ausruhen.«

»Okay, machen wir es so: Ich helfe dir beim Einpacken, und anschließend essen wir etwas. Ich habe nämlich Hunger.«

Das entlockte Jack ein kleines Lächeln. »Hört sich gut an. Ich habe in der Fahrerkabine noch einige Konserven.« Sein Mund verzog sich. »Zumindest wenn der Dieb sich nicht darüber hergemacht hat.«

»Wenn doch, essen wir die restlichen Snacks.«

Jack trat zu ihr und strich ihr eine Haarsträhne aus der Stirn. »Ich bin wirklich froh, dich getroffen zu haben.«

Lissa ignorierte ihr heftig klopfendes Herz und trat einen Schritt zurück. »Warum wolltest du mich dann ständig loswerden?«

»Wie ich vorhin schon sagen wollte: Du bist für mich weitaus mehr als nur jemand, der mich mitgenommen hat. Ich …« Jack suchte nach den richtigen Worten. »… ich mag dich sehr gern. Du bist eine faszinierende Frau, die ich noch viel näher kennenlernen möchte. Aber wenn du bei mir und vor allem in der Nähe des Trucks bleibst, bist du in großer Gefahr. Die Männer werden sicher nicht zögern, dich zu erschießen, wenn du ihnen im Weg bist. Deshalb wollte ich, dass du weiterfährst.« Er zog sie dichter an sich, bis er mit seinen Lippen fast ihren Mund berührte. »Nur deshalb.«

Lissas Augen wurden feucht. Wer hätte gedacht, dass Mister Schweigsam jemals seine Gefühle in Worte fassen würde? Das mit dem Erschießen hätte er nicht unbedingt sagen müssen, aber ansonsten konnte sie sich nicht beklagen. Es war schon lange her, dass ein Mann sie so gern gehabt hatte, dass er sie um jeden Preis beschützen wollte. Okay, normalerweise war ihr Leben auch eher langweilig und ungefährlich.

»Danke.« Ihre Stimme klang rau und unsicher.

Jack küsste sie sanft. »Bitte.« Sein Magen meldete sich mit einem lauten Grummeln, und er trat zurück. »Vielleicht sollten wir doch erst essen und dann aufräumen.«

Lissa wusste, dass er extra ein wenig Abstand zwischen sie brachte, aber vielleicht war das auch sinnvoll. »Gute Idee. Aber ist später noch genug Licht?«

»Das ist kein Problem, es gibt eine Innenbeleuchtung.«

»Dann bin ich gerne dabei.«

Erin stand am Fenster ihrer Wohnung und blickte auf die immer dunkler werdenden Straßen von Amarillo. »Ich werde ganz sicher nicht hierbleiben.«

»Erin, sei doch bitte vernünftig! Die Situation dort ist sehr gefährlich, ich möchte nicht, dass dir etwas zustößt.«

Sie wirbelte zu ihm herum. »Ach nein? Das hat dich doch früher auch nicht gestört!«

Ross unterdrückte gerade noch rechtzeitig einen Seufzer. Er hatte geahnt, dass es schwierig sein würde, mit Erin vernünftig und sachlich zu reden. Trotzdem war er sofort hierher geeilt, nachdem er ihren Anruf bekommen und herausgefunden hatte, dass Menschenleben auf dem Spiel standen. Nein, wenn er ehrlich war, musste er zugeben, dass er schon seit langer Zeit auf den richtigen Moment gewartet hatte, sie wiederzusehen. Und jetzt war dieser Augenblick gekommen. Erin brauchte ihn, deshalb würde sie ihn nicht einfach hinauswerfen. Es war klar, dass sie ihm die Sache nicht leicht machen würde. Aber er würde sich bei ihr für alles entschuldigen, was er ihr angetan hatte, und wenn es das Letzte war, das er tat.

»Ich wollte dir nie wehtun.«

Erin drehte sich ruckartig zum Fenster zurück und schloss die Augen, als der Schmerz sie übermannte. »Das hast du aber getan.« Ihre raue Stimme brach. Ross wollte sich erheben, aber Erin hielt ihn zurück. »Bleib dort sitzen.« Sie atmete tief durch und kehrte dann langsam zum Tisch zurück. »Ich werde nach Durango mitfahren und nicht weiter mit dir darüber diskutieren. Ich habe dich engagiert, und ich kann dich genauso schnell wieder feuern.«

»Wie du willst.« Sein Gesicht war genauso ausdruckslos wie seine Stimme.

»Gut.«

Warum kam sie sich in Gegenwart dieses Mannes immer so unausgeglichen und minderwertig vor? Er hatte schon damals die seltene Gabe gehabt, sie mit einem einzigen Blick nervös zu machen. Dabei war sie als Chefin ihrer eigenen Webdesign-Firma normalerweise durch nichts zu erschüttern. Sie hatte hart darum gekämpft, ihr Leben nach seinem Verschwinden wieder in den Griff zu bekommen. Und sie hatte es geschafft. An guten Tagen vergaß sie sogar, dass es ihn überhaupt gab.

»Was machen wir jetzt?«

Ross ergriff seine Aktentasche und erhob sich. »Ich werde noch weitere Nachforschungen anstellen und sehen, ob ich herausbekommen kann, wer die zweite Lieferung mit den Datenspeichern in Auftrag gegeben hat. Irgendwo muss es Papiere dazu geben. Wenn ich damit fertig bin, werde ich mich auf den Weg nach Durango machen.«

»Wir.«

»Richtig, *wir*.«

»Ich erhöhe auch dein Honorar, wenn du mich mitnimmst.«

Ross ging um den Tisch herum, bis er dicht neben ihr stand. »Du setzt voraus, dass ich dein Geld überhaupt annehmen würde.«

Erin fühlte, wie sich Röte in ihrem Gesicht ausbreitete. »Aber warum bist du dann gekommen?«

»Das musst du wirklich noch fragen? Ich wollte dir helfen.«

Ihre Kehle schnürte sich zusammen, als sein warmer Blick sie traf. Sie glaubte ihm. Von Anfang an war ihr klar gewesen, dass er ihr Geld nicht brauchte, es nie um Geld gegangen war.

23

Winston Cladock zuckte zusammen, als er die Nummer auf dem Display seines Handys erkannte. Er hatte gehofft, Fellini noch eine Weile aus dem Weg gehen zu können. Aber es sah so aus, als wäre seine Zeit bereits abgelaufen.

»Ja?«

»Haben Sie den Truck?« Bei Fellini durfte man keine Höflichkeiten erwarten, er kam immer sofort zur Sache.

»Noch nicht.«

»Was soll das heißen? Sie hatten den ganzen Tag Zeit, um ihn zu finden. Ich dachte, die Spediteure hätten Ihnen gesagt, wo er steht.«

»Ja, dort war er auch. Allerdings hatten sie vergessen zu erwähnen, dass der Dieb eine Schrotflinte dabei hatte.«

»Und?«

»Er ist mit dem Lastwagen weggefahren.«

»Bezahle ich Ihnen etwa zu viel? Warum haben Sie ihn nicht verfolgt?«

Cladock spürte, wie der Ärger in ihm zu brodeln begann. »Das haben wir getan. Auf einer Passstraße haben wir ihn eingeholt, und ich habe ihn beseitigt. Allerdings ist dabei ein Reifen geplatzt.«

»Weiter.«

»Ein Motorradfahrer tauchte auf, als der Reifen gerade gewechselt wurde. Mit einer Pistole wollte er uns dazu zwingen, ihm den Truck zu übergeben.« Cladock stieß ein Schnauben aus. »Wir haben ihn erschossen.«

»Gut.«

»Leider hat sich aber, während wir mit dem Motorradfahrer beschäftigt waren, ein anderer den Lastwagen geschnappt, wir vermuten, es war Tease.«

»Verdammt, wo kam der denn auf einmal her?«

»Keine Ahnung, vielleicht ist er ebenfalls seinem Truck gefolgt. Eine Frau war auch dabei, sie waren mit einem Motorrad unterwegs.« Ganz sicher würde er Fellini nicht erzählen, dass sie von der Frau abgelenkt wurden, wodurch Tease ein leichtes Spiel mit ihnen hatte.

»Was ist dann passiert? Sind Sie dem Lastwagen gefolgt?«

»Ja, allerdings erst, nachdem wir die Panne an unserem Jeep behoben hatten.«

Einen Moment lang herrschte Stille, dann seufzte Fellini. »Vielleicht hätte ich doch lieber alles selbst erledigen sollen. Erst denken diese Idioten von der Spedition, sie könnten mich hereinlegen, und dann führen sich zwei meiner fähigsten Männer auf wie blutige Amateure.«

»Mr Fellini …«

»Hatte ich Ihnen nicht vorher gesagt, dass die Ladung in diesem Truck sehr wichtig und vor allem wertvoll ist und ich sie unbedingt zurückhaben will?«

»Ja, aber …«

»Dann finden Sie sie! Fahren Sie die ganze Gegend ab und drehen Sie jeden Stein um. Ich werde meine Kontakte aktivieren und den Polizeifunk überwachen lassen. Irgendwann, irgendwo wird er wieder auftauchen. Melden Sie sich sofort, wenn Sie ihn sehen.«

»In …«

Cladock brach ab, als er merkte, dass Fellini die Verbindung bereits unterbrochen hatte. Er hasste diesen arroganten Arsch, der meinte, er hätte die Weisheit mit Löffeln gefressen und könnte alle anderen behandeln wie Lakaien. Unglücklicherweise konnte er das auch, denn er zahlte gut, und Cladock war auf das Geld angewiesen, das er nebenbei verdiente. Aber bald hatte er genug zusammengespart, und dann würde er sich von Fellini lösen.

Smith unterbrach seine Gedanken. »Was hat er gesagt?«

»Wir sollen weitersuchen.«

»Wo?«

»Woher soll ich das wissen? Am besten fahren wir durch alle Städte hier in der Gegend und erkundigen uns, ob jemand den Truck gesehen hat. Er muss hier langgefahren sein, schließlich ist er uns nicht entgegengekommen.«

»Und wenn wir ihn nicht finden?«

»Dann hoffen wir, dass Fellinis Kontakte so gut sind, wie er immer behauptet.«

In einträchtiger Stille verzehrten Jack und Lissa in der Fahrerkabine eine Dose Chili con Carne und die trockenen Reste eines Brotes. Nur das Schaben der Plastikgabeln war zu hören.

»Es tut mir leid, dass wir kein Feuer machen können. Wir befinden uns in einem Naturschutzgebiet, es wäre einfach zu gefährlich, wenn jemand den Rauch sieht.«

Lissa grinste ihn an. »Kein Problem. Ich habe so großen Hunger, dass mir momentan egal ist, was ich esse. Wir kommen bestimmt irgendwann an einem Restaurant oder einem Fastfood-Laden vorbei.«

»Heute sicher nicht mehr. Es ist besser, wenn wir hierbleiben und erst morgen früh aufbrechen.«

»Warum?«

Jack bemühte sich, nicht darauf zu achten, wie Lissa ihre Gabel ableckte. »Ich möchte im Dunkeln mit dem Truck nicht diesen Weg fahren müssen, außerdem sind die beiden Mörder sicher noch irgendwo in der Gegend. Sie brauchen nur die Straße zu beobachten, und schon fahren wir ihnen direkt in die Arme.«

»Und morgen nicht?«

»Hoffen wir es.«

»Das sind ja tolle Aussichten. Aber gut, mir ist es lieber, ihnen im Hellen zu begegnen als im Dunkeln. Sie waren auch so schon beängstigend genug.«

»Deshalb wollte ich ja …«

»Sag es nicht. Ich bleibe hier, die Diskussion kannst du dir sparen.«

»Wie du willst.«

»Warum rufen wir eigentlich nicht die Polizei? Die müsste uns doch schützen können.«

»Ich habe darüber nachgedacht, aber es ist zu gefährlich. Wenn derjenige, der hinter dem Diebstahl der Datenspeicher steckt, Zugang zur NSA hat, dann dürfte es für ihn auch kein Problem sein, Informationen über Polizeiaktionen zu bekommen. Wenn ich also jetzt melde, dass wir hier sind, und der Kerl ist schneller als die Polizisten …«

»Dann wäre das sehr ungünstig für uns.«

»Genau. Deshalb wollte ich auch, dass Gladstone nachfragt, ob Verhaftungen vorgenommen wurden. Es wäre nicht gut, wenn man irgendwie über das Handy unser Versteck ausfindig machen würde.«

»Okay, das sehe ich ein. Und was machen wir morgen?«

»Wir treffen uns wie geplant mit dem Detektiv in Durango, und dann überlegen wir gemeinsam, was wir unternehmen können.«

Lissa leckte ein letztes Mal genüsslich die Gabel ab und steckte sie in die leere Dose. Mit einem tiefen Stöhnen reckte sie sich ausgiebig. »Ich hoffe nur, dass wir unbehelligt in Durango ankommen. Noch mehr Verfolgungsjagden wird mein Körper nicht mitmachen. Ich bin total verspannt.«

Jacks Mundwinkel hob sich. »Warum ruhst du dich nicht ein wenig auf der Koje aus, während ich mich um die Ladung kümmere?«

»Eine verlockende Idee, aber ich werde dich nicht mit der Arbeit alleine lassen. Danach können wir uns dann gemeinsam entspannen.«

Jack schluckte heftig. Sicher meinte sie nicht … Ihr Zwinkern wirkte wie ein Stromstoß. Hitze breitete sich in seinem Magen aus. Seine Hände ballten sich zu Fäusten, während er dagegen ankämpfte, sie gleich hier und jetzt in seine Arme zu ziehen. Natürlich könnte er das einfach tun, und zur Hölle mit den Konsequenzen. Er konnte sich nichts Schöneres vorstellen, als in Lissas Armen für ein paar Stunden alles andere zu vergessen. Aber er war noch nie jemand gewesen, der sich den leichtesten Ausweg suchte. Nein, er würde die Ladung und den Truck aufbruchsbereit machen und erst dann darüber nachdenken, ob es sinnvoll wäre, mit Lissa eine noch tiefere Verbindung einzugehen, als jetzt schon bestand.

Wem wollte er etwas vormachen? Er sehnte sich danach, ihre Haut wieder an seiner zu spüren, ihre Reaktion auf seine Berührungen zu beobachten.

»Worauf wartest du noch?«

Lissas Stimme drang durch den Nebel der Leidenschaft in seinem Gehirn. Ruckartig kehrte er in die Gegenwart zurück und blickte in ihre silbernen Augen. Mit Mühe öffnete er seine Fäuste. »Wie bitte?«

Lissa wollte ihre Frage wiederholen, unterließ es aber, als sie erkannte, dass Jack mit den Gedanken ganz woanders war. Röte färbte seinen Hals dunkler, seine Augen glitzerten. Vergeblich versuchte sie, ihr Grinsen zu unterdrücken. Es war gut zu wissen, dass sie nicht die Einzige war, die es erwischt hatte. Jack wirkte meist, als hätte er sich vollkommen unter Kontrolle, aber hin und wieder schaffte sie es, seinen Panzer zu durchbrechen und zu ihm vorzudringen. Eigentlich hielt sie sich sogar recht gut gegen ihn. Ihr Blick streifte seine Lippen. Sie mochte es, wenn er mit ihr redete, sogar wenn er sie anknurrte, fand sie das ungeheuer sexy. Aber wenn er sie küsste, dann brachte er ihren Körper in Sekunden zum Schmelzen. Schon der Gedanke an das Gefühl seiner Lippen auf ihren ließ sie unruhig auf der Sitzbank herumrutschen.

Okay, Zeit für eine Ablenkung, bevor sie sich auf ihn stürzte. »Wollten wir nicht die Ladung wieder einpacken?«

»Uh, ja.« Jack stieß rasch die Fahrertür auf und schwang sich auf den Boden.

Großartig, schneller konnte er gar nicht flüchten. Kopfschüttelnd verließ Lissa ebenfalls die Kabine und folgte Jack zum Anhänger. Der Anblick des Durcheinanders an Kartons und Elektrogeräten entlockte ihr einen tiefen Seufzer. Zwar hatte sie nun einen vollen Magen, aber ihr Körper fühlte sich immer noch wie zerschlagen an. Sie kletterte über die Rampe in den Lastwagen. Neben Jack ging sie in die Hocke und beobachtete, wie er die Datenspeicher in einen Karton steckte. »Was machen wir damit?«

»Heute Nacht behalten wir sie bei uns. Morgen werde ich sie dann in der Mine verstecken.«

»Ist das nicht zu gefährlich? Was ist, wenn sie gefunden werden?«

Jacks Mundwinkel zuckte. »Es ist wahrscheinlicher, dass wir gesehen werden, als dass jemand auf die Idee kommt, hier in einer verlassenen Mine zu suchen.«

Der Gedanke beruhigte sie nicht wirklich.

Jack bemerkte ihren Gesichtsausdruck und legte seine Hand auf ihr Knie. »Keine Angst, wir werden diese ganze Geschichte morgen an jemanden übergeben, der sich darum kümmern wird.«

»Wen, Gladstone?«

»Nein, an einen Freund von mir.«

Lissa wartete, dass er noch mehr erklärte, doch er schwieg. Na toll, jetzt mimte er wieder den großen, schweigsamen Trucker. Frustriert stieß sie ihn mit dem Bein an. »Könntest du das noch etwas näher ausführen?«

Jack drehte sich zu ihr um und blickte sie mit hochgezogener Braue an. »Was willst du denn wissen?«

Es war wirklich zum Verzweifeln. »Was ist das für ein Freund? Was macht er? Wieso glaubst du, dass er uns helfen kann? Warum hast du ihn nicht schon früher um Hilfe gebeten?«

Jack lachte, als ihre Fragen auf ihn einprasselten. »Okay, es reicht! Will kenne ich seit meiner Militärzeit. Wir treffen uns alle paar Jahre mal, telefonieren oder stehen über E-Mail in Kontakt.« Jack verschloss den Deckel des Kartons und stellte ihn vor das Motorrad.

»Okay. Und warum glaubst du, dass er uns helfen kann?«

Jack blickte auf. »Weil er Agent bei der NSA ist.«

»Was?« Lissa senkte die Stimme. »Warum hast du ihn dann nicht schon vor Stunden angerufen?«

»Weil das Gleiche zutrifft wie bei der Polizei. Ich bin mir nicht sicher, ob die Information nicht in falsche Hände gerät.«

»Aber wenn er dein Freund ist … traust du ihm nicht?«

»Doch, im Prinzip schon. Aber irgendein Insider muss die Datenspeicher aus der NSA herausgeschleust haben. Wenn ich Will anrufe, möchte ich irgendwo sein, wo ich die Situation überblicken kann. Also werde ich das erst tun, wenn wir in Durango sind.«

»Ich verstehe.«

Jacks Finger umfassten ihr Kinn, während sich sein Gesicht ihrem näherte. »Spätestens morgen Abend wird die Sache für uns vorbei sein. Was hältst du davon, wenn wir uns irgendwo treffen, nachdem alles geklärt ist?«

Beim letzten Wort strichen seine Lippen sanft über ihre, streichelten ihre empfindliche Haut. Wärme breitete sich in ihrem Körper aus, ihr Herz schlug schneller. *Jack wollte sie auch noch sehen, wenn er ihre Hilfe nicht mehr benötigte!*

»Oder ist dein Urlaub schon bald zu Ende?« Seine Frage klang beinahe ängstlich.

Ein Lächeln breitete sich auf ihrem Gesicht aus. »Du hast Glück, die nächsten zweieinhalb Wochen bin ich noch frei.«

»Okay, dann ist es abgemacht.«

Lissas Antwort wurde von seinem Mund erstickt, der sich fordernd auf ihren legte.

24

Lissa schlang ihre Arme um seinen Nacken. Heiß drang seine Zunge in ihren Mund ein und erkundete ausgiebig die feuchte Höhle. Mit den Armen umfing er sie und zog sie dichter an sich. Wärme drang durch die Kleidung an ihren Körper. Lissa spürte seinen rasenden Herzschlag, die angespannten Muskeln in seinem Oberkörper. Oh ja, er wollte sie, daran bestand kein Zweifel. Freude und Erregung breiteten sich in ihr aus. Sanft knabberte sie an seiner Unterlippe. Sein tiefes Stöhnen erweckte in ihr den Wunsch, ihm sofort die Kleidung vom Leib zu reißen und ihn am ganzen Körper zu berühren. Aber sie würde nichts überstürzen. Da sie sowieso die ganze Nacht hierbleiben mussten, hatten sie noch jede Menge Zeit, sich ausgiebig kennenzulernen. Zumindest hoffte sie, dass Jack sich diesmal nicht wieder zurückziehen würde. Lissa tauchte erneut tief in seinen Mund ein und umspielte seine Zunge, während sie gleichzeitig ihre Arme von seinem Nacken löste und die Hände unter sein T-Shirt schob. Gierig fuhren ihre Finger über seinen Rücken, erforschten jeden Zentimeter der heißen, glatten Haut.

Als Antwort darauf zog Jack sie noch enger an sich. Er legte seine Hände auf ihren Po und presste Lissa gegen seine Erektion. Mit einer sanften Bewegung rieb sie sich an ihm, erregte ihn und vor allem auch sich selbst. Sie stöhnte gegen Jacks Mund.

Ein Lachen vibrierte in seiner Brust. »Mehr?« Seine Lippen strichen über ihre.

»Viel mehr.«

Seine Muskeln spannten sich an, als er sie hochhob. Eilig schlang sie die Arme um seinen Hals. »Hey, was machst du da?«

»Dich in meine Höhle bringen, was denn wohl sonst?« Ein Lächeln schwang in seiner Stimme mit.

»Das dauert viel zu lange. Ich will dich jetzt und hier.« Zur Verdeutlichung biss sie in seinen Hals.

»Mach das noch einmal und ich werde dich auf der Stelle nehmen, ohne Rücksicht auf die Bequemlichkeit.«

Sein Wunsch war ihr Befehl. Sie liebte es, ihn zu necken, zu spüren wie er die Beherrschung verlor. Im wahrsten Sinne des Wortes. Mit einem dumpfen Grollen drückte er sie gegen einen harten Gegenstand. Ihr Herz setzte einen Schlag aus, als sie erkannte, dass es die Harley war. Jack hob ihr Bein an und schob es über den Sitz, sodass es auf der anderen Seite landete. Nun saß sie verkehrt herum auf ihrer Maschine. Er schwang sich hinter ihr auf die Sitzbank und grinste sie zufrieden an.

»Das wollte ich schon tun, seit ich dich das erste Mal auf der Maschine gesehen habe.«

Das leidenschaftliche Glitzern in seinen Augen ließ ihren Atem stocken. Sie war nur noch zu einem heiseren Flüstern fähig. »Was genau?«

Als Antwort rutschte Jack auf der Sitzbank ganz nach hinten und zog ihren Unterleib näher zu sich heran. »Lehn dich zurück.«

Wortlos kam Lissa seiner Bitte nach. Ihr ganzer Körper zitterte vor Erregung. Nicht mehr lange und sie würde vollständig die Kontrolle darüber verlieren. Ihre Augen weiteten sich, als Jack aus dem Hemd schlüpfte, bevor er sein T-Shirt mit einem Ruck über den Kopf zog und ihr hinhielt.

»Für deinen Kopf.«

»Schade, ich dachte schon, du wolltest für mich strippen.«

Jacks Mundwinkel hoben sich. »Nein, das ist doch dein Job, wie ich gehört habe.«

»Nicht wirklich. Aber wenn du mich lieb bittest …«

Weiter kam sie nicht, denn Jack beugte sich zu ihr herunter und verschloss ihren Mund mit seinen Lippen. Ihre Hände legten sich wie von selbst an seine nackte Brust. Nicht um ihn aufzuhalten, sondern um seine Hitze zu spüren. Sanft schob er die Kleidung unter ihren Kopf, bevor sich seine Finger in ihre Haare wühlten. Schon lange waren die Strähnen ihrem Zopf entkommen und lockten sich nun um ihr Gesicht. Ihr wurde immer wärmer, als Jack ihren Haaransatz massierte. Ruhelos glitten ihre Hände über seinen Brustkorb, hinunter zum muskulösen Bauch und wieder zurück zu seinen empfindlichen Brustwarzen. Sie brauchte ihn nur anzusehen und ihr wurde heiß, aber wenn er sie auch noch berührte … Ein Schauer lief durch ihren Körper.

Jack bewegte seine Hüften und rieb sich an ihr. Lissa schloss die Augen und genoss die Gefühle, die in ihr tobten. Es schien so, als wäre ihr Zusammensein in der Gefängniszelle wirklich nur das Vorspiel gewesen.

Ein zufriedenes Lächeln erschien auf Jacks Gesicht. Er hatte sich heute Morgen nicht getäuscht, Lissa war wirklich sehr empfänglich für seine Berührungen. Was ihn noch mehr erregte. Schon jetzt konnte er sich nur mit Mühe davon abhalten, sie so schnell wie möglich auszuziehen und sich dann in ihr zu vergraben. Aber erst wollte er noch seinen Spaß haben und Lissas Körper überall kennenlernen. In der Zelle war es zu dunkel gewesen, um viel zu erkennen. Ganz davon abgesehen war sie bis zum Hals von der Decke verhüllt gewesen, damit der Polizist nichts von ihrem Treiben mitbekam. Aber hier waren sie allein und die gedämpfte Innenbeleuchtung des Anhängers war eingeschaltet. Sanft fuhr er ihre hohen Wangenknochen nach. Sommersprossen bedeckten Nase und Wangen, ihre Lippen glänzten feucht. Jack beugte sich vor und unterdrückte ein Stöhnen, als seine Erektion sich dabei an Lissas Hitze drängte.

Verdammt, es fühlte sich einfach zu gut an! Wie sollte er es ertragen, sie Haut an Haut zu spüren, ohne gleich zu explodieren? Langsam, fast gemächlich schob er ihr T-Shirt und Sweatshirt nach oben. Zentimeter für Zentimeter küsste und leckte er ihre entblößte Haut, während Lissa sich unter ihm wand. Ihr Unterleib rieb sich an seinem Schaft, bis er glaubte, es nicht mehr aushalten zu können. Es wurde Zeit, das Tempo etwas zu verschärfen. Jack zog ihre Shirts aus und legte sie ebenfalls unter ihren Kopf. Gierig glitten seine Augen über die verlockenden Hügel ihrer Brüste. Auch ihr BH verschwand in Sekundenschnelle, sodass er sie endlich ganz betrachten konnte. Nicht üppig, aber auch nicht zu klein, waren sie genau richtig für ihn. Und sie bettelten darum, berührt zu werden. Ein Wunsch, den er nur zu gerne erfüllte.

Lissa konnte einen Aufschrei kaum unterdrücken, als sich Jacks heißer Mund um ihre aufgerichtete Brustwarze schloss. Seine Finger neckten ihren anderen Nippel, umkreisten ihn, zupften an ihm, bis sie meinte, die Tortur nicht eine Sekunde länger ertragen zu können. Ihre Hände krallten sich in seinen Rücken, drängten ihn zur Eile. Obwohl der Druck gegen ihre Öffnung immer härter wurde, schien Jack sich mit der Erkundung ihres Körpers Zeit lassen zu wollen. Warum musste er gerade jetzt geduldig sein? Merkte er denn nicht, dass sie bereits kurz vor der Erfüllung stand und ihn endlich in sich fühlen wollte? Langsam öffnete sie die Augen und sah ihn an. Fast als würde er es spüren, hob er den Kopf und traf ihren Blick. Der Ausdruck in seinen vor Leidenschaft schwarzen Augen beantwortete ihre

Frage: Er wusste ganz genau, was er ihr antat, denn er fühlte das Gleiche. Seine Hand zitterte, als er mit einem Finger über ihre Lippen strich. Er fuhr über das Kinn, den Hals, berührte flüchtig eine Brustwarze, bevor er ihre Hand zum Lenker hob.

»Halt dich fest.«

Sie atmete tief ein, aber sie tat, was er sagte. Jack wartete, bis sie mit beiden Händen die Griffe umfasste, dann wandte er sich dem Verschluss ihrer Hose zu. Instinktiv bäumte Lissa sich auf, als er den Knopf ihrer Jeans öffnete. Seine rauen Fingerspitzen strichen über ihren Bauch, immer tiefer, während er den Reißverschluss herunterzog.

Ein Stöhnen entfuhr ihr, als sie Jacks zufriedenes Lächeln sah. Ihre Hände umfingen den Lenker fester. Hoffentlich kippte die Maschine nicht um, sie war nicht für akrobatische Einlagen gebaut. Schon gar nicht im Stand.

»Keine Angst, ich halte sie.« Sein Grinsen wurde breiter. »Und dich.«

»Das will ich dir auch raten.«

Kühle Abendluft strich über ihre Beine und machte ihr bewusst, dass Jack die Hose bereits über ihre Hüfte gezogen hatte. Der Anblick, wie er vor ihr saß und die Schnürbänder ihrer Schuhe löste, hätte albern wirken müssen, aber das tat er nicht. Lissa nutzte die Gelegenheit, Jack ausgiebig zu betrachten. Bei jeder Bewegung zuckten die Muskeln unter seiner gebräunten Haut, seine Brustwarzen waren zu festen Punkten zusammengezogen, die aus dem Dreieck schwarzer Haare herausschauten. Auf der Innenseite seines Armes durchbrach seine Tätowierung die gleichmäßige Bräune.

Jack ließ ihre Stiefel zu Boden poltern und zog die Jeans das letzte Stück herunter. Endlich hatte er es geschafft. Mit einem Ruck entfernte er auch noch ihren Slip, bevor er wieder näher rückte. Ihre Beine schob er über seine Oberschenkel. Lissa drückte ihren Rücken durch und drängte sich an ihn. Ein Schnurren entfuhr ihrer Kehle. Fieberhaft glitten Jacks Finger über ihren Bauch, ihre Haut bis zu ihrer glatten Weiblichkeit. Ihre Feuchtigkeit und Hitze ließen ihn aufstöhnen. Ohne Vorwarnung schlüpfte er zwischen ihre Falten und schob seinen Finger tief in sie. Erneut bäumte Lissa sich auf und presste sich an ihn.

»Hast du … nicht zu viel … an?« Ein Schwindelgefühl hatte sie erfasst, das immer stärker wurde. Jacks Finger in ihr fühlte sich so … richtig an. Allerdings würde sie auch gerne noch mehr von ihm in sich aufnehmen. Aber das ging nicht, solange er noch seine vermaledeite Hose anhatte. Sie gab einen protestierenden Laut von sich, als er sich von ihr zurückzog.

»Ich komme sofort wieder. Bleib einfach ruhig liegen.«

Das sagte er so einfach. Ihr Körper kribbelte vom Kopf bis zu den Zehen. Sie musste sich bewegen, möglichst mit ihm zusammen, sonst würde sie verrückt werden. Ihre Hände krampften sich um die Griffe, damit sie ihn nicht wieder an sich zog. Atemlos beobachtete sie, wie er abstieg und seine Hose öffnete. Während er weiterhin die Maschine stabilisierte, damit sie nicht umkippte, zog er erst seine Schuhe aus und schob dann seine Jeans herunter. Lissas Augen hingen wie gebannt an seiner eindrucksvollen Erektion, sie schaffte es einfach nicht, ihren Blick davon loszureißen. Erst als Jack ein Päckchen aus der Hosentasche nahm, gelang es ihr, den Bann abzuschütteln. »Wo kommt das denn her?«

»Ich habe es vorhin aus dem Handschuhfach genommen.«

»Immer vorbereitet, was?«

Jack blickte sie prüfend an. »Ich setze nichts voraus, ich wollte nur nicht wieder wie heute Morgen enden.« Er brach ab und blickte auf das Kondom hinunter. »Du weißt, dass ich dich nie zu etwas …«

»Hör auf, Reden zu halten und komm lieber her.«

Sein Mundwinkel zuckte. »Ganz schön herrisch. Ich glaube, das muss ich dir abgewöhnen.«

»Wohl kaum, du magst mich nämlich genau so, wie ich bin.«

Jack schwang sich wieder auf den Sitz, rückte dicht an sie heran und beugte sich über sie. Der Humor war aus seinem Blick verschwunden und hatte einer überwältigenden Intensität Platz gemacht. »Du hast recht. Ich mag deine selbstbewusste Art, deine Freizügigkeit und ganz besonders wie leidenschaftlich du auf mich reagierst.« Sein Schaft schob sich ein winziges Stück in sie. »So heiß und feucht.« Tiefer. Schweißperlen standen auf seiner Stirn. »Und eng.« Er füllte sie komplett aus. »Einfach perfekt.« Seine Augen trafen Lissas. »Frage beantwortet?«

Lissa brachte nur ein schwaches Nicken zustande. Sie konnte nicht sprechen, wenn Jack in ihr war und seine raue Stimme sie beinahe zum Orgasmus brachte. Sie versuchte, sich aufzurichten, aber seine Hände hielten sie unten.

»Noch nicht. Ich möchte, dass du für mich vibrierst.«

Was …? Seine Hand strich über ihre Haare, schob sich unter ihren Kopf. Lissa zuckte zusammen, als der Motor der Harley ansprang. Das Motorrad vibrierte unter ihr, durch ihren Körper hindurch. Ihre Augen weiteten sich, als sie spürte, wie Jack sich in ihr bewegte. Oh mein Gott, er würde doch nicht … Jeder Gedanke entfloh ihr, als Jack Gas gab und sich die Vibrationen verstärkten. Seine Finger strichen über ihre, ließen sie auf dem Gasgriff zurück.

»Deine Wahl.«

Damit wandte er sich der Aufgabe zu, sie überall dort zu streicheln, wo er hinkam. Erneut stieß er tief in sie, ließ die Vibrationen in ihnen nachhallen, bevor er sich wieder ein Stück zurückzog. Sein Mund zog feuchte Spuren über ihre Rippen, schloss sich über ihrer Brustwarze. Lissas atemloser Schrei ließ ihn nur heftiger saugen. Aus Reflex drehte Lissa am Gasgriff und ließ den Motor aufheulen. Befriedigt sah sie, wie Jacks Muskeln sich anspannten, während er versuchte, seinen Höhepunkt zurückzuhalten. Unter ihren Beinen spürte sie das Zucken seiner Oberschenkel. Hoffentlich würde er die Maschine halten können, sie wollte nicht mitten in der leidenschaftlichen Begegnung umkippen.

Als hätte er ihre Gedanken gelesen, hob Jack den Kopf. »Keine Angst, die Maschine ist noch festgezurrt.«

Bevor sie antworten konnte, hatte er sich wieder tief in ihr vergraben und sie vergaß alles außer den erregenden Gefühlen, die sie überwältigten. Ein atemloses Lachen entkam ihr.

»Warum lachst du?« Seine Finger fuhren über ihre Rippen. »Du bist doch nicht etwa kitzelig, oder?«

Lissa zog seinen Kopf zu sich heran und küsste ihn leidenschaftlich auf den Mund. »Nein, ich bin einfach nur glücklich.«

Jacks Lächeln ließ ihr Herz heftiger pochen. »Mal sehen, ob ich dich nicht noch viel glücklicher machen kann.«

Seine Zunge schlüpfte in ihren Mund, ahmte die Bewegungen seines harten Schafts in ihr nach. Eine Hand reizte ihre empfindliche Brustwarze, die andere schob sich zwischen ihre Beine. Die Berührung seines rauen Fingers ließ Lissas Hüfte in die Höhe zucken. Jack folgte ihr und stieß tief in sie, während er gleichzeitig ihre Klitoris stimulierte. Die Hitze schien ihren Körper zu verbrennen, als Lissa dem Höhepunkt entgegenstrebte. Mit einer Spur aus Küssen und neckenden Bissen kehrte Jack wieder zu ihrer Brust zurück. Seine Zunge umspielte ihren Nippel, der sich ihm gierig entgegenreckte. Erneut zog er sich aus ihr zurück, bis sie protestierend aufstöhnte, dann schob er sich wieder tief in sie. Mehrere Male wiederholte er diese Tortur, bis sie nur noch Sekunden von der Erfüllung entfernt war. Lissa drückte den Rücken durch, um ihm noch näher zu sein. Ihre Hand krampfte sich um den Griff.

Immer schneller stieß Jack in sie, härter, tiefer, bis sie meinte, die Erregung nicht mehr ertragen zu können. Sie fühlte, wie sie immer höher hinaufgetragen wurde, bis sie nur noch an den Fingerspitzen über dem Abgrund hing. Jack legte seine Hand über ihre und gab Gas, während er gleichzeitig in ihre Brustwarze biss. Mit einem lauten Schrei erreichte Lissa ihren Höhepunkt und riss Jack mit sich. Ihr Körper zuckte. Sie spürte jede Vibration des Motorrads bis in die kleinste Nervenzelle. Jack lag schwer auf ihr, sein Schaft immer noch tief in ihr vergraben.

25

Nur langsam kehrte er wieder in die Gegenwart zurück. Mühsam richtete er sich auf und stöhnte, als Lissas Muskeln sich um ihn herum zusammenzogen. Er war sicher gestorben und im Himmel. Sein Blick traf Lissas und er lächelte. Ihre Haut hob sich hell gegen die Maschine ab, ihre Wangen und Lippen waren gerötet, ihre Augen glitzerten. Seine Bartstoppeln hatten auch andere Bereiche ihres Körpers gerötet. Diesen Anblick würde er sicher nicht so schnell vergessen. Jack beugte sich vor und drehte den Schlüssel herum. Sofort trat Stille ein.

Nur ihr unregelmäßiger Atem war noch zu hören und das Zirpen der Zikaden, die draußen ihr Nachtlied anstimmten. Widerwillig zog Jack sich aus Lissa zurück und stieg vorsichtig vom Motorrad. Seine Muskeln protestierten und er musste sich an der Wand festhalten, um nicht zu Boden zu gehen. Sie hatte ihn wirklich erschöpft. Und wenn er sich schon so fühlte, wie musste es ihr dann erst gehen, nachdem sie die ganze Zeit auf der harten Maschine gelegen hatte? Jack wartete, bis er seinen Beinen wieder trauen konnte, dann trat er neben Lissa.

»Soll ich dir helfen?«

Lissa sah mit ihren silbernen Augen zu ihm auf. »Das wäre nett. Ich glaube nicht, dass ich mich noch einen Zentimeter bewegen kann.« Sie verzog den Mund, als sie seine zufriedene Miene sah. »Und hör auf, so selbstgefällig zu grinsen.«

Jack versuchte, das Lachen zu unterdrücken, aber es gelang ihm nicht. »Entschuldige.«

»Es würde wahrscheinlich besser wirken, wenn du so aussehen würdest, als würdest du es auch ernst meinen.«

Jack schob seine Arme um ihre Schultern und unter ihre Knie und hob sie vom Motorrad. Lissa schlang ihre Arme um seinen Hals und schmiegte sich an ihn. Vorsichtig ließ er ihre Beine herunter, bis ihre Füße den Boden berührten. Ihr Körper fühlte sich an, als wäre er für ihn gemacht. Er schien sie einfach nicht mehr loslassen zu können. Dicht aneinandergepresst standen sie lange Zeit da und hielten sich einfach nur umfangen. Lissas Gesicht lag an seiner Schulter, ihre Füße standen zwischen seinen.

Schließlich hob sie den Kopf und lächelte ihn an. »Ich dachte, du kannst nicht Motorradfahren.«

»Das habe ich nie behauptet. Außerdem, wenn der Anreiz groß genug ist, kann ich alles.«

Die Röte auf ihren Wangen vertiefte sich. »Das habe ich bemerkt.«

Jack hob mit der Hand ihr Gesicht zu sich und betrachtete sie ausgiebig. »Ich habe dir nicht wehgetan, oder?«

»Nein, natürlich nicht.« Sie zwinkerte ihm zu. »Aber nächstes Mal wirst du unten liegen, der Tankdeckel war nämlich nicht sonderlich bequem.«

Nächstes Mal … Jack fühlte, wie sein Herz zu rasen begann. Freude und eine neue Welle der Erregung schwappte über ihn, als er sich vorstellte, sich erneut in ihr zu vergraben.

Lissa schien es auch zu fühlen, denn sie blickte ihn erstaunt an. »So schnell war das nun auch nicht gedacht.«

Jack legte seine Stirn an ihre und seufzte tief auf. »Ich weiß. Keine Angst, ich werde nicht sofort wieder über dich herfallen. Ich bin auch nicht mehr der Jüngste.«

»Du hättest mich täuschen können.«

Jacks Lachen war fast verzweifelt. Sanft schob er sie von

sich. »Zieh dich lieber an, bevor ich meine guten Vorsätze vergesse.«

Da Lissa wirklich zu schwach für eine weitere Runde war, sammelte sie ihre Kleidung vom Boden auf und begann sich anzuziehen. Aus den Augenwinkeln beobachtete sie, wie Jack das Kondom entsorgte. Wann war er dazu gekommen, es überzustreifen? Es war alles so schnell gegangen, sie hatte überhaupt nichts davon mitbekommen. Sie konnte nur froh sein, dass er so verantwortungsbewusst gewesen war, dafür zu sorgen, dass sie geschützt waren. Ein bedauernder Seufzer entkam ihr, als Jack seinen Slip über die Hüften zog. Sie musste beim nächsten Mal wirklich darauf achten, dass sie genug Zeit hatte, ihn ausgiebig zu betrachten.

Als er sich umdrehte, keuchte sie erschrocken auf. Die Seite seines rechten Beines war vom Knöchel bis über das Knie vernarbt. Warum hatte sie das vorher nie bemerkt? Gut, im Motelzimmer war es trotz der Lampe zu dunkel gewesen und vorhin war sie abgelenkt gewesen, aber trotzdem hätte sie es sehen müssen, wenn sie nur aufmerksamer gewesen wäre. Langsam trat sie zu ihm, während er ihr wachsam entgegenblickte. Vorsichtig strich sie mit ihren Fingern über die Narben und fühlte ihn zusammenzucken.

»Tut es noch weh?«

»Nein.« Er verzog den Mund. »Nur wenn ich zu lange bewegungslos sitze.«

Wie auf dem Motorrad. Deshalb war er nur so schwer von der Maschine heruntergekommen! Und sie hatte sich auch noch über ihn lustig gemacht. Scham stieg in ihr auf. »Wie ist das passiert?«

»Ein Unfall.«

Jack hatte wieder zu seiner wortkargen Art zurückgefunden.

Aber diesmal würde sie ihn nicht damit davonkommen lassen. Sie musste einfach wissen, was geschehen war. »Mit dem Truck?«

»Nein, die Verletzung hatte ich schon davor.«

»Bist du deshalb nicht mehr beim Militär?«

Jack seufzte hörbar auf. »Das hatte ganz andere Gründe.«

Die er Lissa allerdings auch nicht erzählen wollte. Zumindest nicht, solange sie noch hier waren und sie halb nackt vor ihm stand. Später vielleicht, irgendwann einmal. Die Wunde war noch zu frisch, um darin herumzustochern. Dabei hatte er nur seine Pflicht getan, oder vielmehr das, was er dafür hielt. Seine Vorgesetzten hatten es dagegen als Befehlsverweigerung angesehen, als er gegen ihren ausdrücklichen Wunsch anfing, gegen Kollegen zu ermitteln, die nachweislich geheime Informationen weitergegeben hatten. Nestbeschmutzer war noch einer der freundlicheren Ausdrücke gewesen, die seine Kollegen für ihn übrig gehabt hatten. Nicht alle, aber die meisten. Schließlich war ihm von oberster Stelle nahegelegt worden, sich entweder versetzen zu lassen oder dem Militär ganz den Rücken zu kehren. Erst hatte er überlegt, aus Prinzip zu bleiben, denn sie konnten ihn gar nicht entlassen, da er nichts Unrechtes getan hatte. Aber dann hatte er erkannt, dass er sich damit nur selbst das Leben schwer machen würde und war gegangen. Bis heute hatte er diesen Schritt keinen Moment bereut.

Sein Blick fiel auf Lissa, die ihn mit besorgter Miene beobachtete. Er bedauerte, dass ihre vorherige Fröhlichkeit verschwunden war. Langsam trat er auf sie zu und zog sie in seine Arme. »Ich erzähle es dir später, okay?«

Lissa legte ihre Hände um seine Wangen und blickte forschend in seine Augen. Schließlich nickte sie. »In Ordnung. Sag mir Bescheid, wenn du so weit bist.«

Mit geschlossenen Augen lehnte Jack seine Stirn an ihre. Er wusste nicht, womit er jemanden wie Lissa verdient hatte, aber er war sehr dankbar dafür, dass sie bei ihm war. Widerstrebend löste er sich von ihr. Die kalte Nachtluft drang langsam in den Truck vor, sie sollten sich ankleiden. Jack beobachtete, wie Lissa sich schweigend anzog und dann in ihrer Gepäcktasche wühlte. Bedauerte sie es, mit ihm geschlafen zu haben? Nein, das konnte er sich nicht vorstellen, dazu war sie zu … befriedigt gewesen. Er lehnte sich an die Wand und sah zu, wie Lissa mit einem Handtuch über das Motorrad wischte. Mit Mühe unterdrückte er ein Grinsen. Irgendwie hatte er erwartet, dass Lissa sich zuerst um ihre geliebte Maschine kümmern würde.

Ihr Kopf zuckte zu ihm herum, anklagend blickte sie ihn an. »Ich werde nie wieder auf dieser Maschine fahren können, ohne daran zu denken, was wir darauf getan haben.«

»Gut.« Die fast animalische Befriedigung in seinem Tonfall sandte einen Schauer über Lissas Rücken. Ihre Augen weiteten sich, als er sich von der Wand abstieß und panthergleich auf sie zukam. »Ich werde es sicher auch nicht vergessen.« Er schob eine Haarsträhne hinter ihr Ohr. Sein Atem streifte ihre Wange. »Niemals.«

Er war wirklich gut. Sie glaubte ihm, dass er sie in Erinnerung behalten würde. Am liebsten hätte sie sich sofort wieder auf ihn gestürzt, aber es wurde Zeit, ein wenig Distanz zu schaffen. Auch wenn das nur körperlich der Fall sein konnte, denn aus ihrem Herzen würde sie ihn nicht wieder vertreiben können. Wie hatte er das nur so schnell geschafft? Sicher hatten auch die entsetzlichen Ereignisse dazu beigetragen, dass ihre Gefühle viel intensiver geworden waren, aber im Grunde lag es an Jack selbst. Schon von Anfang an hatte sie etwas in ihm gespürt, das sie nicht mehr losließ. Sie konnte nur hoffen, dass es ihm ähnlich ging.

Lissa strich ein letztes Mal über die Harley und warf dann das Handtuch auf die Gepäcktasche. Es brachte nichts, weiter darüber nachzugrübeln. Die nächsten Tage würden zeigen, wie viel Jack für sie empfand und ob sie eine gemeinsame Zukunft hatten. Resigniert verzog Lissa den Mund. Sie hatte die letzten Tage so getan, als wäre sie jemand anders, frei und ungebunden, aber jetzt holte ihre Sehnsucht nach einer richtigen Beziehung sie wieder ein. Vermutlich war sie nicht dafür geschaffen, ohne tiefere Gefühle mit einem Mann zu schlafen. Im Grunde hatte sie das auch vorher schon gewusst, und sich Jack nur so weit geöffnet, weil er mehr für sie war als nur eine kurze Bekanntschaft. Sie war dabei, sich in ihn zu verlieben, und das war gefährlich, da es sie verletzbar machte. Aber es schien so, als wäre es dafür bereits zu spät.

»Denk nicht darüber nach.«

Lissa blickte Jack erstaunt an. »Worüber?«

»Über die Männer. Sie werden uns hier nicht finden.«

Erleichtert atmete Lissa auf. Sie hatte schon befürchtet, Jack hätte ihre Gedanken erraten. »Bist du sicher?«

»Ja. Der Berg liegt zwischen uns und der Straße, sie können also weder das Licht sehen, noch irgendwelche Geräusche hören. Sie werden sicher nicht sämtliche Nebenstraßen und alten Minengelände absuchen. Vermutlich sind sie in den Städten unterwegs und suchen nach dem Truck.«

»Dann könnten wir ihnen morgen direkt in die Arme laufen.«

Jack legte seinen Arm um ihre Schultern und zog sie an sich. »Das wäre möglich, aber wir werden darauf vorbereitet sein. Und ich denke nicht, dass sie sich trauen würden, in einer Stadt etwas zu unternehmen.«

»Wenn du das sagst …«

»Ich werde nicht zulassen, dass dir etwas passiert.« Er räusperte sich und deutete auf die Pakete. »Wollen wir jetzt zusammenräumen und dann schlafen gehen?«

Lissa unterdrückte ein Gähnen. »Gerne, lange kann ich die Augen nicht mehr offen halten.«

26

Erins Kopf sackte erneut nach unten. Ross blickte sie aus den Augenwinkeln an und seufzte lautlos. Diese dickköpfige Frau kostete ihm noch den letzten Nerv. Warum musste sie unbedingt darauf beharren, mit ihm nach Durango zu fahren? Er wollte nicht, dass sie in die Nähe von Mördern und Verrätern geriet. Aber sie hatte alle vernünftigen Argumente von sich gewiesen und stur genau das getan, was sie wollte. Auf halber Strecke von Amarillo hatte die Müdigkeit schließlich gewonnen, und ihr waren die Augen zugefallen. Seinen Vorschlag, sich auf den Rücksitz zu legen und zu schlafen, hatte sie brüsk abgelehnt. Sie war nicht müde und würde ihn weiterhin genau beobachten.

Das war vor einer Stunde gewesen, und jetzt kam er sich vor, als würde er neben einem Wackeldackel sitzen. Kopf runter – Kopf hoch – Kopf runter ... Unruhig trommelte Ross mit seinen Fingern auf das Lenkrad. Langsam fragte er sich, ob es nicht ein Fehler gewesen war, auf Erins Anruf zu reagieren. Natürlich, er hatte eine Gelegenheit gesucht, wieder mit ihr in Kontakt zu treten und die Vergangenheit zu bereinigen, soweit das überhaupt möglich war, aber auch nach Stunden war sie immer noch genauso kühl und unnahbar wie am Anfang.

Was hattest du denn erwartet, dass sie dir um den Hals fällt und alles wieder in Ordnung ist? Ross verzog den Mund. Nun, das vielleicht nicht unbedingt, schließlich war er damals einfach ohne ein Wort verschwunden. Als er sie ein Jahr später aufsuchte, hatte sie ihn aus dem Haus geworfen, ohne ihn zu Wort kommen zu lassen. Zu Recht. Er hätte an ihrer Stelle wahrscheinlich genauso gehandelt. Aber das machte es nicht leichter für ihn. Denn auch wenn es nicht geplant gewesen war, hatte er sich Hals über Kopf in sie verliebt. Nur hatte er ihr das nie sagen können. Ross war sich ziemlich sicher, dass sie ihn auch sehr gemocht hatte – bevor er sie verlassen hatte. Sein Seufzer war laut genug, um Erin erneut hochschrecken zu lassen.

»Sind wir schon da?«

»Nein, das dauert noch. Schlaf ruhig weiter.«

»Ich schlafe nicht!«

Ross streifte sie mit einem Blick und beschloss, den Mund zu halten. Es war klar, dass sie auf dem Kriegspfad war und nur nach einem Grund suchte, um ihn zu Kleinholz zu verarbeiten. Normalerweise war er jederzeit gerne zu einem kleinen Scharmützel bereit, aber der Tag war verdammt lang gewesen, und seine Laune hatte unter Erins abweisender Haltung gelitten.

Mit angehaltenem Atem wartete Erin auf seine Antwort, doch sie kam nicht. Seine Finger schlossen sich fester um das Lenkrad, sein Mund war zu einer schmalen Linie zusammengepresst. Gut, wahrscheinlich hatte er endlich erkannt, dass sie nicht vorhatte, sich mit ihm zu unterhalten. Jedenfalls nicht über etwas anderes als den Fall, für den sie ihn engagiert hatte. Sie wandte sich zum Fenster und starrte blicklos in die Dunkelheit. Wieso saß sie hier mit ihm im Auto? Weil sie Lissa helfen wollte, natürlich. Aber war das wirklich der einzige Grund? Nachdenklich kaute Erin auf ihrer Unterlippe. Hatte sie Ross vielleicht zwingen wollen, mit ihr Zeit zu verbringen, um dann auf Knien für das, was er getan hatte, um Vergebung zu betteln? Sie unterdrückte ein Schnauben. Wenn das ihr Plan gewesen war, hatte sie jämmerlich versagt. Nach der einen unbefriedigenden Entschuldigung gleich am Anfang hatte er nur noch über Jack Tease und die Ermittlung mit ihr geredet. Kein privates Wort, keine Andeutung, ob er mehr für sie empfand als für jeden x-beliebigen Kunden. Aber warum sollte er auch, sie war ihm nie wichtig genug gewesen.

Erin presste eine Hand auf ihren Magen, der bei diesem Gedanken zu revoltieren begann. Wie hatte sie damals nur so dumm sein können? Nun, jetzt war sie es jedenfalls schon lange nicht mehr, dank der gründlichen Arbeit von Ross Gladstone.

»Soll ich anhalten?«

Erins Kopf ruckte zu ihm herum. »Was?«

»Ich fragte, ob ich anhalten soll.«

»Nein, wie kommst du darauf?«

»Du siehst so aus, als müsstest du dich übergeben.«

»Nein, ganz sicher nicht.«

Obwohl, jetzt wo er es sagte … Ihr Kopf schmerzte von dem Kaffee, den sie getrunken hatte, während er in seinem Büro telefoniert und auf seinen Computer eingehämmert hatte. Da sie vorher nichts gegessen hatte, war ihr die schwarze Brühe wohl auch auf den Magen geschlagen. Sie konnte förmlich spüren, wie ihre Magenschleimhaut angegriffen wurde. Wenn Ross sie nicht darauf angesprochen hätte, wäre ihr jetzt nicht schlecht. Die Wut half ihr auch nicht dabei, sich besser zu fühlen. Im Gegenteil. Henry schien ihre Misere zu spüren, denn er erhob sich vom Rücksitz und legte seinen Kopf auf ihre Schulter. Der Hundeatem wehte in ihr Gesicht. Rasch schob sie Henry zurück und wedelte mit der Hand vor ihrer Nase. Hitze überschwemmte ihren Magen, zog bis in ihren Nacken hoch. Kurze Zeit später hielt sie es nicht mehr aus.

»Anhalten!«

Der Wagen verlangsamte die Fahrt und kam auf dem Seitenstreifen zum Stehen. Eine Hand vor den Mund gepresst riss Erin die Tür auf und stolperte ins Freie. Sie schaffte es, sich ein paar Schritte vom Auto zu entfernen, bevor sie sich vorbeugte und in die Büsche übergab. Trockenes Würgen schüttelte sie und machte ihr bewusst, dass sie wirklich außer dem Kaffee nichts zu sich genommen hatte. Schließlich beruhigte sich ihr Magen so weit, dass sie sich langsam aufrichten konnte. Erschrocken zuckte sie zusammen, als sich eine Hand stützend unter ihren Arm schob. Ein Papiertuch baumelte vor ihren Augen. Erin griff danach und wischte über ihr Gesicht. Zögernd blickte sie auf. Ross stand neben ihr und musterte sie besorgt. Zumindest wirkte es in der Dämmerung so. Das Licht der Scheinwerfer drang nicht bis zu ihnen vor.

»Geht es wieder?«

»Ja. Zu viel Kaffee und zu wenig gegessen.«

Ross führte sie zum Auto zurück. »Warum hast du nichts gesagt? Ich hätte etwas ins Büro bestellen können.«

»Ehrlich gesagt, habe ich überhaupt nicht daran gedacht. Ich war mit anderen Dingen beschäftigt.«

Erin war froh, als sie in den Sitz rutschen konnte und seine Reaktion damit nicht sah. Es war offensichtlich, worüber sie die ganze Zeit nachgedacht hatte: ihn. Ihre Beziehung – oder vielmehr das, was daraus hätte werden können, wenn er nicht gegangen wäre. Angestrengt betrachtete sie die dunkle Landschaft und vermied es, Ross anzublicken. Sie fühlte seinen Blick auf sich ruhen, aber sie konnte sich jetzt nicht mit ihm auseinandersetzen. Die Übelkeit war zwar vergangen, ihr Magen aber immer noch unruhig.

Ross startete den Wagen und lenkte ihn auf die Fahrbahn zurück. Die Finger um das Lenkrad gekrampft, blickte er stur geradeaus. Warum war ihm nicht aufgefallen, dass sie überhaupt nichts gegessen hatte? Er selbst war daran gewöhnt, im Rahmen seiner Arbeit öfter mal das Essen ausfallen zu lassen, aber das war keine Entschuldigung. Er presste seine Lippen aufeinander. Ab sofort würde er darauf achten, dass das nicht noch einmal passierte. Bei der nächsten Ausfahrt fuhr er ab.

»Wo willst du hin?«

»Zum nächsten Fastfood-Restaurant. Einer muss sich ja um dich kümmern, wenn du es selbst nicht tust!«

Sein Blick traf Erins, tauchte darin ein. Zum ersten Mal schien sie sprachlos zu sein. Ross brach den Blickkontakt als Erster ab. Woher war dieser Ausbruch gekommen? Natürlich ärgerte es ihn, dass sie ihn immer noch konsequent auf Abstand hielt, aber im Moment war nur wichtig, dass sie etwas zu essen bekam, alles andere konnte warten. Erin war wohl der gleichen Meinung, denn sie erholte sich rasch von ihrem Schock und ging wieder dazu über, aus dem Fenster zu starren. Als könnte sie es nicht ertragen, ihn anzusehen. Der Druck in seiner Brust verstärkte sich. Bisher hatte er gedacht, dass er das Geschehene und auch Erin mit der Zeit würde vergessen können. Dass das Schuldgefühl und auch die Sehnsucht nach ihr geringer werden würden. Aber das war eine Illusion gewesen. Es gab nur eine Möglichkeit: Er musste seinen Frieden mit Erin und dem, was er getan hatte, schließen, bevor er wieder zu seinem normalen Leben zurückkehren könnte.

Lissa wachte auf, weil irgendetwas fehlte. Sie hatte in der Nacht wie ein Stein geschlafen, gut behütet zwischen Jacks warmen Körper und der gepolsterten Schlafbank. Genau, das war es: Kälte drang an ihren Rücken. Eilig drehte sie sich um und blickte in das düstere Innere der Fahrerkabine. Wo war Jack? Lissa zog die Decke enger um sich und setzte sich langsam auf. Durch Schlitze in den Vorhängen drang ein wenig Licht herein. Wie spät war es?

»Jack?«

Keine Antwort. War er abgehauen? Sofort verwarf sie diesen idiotischen Gedanken. Jack würde seinen Truck nie verlassen – und sie auch nicht. Zumindest nicht, ohne vorher Bescheid zu sagen. Rasch zog sie ihre Shorts aus und schlüpfte in ihre Jeans. Ihre Zähne klapperten, als der kühle Stoff ihre Haut berührte. Lissa schob sich auf den Vordersitz und öffnete den Vorhang. Unter dem Blätterdach war es noch relativ dunkel, nur wenige Sonnenstrahlen drangen bis zum Boden vor. Gerade als Lissa die Tür aufmachen wollte, erschien Jack. Er lächelte, als er sie durch das Fenster sah. Sie versuchte, mit den Fingern ihre wirr abstehenden Haarsträhnen zu glätten, aber wie sie aus jahrzehntelanger, leidvoller Erfahrung wusste, war das unmöglich. Sie gab es auf, als die Tür sich öffnete und Jack seinen Kopf hereinsteckte.

»Guten Morgen.«

Sein Lächeln ließ ihren Puls in die Höhe schnellen. Ihre Augen wanderten über sein Gesicht, nahmen gierig jedes Detail in sich auf. Die Art, wie seine Lachfältchen sich vertieften, die winzigen Grübchen, die in seinen Wangen aufblitzten. Das belustigte Funkeln in seinen Augen. Langsam streckte sie die Hand aus und fuhr über sein Kinn.

»Du hast dich rasiert.«

Jack trat einen Schritt näher und beugte sich zu ihr hinunter. »Für dich.« Er rieb seine Wange an ihrer. »Gut so?«

»Perfekt.« Lissa umfasste sein Gesicht mit beiden Händen. »Aber ich mochte dich auch unrasiert.«

Jack genoss es, als sie ihn an sich zog und mit ihren Lippen seinen Mund berührte. Seine Daumen strichen über ihre Wangenknochen, während seine Finger sich in ihre Haare wühlten. Sachte strich er mit der Zunge über ihre Oberlippe, fuhr den Umriss ihres Mundes nach. Leider hatten sie keine Zeit für weitere Zärtlichkeiten, sie mussten aufbrechen. Er lehnte seine Stirn für einen Moment an ihre, bevor er sich widerwillig aus ihren Armen löste.

»So leid es mir tut, es wird Zeit, dass wir aufbrechen.« Lissas lauter Seufzer brachte ihn zum Lachen. »Du machst es mir wirklich nicht leichter.«

»Das hatte ich auch nicht vor.« Lissa sprang aus dem Truck, als Jack einen Schritt zurücktrat. »Aber ich weiß, dass es jetzt erst einmal wichtiger ist, die Datenspeicher in gute Hände zu übergeben.« Sie blickte in die Fahrerkabine zurück. »Wo sind sie überhaupt?«

»Ich habe sie eben in der Mine versteckt.«

Lissa nahm ihren Rucksack und eine Wasserflasche. »Bin sofort fertig.«

Damit verschwand sie den Weg hinunter. Jack blickte ihren schwingenden Hüften nach, bis sie hinter dem Lastwagen verschwunden war. Kopfschüttelnd machte er sich daran, ihre Abfahrt vorzubereiten. Er stopfte frische Kleidung in Lissas Rucksack, genauso wie sein Portemonnaie, das Handy und die Papiere für den Truck. Die Decken verstaute er zusammengefaltet wieder hinter der Rückbank. Gerade als er aussteigen wollte, trat er gegen etwas Hartes. Was war das? Jack beugte sich vor und tastete den Kabinenboden ab. Seine Finger schlossen sich um den Lauf der Schrotflinte, die der Dieb hier liegen gelassen hatte. Er zog sie hervor und legte sie auf den Sitz. Sollte er sie mitnehmen, um sich notfalls damit verteidigen zu können, oder sie lieber hier lassen, damit er nicht mit der vermutlich illegalen Waffe erwischt werden würde?

»Wo hast du die denn her?«

Lissas Stimme hinter ihm ließ ihn zusammenzucken. »Sie gehörte dem Dieb, ich habe sie gerade gefunden.«

»Was machen wir damit?«

Jack drehte sich zu Lissa um. Ihre Haare waren wieder ordentlich in einem Zopf zusammengefasst, ihr Gesicht war leicht gerötet. Besorgnis lag in ihren Augen.

»Das ist es, was ich mir gerade überlege. Ich möchte ungern damit herumlaufen, andererseits könnten wir eine Waffe benötigen, falls wir auf die beiden Mörder treffen.«

»Dann lass sie doch einfach in der Kabine unter dem Sitz.«

Jack überprüfte, ob das Gewehr gesichert war und drückte es Lissa zusammen mit ihrem Rucksack in die Hand. »Wir werden nicht mit dem Truck weiterfahren.«

»Nicht?«

»Er ist zu auffällig und auch zu schwerfällig. Mit dem Motorrad sind wir schneller.« Er sah sie prüfend an. »Außer, du möchtest dich doch lieber in Sicherheit bringen. Es wäre das Vernünftigste. Oder du könntest hier warten, während ich mich um die Datenspeicher kümmere.«

»Keine Chance. Schon gar nicht, wenn du glaubst, dass es besser wäre, mit der Harley zu fahren. Du brauchst mich.«

»Lissa …«

Sie drehte sich um und ließ ihn einfach stehen. Verdammte starrköpfige Frau! Er schloss die Tür und folgte ihr zum Anhänger. Mit gerunzelter Stirn starrte sie die Schaltanlage für die Klappe an. Es gab also doch noch etwas, für das er nützlich war. Jack unterdrückte ein Grinsen, als er an ihr vorbeigriff und einen der Schalter betätigte. Die Klappe schwang blinkend und piepsend auf. Im Anhänger löste er die Riemen von Rädern und Rahmen des Motorrads, während Lissa die Gepäcktaschen wieder daran befestigte.

»Bist du sicher, dass du den ganzen Kram mitnehmen willst? Wir werden sicher spätestens heute Abend wieder hier sein.«

»Ich habe meine Sachen lieber bei mir. Wer weiß, ob ich nicht zwischendurch etwas davon benötige.«

»Okay.«

Jack schob die Schrotflinte in die rechte Gepäcktasche und ließ den Verschluss an einer Seite offen, damit er sie jederzeit leicht herausziehen konnte. Er spürte Lissa neben sich zusammenzucken und sah sie fragend an.

»Telefon.« Sie zog es heraus und hielt es ans Ohr. »Ja?« Ihre Augen weiteten sich. »Erin, was machst du denn dort? Wie, du bist mitgefahren? Nein, das halte ich für keine gute Idee.« Sie blickte Jack an und hob die Schultern. »Jetzt ist es sowieso schon geschehen. Wo seid ihr denn? Durango, Mesa View Street, Best Western, okay. Wir werden es finden.« Sie deckte eine Hand über das Handy. »Wie lange werden wir etwa brauchen?«

»Wenn alles glattgeht, höchstens eine Stunde.«

Lissa wiederholte die Angabe und beendete dann das Gespräch. Ihre Augen suchten Jacks. »Es wird doch klappen, oder?«

»Ich werde dafür sorgen.«

27

Wie Jack es vorausgesagt hatte, erreichten sie in weniger als einer Stunde ohne Probleme die Stadt. Lissa bog in die Mesa View Street ein und folgte den Hinweisschildern zum Parkplatz des Motels. Ungeduldig wartete sie, bis Jack abgestiegen war, bevor sie ihm folgte. Es war deutlich zu erkennen, dass er immer noch damit rechnete, jederzeit auf die Mörder zu stoßen. Jack löste die Gepäcktaschen vom Motorrad und drückte ihr eine davon in die Arme, während er die andere trug, eine Hand im Innern verschwunden. Die Schrotflinte! Unruhig blickte Lissa sich um. Bis auf eine Familie, die gerade in ihren Wagen stieg, war der Parkplatz leer. Niemand beobachtete sie. Nur Gladstone stand am Fenster und gab ihnen Zeichen, sich zu beeilen. Erleichtert atmete sie auf, als sich die Zimmertür hinter ihnen schloss. Endlich waren sie in Sicherheit! Erstaunt blieb Lissa stehen, als sie jemand Vertrautes hinter Gladstone entdeckte.

»Henry!« Lachend lief sie ihrem Hund entgegen.

Jack blickte ihr hinterher, die Zähne fest zusammengepresst. Jetzt würde er also diesen Henry kennenlernen. Wenn es ein Kind war, könnte er damit leben, aber sollte es ein Mann sein … Erstaunt beobachtete Jack, wie Lissa von einem riesigen weißen Etwas getroffen wurde und nach hinten umfiel. Sofort war er an ihrer Seite, um ihr zu helfen, doch sie lachte nur und brachte ihrerseits den Hund zu Fall. Gemeinsam kugelten sie unter den ungläubigen Blicken der anderen über den Boden. Jack blickte auf, als sich eine kühle Hand auf seinen Arm legte.

»Sie müssen Jack sein. Ich bin Erin.«

»Freut mich, Sie kennenzulernen.«

Die Floskel kam automatisch. Jack war viel zu sehr damit beschäftigt, Lissa im Auge zu behalten, während er gleichzeitig das erleichterte Lachen unterdrückte, das in ihm aufstieg. Es gab keinen anderen Mann in ihrem Leben, nur ein gewaltiges Fellknäuel, von dem sie gerade herzhaft von oben bis unten abgeschleckt wurde.

»Ich bin Ross Gladstone. Wollen wir anfangen?«

Jack riss seinen Blick von Lissa los und betrachtete den Detektiv. Sein Äußeres wirkte unauffällig, er war nicht besonders groß und weder dick noch dünn. Es sah aus, als wäre er bereits etliche Male mit den Fingern durch seine braunen Haare gefahren. Das Einzige was wirklich an ihm auffiel, war die Intelligenz in seinen Augen. Jack behielt sich ein abschließendes Urteil vor, aber was er bisher gesehen hatte, gefiel ihm.

»Haben Sie die Waffe dabei?«

Gladstone klopfte auf sein Jackett. »Ja. Wo sind die Datenspeicher?«

»Ich habe sie versteckt. Ich wollte nicht riskieren, dass die Mörder sie bei uns finden.«

Erin funkelte ihn wütend an. »Wie konnten Sie Lissa überhaupt in diese Situation bringen? Sie hat Ihnen geholfen, und Sie bringen sie zum Dank in Gefahr!«

Jack sandte dem Detektiv einen hilflosen Blick zu, den dieser mit einem Schulterzucken beantwortete. »Ich wollte nie …«

Erin fuhr dazwischen. »Das ist keine Entschuldigung. Lissa, hör endlich auf mit dem Kinderkram, es geht hier um Wichtigeres!«

Jack schluckte seine Erwiderung herunter. Es war klar, dass

Lissas Freundin erst einmal Dampf ablassen musste und sowieso nicht zu überzeugen wäre, dass er keinerlei Schuld an den Ereignissen trug. Außerdem hatte er dafür auch keine Zeit. »Setzen wir uns, dann können wir uns unterhalten.«

Lissa hatte Henry wieder unter Kontrolle gebracht und erhob sich langsam vom Boden. Mit dem Saum ihres T-Shirts wischte sie über ihr feuchtes Gesicht und ermöglichte Jack damit einen guten Blick auf ihren Bauch. Gladstone auch, aber der wandte sich höflich ab, während Jack wie gebannt auf ihre helle Haut starrte. Nur mit Mühe konnte er sich daran hindern, seine Hand auszustrecken und sanft darüberzustreichen. Erst als Lissa sich räusperte, erwachte er aus seiner Verzückung. Ihr Gesicht war gerötet, ihre Augen glitzerten. Ob das am vorangegangenen Spiel mit dem Hund oder an etwas anderem lag, konnte er nicht sagen. Es war beinahe peinlich, wie sehr er sich wünschte, dass sie das Gleiche für ihn empfand wie er für sie. Ruckartig drehte Jack sich um und marschierte zu dem Stuhl, der am weitesten entfernt stand.

Lissa blickte Jacks steifem Rücken hinterher. Sie hatte die Leidenschaft in seinen Augen gesehen, aber er hatte sich schnell wieder unter Kontrolle gehabt. Zu schnell für ihren Geschmack. Warum sollte sie die Einzige sein, die darunter litt? Abwesend tätschelte sie Henrys breiten Schädel, während sie zum Fenster auf der Rückseite des Zimmers trat. Jetzt verstand sie, warum die Straße Far View hieß. Sie ließ ihren Blick über die weite, grasbewachsene Ebene bis hin zu den Sandsteinklippen gleiten, aus denen das Mesa Verde Plateau bestand. Lissa hatte fast den Eindruck, sie wären in Afrika und nicht mehr in Colorado. Weite Ebenen, karge Vegetation und die Sonne als gleißende Kugel am Himmel. Obwohl es erst vormittags war, flimmerte die Luft bereits in der Hitze.

So sehr die Landschaft auch lockte, im Moment sehnte sie sich mehr danach, diese leidige Angelegenheit endlich hinter sich zu bringen und danach viel Zeit mit Jack zu verbringen. Vermutlich würde sie ihn nicht überreden können, weiter mit ihr auf der Harley durch den Südwesten zu fahren. Sie musste grinsen, als sie an seinen gequälten Gesichtsausdruck dachte, wann immer er die Maschine anblickte. Es sah so aus, als müsste sie da noch einiges an Überzeugungsarbeit leisten.

»Hörst du überhaupt zu?«

Nur langsam drang Erins Stimme durch ihre Gedanken. Verwirrt sah Lissa ihre Freundin an. »Wie bitte?«

»Hallo Erin, schön dich zu sehen. Ja, ich freue mich auch, dass du noch lebst, Lissa.«

Lissa fühlte, wie ihr das Blut in den Kopf schoss. »Entschuldige, ich war ganz in Gedanken.«

»Das haben wir bemerkt.« Erin umarmte sie und schob sie dann zum Bett. »Setz dich. An Gladstone erinnerst du dich sicher noch.«

»Wie könnte ich ihn vergessen.« Lissa konnte kein Lächeln aufbringen. Sie wusste, wie tief dieser Mann ihre Freundin verletzt hatte. So nickte sie ihm nur zu, während sie sich auf der Bettkante niederließ. »Was habt ihr herausgefunden?«

Gladstone zog einen Zettel aus seiner Aktentasche und schob ihn Jack hin. »Sagt Ihnen dieser Name etwas?«

»Nicht, dass ich wüsste. Hat er etwas mit dem Diebstahl zu tun?«

»Das müssen wir herausfinden. Auf den Namen Mario Fellini wurde die zweite Ladung des Trucks bei der Spedition in Auftrag gegeben.«

Jack lehnte sich vor. »Die Computerhardware?«

»Ja. Dort haben Sie doch die Datenspeicher gefunden, oder?« Jack nickte. »Ich habe versucht, über diesen Fellini etwas herauszufinden, aber es scheint ein Deckname zu sein. Keine Sozialversicherungsnummer, kein Führerschein. Eine tote Spur.«

»Verdammt!«

»Wenn die beiden Spediteure noch leben würden, könnten wir sie danach fragen, aber so …« Gladstone zuckte mit den Schultern. »Ich habe mit einigen Angestellten telefoniert, unter anderem auch mit der Sekretärin von Bell und Hoppes. Niemand hat jemals diesen Namen gehört. Ein Kollege aus Los Angeles hört sich ein wenig für mich um, aber das kann noch etwas dauern.«

»Wir haben aber keine Zeit mehr.«

Gladstone blickte Jack ruhig an. »Ich weiß.«

Lissa schaltete sich ein. »Was machen wir jetzt?«

»Meinen Freund bei der NSA anrufen. Wenn uns jemand helfen kann, dann er.«

»Können Sie ihm vertrauen?«

Jack verzog den Mund. »Das hoffe ich.«

»Wie beruhigend.« Erins Stimme hatte einen harten Klang.

»Haben Sie eine bessere Idee? Ich bin für jeden Vorschlag dankbar, der den Verräter ins Netz gehen lässt und Lissa dabei aus der Gefahrenzone bringt.«

Erins Züge wurden weicher, ein kleines Lächeln erschien auf ihrem Gesicht. »Nein, habe ich nicht. Aber Ihre Einstellung gefällt mir.« Sie drehte sich zu Lissa um und hob den Daumen.

Jack zog sein Handy aus dem Rucksack und wählte eine gespeicherte Nummer. Der Freiton dröhnte in seinem Ohr. Hoffentlich war Will schon bei der Arbeit.

»Peters.«

Erleichtert atmete Jack auf. »Hier ist Jack.«

»Hey, dass du dich auch mal wieder meldest! Klappt es nächsten Monat mit unserem Trip in die Berge?«

»Sicher. Aber im Moment habe ich ein anderes Problem.«

»Was ist los?«

»Ist die Leitung abhörsicher?«

»Auf meiner Seite schon, von wo aus rufst du an?«

»Mein Handy.«

»Dann ist es vermutlich nicht sicher. Ruf mich lieber von deinem Telefon zu Hause an, wenn du nicht willst, dass jemand mithört.«

»Ich bin unterwegs und es kann nicht warten.«

»Dann schieß los.«

Jack berichtete von den Geschehnissen, erzählte aber nicht, wo der Truck und die Datenspeicher versteckt waren. Es herrschte einen Moment lang Stille, dann räusperte Will sich. »Ist das ein Scherz?«

Jack wünschte, es wäre so. »Leider nicht. Hast du eine Idee, was wir jetzt machen sollen?«

»Du bist sicher, dass es NSA-Datenspeicher sind?«

»Ziemlich. Soll ich dir einen Code nennen? Dann kannst du es nachprüfen.«

Rascheln ertönte. »Okay.«

Jack diktierte die Ziffern- und Buchstabenkombination, die er sich aufgeschrieben hatte. »Hast du es?«

»Ja. Ich prüfe es nach und rufe dich dann gleich zurück.« Damit beendete er die Verbindung.

»Was hat er gesagt?« Lissas Stimme klang angespannt.

»Er war nicht gerade erfreut. Ich habe ihm die Nummer gegeben, damit er nachforschen kann, woher die Speicherkarte stammt. Jetzt können wir nur abwarten.«

Jack stand auf und trat zum Fenster. Der Parkplatz lag immer noch verlassen da. Immerhin schienen sie die Verfolger abgehängt zu haben. Mit etwas Glück waren die Mörder mittlerweile von der Polizei verhaftet worden. Aber er wollte sich lieber nicht darauf verlassen.

»Gladstone, können Sie noch einmal bei der Polizei nachfragen, ob inzwischen Verhaftungen im Fall der beiden Morde auf der 550 vorgenommen wurden?«

Der Detektiv nickte und zog sein Handy aus der Tasche, bevor er das Zimmer verließ. Seine Stimme drang gedämpft durch die dünne Holztür.

Lissa nutzte die Gelegenheit, zog ihre Jacke aus und setzte sich neben Erin. »Erklärst du mir jetzt, warum du gerade ihn da mit hineingezogen hast?«

»Er ist gut in seinem Beruf und schuldet mir was.«

»Erin ...«

»Ich will nicht darüber reden, okay? Kümmere du dich darum, dass du hier wieder heil herauskommst.«

»Das hatte ich vor. Allerdings müsstest *du* nun wirklich nicht hier sein.« Lissa streichelte Henrys weiches Fell. »Mir wäre wesentlich wohler, wenn ihr beide sicher in Amarillo wärt.«

»Freust du dich denn gar nicht, uns zu sehen?«

Lissa lächelte sie an. »Natürlich tue ich das.«

Gladstone trat wieder ins Zimmer, sein Gesichtsausdruck wesentlich finsterer als zuvor. Jack stieß sich von der Wand ab und blickte ihm gespannt entgegen. »Und?«

»Das gleiche Ergebnis wie beim letzten Mal: Sie haben die Mörder noch nicht gefunden. Sämtliche Polizisten im Umkreis von dreihundert Meilen haben die Beschreibung des Wagens und der Personen, aber ich könnte wetten, dass sie inzwischen längst in einem anderen Auto unterwegs sind.«

»Verdammt!« Jacks Hand ballte sich zur Faust. Sein Blick glitt wieder zum Fenster. »Bis diese Sache erledigt ist, muss immer jemand Wache halten. Ich möchte nicht überrascht werden.«

Niemand wollte das natürlich. Lissa blieb bei ihm, während er den Parkplatz beobachtete. Am liebsten hätte sie sich ins

Bett gelegt und geschlafen, aber sie wollte mitbekommen, was passierte. Außerdem würde sie sowieso nicht ruhig schlafen können, solange die Verfolger noch auf freiem Fuß waren. Und sie wollte auch keine Sekunde in Jacks Gegenwart versäumen. Ihre gemeinsame Zeit lief langsam aber sicher ab. Jack war so distanziert und wortkarg wie bei ihrer ersten Begegnung. Ob das an der Gefahr lag, in der sie schwebten oder daran, dass sie nicht alleine waren, konnte sie nicht beurteilen. Sie wusste nur, dass es ihr wehtat.

Lissa verdrehte die Augen. *Sei doch keine Memme! Jack ist einfach nur beschäftigt und hat keine Zeit, sich um dich zu kümmern.* Sie straffte die Schultern. Auf keinen Fall würde sie an Jacks Rockzipfel – Hemdzipfel – hängen und ihn ablenken. Genauso gut konnte sie sich ein wenig frisch machen, damit sie bereit war, wenn etwas passierte.

Das Telefon klingelte, als Lissa gerade ihr Gesicht mit eiskaltem Wasser wusch. Sie hörte, wie Jack sich meldete, seinem Freund zuhörte, eine Nummer wiederholte und dann auflegte. Das Handtuch noch in der Hand trat sie aus dem Badezimmer.

»Was hat er gesagt?«

»Dass es tatsächlich echte Datenspeicher sind. Er hat mir den Namen eines Agenten in Phoenix genannt, der uns weiterhelfen kann. Dort werde ich gleich anrufen.«

»Warum nicht sofort?«

»Weil Will seinen Freund zuerst vorwarnt.« Jack legte seine Hand auf ihre Schulter. »Mach dir keine Sorgen, die Sache ist bald ausgestanden.«

»Hoffen wir es.« Lissa ließ sich auf das Bett sinken und tauschte einen nervösen Blick mit Erin. Es war klar, dass ihre Freundin auch betete, dass die Situation bald geklärt sein würde. Schon allein, um nicht mehr in der Nähe von Gladstone sein zu müssen. Als Jack endlich die Nummer des Agenten wählte, gruben sich ihre Finger in die Bettdecke. Wenn sie Glück hatten, könnte die ganze Angelegenheit in wenigen Minuten ausgestanden sein.

»NSA, Hawk.«

»Hier ist Jack Tease. Hat Will Peters mit Ihnen gesprochen?«

»Ja, er hat mir eine unglaubliche Geschichte erzählt.«

Jacks Rücken versteifte sich, als er die Skepsis in der Stimme des Agenten hörte. »Von der jedes Wort wahr ist. Werden Sie uns helfen?«

Hawk stieß ein kurzes Lachen aus. »Gleich zur Sache, wie?«

»Spart Zeit. Die Mörder sind vermutlich immer noch in unserer Nähe, sie könnten uns jeden Moment finden.«

»Also gut, geben Sie mir Ihre Adresse, dann lasse ich die Datenspeicher abholen und Ihnen einen Schutz zuteilen.«

Genau das, was Jack nicht wollte. »Nein.«

»Nein?«

Jacks Stimme klang hart. »Will sagte, ich könnte Ihnen vertrauen, aber das heißt nicht, dass ich irgendeinem anderen Agenten die Speicherkarten aushändigen werde. Entweder Sie kommen selbst oder ich werde eine andere Möglichkeit suchen, die Informationen in Sicherheit zu bringen.«

Einen Moment lang herrschte Stille, dann lachte Hawk. »Will hat recht gehabt, es war gut, dass *Sie* die Datenspeicher gefunden haben.«

»Wollten Sie mich testen?« Wut stieg in Jack auf.

»Ich musste sichergehen, dass Ihnen klar ist, womit wir es zu tun haben, und wie ernst die Situation ist. Geben Sie mir die Adresse, dann komme ich vorbei. Es wird etwa zweieinhalb Stunden dauern.«

Nach kurzem Zögern nannte Jack die Anschrift des Motels und die Zimmernummer, dann legte er auf.

»Warum hast du ihm gesagt, wo wir sind?«

Jack blickte Lissa an. »Damit er herkommen und die Sache in die Hand nehmen kann. Schließlich ist das seine Aufgabe, nicht unsere.«

»Aber …«

»Die Datenspeicher sind von der NSA. Allerdings ist dort überhaupt nichts über den Diebstahl bekannt, angeblich sind die Speicherkarten sicher an ihrem Standort.«

»Wie kann denn das sein? Das sollte doch jemandem auffallen.«

Jack zuckte mit den Schultern. »Ich nehme an, dass derjenige, der die Sache geplant hat, selbst bei der NSA arbeitet oder jemanden kennt, der es tut und bereit war, sein Land zu verraten. Sonst hätte er keine Möglichkeit gehabt, die Speicher zu entwenden und die Tat zu vertuschen.«

»Dann wird er auch die Möglichkeit haben, uns hier zu finden.« Gladstone klang so ruhig, als würde er über das Wetter sprechen.

»Vermutlich. Deshalb habe ich diesen Hawk gebeten, herzukommen. Gemeinsam sollte es uns möglich sein, die Speicher wieder zurückzubringen.«

»Wenn die Mörder uns nicht vorher finden.«

»Ja.« Jack sah, wie Lissa schauderte, und trat neben sie. Seine Finger berührten sanft ihre Wange. »Keine Angst. Hawk wird in zwei, höchstens drei Stunden hier sein. Gladstone hat seine Waffe dabei und ich habe die Schrotflinte. Solange niemand mit einem Panzer kommt, sind wir relativ sicher hier. Ich könnte mir vorstellen, dass die Kerle vermeiden wollen, zu viel Aufmerksamkeit zu erregen. Und das würden sie, wenn sie versuchen würden, uns auszuräuchern.« Er lehnte seine Stirn an ihre. »Es wird dir nichts geschehen.«

»Der Agent heißt Hawk? Ist das ein Deckname?« Lissa stürzte sich darauf, um nicht über die Gefahr nachdenken zu müssen, in der sie schwebten.

»Nein, anscheinend nicht. Sein voller Name ist Daniel Hawk.«

»Indianisch?«

»Nicht, dass ich wüsste.«

»Was ist, wenn eure Verfolger das Motorrad entdecken?«

Gladstones Frage ließ Jack aufblicken. »Ich weiß nicht, ob sie es wiedererkennen würden, aber wir sollten kein Risiko eingehen.«

»Ich kann es …«

Jack unterbrach Lissa. »Nein, du wirst hierbleiben. Wenn du mir den Schlüssel gibst, werde ich es außer Sichtweite verstecken.«

»Aber …«

»Ich werde es schieben, versprochen.«

Lissa zog ihn am T-Shirt zu sich heran, bis ihre Nasenspitze fast seine berührte. »Ich mache mir Sorgen um dich, nicht um die Maschine, du Idiot.«

Ein Grübchen erschien auf seiner Wange. »Das brauchst du nicht.« Er hielt seine Hand auf, bis sie ihm den Schlüssel aushändigte. »Ich komme gleich wieder.« Er wandte sich an Gladstone. »Halten Sie Wache, bis ich zurück bin.« Jack wartete die Antwort nicht ab, sondern lief bereits die Treppe hinunter zum Parkplatz.

Lissa blickte ihm nach, bis er die Maschine erreichte, dann seufzte sie auf. Sie erschrak, als Erins kühle Finger sich um ihren Arm legten.

»Es hat dich ganz schön erwischt.«

Lissa seufzte erneut. »Scheint so. Allerdings weiß ich noch nicht, ob das so klug ist.«

Erin zog sie mit sich zur Sitzgruppe, außer Hörweite von Gladstone. »Vermutlich nicht. Aber so wie er dich angesehen hat, ist er wohl auch an dir interessiert. Zumindest im Moment.« Der Satz hatte einen bitteren Unterton.

Lissa verstand, warum ihre Freundin in Bezug auf Männer so misstrauisch war. Ihr wütender Blick traf Gladstones Rücken. Erst durch ihn war Erin so geworden. Aber nur weil sie schlechte Erfahrungen gemacht hatte, hieß das ja nicht, dass alle Männer so waren. Natürlich könnte es sein, dass Jack sie nicht mehr sehen wollte, sobald der Reiz des Neuen verflogen war. Aber deswegen auf die Chance zu verzichten, mit ihm zusammen zu sein – niemals! Sie würde sich ewig fragen, was daraus hätte werden können, wenn sie sich jetzt aus Feigheit zurückzog.

»Ich werde …« Weiter kam sie nicht, denn ein leises Schaben ertönte von der hinteren Tür. Erin erhob sich, um sie für Jack zu öffnen.

Würde er wirklich zum Hintereingang gehen? Wenn er allerdings jemanden gesehen hatte … Lissas Blick fiel auf Henry, der vor dem Bett stand, seine Ohren aufmerksam nach oben gereckt. Er wedelte nicht mit dem Schwanz, wie er es sonst nahezu immer tat. Irgendetwas schien ihn zu irritieren.

»Erin …«

Bevor sie ihre Freundin warnen konnte, hatte diese bereits die Tür geöffnet. Alles geschah in Sekundenschnelle. Während Henry ein dumpfes Grollen von sich gab, wirbelte Gladstone mit der Pistole in der Hand herum. Die Tür wurde von außen mit Gewalt aufgeschoben, sodass Erin zu Boden geschleudert wurde. Henry setzte zum Sprung an.

»Lissa, in Deckung!«

29

Gladstones Warnung war unnötig, Lissa hatte sich bereits zu Boden geworfen. Sie wollte auf keinen Fall im Weg stehen, wenn er auf die Eindringlinge schoss. Es waren tatsächlich ihre Verfolger von gestern. Woher wussten die, wo sie waren? Oh Gott, hatten sie Jack gesehen und ihn bereits ausgeschaltet? *Bitte, nein!* Lissa ballte die Hände zu Fäusten. Wenn sie Jack etwas angetan hatten … Der Gedanke war zu schmerzhaft, um ihn fortzuführen.

Ein gedämpfter Schuss ertönte, Henry jaulte auf. Er stürzte zu Boden und versuchte vergeblich, wieder auf die Beine zu kommen. Lissa wollte zu ihm, aber es war unmöglich – die Mörder standen zwischen ihnen. Erin lag immer noch halb betäubt hinter der Tür. Wo war Gladstone? Warum schoss er nicht? Lissa wandte sich zu ihm um und sah, dass er hinter dem Bett in Deckung gegangen war. Er hatte die Pistole noch in der Hand, machte aber keine Anstalten, damit zu schießen.

Als er Lissas Blick auffing, gab er ihr Zeichen, dass er in dem kleinen Zimmer keine freie Schussbahn hatte. Sollte er jetzt schießen, lief er Gefahr, dass Erin, Henry oder sie selbst getroffen wurden. Außerdem hatte seine Pistole keinen Schalldämpfer. Wenn er schoss, würde er damit andere Leute anlocken und in Gefahr bringen. Daher würde er wohl nur im äußersten Notfall schießen. Also würden sie die Männer anders bekämpfen müssen. Noch hatten sie Lissa nicht gesehen, weil sie durch den Tisch verdeckt wurde. Aber wenn sie noch weiter in das Zimmer hereinkamen, wäre sie ihnen ausgeliefert.

Während der eine Mann leise die Tür hinter sich schloss, die Pistole weiterhin auf Gladstone gerichtet, trat der andere zu Henry, der wimmernd auf dem Boden lag. Vorsichtig hielt er sich immer außer Reichweite des gewaltigen Gebisses. Als er erkannte, dass von dem Hund keine Gefahr mehr drohte, lachte er erleichtert auf.

»Alles klar, der tut niemandem mehr etwas.«

Tränen traten in Lissas Augen. Sie mussten die Männer so schnell wie möglich loswerden, damit sie Henry zu einem Tierarzt bringen konnte. Und um Jack zu suchen. Hoffentlich ging es ihm gut. Erin gab ein Stöhnen von sich und versuchte, sich aufzusetzen. Der Mann an der Tür trat zu ihr. Ohne noch länger zu überlegen, sprang Lissa auf und versetzte ihm einen Stoß, der ihn gegen die Wand taumeln ließ. Bevor er sich erholen konnte, trat sie zu. Ihr jahrelanges Kickbox-Training zahlte sich endlich aus. Ihr Fuß prallte hart gegen den Arm des Verbrechers, die Waffe polterte zu Boden. Hinter sich hörte Lissa ein ersticktes Keuchen. Sie nahm an, dass Gladstone mit dem anderen Mörder kämpfte, doch sie hatte keine Zeit, sich umzuschauen. Ihr Opfer hatte sich von seiner Überraschung erholt und stand ihr nun mit rotem Gesicht und Mordlust in den Augen gegenüber.

Wütend fletschte er die Zähne und enthüllte dabei einen Goldzahn. »Du kleines Biest. Ich hätte dich schon gestern auf dem Motorrad abknallen sollen!«

Unwillkürlich wich Lissa einen Schritt zurück. Der Tonfall des professionellen Killers hatte sie kurzzeitig verunsichert. Doch sie würde nicht aufgeben und den Mörder gewinnen lassen. Regungslos belauerten sie einander, suchten die Schwachstellen beim anderen. Schließlich verlor der Mann die Geduld und griff an. Lissa schaffte es nicht, rechtzeitig auszuweichen, und wurde von ihm zu Boden gerissen. Im Fallen schlug sie mit dem Ellbogen gegen die Tischkante, bevor sie hart auf ihrer Hüfte landete. Einen Moment lang war sie wie betäubt, dann machte sich der Schmerz bemerkbar. Tränen traten in ihre Augen, der Atem schien in ihrer Brust gefangen zu sein.

Verwirrt bemerkte Lissa, wie der Verbrecher von ihr abließ und über den Boden kroch. *Die Pistole!* Der Adrenalinstoß gab ihr die Kraft, sich herumzurollen und den Mann am Bein zu packen. Grunzend versuchte er, sie mit Tritten abzuwehren, aber Lissa ließ sich nicht abschütteln. Wenn er an die Waffe kommen würde, wäre alles verloren. Sie warf sich über ihn und drückte ihn mit ihrem Körpergewicht zu Boden. Den Arm um seinen Hals gelegt versuchte sie, ihm die Luft abzuschnüren, doch er war zu stark für sie.

Der Mann rollte sich herum, sodass sie nun unter ihm lag, und hieb ihr seinen Ellbogen in die Rippen. Lissa blieb die Luft weg. Punkte flimmerten vor ihren Augen, Dunkelheit drohte sie zu verschlingen. Mit letzter Kraft kämpfte sie dagegen an. Der Mann hatte sich inzwischen aufgerichtet und beugte sich über sie. Sein Mund war zu einem siegesgewissen Grinsen verzogen. Es verwandelte sich zu einer erstaunten Grimasse, als Lissa ihm die Beine unter dem Leib wegtrat und er wie ein Stein zu Boden stürzte. Lissa schaffte es gerade noch, sich zur Seite zu rollen, bevor er auf sie fiel. So schnell sie konnte, robbte sie sich vorwärts, bis ihre Fingerspitzen die Pistole berührten, die unter den Tisch gerutscht war. Gerade als sie dachte, sie hätte es geschafft, spürte sie einen heftigen Schlag im Rücken. Mit einem Ruck wurde ihr Kopf an den Haaren zurückgerissen, ein Schmerzenslaut entfuhr ihr. Blind trat sie hinter sich und traf das Bein ihres Angreifers.

Der Griff lockerte sich ein wenig. Erneut trat sie zu, diesmal etwas höher. Ihre Belohnung war ein seltsam hohes Quietschen, das rasch in Stöhnen umschlug. Sie schloss ihre Finger fester um die Pistole, bevor sie sich langsam umdrehte. Der Mann lag gekrümmt da, die Hände umfassten seine geschädigten Weichteile. Es sah nicht so aus, als würde er bald wieder kämpfen können. Das war ihr nur recht, wahrscheinlich würde sie sich eine Weile lang nicht mehr bewegen können. Ihr ganzer Körper schmerzte, als wäre er durch eine Mangel gedreht worden. Protestierend pochte ihr Kopf, als sie ihn langsam hob, um zu Erin zu schauen. Ihre Freundin saß immer noch in der Ecke neben der Tür, schien aber inzwischen wieder voll bei Bewusstsein zu sein. Erins vor Schreck geweitete Augen ruhten auf Gladstone, der sich gerade vom Boden erhob. Aus einer Stirnwunde lief Blut über sein Gesicht und tropfte auf seine Kleidung und den Teppich. Sonst schien er in Ordnung zu sein, wie Lissa aufatmend feststellte. Ein Winseln ließ sie zu Henry hinüberblicken. Wie hatte sie ihn vergessen können! Sie war gerade dabei, zu ihm zu kriechen, als die hintere Tür aufflog und gegen die Wand krachte.

Jack war noch einige Meter vom Motelzimmer entfernt gewesen, als er die unmissverständlichen Geräusche eines Kampfes hörte. Mit wenigen langen Schritten war er an der Hintertür angekommen, als plötzlich Stille eintrat. Jetzt hätte er die Schrotflinte gut gebrauchen können, doch er hatte sie im Zimmer gelassen. Vorsichtig schob er sich an der Wand entlang, bis er einen Blick durch das Fenster werfen konnte. Was er dort sah, veranlasste ihn dazu, sämtliche Vorsicht zu vergessen und die Tür aufzureißen. Zwei Männer lagen auf dem Boden, während Lissa zu ihrem Hund kroch, dessen weißes Fell rot gefärbt war. Gladstone stand aufrecht, sah aber ebenfalls mitgenommen aus. Sofort kniete Jack sich neben Lissa und zog sie in seine Arme. Über ihren Kopf hinweg funkelte er den Detektiv an. »Was war hier los?«

»Ich …«

Weiter kam er nicht, denn Erin unterbrach ihn. »Es war meine Schuld. Ich habe ein Geräusch an der Hintertür gehört und dachte, Sie wären es.« Sie hob die Hand bevor Jack etwas sagen konnte. »Ja, ich weiß, es war dämlich.«

»Dann sind wir uns ja einig.« Vorsichtig schob er Lissa eine Haarsträhne, die an ihrer erhitzten Wange klebte, aus dem Gesicht. Sie sah aus, als wäre sie in einen Tornado geraten – oder eine Kneipenschlägerei. Er hätte niemals weggehen sollen! Wie leicht hätte ihr etwas geschehen können. Ein Druck bildete sich in seiner Brust und ließ jedes weitere Wort in seiner Kehle stecken bleiben. Wenn er sie verloren hätte … Seine Hand zitterte, als er Lissas Gesicht umfasste. »Geht es dir gut?«

»Ja, natürlich. Aber Henry … dieser Verbrecher hat ihn angeschossen!« Tränen glitzerten in ihren Augen, als sie sich wieder über ihren Hund beugte und vorsichtig die Wunde untersuchte.

Jack sah, dass Gladstone sich bereits um die beiden Männer und Erin kümmerte, deshalb hockte er sich neben Henry und schob Lissas Hände beiseite. »Lass mich mal sehen.«

Es zeugte von ihrer Erschütterung und Erschöpfung, dass sie nicht einmal protestierte, sondern ihm bereitwillig Platz machte. Während er sorgfältig die Verletzung untersuchte, hielt sie den Kopf des Hundes fest und redete beruhigend auf ihn ein. Henry zuckte zusammen, als Jack die Wunde abtastete. Anscheinend war die Kugel nicht in das Fleisch eingedrungen, sondern hatte es nur gestreift. Eine tiefe Furche zog sich durch die helle Haut, aus der immer noch Blut sickerte. Sie mussten einen Tierarzt aufsuchen, damit die Wunde gereinigt und genäht werden konnte. Lissa zuckte gemeinsam mit dem Hund zusammen, als Jack die Beweglichkeit des Beines testete.

»Es wird ihm bald wieder besser gehen, es ist nur ein Streifschuss.«

Lissa sackte erleichtert zusammen. »Gott sei Dank! Ich hatte befürchtet …« Sie schluckte schwer und wandte das Gesicht ab, damit er die Tränen nicht sah, die ihr über die Wange liefen. Als sie eine Hand auf ihrem Arm fühlte, blickte sie auf.

Erin stand neben ihr, sie stützte sich bei Gladstone ab. »Es tut mir leid, es war allein meine Schuld.«

»Du konntest ja nicht wissen, dass unsere Verfolger wieder auftauchen würden.«

»Nein, aber ich hätte zumindest nachschauen müssen, wer vor der Tür stand.«

Dagegen konnte Lissa nichts sagen, es stimmte. Trotzdem versuchte sie, ihre Freundin zu beruhigen. »Es ist in Ordnung, wir leben noch alle, und die Mörder sind überwältigt, jetzt kann uns nichts mehr passieren.«

Sie sah, wie Jack skeptisch eine Augenbraue in die Höhe zog. Natürlich war ihr klar, dass durchaus noch weitaus üblere Typen auftauchen könnten. Aber das musste Erin ja nicht wissen. Irgendwie musste es ihr gelingen, sie dazu zu überreden, wegzufahren. Henry fuhr mit der Zunge über ihre Hand. Genau, das war es!

»Würdest du mir einen Gefallen tun, Erin?«

»Natürlich. Welchen?«

»Bring Henry zu einem Tierarzt.«

»Aber …«

Gladstone, der immer noch ein Tuch an seine Stirn gepresst hielt, schaltete sich ein. »Das ist eine gute Idee. Und vielleicht wäre es auch sinnvoll, wenn du dich von einem Arzt untersuchen lässt. Du hast eine ziemlich große Beule am Kopf.«

Erin funkelte ihn wütend an. »Du hast mir gar nichts …« Sie brach ab, als ihr Kopf zu hämmern begann. Eine Hand gegen ihre Schläfe gepresst, begnügte sie sich damit, ihm den Rücken zuzudrehen. Natürlich freute es sie, dass er sich Sorgen um sie machte. Sie war auch besorgt um ihn gewesen, als sie hilflos zusehen musste, wie er den Mann mit der Pistole niederrang. Erst nachdem der Angreifer bewusstlos am Boden lag, hatte sie wieder aufgeatmet. Ihr erster Impuls war gewesen, Ross die Arme um den Hals zu schlingen und ihn an sich zu drücken, als er sich neben sie gekniet und sie vorsichtig untersucht hatte. Der zweite – ihm den Hals umzudrehen. Sie hatte nichts von beidem getan. Aber auch nur, weil sie sich zu schwach fühlte, überhaupt eine Hand zu heben. Es ärgerte sie, dass Ross und Lissa die Männer besiegt hatten und immer noch in der Lage waren, normal zu funktionieren, während sie wie ein schwaches Frauchen in der Ecke lag.

Erin schüttelte seine stützende Hand ab und richtete sich auf. »In Ordnung. Allerdings glaube ich nicht, dass ich ihn alleine zum Auto bekomme.«

Ross und Lissa trugen den mit einem Handtuch bedeckten Henry nach draußen, während Jack die beiden Angreifer fesselte und sie bewachte. Erin ignorierte den pochenden Kopfschmerz und beeilte sich, die hintere Tür des Wagens zu öffnen. Vorsichtig hob Ross den Hund hinein und richtete sich dann stöhnend wieder auf. Alarmiert blickte Erin ihn an. War er schwerer verletzt, als es den Anschein hatte? Doch sein Gesichtsausdruck war neutral, und sie würde sich eher die Zunge abbeißen, als ihm zu erkennen zu geben, dass sie sich um ihn sorgte. Auch wenn sie es tat.

Wenn ihm etwas passieren würde, dann wäre das ihre Schuld. Sie hatte ihn überhaupt erst in diese ganze Angelegenheit verwickelt. Und obwohl er sie damals so verletzt hatte, wollte sie ihn nicht ebenfalls verletzt sehen. Erin ging zur Fahrerseite und ließ sich vorsichtig in den Sitz gleiten. Jede Erschütterung sandte einen heißen Schmerz durch ihren Kopf. Wahrscheinlich wäre es wirklich nicht verkehrt, einen Arzt aufzusuchen. Wenn sie wieder zu Hause war, jetzt hatte sie keine Zeit dafür. Gerade als sie die Tür zuziehen wollte, trat Ross dazwischen.

Er ging in die Hocke, damit sein Gesicht auf ihrer Höhe war. Sein Blick tauchte tief in ihren. »Fühlst du dich wirklich gut genug dafür? Ich könnte mitfahren.«

»Du wirst hier gebraucht, ich schaffe das schon.« Als er sie immer noch skeptisch ansah, wurde ihre Stimme weicher. »Geh jetzt, sonst blutet Henry dir den ganzen Rücksitz voll.«

Ross beugte sich vor, bis seine Nase fast ihre berührte. »Mir ist mein Polster im Moment völlig egal. Du bist es, um die ich mir Sorgen mache. Ruf mich an, wenn es dir schlechter gehen sollte, okay?« Seine Lippen legten sich sanft auf ihre und stoppten so wirkungsvoll ihren Einwand. Einen kurzen Moment lang berührte er sie, dann zog er sich zurück. »Bitte.«

Mit großen Augen blickte Erin ihn sprachlos an. Erst als Lissa die hintere Tür zuschlug, erwachte sie aus ihrer Trance. »O…« Sie räusperte sich. »Okay.«

»Danke. Fahr vorsichtig.« Er trat zurück und schloss die Fahrertür.

Lissa gesellte sich zu ihm. »Ja, und pass gut auf Henry auf.«

»Natürlich, schließlich liebe ich diesen haarigen Kerl.«

Überrascht lachte Lissa auf. »Lass ihn das nicht hören, sonst wickelt er dich noch völlig ein.«

»Das hat er schon. Bis später.«

Warum meldeten Cladock und Smith sich nicht? Sie hätten ihre Aufgabe längst erledigt haben sollen! Es konnte doch wohl nicht so schwer sein, einen Trucker und eine Motorradbraut dazu zu bringen, die Datenspeicher herauszugeben. Langsam fragte Fellini sich wirklich, ob es nicht einfacher gewesen wäre, alles selbst zu erledigen. Weniger Mitwisser, weniger Fehler. Wenn es ihm nicht gelänge, die Zeugen unschädlich zu machen, wäre sein ganzer Plan in Gefahr. Er hatte einen sehr knappen Zeitplan kalkuliert und war bereits in Verzug. Doch das konnte er sich nicht leisten. Die Käufer würden nicht ewig warten, und vor allem würde es auch irgendwann auffallen, dass die Speicherkarten nicht mehr an ihrem Platz waren.

Eigentlich wollte er schon lange verschwunden sein, wenn ihr Fehlen bemerkt wurde. Bisher war er diesem verdammten Hawk durch seine Intelligenz, aber auch durch viel Glück entkommen. Sollte der Agent Tease und seine Tussi noch lebend antreffen, dann hätte er selbst ein riesengroßes Problem. Umso ärgerlicher war es, darauf warten zu müssen, bis Cladock sich endlich meldete.

Schließlich verlor Fellini die Geduld und wählte Cladocks Nummer. Ungeduldig wartete er darauf, dass sich jemand meldete.

»Ja?«

»Was ist da bei euch los, Cladock? Habt ihr sie erwischt?«

»Äh … Cladock ist gerade nicht zu sprechen.«

»Wer sind Sie? Wo sind Cladock und Smith?«

»Sind Sie Mr Fellini?«

»Ja. Antworten Sie endlich, was ist da los?«

»Ich bin ein Bekannter von Cladock, er hat mich angeheuert, um ihm bei dieser … Angelegenheit zu helfen. Ich versuche gerade herauszufinden, was passiert ist. Er und Smith sind vor einiger Zeit um das Gebäude herumgegangen, um in das Motelzimmer einzudringen, aber seitdem sind sie nicht wieder aufgetaucht. Ich wollte gerade nachsehen, wo sie bleiben …«

»Nein, bleiben Sie, wo Sie sind, und beobachten Sie weiter.«

»Aber …«

»Ich bezahle Ihnen das Doppelte von dem, was Cladock Ihnen angeboten hat.«

Eine kurze Stille trat ein. »Ich stehe Ihnen ganz zu Diensten. Was soll ich tun?«

»Achten Sie darauf, ob jemand aus dem Zimmer herauskommt oder hineingeht. Wenn …«

»Moment mal, es rührt sich etwas. Die Tür geht gerade auf … zwei Frauen und ein Mann kommen heraus. Er trägt irgendetwas Großes, in ein Handtuch eingewickelt.«

»Was ist es?«

»Das kann ich nicht erkennen. Auf dem Tuch sind dunkle Flecken, könnte Blut sein.«

»Haben Sie eine Kamera dabei?«

»Nein, aber ein Handy.«

»Dann machen Sie Fotos von den drei Personen. Möglichst Nahaufnahmen, damit ich sie identifizieren kann.«

»Wozu …?«

»Tun Sie es einfach!«

»Alles klar. Einen Moment.«

Ungeduldig wartete Fellini darauf, dass sich der Mann wieder meldete. Es war ein Risiko, sich auf jemanden zu verlassen, den er nicht kannte, andererseits konnte dieser überhaupt nichts über seinen Auftraggeber erzählen, sollte er gefasst werden. Auch Cladock und Smith wussten so gut wie nichts über ihn, zumindest nichts, was ihm gefährlich werden könnte. Vermutlich lag es daran, dass er selbst so ein Perfektionist war – versagen gab es nicht in seinem Vokabular.

»Ich habe die Fotos. Was mache ich jetzt?«

»Schicken Sie sie mir. Ich brauche sie sofort.«

»An welche Adresse?«

Fellini nannte eine E-Mail-Adresse, die nicht zu ihm zurückverfolgt werden konnte. »Innerhalb der nächsten zehn Minuten will ich die Bilder übermittelt bekommen.«

»Okay. Eine der Frauen steigt jetzt in das Auto und fährt mit dem Bündel weg. Der Mann und die Rothaarige gehen zurück ins Zimmer.«

»Gut. Beobachten Sie das Motel weiter. Wenn entweder ein großer blonder Mann auftaucht oder einer der anderen aus dem Zimmer kommt, rufen Sie mich an.« Er diktierte seine Telefonnummer.

»Alles klar.«

Fellini fuhr mit einer Hand durch seine Haare. Hawk war vermutlich noch nicht dort, aber es würde sicher nicht mehr allzu lange dauern. Er würde sich eindeutig einen anderen Plan ausdenken müssen, denn wenn der Agent im Spiel war, würde es deutlich schwieriger werden, die Datenspeicher zurückzubekommen als vorher. Wenn nicht sogar unmöglich. Fellini richtete sich gerader auf. Nein, niemand würde ihn um seinen wohlverdienten Gewinn bringen, dafür würde er schon sorgen.

30

Mit einem Ruck kam Cladock zu sich. Eiskaltes Wasser prasselte auf seinen Kopf und durchnässte seine Kleidung. Erschrocken schnappte er nach Luft. Dabei geriet der Wasserstrahl direkt in seinen Mund und ließ ihn fast ersticken. Panisch versuchte er, sich zu bewegen, doch etwas hielt ihn fest. Er zwang sich, seine Augen zu öffnen, obwohl das Wasser darin brannte. Wo … Cladocks Eingeweide zogen sich zusammen, als er erkannte, wo er sich befand. In einer Badewanne. Gemeinsam mit Smith saß er gefesselt darin, während ein Mann den Duschkopf auf sie richtete. Es war der Kerl, der ihnen zusammen mit der Motorradbraut den Truck gestohlen hatte. Erneut versuchte Cladock sich aufzurichten, aber es war unmöglich.

»Sind Sie jetzt endlich wach?« Die Frage klang ruhig, fast milde.

Es wäre ihm fast lieber gewesen, wenn er geschrien hätte, denn diese ruhige Gelassenheit war viel bedrohlicher.

Tease stellte das Wasser ab und beugte sich vor. »Wer sind Sie und warum interessieren Sie sich so für meinen Truck?«

Cladock presste die vor Kälte zitternden Lippen zusammen und schwieg. Er ließ sich nicht von ein wenig kaltem Wasser einschüchtern. In seiner Jugend hatte er ganz anderes erlebt. Außerdem sah dieser Typ nicht so aus, als würde er ihm etwas tun, wenn er nicht antwortete.

»Sie wollen nicht antworten? Vielleicht sollte ich Sie darauf hinweisen, dass ich beim Geheimdienst der Army gearbeitet habe. Ich weiß also, was ich tun muss, um Abschaum wie Sie zum Reden zu bringen.« Er beugte sich so weit vor, dass Cladock in seinen Augen lesen konnte, dass er es ernst meinte. »Ich würde gerne darauf verzichten, aber es würde mir auch nichts ausmachen, einen Mörder ein wenig leiden zu lassen.« Ein eisiges Lächeln hob seinen Mundwinkel. »Im Gegenteil, Sie haben meine Freunde angegriffen und verletzt. Das macht mich ziemlich wütend.«

Cladock spürte, dass es dem Mann todernst war. Ein Zittern kroch durch seinen Körper, das nichts mit der Kälte zu tun hatte. Er versuchte, sich umzudrehen, doch es gelang ihm nicht. Smith saß direkt hinter ihm und verhinderte jede Bewegung.

»Ihr Freund kann Ihnen nicht helfen, er versucht immer noch, seine Weichteile wiederzufinden.«

»W...« Das Klappern seiner Zähne verstärkte sich. »Was haben Sie mit ihm gemacht?«

»Ich? Gar nichts. Aber ich schätze, er hat gelernt, dass man sich nie mit einer wütenden Frau anlegen sollte.« Die dunklen Augen verengten sich. »Und ich werde ihm das später auch noch einmal persönlich nahelegen.«

Sie saßen in der Falle, und sofern Fellini nicht Hilfe schickte oder ihr Backup sie befreite, würden sie vermutlich nicht wieder herauskommen. Cladock biss die Zähne zusammen, damit sie nicht mehr klapperten.

»Okay, ich mache es Ihnen ganz leicht. Die Namen sind mir eigentlich egal, darum kann sich später auch noch die Polizei kümmern. Mich interessiert nur, für wen Sie arbeiten.«

Was war schlimmer: jetzt von Tease getötet zu werden oder später von Fellini? Irgendwie ähnelten sie sich sogar, in dieser ruhigen, aber tödlichen Art. Nicht, dass er Fellini schon einmal gesehen hätte, er gab seine Anweisungen stets telefonisch durch. Allerdings hatte Cladock schon Dinge gehört ... Seine

Kehle schnürte sich zu, Magensäure stieg in ihm hoch. Nein, es war besser, wenn er nichts erzählte, schließlich war dieser Tease nur ein Trucker. Mit Militärausbildung. Cladock schloss die Augen und bemühte sich, ruhig zu atmen. Er durfte seine Angst nicht preisgeben. Andererseits sollte er vielleicht doch versuchen, mit Tease zu verhandeln, denn verloren hatte er sowieso bereits.

»Wenn Sie uns freilassen, werde ich Ihnen alles sagen.«

Tease schüttelte bereits den Kopf. »So läuft das nicht. Entweder Sie sagen mir, was ich wissen will, oder Sie werden erst leiden und dann der Polizei übergeben werden. Die Wahl liegt bei Ihnen.«

Ohne Hast steckte er den Stöpsel in den Abfluss und drehte dann das Wasser auf. Cladock versuchte instinktiv, dem kalten Strahl auszuweichen, aber es gelang ihm nicht. Langsam und unaufhörlich stieg der Wasserpegel an. Zischend atmete er aus, als das eisige Nass seinen Körper erreichte. Unkontrollierbares Zittern erfasste ihn. Alles, was sich im Wasser befand, wurde mit jeder Sekunde kälter. Innerhalb weniger Minuten hatte er sämtliches Gefühl in seinen Händen und Füßen verloren. Seine Brust schmerzte, als würde ein Eispanzer darum liegen. Eine Bewegung in seinem Rücken zeigte, dass auch Smith langsam wieder etwas von seiner Umwelt wahrnahm. Wurde aber auch Zeit! Er tat immer so, als wäre er ein ganz harter Bursche, und ließ sich dann von einer Frau mit einem lächerlichen Tiefschlag außer Gefecht setzen!

»Nachdem Sie jetzt beide wieder ansprechbar sind, gebe ich Ihnen die Wahl: Derjenige, der mir zuerst das sagt, was ich wissen will, wird herausgelassen, der andere bleibt im Wasser.«

Cladock spürte, dass Smith etwas sagen wollte, deshalb hieb er ihm den Ellbogen in die Seite. So weit das mit den Fesseln ging. Sein Kumpan zuckte zusammen und schloss hörbar den Mund. Gut, er hatte keine Lust, wegen dieses Plappermauls bei Fellini in Ungnade zu fallen. Tease hob fragend eine seiner Augenbrauen, dann seufzte er bedauernd.

»Ganz wie Sie wollen.« Er erhob sich und schob den Stecker des Föns in die Steckdose. »Denken Sie daran, sobald Sie reden wollen, sagen Sie einfach Bescheid.«

Lissa blickte zur Badezimmertür, als das Licht erneut flackerte. Was tat Jack bloß da drin? Rauschen drang aus dem Bad und machte sie fast noch nervöser. Seit einer halben Stunde lief sie schon im Zimmer auf und ab, viel länger würde das weder der Teppich noch Gladstone aushalten, der ruhig auf einem Stuhl saß und in seinen Unterlagen blätterte.

Als sie einen Schritt auf die Tür zu machte, sah er auf. »Stören Sie ihn nicht.«

»Ich kann nicht länger hier sitzen und so tun, als wüsste ich nicht, was in diesem Zimmer vor sich geht.«

Gladstone berührte das Pflaster auf seiner Stirn und verzog den Mund. »Wenn er gut ist, wird er gleich fertig sein. Außerdem verdienen die beiden Kerle, was sie bekommen. Erin wurde verletzt, Ihr Hund fast getötet. Und Sie selbst haben auch Schmerzen.«

»Ja, aber …«

»Es geht hier darum, lebenswichtige Informationen zu bekommen. Nicht nur für uns, sondern auch für diejenigen, die zu Schaden kämen, wenn die Datenspeicher in die falschen Hände geraten würden.«

Lissa ließ sich auf die Bettkante sinken und seufzte tief auf. »Ich weiß. Trotzdem gefällt es mir nicht.«

»Mir auch nicht, und Tease geht es sicher genauso. Es ist einfach eine Notwendigkeit.«

»Ich bin nur froh, dass ich Erin weggeschickt habe.«
Gladstone lächelte sie an. »Ich auch.«
»Warum haben Sie …?«
Weiter kam Lissa nicht, denn Jack trat aus dem Bad. Er trocknete die Hände an einem Handtuch ab und wirkte auf den ersten Blick, als hätte er sich lediglich etwas frisch gemacht. Lissa sprang auf und lief ihm entgegen. Erst aus der Nähe sah sie, dass sich die Falten um seine Augen vertieft hatten, seine Lippen waren fest zusammengepresst. Sein Blick verriet, dass er die vergangene halbe Stunde nicht genossen hatte. Vorher hatte Lissa nicht gewusst, wie sie auf die Tatsache reagieren würde, dass er im Bad zwei Männer folterte, doch jetzt verspürte sie nur noch einen Wunsch: ihn zu umarmen. Genau das tat sie nun und spürte, wie Jack überrascht zusammenzuckte. Nach kurzem Zögern schlang er seine Arme um sie und vergrub sein Gesicht in ihrer Halsbeuge. Sie spürte seinen warmen Atem auf ihrer Haut, das harte Klopfen seines Herzens an ihrer Brust.

Ein merkwürdiges Gefühl der Wärme und Zufriedenheit breitete sich in Lissa aus. Dann erstarrte sie, die Luft entwich ihren Lungen. Oh nein, es war gefährlich, sich in jemanden wie Jack zu verlieben, geradezu selbstzerstörerisch. Aber es schien so, als wäre es bereits zu spät.

Jack schloss die Augen und genoss für einen kurzen Moment das Gefühl, Lissa in seinen Armen zu halten. Er hatte Angst gehabt, dass sie ihn zurückweisen würde, nachdem sie erfahren hatte, wozu er fähig war. Widerwillig trat er schließlich einen Schritt zurück und begegnete Gladstones aufmerksamen Blick.

»Was haben sie gesagt?« Anscheinend kam dem Detektiv überhaupt nicht der Gedanke, dass Jack versagt haben könnte.

»Sie wurden von Mario Fellini angeheuert. Sie sollten dem von der Spedition engagierten Dieb den Truck abnehmen. Egal wie. Danach sollten sie ihn nach Nogales bringen, wo ihn jemand in Empfang nehmen wollte. Wahrscheinlich die gleichen Typen, denen ich die Ladung anliefern sollte. Fellini war etwas ungehalten über die geheimen Pläne von Bell und Hoppes. Jedenfalls hat er sie durch unsere beiden Freunde beseitigen lassen, bevor sie nach Colorado kamen.«

Blass und zittrig ließ Lissa sich wieder auf das Bett sinken. »Wenn ich das vorher gewusst hätte, hätte ich wohl nicht den Mut gehabt, ohne Waffen gegen sie zu kämpfen.«

»Natürlich hättest du das. Du hattest gar keine andere Wahl.«

»Stimmt.«

Jacks Mundwinkel hob sich. Das klang schon eher nach seiner Lissa. Er blickte Gladstone an. »Wir haben ein Problem.«

»Noch eins?«

»Ein ziemlich schwerwiegendes. Fellini weiß offenbar, wo wir sind. Er war es, der den beiden Verbrechern gesagt hat, wo sie uns finden würden. Samt Straße und Zimmernummer. Das heißt, dass entweder Daniel Hawk selbst Fellini ist, mit ihm unter einer Decke steckt, oder Fellini eine Möglichkeit hatte, unser Telefongespräch zu belauschen.«

»Aber ich dachte, dein Freund wäre sich sicher, dass Hawk nichts damit zu tun hat.«

»Ja, das dachte ich auch. Aber angesichts dieser Beweislage fällt es mir schwer, irgendjemandem blind zu vertrauen. Ich schlage also vor, dass wir Erin anrufen und sie bitten, erst zurückzukommen, wenn die Situation hier restlos geklärt ist.« Gladstone nickte und zog sein Handy heraus. »Wenn Hawk hier eintrifft, werde ich herausfinden, ob er etwas mit der ganzen Sache zu tun hat oder nicht.«

Hawk fuhr die Einfahrt des Motels hinauf und suchte die Zimmernummer, die Tease ihm durchgegeben hatte. Er stellte seinen Mietwagen auf einem freien Parkplatz ab und blickte sich aufmerksam um. Es war nichts Auffälliges zu bemerken. Trotzdem entschied er, sicherheitshalber den hinteren Eingang zu benutzen, falls das Zimmer observiert wurde. Als er ausstieg, schlug ihm die Hitze in Wellen entgegen und ließ innerhalb von Sekunden das T-Shirt an seinem Rücken kleben. Er hatte gehofft, es wäre hier etwas kühler als in Phoenix. Er konnte es kaum erwarten, in den Genuss einer Klimaanlage zu kommen. Rasch stieg er die Treppe hinauf und klopfte leise an die Tür.

Sie öffnete sich einen Spalt breit, eine Frau blickte ihn besorgt an. »Sind Sie Daniel Hawk?«

»Ja. Wo ist Tease?«

Sie öffnete die Tür ein Stück weiter. »Er ist gerade beschäftigt. Kommen Sie herein.«

Das musste die Frau sein, von der Will geredet hatte. Sehr hübsch, soweit er das im Dunkel des Zimmers sehen konnte. Allerdings würde sie noch lernen müssen, nicht so vertrauensselig zu sein. Er hätte sie innerhalb von Sekunden überwältigen können, wenn er es darauf angelegt hätte. Es überraschte ihn, dass ein ehemaliger Geheimdienstler ihr erlaubt hatte, die Tür zu öffnen.

Hawk spürte, wie sich seine Nackenhaare aufrichteten. Irgendetwas stimmte hier nicht. Sein Instinkt warnte ihn, dass er in eine Falle lief. Abrupt blieb er stehen. Er versuchte, die Dunkelheit mit den Augen zu durchdringen, aber nach der grellen Sonne war er mit der Sonnenbrille so gut wie blind. Ein Fehler, der ihm seit Jahren nicht mehr passiert war. Hawk trat einen Schritt zurück, während er gleichzeitig die Sonnenbrille abnahm. Eine Bewegung neben ihm ließ ihn nach seiner Waffe greifen, aber es war bereits zu spät. Ein Arm schoss hervor und katapultierte ihn in das Zimmer. Die Tür fiel hinter ihm ins Schloss. Er wurde gegen eine harte Brust gezogen, etwas wurde gegen seinen Hals gepresst.

»Was …?« Lautlos sackte er zusammen.

31

Nachdem sie Hawk auf das Bett gelegt hatten, durchsuchte Jack ihn gründlich nach Waffen. Er fand die Pistole im Schulterholster, eine andere in seiner Hose, sowie ein Messer in seinem Stiefel. Sein Mundwinkel bog sich freudlos nach oben. Niemand konnte dem Agenten vorwerfen, unvorbereitet in einen Kampf zu gehen. Jack benutzte die Handschellen, die Gladstone mitgebracht hatte, um seinen Gefangenen an das Bett zu ketten. Die andere Hand band er mit einem Seil fest. Mit einem Ruck zog er das Seil stramm und prüfte dann, ob es Hawk gelingen könnte, sich zu befreien. Nein, zumindest nicht solange er daneben stand. Es war ihm nicht wohl, ihn hier so liegen zu lassen, vor allem da sein Freund Hawk vertraute, aber wenn es um ihre Sicherheit und die des ganzen Landes ging, konnte er kein Risiko eingehen. Er wollte nicht glauben, dass Daniel Hawk etwas mit dem Verrat zu tun hatte, aber die Möglichkeit bestand.

Hawks massige Gestalt schien das Bett zu verschlucken, seine Füße hingen über die Kante. Seine kurzen, blonden Haare leuchteten im Schein der Lampe, die Jack für seine Durchsuchung angeschaltet hatte. Sein Atem kam ruhig und gleichmäßig, es sah aus, als würde er schlafen. Jack richtete sich auf und blickte Gladstone an, der ihn beobachtet hatte.

»Ich hoffe, dass das – was immer Sie auch gemacht haben – nur eine vorübergehende Wirkung hat.«

»Natürlich. Ich weiß, was ich tue.«

Lissa trat zu ihnen. »Er sieht so harmlos aus.«

»Lass dich davon nicht täuschen. Die NSA hat eine sehr gute Kampfausbildung für ihre Agenten. Komm ihm bitte nicht zu nahe, bis wir wissen, ob er Fellini ist oder etwas mit ihm zu tun hat.«

»Keine Angst, das hatte ich nicht vor.« Sie berührte kurz Jacks Arm und zog sich dann zur Sitzecke zurück.

Jacks Blick folgte ihr. Seine Aufmerksamkeit kehrte sofort zu Hawk zurück, als dieser leise stöhnte. Die Augen des Agenten öffneten sich und richteten sich auf ihn, nachdem er ein paar Mal geblinzelt hatte.

»Was ...« Hawk brach ab, als ihm seine Situation bewusst wurde. Ein verwirrter Ausdruck zuckte über sein Gesicht, dann erstarrte seine Miene, wurde ausdruckslos. »Ich würde ja sagen, es ist schön, Sie kennenzulernen, aber das wäre wohl unangebracht.«

»Vermutlich. Ich kann leider kein Risiko eingehen, nicht wenn so viel auf dem Spiel steht.«

»*Sie* haben *mich* angerufen, wenn ich mich recht erinnere.«

»Ja, und prompt tauchten hier die beiden Mörder auf, die uns schon unterwegs begegnet sind.«

Hawk hielt seinem Blick stand. »Und Sie denken, ich habe sie geschickt?«

»Entweder das, oder jemand hat unser Gespräch abgehört.«

»Und natürlich gehen Sie sofort davon aus, dass ich dahinterstecke.« Es war keine Frage.

»Nein, aber ich kann darauf keine Rücksicht nehmen.«

»Ich werde nicht gerne als Verräter bezeichnet.« Diesmal klang Ärger in Hawks Stimme mit.

»Wenn ich alleine wäre, würde ich das Risiko eingehen, aber solange andere Leben davon abhängen, dass ich das Richtige tue ...«

Hawks Blick glitt über Gladstone und landete dann auf Lissa. Verständnis flackerte für einen Moment in seinen Augen auf, bevor er sich wieder Jack zuwandte. »Also, wie kann ich Sie überzeugen, dass ich nichts von der ganzen Angelegenheit wusste, bis ich von Will angerufen wurde? Und dass ich nur so schnell wie möglich die Datenspeicher dorthin zurückbringen will, wo sie hingehören?«

Jack hielt eine Pistole in der Hand, hatte sie aber nicht direkt auf ihn gerichtet. Wenn Hawk es darauf anlegen würde, könnte er sich mit ein wenig Mühe befreien, doch Jack war sich sicher, dass er es nicht versuchen würde. Denn er glaubte nicht wirklich daran, dass der Agent mit Fellini unter einer Decke steckte. Er hatte während seiner Militärzeit viel gemeinsam mit Will erlebt, und auch danach hatten sie sich nie aus den Augen verloren. Wenn sein Freund ihm sagte, dass er Hawk vertrauen könnte, dann tat er das auch – bis er einen Gegenbeweis erhielt.

»Will sagte, Sie könnten etwas über diese Sache wissen.«

Hawk nickte in Richtung Gladstone und Lissa. »Zu viele Ohren.«

»Sie sind in Gefahr, also haben sie auch das Recht zu hören, worum es geht. Ganz davon abgesehen werde ich sie nicht mehr aus den Augen lassen, bis diese ganze Sache erledigt ist. Ich erwarte nicht, dass Sie geheime Informationen ausplaudern.«

Hawks Mundwinkel zuckte. »Das hätte ich sowieso nicht getan.« Er versuchte eine bequemere Stellung zu finden. »Seit Monaten bin ich hinter jemandem her, der versucht, unsere Operationen zu sabotieren, geheime Daten weitergibt und auch sonst alles tut, um uns das Leben schwer zu machen. Die Sensibilität der Informationen legt nahe, dass es jemand sein muss, der bei der NSA arbeitet und einen ziemlich hohen Rang bekleidet. Vor einigen Wochen sah es so aus, als wäre ich nahe dran, aber es war eine falsche Fährte und der Kerl ist untergetaucht.« Wut sprach aus seinen Worten. »Inzwischen habe ich jeden Stein umgedreht, aber es ist einfach nichts zu finden. Entweder ist der Maulwurf ziemlich schlau, oder er hat einfach nur Glück. Vielleicht hat er auch Helfer an entscheidenden Stellen.«

Jack rieb seine schmerzende Schläfe. Wenn es stimmte, was Hawk sagte, dann war das Problem noch viel größer, als er gedacht hatte. Sollte es einen Agenten geben, der Zugriff zu allen wichtigen Informationen hatte und sich dafür bezahlen ließ, dass er sie weitergab, dann könnte das Land sehr schnell zu einer noch größeren Zielscheibe von Terroristen jeder Art werden. Oder feindlich gesonnene Länder könnten versuchen, die USA gezielt zu schwächen.

»Darauf deutet auch hin, dass der Datenspeicher, dessen Code Will mir übermittelt hat, angeblich an seinem Platz sein soll. Niemand geht einfach so hin und nimmt sich eine der Speicherkarten, ohne dass es vermerkt wird. Also wurde der Eintrag entweder manipuliert oder gar nicht erst getätigt. Und das macht mir wirklich Sorgen. Wer weiß, wie viele Daten bereits abhandengekommen sind?«

»Prüft das denn niemand nach?« Lissas Frage ließ Hawk aufblicken.

»Natürlich gibt es in regelmäßigen Abständen Revisionen, aber das kann man wegen des Aufwands nicht so häufig machen, und eigentlich sollte das System auch fehlerfrei funktionieren.«

»Das tut es aber anscheinend nicht.«

»Es sieht so aus. Die Daten sind zwar mit einem Kopierschutz versehen, aber wenn wirklich jemand aus der Agency Geheiminformationen weitergeben will, dann reicht es völlig, wenn er sie entweder mündlich übermittelt oder abtippt. Da jedoch nur die höherrangigen Agenten weitreichende Befugnisse haben und die Codes kennen, macht mir das Angst. Irgendein kleiner Angestellter hätte nie die Möglichkeit gehabt, die Datenspeicher zu stehlen. Die anderen Agenten bekommen immer nur die Informationen zugeteilt, die sie gerade benötigen.«

»Ich hatte bei der Military Intelligence aber auch Zugriff auf die Speicherkarten.«

Hawks Mund verzog sich zu einem schiefen Grinsen. »Gleicher Arbeitgeber, ähnliche Arbeit. Die NSA hat Anweisung, mit den Militärgeheimdiensten zu kooperieren. Wenn es um Codes und Dechiffrierungen geht, sind wir nun mal die Besten. Übrigens haben Sie nie die echten Speicherkarten in der Hand gehabt, sondern nur sorgfältig zensierte Kopien.«

»Dementsprechend dürftig waren die Informationen. Sie glauben doch nicht, dass wir das nicht bemerkt hätten? Haben Sie irgendjemanden darüber informiert, wo Sie hinfahren?«

Hawks Blick sprach Bände. »Glauben Sie wirklich, ich würde den ersten Hinweis, den ich seit langer Zeit erhalte, dadurch gefährden, dass ich womöglich dem Falschen davon erzähle?«

»Wenn Sie die Wahrheit sagen, dann muss jemand unser Gespräch mitgehört haben.«

»Es war aber von meiner Seite aus abhörsicher.«

»Auch direkt in dem Gebäude?«

Hawk wollte bejahen, schloss den Mund aber wieder. »Wenn man technisch begabt ist oder Helfer in den entsprechenden Positionen hat …«

»Ich denke mal, dass es kein Problem für diesen Fellini gewesen sein dürfte, sich in sämtliche Gespräche einzuklinken. Schließlich konnte er auch fünfundzwanzig Speicherkarten einfach so verschwinden lassen.«

»Fünfundzwanzig!« Hawk versuchte, sich aufzusetzen, wurde aber von den Fesseln daran gehindert. »Verdammt! Ich dachte, wir reden von ein oder zwei Datenspeichern.«

»Nein. Es ist eine ganze Kiste, die ich versteckt habe.«

»Es scheint so, als würde sich unser Verräter diesmal nicht mit Kleinigkeiten begnügen. Ich schätze mal, seine Käufer sind ungeduldig geworden und wollten endlich Originale sehen. Normalerweise sollte die Verschlüsselung nicht so leicht zu knacken sein, aber wenn man genug Zeit hat …« Hawk schwieg einen Moment. »Wenn er wirklich zwei von seinen Mördern hierher geschickt hat, dann wartet er sicher schon ungeduldig auf ihren Bericht. Sollten sie sich nicht melden, weiß er, dass etwas schiefgegangen ist, und schickt jemand anderen.«

»Das ist mir bewusst.«

»Dann würde ich sagen, Sie sollten sich langsam entscheiden, ob ich zu den Guten oder den Bösen gehöre. Ich möchte nämlich ungern noch hier liegen, wenn das nächste Kommando ins Zimmer stürmt.«

Jack nickte und wandte sich Lissa und Gladstone zu. »Ich glaube nicht, dass er etwas damit zu tun hat. Was meint ihr?«

»Da du sagst, dein Freund vertraut ihm, vertraue ich deinem Urteil.« Lissa gelang ein schwaches Lächeln. »Außerdem finde ich, dass er nicht wie ein Verräter aussieht.«

Der Detektiv und Jack tauschten einen Blick, der eindeutig besagte: typisch Frau. Schließlich nickte Gladstone. »Ich schließe mich der allgemeinen Meinung an. Sein Profil sieht nicht wie das eines Verräters aus.«

Hawk mischte sich ein. »Wie, haben die etwa keine Hakennase?«

Während Lissa in Gelächter ausbrach und Jack sich kopfschüttelnd daranmachte, die Handschellen zu entfernen, blieb Gladstones Miene ausdruckslos. »Das vielleicht schon, aber selten haben sie so weitreichende und enge familiäre Bande wie Sie. Um nur ein Beispiel zu nennen.«

Hawk setzte sich auf und rieb sein schmerzendes Handgelenk. »Na toll, wenn meine Familie das hört, bin ich erledigt. Kriege ich jetzt meinen Ausweis wieder?«

Gladstone reichte ihm das Etui und trat dann zurück. Jack blieb ruhig stehen, als Hawk sich vor ihm aufbaute und ihn dabei um zehn Zentimeter überragte.

»Und Sie werden einiges gutzumachen haben, wenn diese Sache erst einmal überstanden ist, genauso wie Will.«

»Sagen Sie mir nur wann und wo.«

»Ricky's Boxstudio, Phoenix, genaues Datum und Uhrzeit folgen.«

Jack verzog keine Miene. »Okay.«

»Darf ich zuschauen?«

Jack warf Lissa einen strengen Blick zu. »Nein.«

Hawk schob sich an Jack vorbei und hielt Lissa seine Hand hin. »Aber warum denn nicht? Wollen Sie nicht, dass sie sieht, wie Sie verlieren?«

»Wohl kaum.«

Hawk beachtete ihn gar nicht mehr, sondern richtete seine ganze Konzentration auf Lissa. »Sehr erfreut, ich bin Daniel Hawk.«

»Lissa Cameron.« Ihre Hand verschwand fast in seiner riesigen Pranke. »Und es tut mir leid.«

Hawk grinste über ihren Kopf hinweg Jack an. »So macht man das.« Er zwinkerte Lissa zu. »Sie gefallen mir. Wie wäre es, wenn wir …«

»Nein.« Jacks scharfe Antwort unterbrach ihn. Er befreite ihre Hand aus Hawks und zog Lissa an seine Seite. »Wir haben Wichtigeres zu tun.«

Hawk wurde augenblicklich ernst. »Ich weiß. Also, ich schlage vor, wir stellen dem Verräter eine Falle. Aber dazu muss ich erst einmal sämtliche Informationen bekommen, die Sie über ihn haben.«

Fellinis Telefon gab ein fiependes Geräusch von sich, das ein Gespräch über Hawks Apparat ankündigte. Dieser Kerl war wirklich sehr umtriebig. Vielleicht sollte er ihn mit Tease zusammen beseitigen lassen. Ein merkwürdiger Zufall, dass gerade die beiden Männer, die ihm schaden könnten, nun zusammenarbeiteten. Aber das würde er zu verhindern wissen. Er hob den Hörer ans Ohr und lauschte, als Hawks Stellvertreter sich meldete.

»NSA, Stewarts.«

»Hier ist Jack Tease. Ich habe vorhin mit Daniel Hawk telefoniert, um ihn über beunruhigende Vorgänge zu unterrichten.«

»Agent Hawk ist verreist, ich weiß nicht …«

»Genau deshalb rufe ich an. Er hat sich mit mir getroffen, um gestohlene Datenspeicher sicherzustellen. Wir sind überfallen worden. Es gab einen Kampf und Hawk wurde dabei tödlich verwundet.«

Stewarts holte hörbar Luft. »Hawk ist tot? Das kann ich mir nicht vorstellen.«

»Glauben Sie es mir. Agent Hawk ist … war ein guter Mann. Wenn ich gewusst hätte, was passieren würde …« Tease kämpfte hörbar mit seinen Gefühlen. »Ich brauche hier dringend Hilfe. Die beiden Mörder habe ich überwältigt, aber es könnten jederzeit weitere auftauchen. Die Speicherkarten müssen unbedingt in Sicherheit gebracht werden. Könnten Sie bitte jemanden hierher schicken?«

»Wo sind Sie?«

»In Colorado.«

Eine Tastatur klapperte. »Das würde mindestens drei Stunden dauern.«

»So viel Zeit habe ich nicht. Gibt es kein näheres Büro der NSA?«

Stewarts zögerte. »Nein, Phoenix ist am nächsten. Aber es gibt ein FBI-Büro in Farmington. Ein Team könnte um zwei Uhr bei Ihnen sein.«

»Ich werde mich nur mit einem NSA-Agenten treffen, sollten Sie jemand anderen schicken, werde ich mit den Datenspeichern verschwinden. Haben Sie das verstanden?«

»Ja, aber …«

»Es sollte doch wohl möglich sein, innerhalb von drei Stunden von Phoenix aus hierher zu kommen. Ich werde *einen* NSA-Agenten im Mesa Verde National Park, auf dem Parkplatz vom Cliff Palace, treffen. Er soll einen Anzug tragen und am Toilettenhäuschen auf mich warten.«

»Hören Sie …«

»Um zwei Uhr nachmittags werde ich dort sein.«

Es klickte im Hörer, die Leitung war unterbrochen. Langsam ließ Fellini den Hörer sinken. Übelkeit wühlte in seinem Magen, seine Hand zitterte. Wenn sich ein anderer Agent mit Tease traf, dann war er erledigt. Das konnte er nicht zulassen. Fellini erhob sich ruckartig, sein Schreibtischstuhl kippte um. Er nahm sich nicht die Zeit, ihn wieder aufzurichten, sondern stürzte auf den Flur hinaus. Wenn er sich beeilte, könnte er Stewarts vielleicht noch aufhalten, bevor der jemanden kontaktierte. Eilig lief er den langen Flur entlang, bis er vor Stewarts' Tür stand. Mit den Fingern glättete er seine Haare und zog das Jackett zurecht. Er klopfte an die Glastür und trat ein, ohne auf eine Antwort zu warten. Der Agent hatte den Telefonhörer in der Hand, den Finger über dem Ziffernblock.

»Ja?«

Fellini ließ sich in den Besucherstuhl sinken. »Ich wollte mal sehen, wie es hier so läuft, Stewarts.«

Langsam legte der Agent den Hörer auf die Gabel zurück. »Warum?«

»Nun, die Beurteilungen stehen bald wieder an. Woran arbeiten Sie?«

»Jemand hat gerade angerufen und berichtet, dass Daniel Hawk getötet worden sei. Eine sehr merkwürdige Sache. Angeblich hat es mit Datenspeichern zu tun. Wissen Sie etwas darüber?«

»Hawk hat mich informiert, bevor er losgefahren ist. Er soll tot sein, sagen Sie? Haben Sie das nachgeprüft?«

»Das hat zumindest dieser Tease gesagt. Aber ich habe vorher noch nie etwas von ihm gehört, daher weiß ich nicht, ob wir seinen Angaben vertrauen können. Ich wollte gerade Agent Hawks Handy anrufen.«

»Dann tun Sie das um Himmels willen!« Hoffentlich schrieb Stewarts die Gereiztheit in seiner Stimme der Sorge um den Verlust eines Agenten zu. Tatsächlich war es aber das Gegenteil: Wenn Hawk aus dem Weg geräumt war, würde es für ihn viel leichter werden, diesem Trucker die Speicherkarten wieder abzunehmen. Allerdings konnte er sich nicht vorstellen, dass Hawk wirklich tot war, es passte nicht zu den Beobachtungen seines Mannes vor dem Motel. Irgendetwas stimmte hier ganz und gar nicht.

Stewarts klopfte unruhig mit den Fingern auf die Platte seines Schreibtischs, während er darauf wartete, dass Hawk sich meldete. Schließlich legte er den Hörer wieder auf. »Er geht nicht dran. Ich werde die Polizei informieren.«

»Wissen Sie, wo er sich zuletzt aufhielt?«

»Tease sagte, er sei in Colorado. Hat Agent Hawk Ihnen nicht gesagt, wo er hin wollte?«

»Nur, dass er nach Colorado fliegen würde.« Fellini beugte sich vor. »Was hat denn dieser Kerl noch gesagt?«

»Ein Agent soll ihn im Mesa Verde National Park treffen.«

»Warum denn dort? Und wozu?«

»Ich habe keine Ahnung. Wahrscheinlich, um die Speicherkarten zu übergeben. Auf jeden Fall muss ich jemanden finden, der um zwei Uhr dort sein kann.« Er verzog den Mund. »Außerdem muss ich Hawks letzten Aufenthaltsort ausfindig machen, damit ich jemanden zur Kontrolle hinschicken kann. Vielleicht gelingt mir das, wenn ich überprüfen lasse, wer ihn zuletzt angerufen hat. Wenn wir Glück haben, war es ein Festnetzanschluss, den wir zurückverfolgen können.«

»Wissen Sie was? Ich sehe, Sie haben genug zu tun. Ich habe die Daten und werde mich darum kümmern, dass sich jemand mit diesem Mann trifft.« Fellini nahm Stewarts den Zettel aus der Hand, auf dem er den Treffpunkt notiert hatte. »Sie arbeiten daran, Hawks letzten Aufenthaltsort zu bestimmen. Wenn alle Stricke reißen, müssen wir einfach abwarten, was dieser Kerl im Mesa Verde aussagt.«

»Sollte das mit Hawk stimmen, tut es mir sehr leid. Er war ein guter Agent.«

Fellini setzte mühsam eine betrübte Miene auf. »Ja, das war er. Am besten melden wir seinen Tod erst, wenn wir herausgefunden haben, was wirklich Sache ist. Ich würde ungern seine Familie informieren, nur um dann hinterher festzustellen, dass alles nur ein Scherz war und er quicklebendig ist.«

»In Ordnung. Danke, Sir.«

»Keine Ursache.«

Fellini verließ rasch das Büro und eilte in sein eigenes. Als er die Tür hinter sich geschlossen hatte, huschte ein Grinsen über sein Gesicht. Gut, er war wieder im Spiel, wenn Hawk wirklich abgedankt hatte und ihm das Feld überließ. Er würde erst den

Mann in Durango instruieren und dann selbst zum Mesa Verde Park fliegen, um dort die Datenspeicher zu übernehmen. Sollte Hawk tatsächlich tot sein, wäre es ein Leichtes für ihn, sich als einfacher Agent auszugeben. Und Cladocks Mann würde hinter ihm aufräumen, während er selbst in den Sonnenuntergang verschwand. Ja, so würde es gehen. Zufrieden drückte er auf den Knopf, der ihn mit seiner Sekretärin im Nebenzimmer verband. »Bringen Sie mir eine genaue Karte von Colorado, Mrs Jenkins.«

»Eine … ja, Sir.«

Die Verwirrung in der Stimme seiner Sekretärin löste einen weiteren Heiterkeitsausbruch bei ihm aus. Beinahe hätte er sich die Hände gerieben, aber er konnte den Drang gerade noch unterdrücken. Er musste noch einiges erledigen, wenn er sich bereits um zwei Uhr nachmittags mit diesem Tease treffen wollte. Er hob den Hörer ans Ohr und wählte die Nummer des Mannes in Durango.

»Ich habe gerade gehört, dass Smith und Cladock außer Gefecht gesetzt sein sollen. Ebenso wie der große blonde Mann, von dem ich sprach. Falls er doch noch auftaucht, sagen Sie mir unbedingt Bescheid. Hören Sie gut zu, ich werde Ihnen jetzt sagen, was Sie tun sollen …«

32

Unruhig blickte Lissa sich auf dem Plateau um. Überall standen Touristengruppen, die entweder einen Blick in die bewaldete Schlucht, auf die über achthundert Jahre alte Felssiedlung der Anasazis werfen wollten, oder auf eine geführte Tour in den Cliff Palace warteten. Die in einer Aushöhlung des Sandsteinfelsens gebauten, bis zu vierstöckigen Häuser und unterirdischen Kivas waren um 1200 entstanden und bereits hundert Jahre später aus unbekannten Gründen wieder verlassen worden. Die Kivas waren heute größtenteils nur noch runde, etwa zwei Meter tiefe Löcher im Boden, da die Lehmkuppeln fehlten, die sie zu Lebzeiten der Anasazis abgedeckt hatten. Der Cliff Palace war die größte Felssiedlung in Nordamerika und für sein Alter erstaunlich gut erhalten. Unter normalen Umständen wäre Lissa von der Gegend und den archäologischen Sehenswürdigkeiten hellauf begeistert gewesen, aber da irgendwo in den Menschenmassen vermutlich ein Verräter und Mörder lauerte, hatte sie kaum einen Blick für die Umgebung übrig. Allerdings war sie selbst auch daran schuld, dass sie jetzt hier stand.

Eigentlich hätte sie mit Erin und Gladstone zurückbleiben sollen, aber sie hatte darauf bestanden, mit auf das Plateau zu fahren. Ein Paar Augen mehr waren immer gut – zumindest war das ihre Begründung gewesen. Hawk und Jack kundschafteten die Umgebung aus und behielten den Überblick, während sie in der Menge in Sicherheit blieb. Sobald sie den Verräter ausgemacht hatten – zumindest hofften sie, dass er es sein würde und kein normaler Agent –, sollte Lissa die Parkranger kontaktieren. Sie war sich nicht mehr so sicher, ob die Idee wirklich gut war. Es waren zu viele Menschen hier, wie sollten sie den Mann erkennen?

Andererseits wäre es vielleicht besser, wenn die Datenspeicher einfach an einen guten Agenten übergeben wurden. Jack war derselben Meinung gewesen, vor allem im Hinblick auf Lissas Sicherheit, aber Hawk hatte ihnen klargemacht, dass sie niemandem trauen konnten – erst recht keinem Agenten aus Phoenix. Die Spur des Maulwurfs hatte Hawk schließlich genau dorthin geführt. Lissa rieb mit der Hand über ihre heiße Stirn. Immerhin war Erin in Sicherheit. Zusammen mit Gladstone würde sie in einem anderen Motel auf eine Nachricht von ihnen warten und Hilfe herbeirufen, falls ihr Plan schiefging. Henry hatten sie beim Tierarzt gelassen, da er sich noch erholen musste.

Während Hawk ganz in der Nähe auf dem Plateau war, stand Jack mit einem Fernglas auf der anderen Seite der Schlucht. Sie war nicht besonders breit, aber so weit war Lissa noch nie von ihm entfernt gewesen, seit sie Jack kennengelernt hatte. Am liebsten hätte sie ihn bei sich gehabt und ihre flatternden Nerven durch seine Präsenz beruhigt. Lissa kniff die Augen zusammen und versuchte, ihn zu erkennen. Stand er dort im Schatten einer Pinie? Sie war sich nicht sicher. Erneut wandte sie sich um und ließ ihren Blick über die Touristen gleiten. Sie konnte keinen Mann im Anzug neben der Toilette entdecken. War Fellini vielleicht trotzdem ganz in ihrer Nähe? Ein Schauer kroch über ihr Rückgrat, die Nackenhaare richteten sich auf. Wenn doch nur schon alles vorbei wäre.

Das Motorrad stand ebenfalls auf der anderen Seite der Schlucht. Lissa hatte es selbst dorthin gefahren und war dann in Hawks Mietwagen umgestiegen. Wenn sie den Verräter überwältigten, würden sie ein Transportauto brauchen. Während Marke und Kennzeichen der Harley vermutlich bereits bekannt waren, sah Hawks Wagen aus wie Dutzende anderer auf dem Parkplatz am Cliff Palace. Eine Gruppe japanischer Touristen stand auf dem Sammelplatz für die Tour und redete aufgeregt durcheinander. Trotz ihrer Anspannung konnte Lissa ein Grinsen nicht unterdrücken, als sie zusah, wie einer nach dem anderen vortrat, um sich von seinen Freunden fotografieren zu lassen.

Lissa wollte gerade wieder nach Hawk Ausschau halten, als unerwartet etwas Hartes in ihre Seite gepresst wurde. Verwirrt sah sie nach unten. Eine Pistole! Sie blickte auf, direkt in das Gesicht eines ihr unbekannten Mannes.

Natürlich hatte Fellini mit einer Falle gerechnet und deshalb erst einmal in aller Ruhe das Plateau nach Hawk abgesucht. Sein Verdacht, dass der Agent gar nicht tot war, hatte sich bestätigt. Er hatte ihn sofort entdeckt, mit seiner Größe konnte er sich schlecht zwischen den japanischen Touristen verstecken. Tease hatte er noch nicht gesehen, aber dank einer äußerst interessanten Akte wusste er zumindest, wie sein Gegner aussah, sodass er ihn sofort erkennen würde. Zufrieden lächelnd bewegte sich Fellini weiter auf die Frau zu, die nach dem Bericht mit Tease zusammen war. Da sein Mann in Durango ein Foto von ihr gemacht hatte, war es ein Leichtes, sie auf dem Plateau zu entdecken.

Sie war der Schwachpunkt, die Achillesferse in der Falle, die Hawk ihm zu stellen versuchte. Wenn er die Frau in seiner Gewalt hatte, würde es nicht schwierig sein, die Herausgabe der Speicherkarten zu fordern. Dann würde er mit seiner Geisel flüchten – und niemand würde es wagen, ihn aufzuhalten. Fellini zog seine Waffe aus dem Holster und schob sie der Rothaarigen in die Rippen. Sie war eindeutig überrascht, ihre Augen weiteten sich, als sie ihn neben sich stehen sah. Deutlich konnte er die Angst darin erkennen, aber auch die Erkenntnis, wer er war. Ein der Erregung ähnliches Gefühl breitete sich in ihm aus. Er spürte die Macht, die er in diesem Moment besaß. Wie ein Rausch fuhr sie durch seinen Körper.

Erneut lächelte er. »Hallo. Machen wir einen kurzen Spaziergang.«

Bevor sie antworten konnte, zog Fellini sie mit sich über das Plateau zum Parkplatz. Gerade als er die Straße überqueren wollte, entdeckte er Hawk, der auf ihn zustürmte. Zum Auto konnte er nicht zurück, denn Hawk schnitt ihm den Weg dorthin ab. Es wäre so viel einfacher gewesen, wenn der Agent ihn nicht gesehen hätte. Hastig blickte er sich um. Das ganze Plateau war von Touristen verstopft, es würde nur ein paar Sekunden dauern, bis er gestellt werden würde. Sein Blick fiel auf den mit einem Tor gesicherten Abstieg zum Cliff Palace. Wenn sie dort hinunterliefen und dann auf der anderen Seite wieder hinauf, könnte er ungesehen entkommen. Hawk war noch näher gekommen, er hatte keine Zeit zu verlieren. Kurz entschlossen ergriff Fellini den Arm der Frau und zerrte sie mit sich auf die Schlucht zu.

Hawk erkannte den Verräter sofort. Er mochte George Gibson zwar nicht sonderlich, hätte aber nie vermutet, dass er der gesuchte Maulwurf sein könnte. Allerdings entdeckte er den Agenten erst, als dieser bereits direkt neben Lissa stand. Fluchend rannte Hawk los und schob sich rücksichtslos durch die Touristen, die ihn vorwurfsvoll anstarrten. Er musste Gibson erreichen, bevor dieser Lissa etwas antat. Im Laufen gab er Jack auf der anderen Seite der Schlucht Zeichen, dass ihre Beute aufgetaucht war. Gibson stand nun dicht neben Lissa und hatte ihren Ellbogen ergriffen. Verdammt! Er hätte sich nicht so weit von ihr entfernen sollen, aber er hatte Sorge gehabt, dass der Verräter ihn erkennen würde und sich gar nicht erst blicken ließ. Der Plan hatte funktioniert, allerdings war Lissa nun in Gibsons Gewalt und er selbst kam zu langsam vorwärts. Nur noch wenige Meter, dann …

Ein lautes Hupen ertönte. Ein Reisebus fuhr direkt vor ihm die Straße entlang und versperrte den Weg. Hastig machte Hawk kehrt und lief um den Bus herum. Auf der anderen Seite blieb er ruckartig stehen. Wo waren Gibson und Lissa geblieben? Als wären sie vom Erdboden verschluckt worden. Den Vorteil seiner stattlichen Größe nutzend, suchte er in den Menschenmassen nach Lissas roten Haaren, aber sie war nirgends zu sehen. Wenn dieser Dreckskerl ihr etwas angetan hatte …

Sein Handy klingelte. Rasch zog er es aus seiner Hosentasche, während er weiter Ausschau hielt. »Ja?«

»Er hat sie mit nach unten zum Cliff Palace genommen. Sie sind mitten in einer japanischen Touristengruppe.« Jacks Stimme klang gepresst.

»Hat er eine Waffe?«

»Sah nach einer Pistole aus. Schwierige Situation zwischen den ganzen Menschen dort. Ich komme rüber.«

»Nein, noch nicht. Beobachten Sie weiter, wo sie hingehen, ich werde ihnen folgen. Der Verräter ist George Gibson, ein hochrangiger Agent aus Phoenix.«

»Verdammt!« Jack schwieg einen Moment. »Sie sind durch das Tor rechts gegangen, dahinter ist der Abstieg.«

»Okay.«

Hawk steckte das Telefon ein und näherte sich dem Tor. Es war abgeschlossen. Gerade als er sich darüberschwingen wollte, packte ihn jemand am Arm.

»Das ist verboten, kommen Sie da herunter.«

Er drehte sich zu dem Parkranger um, der unter seinem finsteren Blick zurückwich. »Eine Frau wird mit einer Waffe bedroht. Ich versuche, ihr zu helfen.«

»Warum haben Sie den Vorfall nicht gemeldet?«

Ungeduldig trat Hawk wieder zum Gitter. »Weil dafür keine Zeit ist.«

»Dann nehmen wir uns die Zeit. Da unten sind jede Menge Besucher, wenn eine Panik ausbrechen würde, wäre das eine Katastrophe. Ich rufe Verstärkung.«

»Tun Sie das, aber ich kann nicht darauf warten.«

Der Ranger zog seine Waffe. »Doch, das werden Sie.«

In dem festen Griff des Verräters gefangen, stolperte Lissa den schmalen Pfad herunter. Ihr Herz klopfte schmerzhaft in ihrer Brust, sie hatte Schwierigkeiten, gleichmäßig zu atmen. Wo blieb Hawk nur? Sie hatte gesehen, wie er auf sie zugelaufen war, aber dann hatte Fellini sie mit sich gezerrt und sie konnte sich nur noch darauf konzentrieren, den Touristen zu folgen, die den Weg zum Cliff Palace hinabstiegen. Warum führte der Kerl sie hierher? Was hatte er vor? Lissa betrachtete ihn unauffällig von der Seite. Mittelgroß und schlank wirkte er mit grauen Schläfen in den dunklen Haaren und seinem anthrazitfarbenen Anzug nicht wie ein Landesverräter und Mörder. Nur der wütend zusammengepresste Mund und die kalten Augen verrieten ihn. Als würde er ihren Blick spüren, drückte er die Waffe tiefer in ihre Rippen.

»Versuchen Sie nicht, mich hereinzulegen, das würde Ihnen schlecht bekommen.«

Lissa hielt klugerweise den Mund. Alles, was sie sagte, würde den Mann nur noch mehr reizen. Bei einem anderen hätte sie vielleicht versucht, an sein Gewissen zu appellieren, aber sie bezweifelte, dass er so etwas überhaupt hatte. Wenn jemand die Sicherheit von Millionen von Menschen einfach so aufs Spiel setzen konnte, war ihm alles zuzutrauen. Ganz zu schweigen davon, dass er bereits mehrere Menschen hatte ermorden lassen. Ihre Augen glitten suchend über die gegenüberliegende Seite der Schlucht. Sicher würde Jack ihr helfen, sie musste nur so lange durchhalten, bis er hier war.

Was um Himmels Willen trieb Hawk da oben? Er hätte schon längst unten bei Lissa sein müssen. Schließlich hatte der Agent versprochen, dass ihr nichts passieren würde. Aber nun war sie in der Gewalt des Verräters und er, Jack, war zu weit weg, um eingreifen zu können. Er hätte darauf bestehen müssen, bei ihr zu bleiben! Ein Schweißtropfen lief über Jacks Schläfe und tropfte auf sein T-Shirt. Wie gebannt hing sein Blick an Lissas schlanker Gestalt, als sie sich vorsichtig einen Weg nach unten suchte. Selbst wenn er ein Präzisionsgewehr dabei hätte, würde er es nicht wagen, zu schießen, denn Gibson hielt sich immer zwischen Lissa und der Felswand, als wüsste er genau, wo seine Gegner lauerten.

Jack beobachtete durch das Fernglas, wie Hawk auf den Ranger einredete und seine NSA-Marke vor dessen Gesicht schwenkte, bevor er sich endlich mit einem Satz über das Gitter schwang. Erleichtert konzentrierte Jack sich wieder auf Lissa. Die Gruppe war nur etwa hundert Meter von den Ruinen entfernt und lauschte den animierten Worten des Rangers. Wahrscheinlich überbrückte er die Zeit, bis die vorherige Touristengruppe die Überreste der Klippensiedlung verließ und über Holzleitern wieder auf das Plateau kletterte.

Hawk war immer noch hinter den Felsen außer Sicht, die den schmalen Pfad teilweise verbargen. Ungeduldig schwenkte Jack das Fernglas über das Plateau. Die Touristen schienen bisher noch nicht gemerkt zu haben, was im Cliff Palace unter ihnen passierte. Das war auch gut so, denn eine Panik würde alles nur noch schlimmer machen. Auch die Arbeiter, die am oberen Rand der Klippen mit Ausbesserungsarbeiten beschäftigt waren, bemerkten nichts davon. Mit Seilen gesichert hingen sie über dem Abgrund.

Da ertönten von unten auf einmal Schreie. Für einen Moment blieb sein Herz stehen, bevor es in einem schnelleren Rhythmus weiter schlug, als er sah, dass Lissa weiterhin unverletzt war. Einige der Japaner hatten die Waffe entdeckt und waren zurückgewichen. Der Ranger, ein alter Mann, der so aussah, als würde ihn ein etwas stärkerer Wind schon umblasen, trat vor und redete auf Gibson ein. Dieser richtete die Pistole auf ihn und die Touristen. Er sagte etwas, das Jack aufgrund der Entfernung nicht verstehen konnte. Die Gruppe wich noch weiter vor ihm zurück, wurde aber gestoppt, als sie bei der ersten Terrasse der Siedlung ankamen. Niemand wollte dem bewaffneten Mann den Rücken zudrehen, um die hüfthohen Mauern hinaufzuklettern, über die man die nächste Ebene erreichte. Links von ihnen lagen die ersten mehrstöckigen Gebäude, rechts der Abgrund. Es war eine ausweglose Situation. Wie wollte der Verräter fliehen? Jeder halbwegs intelligente Mensch konnte sehen, dass er in der Falle saß. Hinter ihm Hawk und vor ihm eine Gruppe von Touristen. Auch wenn er sie als Geiseln nehmen würde, so könnte er doch niemals entkommen. Das machte Gibson noch gefährlicher, da er nichts mehr zu verlieren hatte.

Noch einmal betrachtete Jack die Bauarbeiter über dem Cliff Palace, dann fasste er einen Entschluss. Er verließ seinen Beobachtungsposten, steckte Fernglas und Hawks Ersatzpistole in den auf dem Motorrad festgezurrten Rucksack, bevor er sich auf die Maschine schwang. Sein Gesicht verzog sich zu einer Grimasse, als er den Motor startete und Gas gab. Es war lange her … Bilder von seiner letzten Fahrt vor über fünf Jahren überfluteten sein Gehirn.

Fahrtwind blies in sein Gesicht, das Dröhnen des Motors, der Geruch von Blumen in der Luft. Dann ein scharfer Knall, das Motorrad geriet ins Schleudern und kippte um. Metall kreischte über den rauen Asphalt. Sein Schrei, als die schwere Maschine sein Bein einklemmte und ihn mit sich riss. Schmerzen, unerträglich, scheinbar ohne Ende.

Jack tauchte aus seinen Erinnerungen auf und schnappte nach Luft. Mühsam drängte er die Panik zurück, die ihn immer überfiel, wenn er nur daran dachte, wieder ein Motorrad zu fahren. Er musste zu Lissa, nichts anderes zählte. Die Zähne fest zusammengebissen, lenkte er die Harley auf die Straße.

Hawk presste sich an den Fels und blickte vorsichtig um die Ecke. Gibson hatte den Arm um Lissas Hals gelegt und hielt sie weiterhin als Schutzschild vor sich. Die japanischen Touristen drängten sich zusammen, als wären sie in der Gruppe geschützter. Aber das waren sie nur so lange, wie Gibson sich nicht entschied, ein Massaker anzurichten. So wie er den Agenten kannte, wäre das der letzte Ausweg. Er zog es vor, anderen die schmutzigen Aufgaben zu übertragen, während er selbst im Hintergrund blieb. Es war erstaunlich, dass er diesmal selbst gekommen war und keinen seiner Vertrauten geschickt hatte. Natürlich könnte es sein, dass er sich entschieden hatte, die Angelegenheit selbst in die Hand zu nehmen, nachdem die zwei gedungenen Mörder ausgeschaltet waren. Hawk blinzelte gegen die grelle Sonne, die schräg von oben einfiel und die hellen Bauten der Siedlung zum Leuchten brachte. Die Gebäude unter dem Überhang lagen in tiefen Schatten. Wenn er dort irgendwie ungesehen hineingelangen könnte, wäre es ihm sicher möglich, Gibson auszuschalten, ohne Gefahr zu laufen, Lissa oder einen der Touristen zu treffen.

Hawk wartete, bis Gibson wieder in die andere Richtung blickte, bevor er sich vom Sandstein löste und rasch über die Felsen auf die nächste Ebene kletterte. Gerade noch rechtzeitig duckte er sich hinter eine niedrige Mauer, bevor der Agent wieder herumschwang. Er wagte kaum zu atmen. Fast konnte er spüren, wie Gibsons Blick über die Steine glitt, hinter denen er sich verbarg. Wenn der Verräter weiter von Lissa entfernt wäre, könnte Hawk mit Leichtigkeit auf ihn schießen und ihn damit außer Gefecht setzen. Doch Gibson gab seine Deckung nicht auf.

Hawk spannte die Muskeln an und wartete auf den Moment, wenn Gibson sich abwenden würde. *Jetzt!* Leichtfüßig sprang er über die Mauerreste, überquerte einen vom Vorsprung heruntergestürzten Felsblock und tauchte mit einem Hechtsprung in einen Hauseingang ein. Regungslos lag er in Sand und Geröll und lauschte. Nichts war zu hören. Hier in dem uralten Haus war es düster. Nur durch den winzigen Eingang fiel ein schmaler Lichtstrahl.

Seine Nackenhaare richteten sich auf. Die Vorstellung, dass hier vor Jahrhunderten Menschen gelebt hatten und sicher auch gestorben waren, behagte ihm gar nicht. In der trockenen, staubigen Luft schien noch ein Echo der damaligen Zeit zu hängen. Ein kühler Hauch streifte seine Wange. Es fühlte sich beinahe an, als würden sanfte Finger über seine Haut gleiten. Gänsehaut breitete sich auf seinem Körper aus. Seine Augen hatten sich noch nicht an die Dunkelheit gewöhnt, die ihn nach der Helligkeit draußen fast blind sein ließ. Mit den Händen tastete Hawk sich langsam an der Wand entlang, auf der Suche nach einem rückwärtigen Ausgang. Er musste hier so schnell wie möglich raus, aber natürlich ohne von Gibson gesehen zu werden. Spinnweben überzogen die Wände, hafteten an seinen Fingerspitzen. Ein leises Rascheln ertönte neben ihm.

Im Lichtstrahl sah er eine Eidechse über den Boden huschen, auf der Flucht vor dem seltsamen Eindringling. Hart klopfte sein Herz gegen seine Rippen. Sand rieselte auf seinen Kopf und ließ ihn nach oben blicken. Es schien, als wäre es dort ein wenig heller. Vorsichtig richtete er sich auf und betrachtete die verwitterten Holzbalken, die in regelmäßigen Abständen aus der Wand ragten. Damals hatten sie den Boden des zweiten Stockwerks getragen, jetzt deuteten sie nur noch an, was einmal gewesen war. Auf jeden Fall waren die Anasazis keine zwei Meter großen Menschen gewesen, wenn man die geringe Höhe der Balken als Indiz nahm.

Flache Scharten zogen sich an der hinteren Wand nach oben, die er nun als Tritte benutzte, um in das höhere Stockwerk zu gelangen. Hawk schürfte seine Fingerknöchel an den Steinen auf, doch er bemerkte es kaum. Das Blut pumpte in seinen Adern und pochte in seinen Ohren. Erneut kribbelte sein Rückgrat, als wäre noch etwas anderes hinter ihm. Aber da war nichts. Nur Steine und die kurzen Holzbalken, die aus der Wand ragten. Hawk zog sich das letzte Stück nach oben und stellte sich vorsichtig auf zwei der Balken. Langsam richtete er sich auf, bis er über das Gebäude schauen konnte, dessen Mauern schon lange nicht mehr an die Unterseite der Felsklippen reichten. Bei jeder Bewegung knirschten die jahrhundertealten Hölzer. Er sollte sich lieber beeilen, damit er schnell wieder sicheren Boden unter den Füßen hatte.

Erleichtert erkannte Hawk, dass Gibson immer noch mit dem Rücken zu ihm stand, Lissa schräg vor ihm. Es wäre nun kein Problem, ihn zu erschießen, ohne dabei Zivilisten zu gefährden. Er zog seine Pistole aus dem Bund seiner Jeans und richtete sie auf den Verräter. Es widerstrebte ihm, einen Menschen ohne Vorwarnung zu erschießen, aber noch weniger wollte er, dass unschuldige Personen von Gibson ermordet wurden, nur weil er einen Moment zu lange gezögert hatte. Hawk beugte sich vor und richtete die Waffe auf Gibsons Oberkörper. Ein Schuss würde genügen. Sein Finger krümmte sich am Abzug. In genau diesem Moment ertönte ein ominöses Knacken, das schnell immer lauter wurde. Mit einem berstenden Geräusch gab einer der beiden Holzbalken nach, auf denen er stand. Hawk verlor das Gleichgewicht und stürzte in das schwarze Loch unter ihm.

33

Lissa wirbelte herum, als hinter ihr ein Krachen, dicht gefolgt von einem dumpfen Laut ertönte. Was war das? Fellinis Finger bohrten sich schmerzhaft in ihr Fleisch, während er sie am Arm hinter sich her zerrte. Er nahm keine Rücksicht darauf, dass er sie aus dem Gleichgewicht brachte und sie mehr als einmal ihre Knie und Schienbeine an den hervorstehenden Steinen stieß. Tränen traten in ihre Augen, als ihr Ellbogen, den sie sich bereits beim morgendlichen Kampf verletzt hatte, gegen eine Mauer prallte. Hätte er die Pistole nicht weiterhin in ihre Rippen gepresst, wäre sie in diesem Augenblick auf Fellini losgegangen.

Sie hatte genug davon, herumgeschubst, gezerrt und gestoßen zu werden! Zu gerne hätte sie an diesem Schwein einmal ihre gesamten Kickboxing-Kenntnisse getestet. Aber sie wusste, dass das eine schlechte Idee war, denn er war bewaffnet und noch dazu vermutlich ein NSA-Agent. Sicher lernten die Knaben schon von der ersten Dienststunde an sämtliche Kampftechniken. Trotzdem behielt sie ihre Wut aufrecht, denn sie hatte Angst davor, dass sie nicht mehr vernünftig würde reagieren können, wenn ihre Furcht die Oberhand gewann. Nein, sie musste darauf vertrauen, dass Hawk und Jack sie irgendwie retteten.

Aus einer der Ruinen kam ein schabendes Geräusch, gefolgt von einem schwachen Husten. Hatte sich dort ein Tourist versteckt? Fellini ließ ihren Arm los, hielt die Pistole aber weiterhin auf sie gerichtet.

»Keine Dummheiten.«

Aufmerksam blickte er in das dunkle Innere des Hauses. Schließlich bückte er sich und griff nach etwas, das er mit Mühe aus dem Gemäuer herausschleifte. Ein Schuh kam zum Vorschein, dann ein in Jeans gekleidetes Bein, ein breiter Streifen gebräunten Bauches, schließlich ein verstaubtes, schwarzes T-Shirt. *Oh Gott, Hawk!* Wie kam er hierher? Und vor allem, was war mit ihm geschehen? Ängstlich blickte sie in sein Gesicht. Seine Augen waren geschlossen, er schien bewusstlos zu sein. Hoffentlich war er nicht schwer verletzt! Lissa wollte zu ihm, doch der Verräter zog sie zurück.

»Bleiben Sie von ihm weg.« Während er brutal ihren Oberarm festhielt, richtete er die Pistole auf Hawk. »Ich weiß, dass Sie wach sind, Hawk. Entweder beenden Sie sofort dieses alberne Spielchen oder ich erschieße Sie.«

Hawk zuckte mit keinem Muskel.

»Vielleicht ist er verletzt und kann Sie gar nicht hören!«

Fellini blickte sie ungläubig an. »Es erstaunt mich wirklich, dass Sie noch leben, bei dieser Naivität.«

»Lieber naiv als ein Verräter, Fellini.«

Das zornige Aufblitzen in seinen Augen warnte Lissa, dass sie möglicherweise zu weit gegangen war. Sie riss sich von ihm los und trat rasch einige Schritte zurück. Ohne Vorwarnung verlor sie den Boden unter den Füßen. Mit einem Aufschrei stürzte sie über Mauerreste und landete hart auf der darunterliegenden Terrasse. Für einen kurzen Moment blieb sie wie erstarrt liegen, der Aufprall hatte ihr die Luft aus der Lunge gepresst. Ihr Ellbogen pochte und in ihrem Kopf drehte sich alles. Schließlich schaffte sie es, sich ein Stück aufzurichten, und erstarrte. Die Pistole direkt auf ihre Brust gerichtet, hatte Fellini sich über ihr aufgebaut.

»Nennen Sie mich ruhig George, ich denke, wir werden uns

heute noch viel näherkommen.« Er zog eine Augenbraue hoch. »Und da wir nun hier zusammen sind, werden Sie sicher nichts dagegen haben, mir zu sagen, wo die Speicherkarten sind, damit ich sie wieder an mich nehmen kann.«

Lissa öffnete den Mund, brachte aber keinen Ton heraus. Es war, als hätte sich eine unsichtbare Schlinge um ihren Hals zugezogen.

»Je früher Sie kooperieren, desto eher kann ich diese ganze unerfreuliche Angelegenheit beenden.«

Genau das befürchtete Lissa. Hielt er sie wirklich für so blöd, nicht genau zu wissen, dass er sie töten würde, sobald er das bekam, was er wollte? Er würde eine Zeugin sicher nicht einfach so laufen lassen. Lissa zuckte zusammen, als der Verräter vor ihren Augen plötzlich zur Seite kippte. Hawk! Lautlos hatte er sich herangeschlichen und dem Verräter die Beine unter dem Körper weggetreten. Jetzt rollte er sich auf ihn und schlug ihm die Pistole aus der Hand. Die Waffe flog in den Sand, nur wenige Meter von den beiden kämpfenden Männern entfernt. Lissa versuchte, sich aufzurichten, doch das Schwindelgefühl wurde stärker, sowie sie den Kopf bewegte. Ein Wimmern entfuhr ihr, als sie sich wieder zurücksinken ließ.

Jack fuhr die sechs Kilometer lange Strecke ohne Rücksicht auf die vorgegebene Höchstgeschwindigkeit. Tief über den Lenker des Motorrads gebeugt fuhr er so schnell die kurvige Straße es erlaubte. Sein Magen revoltierte. Er hatte sich geschworen, nie wieder auf solch eine Höllenmaschine zu steigen, aber in den letzten Tagen hatte er gelernt, dass es manchmal nicht zu vermeiden war. Und wenn es um Lissas Sicherheit ging, würde er alles tun, was in seiner Macht stand. Er hätte darauf bestehen müssen, immer in ihrer Nähe zu bleiben. Aber Hawk war derjenige gewesen, der den Verräter erkennen und als NSA-Agent eine Verhaftung vornehmen konnte. Im Motel hatte es noch ganz sinnvoll geklungen, dass jemand von der anderen Seite der Schlucht den Überblick behielt. Jetzt verfluchte er jeden Meter, der ihn von Lissa trennte. Jacks Herz klopfte immer heftiger, je näher er der Klippensiedlung kam. Endlich kam die Abzweigung zum Parkplatz des Cliff Palace in Sicht. Ohne sich um das erboste Hupen und die Schreie der Touristen zu kümmern, fuhr er quer über den Parkplatz bis zum eingezäunten Rand des Plateaus.

Dort angekommen sprang er ab, zog den Schlüssel heraus und steckte ihn in seine Hosentasche. Lissa würde ihn lynchen, wenn ihrer Maschine irgendetwas geschah. Jacks Herz krampfte sich zusammen. Es musste ihr einfach gut gehen! Er lief an dem Tor zum Abstieg vorbei, vor dem einige Ranger Wache bezogen hatten. Über diesen Weg würde er auf keinen Fall nach unten kommen, schließlich konnte er sich nicht wie Hawk als Agent ausweisen. Aber er hatte einen Plan.

Nachdem er die Pistole aus dem Hosenbund gezogen hatte, kletterte Jack über das Geländer des Aussichtspunktes und lief auf die Bauarbeiter zu. Mehr als einmal rutschte er beinahe auf den glatten, schräg zur Schlucht hin abfallenden Felsen aus. Ein Blick nach unten zeigte ihm, dass es Hawk noch nicht gelungen war, Gibson zu überwältigen. Jack stockte der Atem als er erkannte, dass Lissa benommen auf dem Boden lag, während Hawk sich ebenfalls gerade aufrappelte. *Er musste ihnen helfen!* Erneut blickte er zu den Bauarbeitern hinüber, die anscheinend von dem Drama, das sich unter ihnen abspielte, überhaupt nichts mitbekamen.

Im Laufen prüfte Jack, ob die Pistole durchgeladen war. Obwohl er für den Weg nur wenige Sekunden brauchte, kam es ihm viel länger vor. Jeder vorsichtige Schritt auf dem bröckeligen Sandstein brachte ihn näher an sein Ziel, trotzdem könnte er immer noch zu spät kommen. Einige Meter neben den beiden Bauarbeitern warf er den Rucksack zur Seite und robbte das letzte Stück auf dem Bauch zum Abgrund. Von hier aus konnte er nur den äußeren Rand der Felssiedlung sehen, alles andere wurde durch einen Vorsprung wenige Meter unter ihm verdeckt.

Inzwischen waren die Arbeiter auf ihn aufmerksam geworden. »He, Sie da, verschwinden Sie!«

Die Schuhe gegen die Felsen gestemmt, kletterte Jack vorsichtig den Überhang hinab. Auf dem Plateau über sich konnte er die Schemen der beiden Arbeiter sehen, die ihm den Gurt angelegt und das Sicherungsseil befestigt hatten. Nach dem ersten Zögern hatten sie sich als sehr hilfsbereit erwiesen. Was natürlich auch mit der Waffe zu tun gehabt haben könnte, die Jack auf sie gerichtet hatte. An der unteren Kante des Plateaus hielt Jack inne. Mit den Beinen stemmte er sich gegen den Fels und lehnte sich zurück, so weit das Seil es zuließ.

Was er unter sich sah, ließ das Blut in seinen Adern stocken. Gibson hatte Lissas Arm ergriffen und zerrte sie hinter sich her, seine Waffe auf ihren Kopf gerichtet. Hawk griff erneut an, während der Verräter mit Lissa über den Rand einer Kiva balancierte. Die Klinge eines Messers blitzte im Sonnenlicht auf, als Hawk es in Gibsons Richtung stieß. Unwillkürlich hielt Jack den Atem an und ließ ihn geräuschvoll entweichen, als der Agent im letzten Moment zur Seite sprang. Nur mühsam konnte er auf dem schmalen Rand der Kiva sein Gleichgewicht bewahren und nicht in das tiefe Loch dahinter fallen. Er stieß Lissa hinunter auf das Plateau und wandte sich dann Hawk zu.

Sein Gegenangriff kam völlig unerwartet. Es gelang Gibson, Hawks Verteidigung zu durchbrechen und seine Hand mit dem Messer zu umklammern. Erbittert kämpften sie um die Waffe, außer einem gelegentlichen Schnaufen oder dem Schaben der Sohlen auf den alten Steinen war nichts zu hören. Jack zog seine Pistole und zielte auf den Verräter. Doch Gibson blieb ständig in Bewegung, sodass es unmöglich war, einen Schuss abzugeben, ohne Gefahr zu laufen, Hawk damit zu treffen. Oder Lissa, die sich gerade aufrichtete und ängstlich zu den beiden Kämpfenden blickte. Erleichtert atmete Jack auf, als er erkannte, dass sie anscheinend nicht schwer verletzt war. Trotzdem wäre es ihm lieber, sie würde so schnell wie möglich zum Ausgang laufen und dort die Holzleitern zum Plateau hochklettern, anstatt innerhalb der Gefahrenzone zu bleiben. Offenbar wollte sie Hawk aber nicht alleine lassen und würde notfalls auch wieder in den Kampf eingreifen. Sosehr er ihren Mut bewunderte, hätte er sie in diesem Moment am liebsten geschüttelt, bis sie zur Vernunft kam.

Angespannt beobachtete Lissa, wie Hawk seinen Arm aus Georges Griff befreite. Ohne zu zögern rammte er das Messer in den Körper seines Gegners. Im letzten Moment konnte der Verräter den auf seinen Körper gerichteten Stoß mit dem Arm abfangen. Ein entsetzlicher Laut drang aus seiner Kehle. Lissas Nackenhaare richteten sich auf. Das Messer steckte tief in seinem Arm, nur der Griff ragte noch heraus. Blut färbte das Jackett langsam dunkler. Als hätten sich Schmerz und Wut in Kraft verwandelt, gelang es ihm, Hawk von sich zu schieben, der strauchelte und fast von der Kiva stürzte. Mit ausgestreckten Armen versuchte er das Gleichgewicht wiederzuerlangen.

Als sie einen dumpfen Laut hörte, riss Lissa ihren Kopf herum. Mit einer schmerzverzerrten Grimasse zog George sich das Messer aus dem Arm. Lissas erschrecktes Keuchen erschien ihr in der plötzlichen Stille viel zu laut. Mit einem grotesken Lächeln wandte der Verräter sich zu ihr um. Das Messer in seiner Hand war blutverschmiert und wirkte dadurch doppelt bedrohlich. Unwillkürlich wich Lissa einen Schritt zurück, als George zum Sprung ansetzte. Ihr Rücken stieß an eine Mauer, ein Rückzug war unmöglich. Mordlust glitzerte in seinen Augen.

Obwohl er nicht religiös war, richtete Jack ein kleines Stoßgebet gen Himmel, als er sich mit beiden Füßen vom Felsvorsprung abstieß. Wenn er sich mit der Länge des Seils verrechnet hatte, würde er entweder über Gibson hinwegschweben oder ungebremst auf dem Boden landen. Er wusste nicht, was schlimmer wäre. Sein Magen hob sich, als er nach unten flog und der Boden rasend schnell näher kam – ein Gefühl wie in einem Fahrstuhl oder auf einer riesigen Schaukel. Der Gurt um Beine und Taille zog sich ruckartig enger, als er das vorher festgelegte Ende des Sicherungsseils erreichte. Der Schwung schleuderte ihn in das Innere der Klippensiedlung, direkt auf Gibson zu. Dieser reagierte im letzten Moment und zog Hawk am Kragen vorwärts, während er selbst sich mit einem Sprung zur Seite in Sicherheit brachte. Jack erkannte, was passieren würde, und versuchte sich herumzuwerfen, aber es war zu spät. Mit einem gewaltigen Schlag rammte er nicht Gibson, sondern Hawk, der daraufhin in die kreisrunde Kiva stürzte, während Jack wild durch die Luft pendelte und hilflos zusehen musste, wie Gibson leichtfüßig landete und auf Lissa zulief.

»Lauf, Lissa!« Er wusste nicht, ob sie ihn gehört hatte, oder ob sie von selbst auf die Idee gekommen war, aber sie flüchtete in Richtung des Ausgangs. Durch ihren früheren Sturz war sie allerdings so benommen, dass Gibson sie innerhalb weniger Augenblicke eingeholt hatte. Er griff in ihre Haare und brachte sie ruckartig zum Stehen. Verzweifelt versuchte Jack, sich von den Seilen zu befreien, aber da er direkt über einem tieferen

Absatz hing, konnte er den Gurt nicht lösen. Währenddessen wurde Lissa von dem Verräter zurückgezerrt, in Richtung des hinteren Aufstiegs.

»Jack! Jack!« Lissas Stimme wurde immer leiser, während sie sich von ihm entfernte.

Als Jack zurückpendelte, konnte er erkennen, dass Hawk sich in der Kiva aufgesetzt hatte. Er wirkte benommen und desorientiert. Hoffentlich war er nicht schwer verletzt. Oben hatte er die Idee noch für gut gehalten, aber jetzt fragte Jack sich, ob es doch besser gewesen wäre, sich mit den Rangern auseinanderzusetzen und den langen Weg über die Leitern zu nehmen. Er sah, wie Gibson Lissa grob eine Terrasse heraufzog, dann hatten sich die Japaner zwischen ihn und die Kiva geschoben und redeten aufgeregt durcheinander.

»Hey, können Sie mich hier herunterholen?«

Irgendjemand schien Englisch zu verstehen, denn es dauerte nicht lange, bis er aus seiner misslichen Lage befreit wurde. Helfende Hände lösten die Riemen und stützten ihn, bis er den Boden berührte. Über die Köpfe der Touristen hinweg konnte er gerade noch sehen, wie Gibson mit Lissa hinter der Felswand verschwand, die die Leitern verbarg. Er musste sofort hinterher! Er machte einige Schritte, blieb aber abrupt stehen, als Hawk, von einem Mann gestützt, aus der Kiva kletterte. Ein Bluterguss zierte seine Wange, seine sandige Kleidung war zerrissen.

Als fühlte er Jacks Blick auf sich, hob der Agent den Kopf. »Toller Stunt, nur leider haben Sie den Falschen erwischt.«

»Das ist mir bewusst.«

»Das macht schon zwei Runden im Boxstudio.«

»Gerne. Wenn wir uns jetzt darauf konzentrieren könnten, den Verbrecher zu fangen … er klettert gerade mit Lissa hinauf zum Plateau.«

»Mist! Ich dachte, er wäre alleine geflüchtet.« Hawk humpelte ein paar Schritte auf ihn zu. »Nehmen Sie die Leitern, ich bin momentan nicht dazu in der Lage. Wir treffen uns oben.« Damit verschwand er in einer der Ruinen, während Jack zu den Leitern rannte.

Der Weg führte durch tiefe Felsspalten steil nach oben, er konnte immer nur die Leiter sehen, auf der er sich gerade befand. So schnell er konnte, erklomm Jack die Sprossen. Er konnte nicht zulassen, dass Gibson Lissa als Geisel mitnahm. Je höher Jack kletterte, desto größer wurde seine Anspannung. Anscheinend hatte der Verräter mehr Vorsprung gewonnen. Außer Atem kam er schließlich oben auf dem Plateau an. Hastig blickte er sich um, doch er konnte Lissa nirgends entdecken. Jack lief ein paar Schritte vor, dann blieb er wieder stehen.

»Er hat sie in Richtung Parkplatz gezerrt. Wenn Sie sich beeilen, erwischen Sie sie vielleicht noch.«

Jack wandte sich ruckartig zu dem Bauarbeiter um, von dem er das Sicherungsseil bekommen hatte. »Sie haben sie gesehen?«

»Rote Haare, Jeans und helles T-Shirt? Ja. Der Typ bei ihr sah aus, als hätte er auch schon bessere Tage erlebt.«

»Das sind sie. Danke!« Jack wollte schon loslaufen, als der Mann ihm Lissas Rucksack in die Arme schob. Mit einem scharfen Schmerz in der Brust blickte er darauf hinunter.

»Den hatten Sie an der Kante liegen gelassen.«

»Danke.« Er presste das Wort an dem Kloß vorbei, der in seiner Kehle steckte.

Jack lief los, den Rucksack fest in der Hand. Rücksichtslos drängte er sich an Touristen vorbei, während er gleichzeitig mit den Augen den Parkplatz absuchte. Irgendwo mussten sie hier sein, sie hatten nicht so viel Vorsprung, dass sie das Plateau bereits verlassen haben könnten. Wo blieb Hawk nur? Zu zweit wäre die Chance viel größer, den Verräter zu schnappen und Lissa zu befreien.

Als hätten seine Gedanken ihn heraufbeschworen, tauchte Hawk auf der anderen Seite des Parkplatzes auf. Er steuerte direkt auf ein Auto zu, das gerade aus einer Parklücke fuhr und sich dann in die Schlange einreihte, die sich an der Ausfahrt gebildet hatte. So schnell er konnte, rannte Jack auf das Auto zu. Die Sonne spiegelte sich in den Scheiben, sodass er nicht erkennen konnte, wer darin saß. Hawk rief dem Fahrer etwas zu, doch der gab Gas und der Wagen schoss davon, ohne Rücksicht auf die anderen Autofahrer oder die Fußgänger zu nehmen.

Hawk lief ein paar Schritte hinterher, wurde langsamer und blieb schließlich ganz stehen. Er blickte sich um und kam auf Jack zu, als er ihn entdeckte. »Gibson hat Lissa mitgenommen.«

Wut und Verzweiflung brodelten in Jack. »Ich fahre hinterher.«

»Ich halte das für keine …«

»Das ist mir völlig egal. Ich habe Lissa in die ganze Angelegenheit hineingezogen, ich werde sie auch wieder herausholen.«

»Ich habe mir das Kennzeichen gemerkt. Die Ranger könnten eine Straßensperre aufbauen und ihn aufhalten.«

»Und dann? Er hat eine Geisel und wird sicher nicht zögern, sie zu verletzen. Oder irre ich mich da?«

Ein Muskel zuckte in Hawks Wange. »Nein.«

»Dann tun Sie, was Sie können, um den Verräter aufzuhalten, ich werde hinterherfahren und versuchen, Lissa zu retten.« Jack sicherte die Pistole und schob sie in seinen Hosenbund. »Kennzeichen?«

Jack prägte sich die Ziffern und Buchstaben ein, die Hawk ihm nannte, bevor er zum Motorrad lief. Dort angekommen setzte er den Rucksack auf und schwang sich auf die Maschine.

Mit aufheulendem Motor fuhr er los, ignorierte die wütenden Flüche der Touristen, an denen er haarscharf vorbeiraste, und konzentrierte sich ganz darauf, den flüchtenden Wagen wiederzufinden.

34

Wo blieben Jack und Hawk nur? Nachdem George ihr den Autoschlüssel ausgehändigt hatte, war er hinter der Rückbank in Deckung gegangen, während sie sich auf den Fahrersitz geschoben hatte. Ihre Finger zitterten so sehr, dass sie drei Anläufe brauchte, bis der Motor endlich lief. George war wütend auf sie, aber immerhin hatte sie so ein wenig Zeit für Jack und Hawk herausgeschlagen, in der sie von der Felsensiedlung hinaufsteigen konnten. Hawk hätte das Auto sogar beinahe erreicht, aber der Verräter hatte die Waffe an ihre Stirn gehalten und damit gedroht, sie sofort zu erschießen, wenn sie nicht Gas gab. Mit Mühe und Not hatte sie sich durch den dichten Verkehr des Parkplatzes manövriert.

Inzwischen waren sie auf der Parkstraße unterwegs, aber auch hier zwang George sie, andere Autos zu überholen und auf der kurvenreichen Strecke viel zu schnell zu fahren. Immer wenn sie Anstalten machte, langsamer zu werden oder jemanden auf ihre Lage aufmerksam zu machen, drückte er die Mündung der Pistole tiefer in ihren Nacken. Das kalte Metall an ihrer Haut machte ihr nur zu deutlich bewusst, dass sie in Lebensgefahr schwebte.

Das Taschenmesser, das Jack ihr im Motel gegeben hatte, brannte ein Loch in ihre Hosentasche. Sollte sie versuchen, sich damit zu befreien? Im fahrenden Auto hatte sie weder die Gelegenheit, es herauszuholen und aufzuklappen, noch wäre es sinnvoll, den Verräter damit im Moment anzugreifen. Vielleicht ergab sich eine Gelegenheit, wenn sie anhielten.

»Denken Sie nicht mal daran.«

Erschrocken zuckte Lissas Blick zum Rückspiegel, in dem George ihr hämisch entgegengrinste. »W…woran?«

»Dass Sie mich überwältigen könnten. Ich habe über zwanzig Jahre Erfahrung in solchen Dingen, ich kenne jeden Trick.«

Er wollte sie verunsichern, und das gelang ihm auch. Wenn es Hawk nicht gelungen war, ihn zu besiegen, wie sollte sie es dann schaffen? Ihr Kickbox-Training reichte nicht aus, es mit einem kampfgeschulten Agenten aufzunehmen. Sie konnte nur versuchen, in einem unaufmerksamen Moment zu fliehen und hoffen, dass er sie dabei nicht erschoss. Wenn doch nur Jack und Hawk endlich auftauchen würden. Ihr Blick glitt erneut zum Rückspiegel. Ein Wagen tauchte auf und kam schnell näher. Endlich, die Kavallerie!

Aber auch George hatte das Auto sofort entdeckt, was er mit einem überlegenen Lächeln quittierte. »Die denken wirklich, ich wäre so blöd, mich von ihnen verfolgen zu lassen.« Er lachte auf. »Aber lassen wir ihnen den Spaß. Geben Sie Gas!«

Als Lissa zögerte, strich er mit dem Lauf der Pistole beiläufig über ihre Wange. »Sie sollten tun, was ich sage, ich habe nämlich noch ein Pfand, das dafür sorgen wird, dass Sie spuren.«

»Was für ein Pfand?« Lissa ärgerte sich über das Zittern in ihrer Stimme, konnte es aber nicht unterdrücken.

Noch einmal strich die Waffe über ihre Haut. »Sie könnten mir wirklich gefallen, wenn Sie nicht in solch schlechter Gesellschaft wären.« George seufzte tief auf. »Verdorbene Ware reizt mich weniger.« Er richtete sich auf, soweit sein verletzter Arm, den er notdürftig mit seiner Krawatte verbunden hatte, dies zuließ. »Also, kommen wir zum Geschäftlichen. Ich schlage einen Deal vor: Ich bekomme, was mir gehört, und Sie dürfen vielleicht Ihre Freunde noch einmal wiedersehen.«

Lissa keuchte auf. »Wovon reden Sie?«

George lachte. »Dachten Sie, ich wüsste nicht, was hier vorgeht? Hawk wird Ihnen bestätigen können, dass ich nie eine Mission ohne sorgfältige Planung und mindestens einen Back-up-Plan beginne. Ich gewinne immer.«

»Sie können nicht wirklich glauben, dass man Sie einfach so laufen lässt, nach dem, was Sie getan haben!«

»Nun, dann sieht es für Ihre Freunde leider ziemlich düster aus. Sie haben die Macht, sie zu retten. Wenn Sie sich weigern, liegt die Verantwortung für ihren Tod allein bei Ihnen.«

»Sie … Sie sagen mir jetzt sofort, wo sie sind!«

Lächelnd schüttelte der Verräter den Kopf. »Ihre Freunde werden sterben, wenn Sie nicht mitspielen.«

»Woher soll ich wissen, dass Sie die Wahrheit sagen?«

»Sie werden wohl meinem Wort vertrauen müssen. Aber wenn es hilft, kann ich Ihnen meine Gefangenen gerne beschreiben. Eine süße Freundin haben Sie da. Winzig, aber zäh. Und der farblose Bursche freut sich sicher, dass er gerade sehr viel Zeit in ihrer Nähe verbringen kann. Hautnah sozusagen. Seine Waffen musste er natürlich abgeben. Dachtet ihr wirklich, ein Trucker, ein Privatdetektiv und zwei Frauen könnten es gegen mich aufnehmen?« Sein Lachen ließ Lissa schaudern.

»Was wollen Sie?«

»Meine Freiheit und Ihre reizende Gesellschaft, bis ich die Datenspeicher in den Händen halte und Sie nicht mehr brauche.«

Lissa presste ihre zitternden Lippen zusammen. Hatte er wirklich Erin und Gladstone in seiner Gewalt? Nach seiner Beschreibung klang es so. Wenn sie sich jetzt befreite, wären ihre Freunde so gut wie tot. Allein der Gedanke ließ Übelkeit in ihr aufsteigen. Die Sorge um Erin schnürte ihr die Kehle zu. Wie sollte der Verräter je gefangen genommen werden, ohne ihr Leben zu gefährden?

Auf Höhe des Far-View-Besucherzentrums ließ George Lissa abbremsen. Ängstlich blickte sie in den Rückspiegel, doch Hawks Mietwagen war nirgends zu sehen.

»So, Schätzchen, dann sagen Sie mir mal, wo die Datenspeicher sind.«

»Erst wenn ich sicher bin, dass es meinen Freunden gut geht.«

Ein kaltes Lächeln umspielte seine Lippen. »Ah, was für ein Rückgrat. Schade, dass ich es Ihnen brechen muss. In Ordnung, ich werde Ihnen jetzt eine einfache Frage stellen, und ich erwarte darauf eine klare Antwort. Sollte ich damit nicht zufrieden sein, werden Sie und Ihre Freunde darunter zu leiden haben.« Er wartete auf Lissas Zustimmung, doch sie blieb stumm. »Sind die Speicherkarten hier im Park oder außerhalb?«

Lissa wusste nicht, was er mit dieser Frage bezweckte, aber sie war leicht zu beantworten, ohne dass sie etwas verriet. »Außerhalb.«

»Sehr gut. Fahren Sie hier rechts ab.«

Lissa warf das Lenkrad herum und bog mit quietschenden Reifen in den kleinen Weg ein, der von der Hauptstraße abführte. Sofort waren sie von dichten Büschen umgeben. Zweige kratzten über das Dach des Wagens, schlugen gegen die Fenster. Hoffentlich hatte Jack mitbekommen, wo sie abgebogen waren, sonst würde er sie nie finden. Allerdings war dies hier vermutlich eine der kleinen Stichstraßen, sie würden also nach einiger Zeit wieder auf diesem Weg herausfahren müssen. Nach einigen weiteren engen Kurven kamen sie auf eine große Lichtung, in deren Mitte ein Hubschrauber mit laufenden Rotoren stand. Lissa spürte, wie sich ihre Panik verstärkte. Sie war davon ausgegangen, dass sie mit einem Wagen flüchten und sich damit für ihre Retter genügend Möglichkeiten bieten würden, um einzugreifen. Das war aber nicht der Fall, wenn sie aus dem Park *flogen*.

»Ich sehe, Sie bewundern gerade meinen Plan. Ich muss zugeben, ich bin selbst noch ganz begeistert davon. Halten Sie hier an.« Er öffnete die Tür, sobald der Jeep ausgerollt war, kam um den Wagen herum und baute sich vor ihr auf. »Steigen Sie aus.«

Lissa unterdrückte den Impuls, einfach Gas zu geben und wieder zurückzufahren. Sie könnte es versuchen, aber der Gedanke an Erin und Gladstone hielt sie davon ab. Langsam schob sie die Wagentür auf und stieg aus. Der leichte Wind brachte eine willkommene Abkühlung. Es roch nach Hitze, Staub und Wacholder, der rund um die Lichtung in riesigen Dickichten wuchs. Wie eine überdimensionale Libelle stand der Hubschrauber auf der Lichtung. Abgesehen vom Lärm der Rotoren ein seltsam friedliches Bild, das erst gestört wurde, als sie sich dem Helikopter näherten. Bedrohlich ragte er über ihr auf. Lissa zuckte zusammen, als George grob ihren Arm umfasste und sie mit sich zur Maschine zog. Im ersten Moment wollte sie ihrem Instinkt nachgeben und flüchten, doch dann zwang sie sich, dem Verräter zu folgen.

Der Luftzug zerrte an Haaren und Kleidung und ließ sie heftig um Atem ringen. Ihr Herzschlag dröhnte durch ihren Körper, blendete alle anderen Geräusche aus. George sagte etwas, aber sie vernahm nur ein leises Summen in ihren Ohren. Als Lissa merkte, dass sie unwillkürlich die Luft angehalten hatte, stieß sie den Atem aus. Während ihre Atmung sich wieder normalisierte, blickte sie angespannt hinter sich. Noch immer waren Jack und Hawk nicht aufgetaucht. Hatten sie tatsächlich die Abzweigung verpasst? Die Lichtung schien in einer anderen Welt zu liegen, fernab der Touristenströme und der Zivilisation. Die Tür öffnete sich und ein Mann schwang sich vor ihr heraus, unterhielt sich kurz mit dem Verräter und rannte dann geduckt auf das Auto zu.

»Steigen Sie ein!«

Automatisch hob Lissa den Fuß, um sich mithilfe der Querstreben über den Kufen in den Helikopter zu schwingen, doch dann wurde ihr bewusst, dass sie immer noch nicht wusste, ob Erin und Gladstone wirklich in der Gewalt des Verbrechers waren. »Erst will ich sie sehen.«

Der Verräter bedachte sie mit einem überheblichen Grinsen. »Das werden Sie gleich, wenn Sie eingestiegen sind.«

Unentschlossen kaute Lissa auf ihrer Unterlippe. Wenn sie sich weigerte einzusteigen, würde Gibson vielleicht als Strafe eine seiner Geiseln töten. Sofern es überhaupt welche gab. Sobald sie im Hubschrauber saß, hätte er sie komplett in seiner Gewalt.

»Ihre unfähigen Retter werden gleich auftauchen. Ich wäre Ihnen also sehr verbunden, wenn Sie endlich Ihren Hintern hineinbewegen könnten.«

Da George auf der anderen Seite des Helikopters stand, beschloss sie, hinaufzuklettern und rasch einen Blick in den hinteren Teil der Maschine zu werfen. Sollte dort niemand sein, wäre es immer noch möglich, hinauszuspringen und wegzulaufen. Lissa stützte ein Knie auf den gepolsterten Sitz und blickte über die Rückenlehne in den Frachtraum. Ein rauer Laut entkam ihr. Die Hand vor den Mund gepresst starrte sie auf das Bild vor sich. Erin und Gladstone lagen zusammengeschnürt auf dem Boden des Helikopters. Ihre Vorderseiten pressten sich aneinander, die Hände waren auf den Rücken gefesselt. George beugte sich zu ihr herüber und zog die Tür hinter ihr zu. Selbst wenn Lissa hätte fliehen wollen, ein Blick auf ihre Freundin hatte ihr gezeigt, dass sie das nicht konnte. Weder sie noch der Detektiv waren in der Lage, sich selbst zu befreien.

»Hmhmmmhm.« Da Erins Mund mit Klebeband verschlossen war, konnte Lissa ihre Äußerung nur erraten.

»Es wird alles gut, mach dir keine Sorgen.«

Der Blick, den Erin ihr zuwarf, zeigte deutlich, dass sie nicht nur Angst hatte, sondern zudem auch noch äußerst wütend war. Sicher würde sie Lissas beruhigenden Worten keinen Glauben schenken. Tatsächlich war die Chance, sich selbst und ihre Freunde aus dieser verfahrenen Situation zu retten, äußerst gering. Keiner hatte damit gerechnet, dass dem Verräter ein Hubschrauber zur Verfügung stehen würde. Wie sollten ihre Retter jemals so schnell zu der alten Mine gelangen können wie sie? Irgendwie musste es ihr gelingen, den Verbrecher lange genug aufzuhalten. Aber wie? Aus den Augenwinkeln beobachtete Lissa, wie George mit Hebeln und Schaltern hantierte. Wenn sie jetzt die Tür aufstieß, heraussprang und dann die hintere Tür öffnete, könnten sie vielleicht entkommen. Der Plan war riskant, ja, aber sicher nicht gefährlicher, als mit dem Verräter zu fliegen. Lissa spannte die Arme an. *Jetzt* …

Es gab keine andere Möglichkeit, irgendwo hier mussten sie abgebogen sein. Die Ranger hatten Beobachtungsposten entlang der Strecke aufgebaut, Gibson hätte nicht ungesehen an ihnen vorbeifahren können. Hawk hatte ein Funkgerät mitgenommen, über das sie mit den Rangern Kontakt hielten. Die letzte Meldung besagte, dass der Wagen kurz vor dem Far View Visitor Center gesichtet worden war. Doch er war weder auf der Wetherill Mesa Road noch auf der Straße entlang des North Rims aufgetaucht. Daher müsste er zwangsläufig irgendwo in dem Gebiet um Far View stecken. Ranger suchten gerade die Parkplätze am Besucherzentrum ab, bisher jedoch ohne Erfolg. *Wo waren sie nur?*

Angst um Lissa schnürte Jacks Kehle zu. Früher war er dafür bekannt gewesen, selbst in den gefährlichsten und ausweglosesten Situationen die Ruhe zu bewahren und die richtigen

Entscheidungen treffen zu können. Doch wie er jetzt feststellte, war es etwas ganz anderes, wenn es nicht um sein Leben ging, sondern um Lissas. Er beneidete Hawk um seine Gelassenheit. Aber es war auch nicht dessen Freundin, die mit einem Mörder und Landesverräter verschwunden war. Sie hatten versagt.

Jack bremste das Motorrad ab und wartete darauf, dass Hawk ihn mit dem Mietwagen einholte. Als der Agent neben ihm anhielt, lehnte er sich auf die heruntergekurbelte Seitenscheibe. »Sie können eigentlich nur in den kleinen Weg gefahren sein, der hinter dem Visitor Center abgeht. Aber wozu Gibson sich in eine Sackgasse begeben sollte, ist mir ein Rätsel.«

»Finden wir es heraus.«

Jack gab Gas und legte eine Wende hin, die ihm unter normalen Umständen die Haare hätte zu Berge stehen lassen. Er biss die Zähne zusammen, als die Harley gefährlich schwankte. Widerwillig drosselte Jack ein wenig das Tempo. Natürlich mussten sie sich beeilen, aber es wäre doch gut, wenn er auch lebendig ankäme. An der Einfahrt des schmalen Weges bremste er scharf ab. Im sandigen Untergrund sah er Spuren eines Autos, die relativ frisch zu sein schienen. Jack fühlte, dass sie endlich auf der richtigen Spur waren. Behutsam navigierte er durch Schlaglöcher und über Wurzeln, während er versuchte, den tief hängenden Zweigen auszuweichen.

Mehr als einmal ließ ein Stein oder eine Stelle tiefen Sandes das Motorrad schwanken. Es war für einen solchen Feldweg nicht gebaut. Aber solange es durchhielt, bis er Lissa sicher wieder in seinen Armen hielt und Gibson verhaftet war, sollte es ihm recht sein. In seine Gedanken versunken, bemerkte er den Wagen beinahe zu spät, der ihm entgegengeschossen kam. Im letzten Moment wich er in die Büsche am Wegesrand aus. Eine Wurzel schlug gegen das Vorderrad und brachte ihn abrupt zum Stehen. Jack konnte gerade noch verhindern, dass er einen filmreifen Abgang über den Lenker machte. Mühsam rang er nach Atem.

Ruckartig drehte er sich um, als er ein lautes Quietschen und dann ein knirschendes Geräusch hörte. Hawk hatte Gibsons Wagen den Weg verstellt und hielt eine Waffe direkt auf ihn gerichtet. Jack stellte den Motor ab, ließ die Harley im Gestrüpp liegen, zog seine Pistole und richtete sie auf die Person, die hinter dem Lenkrad saß. Durch das getönte Seitenfenster konnte er nur schemenhafte Umrisse erkennen. War Lissa ebenfalls im Auto? Würde der Verräter sie verletzen, wenn sie ihn stellten? Einen Moment lang passierte gar nichts, dann surrte die Seitenscheibe herunter.

Ein Mann hob die Hände und verschränkte sie hinter dem Kopf. »Was geht hier vor?«

Jack fühlte sein Innerstes erstarren. Das war nicht Gibson. Ungläubig schüttelte er den Kopf. Das konnte nicht sein, der Verräter war in diesem Wagen geflüchtet. Ein Blick auf das Nummernschild bestätigte dies. Hatten sie die ganze Zeit einen Unschuldigen gejagt? Nein, das konnte nicht sein.

»Kommen Sie heraus, mit erhobenen Händen. Wenn Sie nur mit einem Finger zucken, werde ich schießen.«

Hawk war also derselben Meinung. Doch Jacks Erleichterung war nur kurzlebig – sie verloren einfach zu viel Zeit. Sie mussten erfahren, wo Gibson war, sonst würden sie ihn nie einholen. Die Hände ungeduldig zu Fäusten geballt, beobachtete Jack, wie der Fremde ausstieg und dann auf Hawks Befehl hin die Hände auf das Autodach legte.

»Was haben Sie hier zu suchen und wo ist Gibson?«

»Wer?«

»Stellen Sie sich nicht dumm, ich habe ihn in diesem Wagen gesehen. Wo ist er?« Die Pistole in den Nacken des Mannes gepresst, tastete Hawk ihn nach Waffen ab. Als er keine Antwort bekam, beugte er sich hinunter, bis sein Mund dicht am Ohr seines Gefangenen war. »Ich werde sowieso aus Ihnen herausbekommen, was ich wissen will. Entweder Sie reden freiwillig oder es wird sehr ungemütlich.«

Jack wusste nicht, was den Mann mehr beeindruckte: der kalte Stahl der Pistole in seinem Nacken oder Hawks Nähe. Jedenfalls wirkte es.

»Wie wäre es mit einem Deal?«

»Was für einen?«

»Ich erzähle Ihnen, was Sie wissen wollen, und Sie lassen mich laufen.«

»Wohl kaum.«

»Okay, dann werden Sie die Frau nie wiedersehen.«

Heiße Wut überwältigte Jack. Drohend bewegte er sich auf den Mann zu. »Entweder Sie sagen sofort, was Sie wissen, oder …«

Hawk stoppte ihn mit seiner erhobenen Hand. »Er wird erzählen, was er weiß, keine Angst.«

»Ja, aber nicht schnell genug! Ich …«

»Ruhe!« Hawks Stimme hatte einen scharfen Klang angenommen. Er wandte sich an seinen Gefangenen. »In Ordnung, wenn Sie alles gesagt haben, können Sie gehen.«

»Das soll ich Ihnen glauben?«

»Es ist Ihre einzige Chance. Wenn Sie jetzt nicht reden, werden Sie wegen Beihilfe zu Landesverrat und Mord angeklagt. Das sind mindestens zwanzig Jahre Gefängnis.«

Der Mann war blass geworden. »Davon weiß ich nichts! Ich habe nur einem Freund geholfen, ein paar Leute zu überwachen.«

»Wie sind Sie an dieses Auto gekommen?«

»Es ist meins.«

»Das kann nicht sein, wir haben Gibson darin gesehen.«

»Ich kenne niemanden, der so heißt, aber ich habe einem Mann mein Auto geliehen.«

»Die Frau war bei ihm?«

»Ja.«

»Wo ist er jetzt?«

»Wenn Sie sich beeilen, ist er noch auf der Lichtung, ein Stück die Straße entlang.«

»Danke für die Kooperation.«

»Kann ich jetzt …?« Bewusstlos sackte der Mann zusammen.

Erstaunt sah Jack zu, wie Hawk die Pistole sicherte, in den Hosenbund steckte, sich den Mann über die Schulter warf und den Kofferraum seines Wagens öffnete.

»Was haben Sie mit ihm vor?«

»Er wird ein ordentliches Verfahren bekommen. Aber jetzt ist er im Weg.« Unsanft ließ Hawk ihn fallen und klappte den Kofferraumdeckel zu. »Was ist, worauf warten Sie noch?«

Das ließ Jack sich nicht zweimal sagen. Er war schon beim Motorrad angelangt und hatte es aufgerichtet, bevor Hawk einsteigen und den Wagen des Mannes aus dem Weg schaffen konnte. Fluchend zerrte Jack die Maschine aus dem Gebüsch und schob sie auf den Fahrweg. Rasch schwang er sich hinauf und startete den Motor. Hawk rief ihm etwas zu, aber über dem Lärm verstand er es nicht. Er konnte nur noch an eines denken: Er musste Lissa finden. Jack fuhr so schnell, wie es der sandige Weg zuließ, trotzdem ließ sich die Angst, dass er sie nicht mehr rechtzeitig erreichen würde, nicht abschütteln. Er folgte den tiefen Reifenspuren des Wagens, umgeben von dichtem Buschwerk konnte er nie weiter als ein paar Meter sehen.

Nach einer erneuten Biegung öffnete sich der Weg abrupt zu einer Lichtung. Ein Hubschrauber stand mit drehenden Rotoren in der Mitte. Jack war von dem Anblick so überrascht, dass er abrupt abbremste. Nur wenige Zentimeter hinter ihm kam Hawks Auto zum Stehen. Dann bemerkte er Lissa. Sie stieß gerade die Tür des Helikopters auf und wollte herausspringen. Gibson tauchte neben ihr auf. Automatisch hob Jack die Pistole und entsicherte sie. Nur ein guter Schuss … Hawk legte seine Hand auf Jacks Arm.

»Viel zu weit weg.«

Widerwillig ließ Jack die Waffe sinken. Es juckte ihn in den Fingern, den Verbrecher endlich auszuschalten. Doch leider hatte Hawk recht. Es wäre unverantwortlich, auf diese Entfernung zu schießen, vor allem da sich Lissa so dicht neben Gibson befand. Hilflos musste er zusehen, wie sie den Kopf sinken ließ und sich dann auf ihren Sitz zurückschob. Was immer der Verräter gesagt hatte, ließ sie ihren Fluchtplan aufgeben. Jack fühlte unbändige Wut in sich aufsteigen. Er hasste es, nicht in der Lage zu sein, Lissa zu helfen. Diesen widerlichen Verräter außer Gefecht zu setzen und Lissa zu umarmen und ihr zu versichern, dass alles gut sei. Die Hand zum Schutz gegen aufwirbelnden Sand vor seinen Augen, beobachtete Jack, wie der Hubschrauber langsam abhob.

35

»Das würde ich nicht versuchen.«

Georges Stimme ließ Lissa herumfahren. Er hatte sich unbemerkt hinter sie geschoben, die Pistole auf ihren Oberkörper gerichtet. Wenn es nur um sie ginge, hätte sie vielleicht trotzdem versucht zu fliehen, aber Erin und Gladstone lagen im Laderaum und waren ihm hilflos ausgeliefert. Mutlos senkte sie den Kopf und kletterte wieder auf ihren Sitz.

»Ah, unsere Helden sind auch eingetroffen.« Er kicherte. »Das hat aber ziemlich lange gedauert. Vielleicht sind Sie den beiden doch nicht so wichtig.«

Lissas Kopf schnellte herum. Durch das Dröhnen der Rotoren hatte sie überhaupt nicht mitbekommen, dass Hawks Mietwagen auf die Lichtung gefahren war. Der Wagen stand am Rand der Wiese, die Fahrertür war geöffnet. Davor saß Jack auf ihrer Harley. Obwohl sie sicher hundert Meter entfernt waren, konnte sie die beiden deutlich erkennen. Aufregung machte sich in ihr breit. Vielleicht fanden sie doch einen Weg, sie alle zu retten.

»Warten Sie nicht darauf, sie wissen, dass ich Sie sofort töten werde, wenn sie eingreifen.« Damit lehnte er sich über Lissa und zog die Tür zu. »Schnallen Sie sich an, es geht los.«

Ihre Hoffnung schwand und wie in Trance tat Lissa, was George ihr befohlen hatte. Sie wusste nicht, wie schnell diese Maschine flog, aber es würde sicher nur eine Viertelstunde dauern, bis sie bei der Mine ankamen. Viel zu wenig Zeit, um Jack und Hawk die Chance zu geben, rechtzeitig dort anzukommen und einzugreifen. Der Lärm der Rotoren wurde immer unerträglicher. Der Helikopter vibrierte unter der Kraft des Motors. Panik überflutete Lissa bei dem Gedanken, zumindest für kurze Zeit in dieser kleinen Maschine eingesperrt zu sein. Sie wollte schreien, weigerte sich aber, George diese Genugtuung zu geben. Hart biss sie sich auf die Lippe, bis sie Blut schmeckte.

George stieß grob gegen ihren Arm. Verwirrt blickte sie ihn an. Sein Mund bewegte sich, aber sie konnte kein Wort verstehen. Sie schüttelte den Kopf, bis er ihr schließlich einen Kopfhörer in die Hand drückte. Lissa setzte ihn auf und bemerkte, dass der Lärmpegel dadurch auf ein erträgliches Maß reduziert wurde. Erleichtert atmete sie auf.

»So, und jetzt sagen Sie mir, wo die Datenspeicher versteckt sind.« Seine Stimme drang klar durch die Kopfhörer.

»Warum lassen Sie meine Freunde nicht frei, Sie haben mich doch jetzt als Geisel.«

»Das würde Ihnen so passen. Solange ich die beiden als Pfand habe, werden Sie mit mir kooperieren.«

»Das würde ich auch, wenn es nur um mein Leben ginge.«

George grinste. »Das mag sein, aber drei Geiseln sind immer besser als eine.«

Was sollte Lissa dagegen sagen? Natürlich hatte er recht – von seinem Standpunkt aus gesehen. Wütend wandte Lissa sich dem Fenster zu und beobachtete Jack und Hawk. Obwohl sie genau wusste, dass es irrational war, fühlte sie sich von ihnen im Stich gelassen. Angst drohte sie zu überwältigen. Ihre Finger klammerten sich um die Armlehnen ihres Sitzes, als der Hubschrauber schwankend vom Boden abhob. Mit geschlossenen Augen versuchte Lissa ihren Magen zu beruhigen, der sich gleichzeitig mit dem senkrecht in die Luft schnellenden Helikopter hob. Als die unmittelbare Gefahr, sich zu übergeben, gebannt war, riss Lissa die Augen wieder auf. Es wäre sicher von Vorteil, wenn sie den Überblick behielt, wo sie sich befanden. Unter ihr wurde die Lichtung immer kleiner, die sie umgebenden Bäume wirkten wie die einer Modelleisenbahnanlage. Nur undeutlich konnte sie den kleinen Weg erkennen, der zurück zur Parkstraße führte.

Jack zuckte zusammen, als sich eine Hand auf seine Schulter legte. Abrupt fuhr er herum.

Hawk trat vorsichtshalber zurück, als er den mörderischen Ausdruck in seinen Augen bemerkte. »Wir werden ihn kriegen.«

»Und wie sollen wir das anstellen? Falls Sie es nicht bemerkt haben, er hat einen Hubschrauber und eine Geisel – und wir haben nichts!«

»Das stimmt nicht, wir haben jemanden, der uns sagen kann, was Gibson vorhat.« Damit ging er zum Kofferraum und öffnete ihn mit einem Ruck. »Na, gefällt es Ihnen da drin? Ziemlich warm, könnte ich mir vorstellen. Sind Sie jetzt bereit zu reden?« Anscheinend war er es, denn Hawk packte ihn am Kragen und zog ihn heraus. Schweißüberströmt stand der Mann auf wackeligen Beinen einen Moment lang da, dann sank er zu Boden. »Also los, reden Sie, bevor ich es mir anders überlege.«

»E… er hat einen Hubschrauber.«

»Ja, das haben wir gesehen. Weiter. Wo will er hin?«

»Ich weiß es nicht. Ich … ich habe nur gehört, wie er zu ihr sagte, sie würde ihm den Weg zeigen.«

»Er will zu den Datenspeichern! Wir müssen …« Jack brach ab, als Hawk die Hand hob, um ihn zum Schweigen zu bringen.

»Sonst noch was?«

»Geiseln.«

»Ja, die Frau, das wissen wir.«

»Nein, mehr. Ein Mann und eine Frau, im Motel.«

»Hat er sich wahllos jemanden gegriffen?«

»Nein, ich hatte den A… Auftrag, die Leute mitzubringen, die ich vorher mit Ihrer Freundin gesehen habe.«

Hatte Gibson nicht nur Lissa, sondern auch Erin und Gladstone in seiner Gewalt? Eine Geisel zu retten, war schon sehr schwierig, aber so viele waren einfach unmöglich. Das wusste der Verräter genau. Und mit jeder Minute, die er hier vergeudete, gewann Gibson mehr Vorsprung. Entschlossen schwang Jack sich auf das Motorrad. Er würde Lissa folgen, um alles andere sollte Hawk sich kümmern.

»Wo wollen Sie hin?«

»Dorthin, wo die Datenspeicher versteckt sind. Der Kerl hat es doch gesagt, Lissa soll Gibson den Weg zeigen, also sind sie unterwegs nach Ouray.«

»Dort sind die Speicherkarten?«

»Nein, auf dem Gelände einer alten Silbermine zwischen Ouray und Silverton. Von hier aus auf der rechten Seite.«

»Sie werden nie früher da sein als der Hubschrauber!«

»Nein, aber vielleicht schnell genug, um Lissa noch zu retten.« Jack funkelte den Agenten an. »Haben Sie eine bessere Idee?«

»Ich hatte vor, mir auch einen Hubschrauber zu besorgen …«

»Und wie lange dauert das? Was ist, wenn gerade keiner zur Verfügung steht? Das Risiko kann ich nicht eingehen, ich werde fahren.«

»Ich halte es immer noch für eine schlechte Idee, mit der Harley hinzufahren. Warum …?«

Jack unterbrach Hawk. »Ich habe mir die Codes der Speicherkarten notiert, bevor ich sie versteckt habe.« Er gab ihm die Liste. »Geben Sie die Meldung durch, dass die Datenspeicher gestohlen wurden, damit sämtliche Passwörter geändert, eventuell enttarnte Agenten informiert, und auch sonst alle Vorsichtsmaßnahmen getroffen werden, die nötig sind, um das Land zu schützen.«

»Das hatte ich sowieso vor, aber ich glaube nicht, dass das alles in so kurzer Zeit erledigt werden kann.«

»Das muss es auch nicht. Wir werden ihn nämlich aufhalten, wenn es irgendwie möglich ist.«

»Wie wollen Sie das tun?«

Jack schnitt eine Grimasse. »Das weiß ich leider auch noch nicht. Aber ich werde an ihm dranbleiben und nicht zulassen, dass er Lissa etwas tut oder mit den Speicherkarten flieht.« Hawk blickte skeptisch, nickte aber nur schweigend. »Wir haben einen Vorteil.«

»Und der wäre?«

»Lissa weiß selbst nicht genau, wo die Speicherkarten versteckt sind. Während Gibson danach sucht, können wir seine Geiseln befreien und ihn erledigen.«

»Das klingt nicht sehr sicher.«

»Wenn Ihnen etwas Besseres einfällt, bitte, nur zu. Aber sorgen Sie dafür, dass Lissa nichts geschieht. Wenn Sie einen Hubschrauber kriegen, können Sie mich ja unterwegs aufsammeln.«

»Wird gemacht. Viel Glück!«

Jack nickte Hawk zu, dann startete er den Motor. Sand und Grasbüschel spritzten unter den Reifen weg, als er Gas gab und zurück auf den Weg fuhr, der ihn zur Hauptstraße führen würde. So schnell wie möglich ließ er ihn hinter sich und fädelte sich in den Verkehr ein. Auf der asphaltierten Parkstraße legte Jack einen höheren Gang ein und beschleunigte. Obwohl er lange nicht mehr gefahren war, hatte er sich erstaunlich schnell wieder an das Gefühl gewöhnt, ein Motorrad zu lenken. Mit hoher Geschwindigkeit schlängelte er sich an den Autokolonnen vorbei und ignorierte das erboste Hupen der Touristen. Am Nordrand der Mesa angekommen wurde die bisher relativ gerade Parkstraße zu einer kurvenreichen Strecke, die ihm sein gesamtes fahrerisches Können abverlangte.

Um Zeit zu gewinnen, vermied er es so weit wie möglich, die Maschine abzubremsen. Mehr als einmal lehnte er sich mit dem Oberkörper in Linkskurven weit in die Gegenfahrbahn hinein, während er in den Rechtskurven mit der Maschine auf die andere Straßenseite geriet. Er mochte nicht daran denken, was passieren würde, wenn ihm wirklich ein Fahrzeug entgegenkam. Zwischen den Kurven beschleunigte er weit über die Geschwindigkeitsbegrenzung hinaus. Hoffentlich war keine Polizei in der Gegend, wenn er angehalten wurde, wäre Lissa verloren. Schweiß durchtränkte sein T-Shirt und brannte ihm in den Augen. Seine Arm- und Beinmuskeln schmerzten, weil sie sich durch die Belastung und seine Sorge um Lissa verkrampften.

Hawk warf das Handy auf den Beifahrersitz und schlug mit der Faust auf das Lenkrad. Es schien wirklich so, als hätte sich alles gegen sie verschworen. Der Parkhelikopter befand sich gerade mit einem Verletzten auf dem Weg ins Krankenhaus in Durango, und es war ungewiss, wann er zurückkehren würde. Sämtliche Charter-Hubschrauber waren unterwegs und das FBI-Büro in Farmington besaß keinen eigenen Helikopter. Er hatte ein Team angefordert, aber mit Autos würden sie auch nicht früher bei der Mine ankommen als Jack. Außerdem hatte er versucht, Erin und Gladstone über ihre Mobiltelefone zu erreichen, aber beide Male hatte sich nur die Mailbox gemeldet. Anscheinend stimmte das, was der Mann behauptete, der immer noch in seinem Kofferraum lag.

Frustriert knallte Hawk die Fahrertür zu und lief über den

Parkplatz zum Visitor Center des Parks. Dort hatten sie anscheinend schon von ihm gehört, denn sobald er das Gebäude betrat, kam der oberste diensthabende Ranger aus seinem Hinterzimmer.

Hawk steuerte direkt auf ihn zu. »Ich brauche dringend einen Hubschrauber. Haben Sie eine Idee, wo ich einen herbekommen könnte?«

»Wenn es bei den privaten Unternehmen aus der Umgebung nicht geklappt hat, könnten wir einen aus Gallup anfordern.«

»Wie schnell könnte der hier sein?«

»Etwa eine halbe Stunde, vielleicht etwas mehr.«

Hawk ballte die Hände zu Fäusten. »Das dauert alles zu lange.«

»Wenn Ihnen ein Flugzeug helfen würde …«

»Nein, damit kann ich dort nicht landen. Fordern Sie den Hubschrauber aus Gallup an. Er soll mich hier abholen. Ich werde inzwischen der Agency Bericht erstatten. Wenn wir Glück haben, gibt es in der Umgebung ein gut ausgebildetes SWAT-Team, vielleicht können wir damit das Schlimmste verhindern.«

Der Ranger nickte. »Können wir sonst noch etwas tun?«

Mit dem Telefon in der Hand drehte Hawk sich noch einmal um. »In meinem Wagen liegt im Kofferraum ein Mann, der des Landesverrats verdächtig ist. Passen Sie gut auf ihn auf.«

»Alles klar.«

Hawk trat in die Hitze des Parkplatzes hinaus und kehrte zu seinem Mietwagen zurück. Er öffnete den Kofferraum und packte den Mann am Kragen. »Was ist mit den beiden Männern passiert, die ins Motelzimmer eingedrungen sind?«

»Gar nichts.« Der Mann sog gierig die frische Luft ein. »Ich sollte sie entweder befreien oder beseitigen, aber ich musste gar nicht erst hineingehen, weil mir der Mann und die Frau bereits auf dem Parkplatz entgegenkamen. Also habe ich sie mir einfach nur geschnappt und bin aufgebrochen.«

Wenn es stimmte, was der Verbrecher sagte, würden Gibsons Schergen also nicht wieder auftauchen. Ohne ein weiteres Wort schloss Hawk den Kofferraumdeckel. Er ignorierte die Flüche und Bitten des Gefangenen, sammelte rasch seine Ausrüstung zusammen und verriegelte dann das Auto. Den Schlüssel warf er dem Ranger zu, der ihm nach draußen gefolgt war.

»Zwei weitere Männer sitzen im Far View Motel in Durango in der Badewanne von Zimmer 23. Sie sind neben Landesverrats auch für mindestens vier Morde verantwortlich. Benachrichtigen Sie bitte die Polizei, damit sie verhaftet werden. Um alles Weitere kümmere ich mich dann später.«

Er wartete, bis der Ranger nickte, dann entfernte er sich vom Wagen und wählte Will Peters' Nummer.

In weniger als zwei Minuten hatten sie das Gebiet des Mesa Verde National Parks verlassen und flogen über die ersten Ausläufer der Hesperus Mountains. George hielt sich in den Tälern und vermied die schneebedeckten Gipfel. Die Bergwelt mit Wiesen und Wäldern zwischen kahlen Plateaus und spitzen Bergkämmen sah von oben gigantisch aus. Wenn neben ihr kein Mörder säße, könnte Lissa den Flug vielleicht sogar genießen.

Sie musste es einfach noch einmal versuchen. »Da niemand mehr hinter uns her ist, können Sie meine Freunde doch freilassen.«

»Wie ich vorhin schon sagte: Warum sollte ich das tun?«

»Weil ich Ihnen sonst nicht sage, wo Sie die Datenspeicher finden.«

Der Verräter zog eine Augenbraue hoch. »Ganz schön mutig. Und was machen Sie, wenn ich jetzt Ihre Freundin erschieße?«

Lissa bemühte sich, ihre Angst nicht zu zeigen, während sie innerlich schlotterte. »Ich würde sagen, Sie bluffen. Es wäre sicher nicht gut, wenn Sie in einem Hubschrauber eine Kugel abfeuern.«

George grinste. »Ich glaube wirklich, ich könnte Sie mögen.«

Ohne eine Miene zu verziehen, wartete Lissa darauf, dass er eine Entscheidung traf. Wenn sie jetzt versuchte, ihn zu drängen, würde er schon allein deshalb ihrem Wunsch nicht nachgeben, um sie zu ärgern. Nach scheinbar endloser Wartezeit zuckte Gibson schließlich mit den Schultern.

»Was soll's, eine Geisel reicht mir vollkommen.« Er beugte sich dicht zu ihr herüber. »Sie werden mir doch sagen, was ich wissen will, oder?«

»Natürlich. Ich habe keine Lust, wegen ein paar dämlicher Speicherkarten zu sterben.«

»Das sah vorhin aber noch ganz anders aus.«

Lissa zuckte mit den Schultern. »Ich mag es eben nicht, wenn meine Freunde angegriffen werden.«

»Wie rührend.« Nachdem er die Höhenanzeige kontrolliert hatte, wandte er sich ihr wieder zu. »In Ordnung. Sie sagen mir in welcher Gegend die Datenspeicher versteckt sind, und ich werde Ihre Freunde irgendwo unterwegs absetzen.«

Lissa wusste nicht, ob sie ihm glauben sollte, aber es war sicher das beste Angebot, das sie bekommen würde. Und sofern sie das Gebiet weit genug fasste, würde er ohne ihre Hilfe nie wissen, wo er genau suchen musste.

»Fliegen Sie zur Straße 550, zwischen Durango und Montrose.«

George zog eine Karte heraus und ermittelte den Kurs. »Das ist ein ziemlich großer Sektor.«

»Meine Freunde sind ja auch noch nicht frei.«

Georges Augenbrauen schoben sich zusammen, als er auf seine Uhr blickte. Es waren bereits zehn Minuten vergangen, seit er in den Hubschrauber gestiegen war und seine Verfolger sich auf den Weg gemacht hatten. Je nachdem, wie weit nördlich das Versteck lag, würde er mindestens eine Viertelstunde brauchen. Wenn er landete, die Datenspeicher holte und dann wieder abflog, nachdem er sich um die Frau gekümmert hatte, hätte er auf jeden Fall einige Minuten Vorsprung vor Hawk und seinen Leuten. Je mehr Zeit er damit vergeudete, darauf zu warten, von der Hexe den genauen Ort genannt zu bekommen, desto näher würden seine Verfolger rücken. Und er hatte vor, heute noch nach Mexiko zu fliegen, um von dort aus seine Spur zu verwischen und für immer zu verschwinden.

Ärger stieg in ihm auf. Eigentlich hatte er vorgehabt, ganz ruhig und unauffällig seinen Besitz einzupacken und sich mit Stil abzusetzen, doch durch diese Idioten von der Spedition war das nicht mehr möglich. Dann waren Tease und diese irritierende Frau gekommen und hatten seine sorgfältig aufgebaute Planung wie ein Kartenhaus zusammenstürzen lassen. Dafür würden sie bezahlen. Aber alles der Reihe nach, erst musste er die Datenspeicher wieder in seinen Besitz bringen.

George schwenkte den Hubschrauber in die angegebene Richtung. Er würde ihre Freunde absetzen, aber nicht so, wie sie das vielleicht dachte. Sie würden keine Gelegenheit erhalten, ihm in die Quere zu kommen. Als er einen tiefen Talkessel sah, der ringsherum von hohen, schneebedeckten Bergen umgeben war, konnte er nur mit Mühe ein zufriedenes Lächeln unterdrücken. Die Gegend war ideal für das, was er vorhatte. Weit und breit keine Ansiedlung, niemand, der ihnen helfen würde. Der Hubschrauber sank herab und glitt nur wenige Meter über den flacheren Gebirgsausläufern dahin. Ein weiterer Blick auf die Uhr zeigte ihm, dass er keine weitere Minute zu verlieren hatte.

»Gehen Sie nach hinten und bereiten Sie Ihre Freunde vor.«
»Worauf?«
»Auf ihren Ausstieg.«
»Hier?«
George konnte sich ein Grinsen nicht verkneifen, als er ihr Entsetzen sah. »Sie wollten doch, dass ich sie freilasse.«

»Ja, aber …« Ein scharfer Blick aus seinen kalten blauen Augen ließ sie verstummen.
»Sie können wählen: Entweder bleiben sie hier oder wir nehmen sie mit. Dann werden Sie aber dafür verantwortlich sein, was mit ihnen geschieht.«
Wortlos löste Lissa ihren Gurt, setzte den Kopfhörer ab und stieg zwischen den Sitzen hindurch nach hinten. Nach der Helligkeit im Cockpit mussten sich ihre Augen erst an die Dunkelheit im Laderaum gewöhnen. Lissa kniete sich auf den rauen Metallboden und tastete sich langsam mit den Händen vor, bis sie einen Arm berührte. Daran entlang glitt sie nach oben, bis sie Erins Gesicht fand. Mit zitternden Fingern löste sie vorsichtig das Klebeband auf ihrem Mund.
»Autsch! Verdammt, das tut weh!«
Über dem Dröhnen der Maschine war Erins Beschwerde kaum zu verstehen. Lissa beugte sich dicht über sie, damit sie direkt in ihr Ohr sprechen konnte. »Ihr werdet gleich freigelassen. Leider nicht in einer bewohnten Gegend, aber ich werde so schnell zurückkommen, wie ich kann. Okay?«
»Nein, das ist nicht in Ordnung. Was geschieht dann mit dir? Was war das überhaupt für ein Typ, der uns überfallen hat?«
»Erklärungen müssen bis nachher warten.«
Lissa fühlte sich ihren Weg zu Gladstone und zog auch ihm das Klebeband ab.
»Wo ist Tease?«

»Leider nicht hier. Wir müssen ohne ihn auskommen. Schafft ihr es, wenn ihr hier abgesetzt werdet?«

»Natürlich. Aber wäre es nicht besser, wenn wir zusammenbleiben würden? Vielleicht ergibt sich irgendwann eine Gelegenheit …«

»Bei der ihr ihn als Rollmöpse überwältigen könnt? Wohl kaum.«

»Genug geredet da hinten, macht euch bereit!«

Lissa nahm sich eilig ihren Kopfhörer und sprach ins Mikrofon. »Könnte ich ein Messer haben, um die Fesseln aufzuschneiden?«

George blickte sie beinahe fasziniert an. »Das ist nicht Ihr Ernst, oder? Sie glauben doch nicht wirklich, dass ich so dumm wäre, Ihnen eine Waffe in die Hand zu geben.«

»Aber die beiden können sich doch überhaupt nicht rühren, wenn sie so verschnürt sind!«

»Das ist ihr Problem, nicht meins.«

Der Hubschrauber schwebte etwa zwei Meter über dem Talboden. »Machen Sie die Schiebetür auf und werfen Sie sie raus.«

»Sie werden sich sämtliche Knochen brechen!«

»Raus mit ihnen oder ich fliege weiter.«

Lissa presste die Lippen zusammen und trat vor die Tür. Mit einem Ruck schob sie sie weit auf.

»Und keine Tricks, sonst wird es Ihnen leid tun.«

Lissa warf den Kopfhörer wieder auf den Sitz und kniete sich neben Gladstone. »Könnt ihr euch irgendwie bis zur Tür rollen? Ich werde versuchen, den Fall ein wenig aufzuhalten, aber ich weiß nicht, ob mir das gelingen wird. Es tut mir leid.«

»Schon in Ordnung.« Gladstone drehte den Kopf, sodass seine Nasenspitze fast Erins berührte. »Du musst versuchen, deine Muskeln ganz locker zu lassen.«

»Leicht gesagt, ich bin eine einzige Verspannung. Aber wenigstens sind meine Arme und Beine eingeschlafen, vielleicht fühle ich dann nichts beim Aufprall.«

In der dunklen Ecke hinter Georges Sitz zog Lissa einen Gegenstand aus der Hosentasche und drückte ihn Gladstone in die Hand, der keine Miene verzog. »Wir sind in den Bergen nordöstlich vom Mesa Verde National Park. Passt auf euch auf.«

»Mach dir um uns keine Sorgen.« Es war erstaunlich, aber selbst in dieser Situation klang die Stimme des Detektivs noch ruhig.

»Also gut, rutscht bis vor die Luke.«

Gemeinsam gelang es ihnen, die Beine über den Rand hängen zu lassen, während sich die Oberkörper noch im Hubschrauber befanden.

»Okay, bei drei. Eins … zwei …«

Der Helikopter schaukelte und katapultierte Erin und Gladstone hinaus. Lissa verlor das Gleichgewicht, rollte über den Boden und stieß mit voller Wucht gegen die Wand. Für einen kurzen Moment blieb sie benommen liegen, dann rappelte sie sich wieder auf. Sie musste sehen, ob ihre Freunde den Sturz gut überstanden hatten! Doch bevor sie sich der offenen Tür nähern konnte, schloss sich Georges Hand schmerzhaft um ihren Oberarm.

»Schließen Sie die Schiebetür und setzen Sie sich wieder hin.«

»Aber …«

»Sofort!«

36

Erin rutschte über den Boden des Hubschraubers und fiel ins Leere. Ein Schrei bildete sich in ihrer Kehle, erstarb jedoch auf ihren Lippen, als sie hart aufschlug. Ihr Kinn stieß schmerzhaft gegen Ross' Schulterknochen, ihr Brustkorb fühlte sich an, als wäre er von Stahl umgeben. In einem hatte sie allerdings recht behalten: Ihre Arme und Beine waren von den engen Fesseln mittlerweile so taub, dass sie den Aufprall damit kaum spürte.

Einen Moment hielt Erin inne, um sicherzugehen, dass sie auch wirklich noch lebte, dann öffnete sie die Augen. Grelles Sonnenlicht empfing sie, das nach Stunden im dunklen Laderaum des Hubschraubers in ihren Augen schmerzte. Sie blinzelte einige Male, bis sie schließlich wieder etwas erkennen konnte. Jetzt wusste sie auch, warum der Boden so sonderbar weich war – sie lag auf Ross. Von Kopf bis Fuß war sie an ihn gepresst. Seine Lider waren geschlossen, er rührte sich nicht. Ängstlich suchte sie nach einem Lebenszeichen. War er ernsthaft verletzt, oder sogar tot?

»Ross?« Keine Antwort. Kein Muskel zuckte in seinem Körper. Erin brachte ihren Mund dicht an sein Ohr. »Ross!« Erneut keine Reaktion. Ihre Angst verstärkte sich. Sie war darauf angewiesen, dass er mit ihr zusammenarbeitete, um lebend aus dieser Situation herauszukommen.

In diesem Moment erkannte sie, dass es keinen Zweck hatte, sich weiter selbst zu belügen. Ross bedeutete ihr immer noch etwas, und sie wollte mit ihm zusammen sein. Gestern hätte sie noch geschworen, dass sie ihn nie wiedersehen wollte, aber im

Laufe der vergangenen Stunden war ihr klar geworden, dass das nicht stimmte. Ihn wiederzusehen hatte die alten Gefühle für ihn wieder aufleben lassen. Den Hass, aber auch die Liebe. Und nun könnte es sein, dass sie ihn noch einmal verlieren würde – diesmal endgültig.

»Komm schon, wir haben keine Zeit zu verlieren!«

Ein Zittern lief durch ihren Körper. Hier oben war es wesentlich kühler als unten im Tal. In ihrem T-Shirt und der dünnen Hose war sie absolut unpassend gekleidet. Die Nacht würden sie sicher nicht ohne ernsthafte Unterkühlungen überstehen. Ein Blick zum Himmel zeigte ihr, dass es inzwischen bereits nachmittags war. Nicht mehr lange, und die Sonne würde hinter den hohen Gipfeln verschwinden und das Tal in eine frühe Nacht tauchen. Der Hubschrauber war nicht mehr zu sehen, der Verbrecher hatte keine Zeit damit verschwendet, zu überprüfen, ob sie noch lebten. Wahrscheinlich wäre es ihm sogar recht, wenn sie hier starben. Erin sah sich um. Noch nicht einmal Brennholz gab es, um ein ordentliches Feuer zu entfachen. Mal ganz davon abgesehen, dass sie gefesselt sowieso keins machen konnten. Aber vorher müsste Ross erst einmal aufwachen.

Erin legte ihre Lippen an seine Halsschlagader und atmete erleichtert auf, als sie seinen kräftigen Puls spürte. Als Nächstes prüfte sie seine Atmung. Ihr Mund schwebte dicht über seinem. Deutlich konnte sie den Hauch auf ihren Lippen fühlen. Warum rührte er sich nicht? Hatte er sich bei dem Sturz am Kopf verletzt? Vielleicht war er gegen die Metallstreben der Kufen gestoßen oder auf einen Stein geprallt. Oder seine Verletzung vom Kampf im Motelzimmer war doch schwerer als vermutet. Am besten blieb sie still liegen, bis er zu sich kam, sie wollte eine mögliche Verletzung nicht verschlimmern, indem sie sich und damit auch ihn bewegte.

Sanft strich sie mit ihren Lippen über seine. Sofort kehrte

die Erinnerung an den kurzen Moment zurück, als Ross sie vor dem Motel mit einem Kuss zum Schweigen gebracht hatte. So viel war seit heute Morgen geschehen … Ihr schlechtes Gewissen drohte sie zu übermannen. Nur ihretwegen war Ross hier. Wenn sie ihn nicht angerufen und um Hilfe gebeten hätte, wäre er sicher in seinem Haus in Lubbock. Trotzdem war sie froh, dass er bei ihr war. Wenn er doch nur aufwachen würde!

Wie als Antwort bewegte sich sein Mund unter ihrem. Seine Lippen passten sich ihren an, seine Zunge berührte sie zaghaft. Glücklich, dass er endlich reagierte, versuchte sie, sich zurückzuziehen, doch es gelang ihr nicht. Das Gefühl, Ross endlich wieder zu küssen, war zu schön. Hitze pulsierte durch Erins Körper, ließ sie für einen Moment ihre Umgebung und die Geschehnisse vergessen. Schließlich löste sie sich von ihm. Schwer atmend lag sie auf ihm und versuchte, aus ihrer gefühlsregierten Welt herauszufinden. Stumm blickte sie in seine warmen, blauen Augen. Erst als sie einen unmissverständlichen Druck an ihrem Bauch fühlte, fand sie ihre Sprache wieder.

»Das war eine Wiederbelebung, Dornröschen, kein Annäherungsversuch.«

»Du hättest mich täuschen können.« Sein Blick ruhte verlangend auf ihrem Mund.

Erin konnte ihm nicht böse sein, sie war zu glücklich, dass er anscheinend nicht schwer verletzt war. »Geht es dir gut?«

Ross verzog den Mund. »Frag mich das noch einmal, wenn ich meine Arme wieder spüre.«

»Was machen wir jetzt?«

Mit einigen Verrenkungen gelang es ihm, ihre Umgebung zu betrachten. »Am besten kümmern wir uns erst um die Fesseln und überlegen dann, wie wir am schnellsten hier wegkommen.«

»Wenn du nicht gerade David Copperfield bist, wüsste ich nicht, wie wir die Seile lösen könnten.«

Unerklärlicherweise grinste Ross sie an. »Ich bin sogar viel besser.« Er bewegte sich unter ihr. »Drehen wir uns auf die Seite, damit ich meine Hände frei habe.«

Erin folgte seiner Anweisung, auch wenn sie immer noch nicht wusste, was er genau vorhatte. Seine Brust- und Armmuskeln spannten sich an, rieben sich an ihr. Um den Berührungen zu entgehen, versuchte Erin etwas Distanz zwischen sie zu bringen, aber Ross hielt sie auf.

»Je weiter du dich entfernst, desto stärker werden die Seile gespannt. Also rück näher.«

Da die Begründung einleuchtend war, schob Erin sich so dicht an ihn heran, wie es ging. Sie versuchte, die Reaktion ihres Körpers zu ignorieren, aber solange sich Ross bei jeder Bewegung an ihr rieb, war es unmöglich. Um sich abzulenken, sprach sie ihre Befürchtungen aus. »Lissa wird gegen diesen Typen nicht ankommen, wer immer er auch war.«

»Wenn ich raten sollte, würde ich sagen, dass es derjenige war, der die Datenspeicher verkaufen wollte. Oder zumindest ein Komplize.«

»Haarscharf kombiniert, Sherlock.«

Ross grinste. »Deshalb bin ich Privatdetektiv.« Er wurde wieder ernst. »Ich würde zu gerne wissen, wo Jack und dieser Hawk geblieben sind. Ich kann mir nicht vorstellen, dass sie Lissa aus freien Stücken allein lassen würden.«

»Meinst du, sie sind … tot?«

»Vielleicht. Oder der Verräter ist ihnen entkommen.«

»Wir müssen so schnell wie möglich zu einem Telefon!«

Ross sah sie durchdringend an. »Das wird nichts mehr nützen.«

»Aber …«

»Erin, wenn er Lissa in seiner Gewalt hat, dann wird er sie dazu zwingen, ihn zu den Datenspeichern zu bringen – wo immer sie auch sein mögen. Mit dem Hubschrauber wird er dafür nicht lange brauchen. Selbst wenn wir uns befreien können und sofort loslaufen, werden wir nicht schnell genug in der Zivilisation sein, um ihr helfen zu können. Außerdem wissen wir nicht, wohin sie überhaupt fliegen.«

Erin blickte ihn mit brennenden Augen an. »Also geben wir auf und überlassen Lissa ihrem Schicksal?«

»Nein. Wir werden uns von den Fesseln befreien und dann loslaufen, egal, ob das sinnvoll ist oder nicht.«

Mit Tränen in den Augen lächelte Erin ihn an. »Danke.«

Noch einmal spannte Ross seine Muskeln an, dann gab es einen Ruck und er atmete befriedigt auf. Mit einem Stöhnen hob er seinen Arm.

»Du hast es geschafft!«

»Noch nicht ganz.« Ross fing an, den Strick, der sie zusammenband, mit einem Messer zu durchtrennen.

»Wo hast du denn das Messer her?«

»Von Lissa.«

Entsetzt blickte sie ihn an. »Sie hat ein Messer bei sich gehabt und es uns gegeben, anstatt sich selbst damit zur Wehr zu setzen?«

»Ja.«

Verzweifelte Wut stieg in ihr auf. »So eine Idiotin! Erinnere mich daran, dass ich ihr sage, was ich von dieser Aktion halte, wenn ich sie das nächste Mal sehe.«

»Das werde ich.«

Seine ruhige Antwort ließ bei Erin alle Dämme brechen. Tränen liefen über ihre Wangen und tropften ins Gras.

Ross legte das Messer zur Seite und strich mit seiner freien Hand über ihre Haare. Sein breiter Körper hüllte sie tröstend ein. Als nach einiger Zeit die Tränen versiegten, lehnte sie ihre Stirn erschöpft an seine Brust.

»Ich kann mir einfach nicht vorstellen, wie ein Leben ohne Lissa aussehen würde. Wir sind seit dem Sandkasten die besten Freundinnen. Wenn dieser Verbrecher ihr etwas antut …«

»Ich weiß. Hoffen wir, dass Jack und sein Freund auf ihrer Spur sind.«

»Und sollte dieser Tease nicht alles Menschenmögliche tun, um Lissa zu retten, werde ich ihm höchstpersönlich die Eingeweide herausreißen.«

»Das wäre sicher interessant.«

Die Vorstellung, wie Erin auf den mindestens dreißig Zentimeter größeren Trucker losgehen würde, wäre amüsant gewesen, wenn die Situation nicht so ernst wäre. Ross nahm das Messer wieder auf und bearbeitete damit weiter die Fesseln. Behindert durch seinen kribbelnden und schmerzenden Arm und die für die festen Stricke denkbar ungeeignete Klinge, dauerte es einige Minuten, bis ihre Körper voneinander getrennt waren. Während Erin sich zur Seite rollte, um ihm nicht weiter im Weg zu sein, bearbeitete Ross das Seil, mit dem seine Beine gefesselt waren.

Schließlich hatte er es geschafft und streckte sich erleichtert. Es war ein gutes Gefühl, wieder die Kontrolle über seinen Körper zu haben. Rasch kniete er sich neben Erin und begann damit, sie ebenfalls aus ihrer unbequemen Lage zu befreien. Er ignorierte das Stechen in Armen und Beinen, als sich langsam sämtliche Muskeln, Sehnen und Bänder wieder meldeten und gegen die vorherige schlechte Behandlung protestierten. Vor allem seine Schultergelenke schmerzten höllisch, vermutlich von dem Sturz auf die nach hinten gebundenen Arme.

Nach dem Aufprall hatte er kurz das Bewusstsein verloren, aber Erins liebevolle Bemühungen hatten ihn schnell wieder zum Leben erweckt. Selbst jetzt konnte er noch ihre Lippen auf seinen spüren, den Druck ihres Körpers an all den richtigen Stellen. Wahrscheinlich sollte es ihm peinlich sein, dass er in einer Situation wie dieser überhaupt an so etwas dachte, aber er konnte nicht anders. Wenn er nicht schon vorher gewusst hätte, dass er nie über Erin hinweggekommen war, konnte er es nun nicht mehr leugnen. Leider hatten sie keine Zeit, sich über ihre Beziehung zu unterhalten, da es in wenigen Stunden dunkel werden würde. Bis dahin sollten sie zurück in der Zivilisation sein oder doch zumindest einen geeigneten Unterschlupf gefunden haben, in dem sie die Nacht verbringen könnten. Hier draußen würde es bald ziemlich ungemütlich werden, da sie Wind und Wetter ungeschützt ausgesetzt waren.

So schnell er konnte, säbelte Ross die Fesseln an Erins Händen und Füßen durch und fing an, ihre tauben Muskeln zu massieren. Nach und nach kehrte das Gefühl zurück und ließ Erin gequält aufstöhnen. Mit zusammengebissenen Zähnen kämpfte sie sich nach einer Weile auf die Füße. Sie konnte immer noch in Selbstmitleid baden, wenn sie wusste, dass Lissa wieder heil aus dieser Sache herausgekommen war. Bis dahin würde sie alles tun, um ihr irgendwie zu helfen, auch wenn das fast unmöglich war.

»Du hast nicht zufällig dein Telefon noch dabei?«

Ross blickte vom Boden auf, wo er gerade Steine zusammentrug. »Nein, das hat der Kerl mir abgenommen. Außerdem würde es hier sicher nicht funktionieren.«

Resigniert hockte sich Erin neben ihn. »Du hast vermutlich recht. Was machst du da eigentlich?«

»Ich lege einen Pfeil. Wenn Lissa befreit wird, schickt sie bestimmt gleich jemanden los, der uns sucht. Wenn sie wissen, in welche Richtung wir gegangen sind, finden sie uns schneller.«

»Klingt logisch.«

Ross verzichtete auf eine Antwort. Natürlich würde es bei Tageslicht funktionieren, aber im Dunkeln war die Sache aussichtslos. Rasch legte er die Steine und ihre Stricke zu einem großen Pfeil zusammen, dann stand er auf und wischte die Hände an seiner Hose ab. Er hatte schon früher längere Wanderungen gemacht oder im Freien übernachtet, aber er hatte immer darauf geachtet, die nötige Ausrüstung dabei zu haben. Hier aber hatten sie weder etwas zu essen und trinken noch wärmere Kleidung oder einen Schutz, sollte das Wetter plötzlich umschlagen, wie es in den Bergen schnell passieren konnte. Aber es half nichts, sich darüber Gedanken zu machen, es war besser, die Energie für die vor ihnen liegenden Strapazen aufzusparen. Schweigend verschränkte Ross seine Finger mit Erins und marschierte nach Süden, wo sie hoffentlich irgendwann auf Häuser oder eine Straße treffen würden – sofern sie die schneebedeckten Gipfel überwinden konnten, die zwischen ihnen und der Zivilisation lagen.

37

Je näher sie ihrem Ziel kamen, desto unruhiger wurde Lissa. Wie sollte sie es schaffen, George so lange aufzuhalten, dass Jack und Hawk die Möglichkeit hatten, sie zu retten? Er würde sich nicht viel länger von ihr hinhalten lassen, sondern seine Drohungen bald wahr machen. Immerhin war es ihr gelungen, Erin und Gladstone aus seiner Reichweite zu entfernen. Hoffentlich waren sie nicht verletzt und konnten irgendwo Schutz suchen. Entschlossen hob Lissa das Kinn. Sie musste irgendwie versuchen, das hier zu überstehen.

»Ich habe meinen Teil der Abmachung eingehalten, Ihre Freunde sind frei. Wo haben Sie die Datenspeicher versteckt?«

»Zwischen Ouray und Silverton.«

»Geht es auch etwas genauer?«

»Das werde ich Ihnen sagen, sobald wir dort sind.«

George durchbohrte sie mit seinem Blick. »Glauben Sie nicht, dass Sie mit mir spielen können. Ich mag vielleicht harmlos aussehen, aber ich werde sicher nicht zögern, alles zu tun, um mein Eigentum zurückzubekommen.«

Lissa unterdrückte ein Schaudern. Dass er ohne Gewissensbisse über Leichen ging, um das zu bekommen, was er wollte, hatte er bereits mehrfach bewiesen. »Ich würde es Ihnen genauer sagen, wenn ich es selbst wüsste. Leider gibt es dort keine Straßennamen, daher kann ich den genauen Standort jetzt noch nicht sagen. Aber ich werde die Stelle sofort wiedererkennen, wenn ich die Gegend sehe.«

»Hoffen wir es – für Ihre Gesundheit.«

Lissa bemühte sich, die Drohung zu ignorieren. Wenn sie sich jetzt von Gibson einschüchtern ließ, dann wäre sie nicht mehr in der Lage, klar zu denken. Und mit der Aussicht, Jack wiederzusehen und mit ihm den Rest ihres Urlaubs zu verbringen, hatte sie einen gewaltigen Anreiz zu überleben. Auch die Vorstellung, George für seine Taten büßen zu lassen, hielt sie aufrecht. Für Hochverrat würde er den Rest seines Lebens im Gefängnis verbringen müssen oder sogar die Todesstrafe erhalten. Es war ihr ein Rätsel, wie sich jemand, der eigentlich dafür ausgebildet war, sein Land zu schützen, um hundertachtzig Grad wenden und alles verraten konnte, wofür er bisher gearbeitet hatte. Vermutlich war es wirklich nur eine Frage des Geldes, um jemanden wie George dazu zu bringen. Eine schreckliche Vorstellung.

Die Minuten schienen sich zu Stunden auszudehnen, während Lissa fieberhaft einen Ausweg aus ihrer nahezu aussichtslosen Lage suchte. Schweiß durchtränkte ihr T-Shirt und ließ ihre Haare unangenehm an Stirn und Nacken kleben. Ihr Herzschlag dröhnte im Gleichtakt mit den Rotoren in ihren Ohren. Mit jeder vergangenen Sekunde zog sich die Schlinge um ihren Hals ein wenig fester zu.

Schließlich erkannte Lissa, dass sie sich bereits über der Straße befanden, die sie direkt zu der verlassenen Mine führen würde. Ein Blick auf die Uhr bestätigte, wie schnell sie zu ihrem Ziel gelangt waren, obwohl es ihr wie eine Ewigkeit vorgekommen war. Doch jetzt, wo sie sich unaufhaltsam Richtung Silverton bewegten, wünschte sie sich verzweifelt die Bergketten mit ihren schroffen Felsen und sanften Tälern zurück, die sie zuvor überflogen hatten. Nun schützte keine Barriere sie mehr vor dem Schicksal, das sie erwartete, wenn sie erst bei der Mine angekommen waren.

Kurze Zeit später lag Silverton unter ihnen. Rasend schnell

flogen Gebäude und Straßen vorbei, ließen in Lissa ein Schwindelgefühl aufkommen. Rasch blickte sie geradeaus in den strahlend blauen Himmel, von dem die Sonne gnadenlos herabschien.

»Sehen Sie nach unten und sagen Sie mir, wenn Sie das Versteck sehen.«

Gehorsam senkte Lissa ihren Blick und betrachtete die von Wäldern und Wiesen umgebenen, mit roten Flecken übersäten Berge, um die sich die Straße herumschlängelte. Von oben sah alles gleich aus, es würde nicht einfach sein, den Truck wiederzufinden. Aber das konnte ihr nur recht sein.

»Sehen Sie es?«

»Noch nicht.« Lissa konnte deutlich erkennen, dass George langsam ungeduldig wurde. Wenn sie ihn noch lange hinhielt, würde er sicher brutaler werden.

»Auf welcher Straßenseite müssen wir suchen?« Seine Stimme klang gereizt, als er den Hubschrauber weiter nach unten lenkte und ihn damit dichter über die Straße brachte.

»Rechts. Nein, links.«

»Sind Sie sich da ganz sicher?« Die Frage war eine Mischung aus Sarkasmus und einer kaum verhüllten Warnung.

»Ja. Es war zwar dunkel heute Morgen und ich war ziemlich müde, aber ich bin mir sicher.«

»Das will ich hoffen – für Sie.«

Der Hubschrauber schwenkte nach links und wurde langsamer. Jedes Mal, wenn sie auf der Straße ein Auto sah, hielt sie für einen Moment den Atem an. Doch nie war es Jack oder Hawk. Immer weiter flogen sie die Straße entlang, bis sie schließlich den nächsten Ort erreichten. Gibsons Augen funkelten sie warnend an. »Wo sind nun die Speicherkarten? Wenn Sie mich belogen haben …«

»Nein! Sie sind hier, ich muss nur die richtige Stelle finden.«

»Dazu hatten Sie bereits genug Zeit. Sofern Sie ihn nicht in die Erde eingebuddelt haben, müsste der Truck von hier oben zu sehen sein. Aber da war nichts.«

»Ich …« Lissa stockte, als er in ihre Haare griff und ihren Kopf schmerzhaft nach hinten zog. Ihr Nacken knackte protestierend, ihre Kehle wurde eng, als George sich über sie beugte.

»Lügen Sie mich lieber nicht an. Vielleicht denken Sie, dass ich Gewissensbisse hätte, eine Frau dazu zu bringen, Informationen preiszugeben, aber Sie irren sich.« Ein Mundwinkel hob sich. »Im Gegenteil, es kann sogar recht anregend sein, wenn man es richtig anstellt.«

»Sie sind ein Monster!«

George lachte auf. »Genau. Und merken Sie es sich gut.« Seine Augen ruhten auf ihrer Kehle. »Also, ich frage Sie zum letzten Mal: Wo ist der verdammte Truck?«

Lissa hätte alles dafür gegeben, mutig und heldenhaft zu sein und George auf eine falsche Fährte zu führen, doch ihr Verstand sagte ihr, dass der Verräter nicht zögern würde, seine Drohung wahr zu machen. Unwillkürlich versuchte sie, seinem Griff zu entkommen, aber er hielt ihren Zopf gnadenlos fest. Tränen traten in ihre Augen, als der Schmerz unerträglich wurde. »Ich sage die Wahrheit. Wir haben die Nacht hier zwischen Ouray und Silverton verbracht. Auf dem Gelände einer alten Silbermine. Wenn ich sie sehe, werde ich sie sicher wiedererkennen.«

»Ihr Leben hängt davon ab.« George ließ ihre Haare los, um den Steuerknüppel wieder mit beiden Händen zu umfassen, während er mit dem Hubschrauber eine Schleife flog.

Lissa bemühte sich, ihren erleichterten Seufzer zu unterdrücken. Immerhin hatte sie durch ihre Lüge einige Minuten gewonnen. Doch noch weiter würde sie eine Landung nicht hinauszögern können. »Versuchen wir es auf der anderen Straßenseite, sicher war es dort.«

George sah sie verächtlich an, blieb aber stumm. Wahrscheinlich erkannte er, dass es nichts bringen würde, sie weiter zu bedrohen. Noch verängstigter könnte sie gar nicht sein, und außerdem würde er ihr hier im Hubschrauber nichts tun können. Er brauchte seine Hände und Konzentration, um die Maschine in der Luft zu halten. Ihre Finger im Schoß zusammengekrampft, blickte sie angestrengt nach unten. Hoffentlich würde sie wirklich von oben den Lastwagen entdecken. Denn sollte ihr das nicht gelingen, würde ihr auch Jack nicht mehr helfen können, wenn er denn irgendwann hier ankam.

Vermutlich war es Wunschdenken, aber sie könnte schwören, in Jacks Blicken und in seinen Berührungen seine Zuneigung zu ihr gespürt zu haben. Vielleicht sogar Liebe … Von ihrer Seite aus gab es jedenfalls keinen Zweifel daran, dass sie ihn liebte. Trotz oder vielleicht gerade wegen allem, was passiert war. Ihre einzige Angst war, dass sie keine Gelegenheit mehr haben würden, ihre Gefühle füreinander auszuleben. Oder dass sich ihre Empfindungen im realen Leben als unecht erweisen würden. Aber das konnte sie sich beim besten Willen nicht vorstellen.

Als sie am Straßenrand einen großen Pfeil erblickte, setzte sie sich ruckartig auf. Hier war der Dieb gestern aus dem Truck gestürzt und gestorben. Wieder sah sie Jacks ernstes Gesicht vor sich, als er aus dem Gebüsch zurückgekommen war und den Pfeil gelegt hatte, damit die Rettungskräfte den Verunglückten fanden. Für einen kurzen Moment schloss sie die Augen. Es war so viel geschehen, seit sie Jack auf der einsamen Straße in Texas getroffen hatte. Vieles davon würde sie nie im Leben vergessen können – weder die Verfolgung und die Morde, noch den Überfall im Motel, aber vor allem würden ihr die schönen Momente im Gedächtnis bleiben. Der erste Kuss in der Polizeistation, die leidenschaftlichen Augenblicke auf der schmalen Pritsche in der Zelle und auch auf der Harley. Lissa hob die Lider und betrachtete erneut die Gegend unter ihr. »Irgendwo hier müsste es sein.«

George verringerte die Höhe noch weiter, bis der Hubschrauber beinahe einen Gipfel streifte. Dahinter sah man eine Einfahrt, die auf ein brachliegendes Gelände führte. Rostige Förderanlagen überspannten den schmalen Asphaltweg und führten bis in den Berg hinein, der erhaben über den Zeichen der Zivilisation thronte. Deutlich konnte Lissa den kleinen Feldweg erkennen, der um den Hügel herumführte und nach einigen Metern unter dem dichten Blätterdach verschwand.

»Hier ist es.«

George blickte skeptisch nach unten. »Sind Sie sicher? Ich sehe nirgends einen Lastwagen.«

»Wir haben ihn versteckt.«

George ließ den Hubschrauber noch einmal über das Gelände kreisen. Dicht schwebte er über die Förderanlage hinweg, dann ging er in den Sinkflug über. Die Rotoren heulten auf, als er vom Vorwärtsflug in den senkrechten Landeanflug schaltete. Wieder hatte Lissa das Gefühl, in einem Fahrstuhl zu sitzen, der mit hoher Geschwindigkeit abwärts glitt. Unwohlsein breitete sich in ihr aus. Bevor sie jedoch wirkliche Übelkeit verspüren konnte, landeten sie bereits mit einem wenig sanften Aufsetzen der Kufen auf dem rissigen Asphalt. Lissa wollte die Tür aufstoßen, doch George packte grob ihren Arm.

Er zog sie so dicht zu sich heran, dass sie seinen heißen Atem spürte und ihr sein Schweißgeruch in die Nase stieg. Sie wollte sich abwenden, doch das ließ er nicht zu. »Wenn Sie versuchen, mich hereinzulegen, werden Sie es bereuen.« Schweigend blickte Lissa ihn an. »Wir steigen zusammen auf meiner Seite aus. Verstanden?«

»Ja.«

George zog die Pistole aus seinem Holster und befahl ihr, ihm zu folgen. Während sie hinter ihm hinauskletterte, ließ er sie keine Sekunde aus den Augen. Als könnte sie viel gegen ihn ausrichten, solange er eine Waffe auf sie gerichtet hatte! Sollte sich jedoch eine gute Gelegenheit bieten, würde sie tatsächlich mit allem, was sie in die Finger bekam, gegen ihn kämpfen.

Er schien das zu spüren, denn sobald sie auf dem Boden stand, drückte er sie gegen den Helikopter. »Hände hoch und Beine breit.«

Ein Protest lag Lissa auf der Zunge, aber sie schluckte ihn hinunter. Vielleicht gewann sie so ein wenig mehr Zeit, auch wenn sie dabei seine Hände auf sich erdulden musste. Schweigend stützte sie die Hände an die Außenhülle des Hubschraubers und stellte die Füße auseinander. Mit zusammengebissenen Zähnen blickte sie starr auf den grauen Lack und bemühte sich, die Berührungen des Verbrechers zu ignorieren. Seine Hände glitten ihre Beine hinauf, weiter über ihre Rippen bis unter ihre Achselhöhlen.

Jeder Idiot könnte sehen, dass sie unter ihrem T-Shirt keine Waffen versteckt haben konnte. Trotzdem strich George über ihren Rücken, dann über Bauch und Brüste. Lissa ballte die Hände zu Fäusten, als seine Hand zwischen ihre Beine glitt. Dann trat er einen Schritt zurück. Hätte er sie nur eine Sekunde länger angefasst, sie hätte ihn auch ohne Waffen angegriffen. Langsam drehte sie sich um. Ihr Gesicht war sicher blutrot angelaufen und sie meinte fast, ihre Haare vor Wut knistern zu hören. Für einen normalerweise friedliebenden Menschen fühlte sie einen Hass in sich, der ihr selbst Angst machte.

George hatte dafür allerdings nur ein hämisches Grinsen übrig. »Gehen wir.« Erneut packte er ihren Arm und zog sie mit sich. Die Pistole in seiner anderen Hand zeigte zu Boden, doch sie ließ sich davon nicht täuschen. Sollte sie zu fliehen versuchen, würde er sie bereits nach ein paar Schritten erschießen. »Zeigen Sie mir den Truck.«

Gehorsam überquerte Lissa den freien Asphaltplatz, auf dem der Hubschrauber stand, und schwenkte in den kleinen Feldweg ein, dessen Fahrspuren fast von der Vegetation überwuchert waren. Sie würde George sicher nicht darauf hinweisen, dass sich die Datenspeicher nicht mehr im Lastwagen befanden. Je länger er sich daran aufhielt, desto mehr Zeit hatten Jack und Hawk. Der Anblick von Jacks Truck, der immer noch in seinem Versteck unter den Bäumen stand, ließ ihr Herz für einen Moment höher schlagen. Fast erwartete sie, Jack aussteigen und auf sie zukommen zu sehen, doch das war natürlich Unsinn. Lissa schluckte mühsam den Kloß in ihrer Kehle hinunter und wandte sich zu George um.

Dieser blickte sie erwartungsvoll an. »Machen Sie ihn schon auf.«

Lissa starrte ihn erstaunt an. »Wie?«

»Sagen Sie nicht, Sie haben den Schlüssel nicht dabei.«

»Das ist doch nicht mein Lastwagen! Jack hat den Schlüssel.«

George schlug mit der Hand an das Metall des Anhängers. »Verdammt! Dieser elende Tease schon wieder.«

»Natürlich, es ist schließlich sein Truck.«

Drohend baute sich George vor ihr auf. »Das gefällt Ihnen, oder? Aber ich werde die Datenspeicher bekommen, daran besteht kein Zweifel.« Er überprüfte den Schließmechanismus des Anhängers und brummte zufrieden. »Kein besonders kompliziertes Schloss, nur eine Sache von Minuten.«

Lissa bemühte sich, ihre Freude nicht zu zeigen. Auch wenn er das Schloss relativ leicht knacken konnte, hatte sie wieder ein wenig Zeit gewonnen. Unauffällig blickte sie auf ihre Uhr. Es war bereits eine halbe Stunde vergangen, seit sie in Mesa Verde gestartet waren. Jede einzelne Minute, die sie George aufhalten konnte, war ein Gewinn. Er durfte nur nicht merken, dass er die Arbeit vergebens machte. Sollte er dahinterkommen, dass sie ihn bewusst in dem Glauben ließ, dass sich die Datenspeicher im Lastwagen befanden, würde er sie sicher nicht ungeschoren davonkommen lassen. Sie zweifelte nicht daran, dass er sogar Spaß daran haben würde, sie für ihre Lüge zu bestrafen.

38

Als wären sämtliche Höllenhunde hinter ihm her, jagte Jack die kurvige Straße nach Silverton hinauf. Schneller konnte er auf dieser Strecke nicht fahren, ohne einen schweren Unfall zu riskieren, der nicht nur sein Leben, sondern auch das von Lissa gefährden würde. Er musste in einem Stück bei der Mine ankommen, was danach passierte, stand auf einem ganz anderen Blatt. Ständig hatte er den stetig vorrückenden Zeiger der Uhr vor seinen Augen. Hoffentlich würde Lissa eine Möglichkeit finden, Gibson so lange aufzuhalten, bis er da war. Oder Hawk mit einem Hubschrauber. Deutlich konnte er fühlen, wie seine Angst um Lissa und seine Wut auf Gibson mit jedem Kilometer zunahmen, den er zurücklegte. Sollte der Verräter ihr irgendetwas getan haben, konnte Jack nicht dafür garantieren, dass er ihn nicht auf der Stelle töten würde.

Im letzten Moment wich er einem dahintuckernden Wagen aus, dessen Insassen mehr an der Umgebung als am Fahren interessiert waren. Hart schlug sein Herz gegen seine Rippen. *Er musste einfach rechtzeitig kommen.* Er würde sich nie verzeihen, wenn Lissa seinetwegen etwas zustieß. Jack lockerte kurz seine Muskeln, dann beugte er sich wieder tief über den Lenker und gab Gas.

Mit einem triumphierenden Auflachen knackte George nach weniger als fünf Minuten das Schloss des Anhängers. »So, das war's. Wie bekomme ich jetzt die Rampe herunter?«

»An der Seite ist ein Schalter.«

George stellte sich neben sie und betrachtete den Mechanismus. »Dafür brauche ich den Schlüssel.«

»Es sieht so aus.«

Diesmal hörte er wohl die Genugtuung in ihrer Stimme, denn er trat dicht an sie heran und umfasste mit einem schmerzhaften Griff ihr Kinn. »Sie glauben wohl, Sie hätten gewonnen, aber das stimmt nicht.« Sein gehässiges Grinsen sandte einen Schauer über Lissas Rücken. Er ließ einen Schlüsselbund vor ihrem Gesicht baumeln. »Die Grundausrüstung eines Agenten. Natürlich brauchen wir so etwas heute kaum noch, aber ich fand es wichtig, in allen Bereichen umfassend ausgebildet zu sein.«

Er drückte noch einmal kräftig zu, bevor er sich wieder dem Truck zuwandte. Den Blick auf Georges Rücken gerichtet, rieb Lissa über ihre schmerzenden Wangen. Sie musste vorsichtiger sein, wenn sie die Entführung überleben wollte. Für einen kurzen Moment überlegte sie, ob sie in den nur wenige Schritte entfernten Wald fliehen sollte, doch sie wusste, dass George sie verfolgen und schließlich wieder einfangen würde. Und was er dann mit ihr tat, war sicher noch bedeutend schlimmer als die jetzige Behandlung. Nein, so schwer es ihr auch fiel: Sie musste weiter in seiner Nähe bleiben und mitspielen, solange es eben ging.

Nach wenigen Versuchen hatte George es geschafft: Der Motor der Rampe sprang an. »Stellen Sie sich da hin, wo ich Sie sehen kann.« Während Lissa tat, was er verlangte, startete George den Mechanismus der Klappe. Langsam senkte sie sich. Das Piepsen und Blinken zerrte an Lissas ohnehin schon strapazierten Nerven. »Steigen Sie auf die Rampe.«

Die Klappe war nur etwa bis zur Hälfte abgesenkt, sodass Lissa hinaufklettern musste. Obwohl Jack ihr gezeigt hatte, wie man die Rampe mit dem Fuß hochfahren lassen konnte, schwieg Lissa. Sie würde es dem Verräter sicher nicht erleichtern. Sollte er sich doch abmühen, um zu seinen geliebten Datenspeichern zu kommen. Ernüchtert sah sie zu, wie George sich ohne Probleme auf die Klappe schwang. Sollten Verbrecher nicht eigentlich auch wie welche aussehen? Einen Verräter stellte sie sich nicht fit, gut aussehend und sonnengebräunt vor. Aber George ließ sich einfach nicht in ein Schema pressen. Hätte sie ihn irgendwo getroffen, hätte sie ihn für einen wohlhabenden Geschäftsmann gehalten. Inzwischen sah er natürlich nicht mehr ganz so gepflegt aus: Sein Anzug wies Löcher und Flecken auf, und der provisorische Verband an seinem Arm war durchgeblutet.

George richtete die Waffe auf sie. »Nach Ihnen.«

Obwohl Lissa von vornherein gewusst hatte, dass er nicht so dumm sein würde, alleine in den Anhänger zu steigen und ihr damit die Gelegenheit zu geben, ihn darin einzusperren, war sie doch enttäuscht.

»So, wo sind die Datenspeicher?«

»In den Kisten.«

Ohne Vorwarnung packte George sie am T-Shirt und zog sie dicht zu sich heran. »Ich glaube, Sie haben immer noch nicht verstanden, in welcher Gefahr Sie sich befinden. Wenn mir Ihre Antworten nicht gefallen, werde ich die Wahrheit aus Ihnen herausholen. Und das wird Ihnen nicht guttun.« Er wartete, bis er ihr Zittern spürte, dann schob er sie ein Stück von sich. »Also, noch einmal. Wo sind die Speicherkarten?«

»Wir haben sie in einer Kiste gesammelt.«

George lächelte sie befriedigt an. »Na also, es geht doch. Wo ist diese Kiste?«

Lissa deutete auf die festgezurrten Pakete. »Irgendwo dazwischen.«

Diesmal schnappte George sich ihren Arm und drehte ihn

auf ihren Rücken. Mit einem Schmerzensschrei beugte Lissa sich nach vorne, um den Druck von ihrem Schultergelenk zu nehmen. George vergrub eine Hand in ihren Haaren und riss ihren Kopf nach hinten. Ungerührt blickte er in ihre schreckgeweiteten Augen. »Wollen Sie die Antwort noch einmal überdenken?«

Lissa schluckte hörbar. »Nein.«

»Ich soll also glauben, dass ihr die Datenspeicher zwischen den anderen Kartons versteckt habt?«

»Ja-a.« Lissa schloss die Augen, als der Druck unerträglich wurde. Es fehlte nicht mehr viel und sie würde vor Schmerzen das Bewusstsein verlieren. Ihre Muskeln und Sehnen schrien protestierend auf, als George ihren Arm abrupt losließ und sie von sich stieß. Lissa konnte sich nicht mehr auf den Beinen halten und stürzte schwer zu Boden. Erneut zuckte der Schmerz durch ihren gesamten Körper. Schweiß brach ihr aus, Übelkeit wühlte in ihren Eingeweiden. Heftig den Atem durch die Nase ausstoßend, blieb sie eine Weile still liegen. Als ein Schatten über sie glitt, öffnete Lissa mühsam die Augen. Mit einem belustigten Ausdruck auf dem Gesicht beugte George sich über sie.

»Sie vertragen aber wirklich nicht viel. Ich denke, es wird sehr leicht werden, alle Informationen aus Ihnen herauszubekommen.« Er lachte über Lissas Versuch, ihn wütend anzublicken. »Vielleicht nehme ich Sie mit nach Mexiko und vergnüge mich eine Weile mit Ihnen.«

Nur über deine Leiche! Lissa kniff die Lippen zusammen, damit ihr nicht etwas herausrutschte, das besser ungesagt blieb. Sollte er doch denken, sie wäre unterwürfig und eingeschüchtert. Umso überraschter würde er sein, wenn sie schließlich zurückschlug. Allerdings musste sie dafür erst einmal wieder auf die Beine kommen. Mit Mühe unterdrückte sie einen Schmerzenslaut, als sie sich langsam aufrichtete. Ihr linker Arm fühlte sich an, als hätte jemand sämtliche Muskeln darin durchtrennt. Nutzlos hing er herab. Ungeduldig griff George unter ihre Achseln und hob sie auf die Beine.

»Holen Sie mir die Kiste.«

»Aber …«

»Sofort. Oder muss ich noch deutlicher werden, was mit Ihnen passiert, wenn ich die Datenspeicher nicht bekomme?«

Stumm schüttelte Lissa den Kopf. Er hatte bewiesen, dass er ein gewissenloser Bastard war, sie brauchte keine weitere Demonstration. »Wir müssen die Sicherungsseile entfernen.«

Gemeinsam lösten sie die Spanngurte, warfen sie beiseite und hoben die ersten Kisten herunter. Mehr als einmal fiel Lissa dabei beinahe ein Karton herunter, weil ihr linker Arm immer noch gefühllos war. Langsam wurde George ungeduldig. Sein Gesichtsausdruck wurde immer grimmiger, während er Paket um Paket öffnete, hineinschaute und es dann zur Seite stellte. Unauffällig warf Lissa einen Blick auf ihre Uhr. Sie konnte gerade noch einen erleichterten Seufzer unterdrücken: Bereits fünfzig Minuten, seit sie im Mesa Verde National Park aufgebrochen waren. Nur noch kurze Zeit, dann würde sicher Hilfe eintreffen. Während sie mechanisch die Kartons überprüfte, dachte sie daran, wie es wäre, Jack wiederzusehen. Der Anflug eines Lächelns überzog ihr Gesicht.

Der Angriff kam völlig unerwartet. Eben noch hatte sie sich ihren Träumen hingegeben, im nächsten Moment lag sie am Boden. Das Paket, das sie gerade in der Hand gehabt hatte, lag schwer auf ihrem Brustkorb. Ihr Hinterkopf schmerzte, wahrscheinlich war sie damit auf dem Boden aufgeprallt. Lissa wollte sich aufsetzen, doch das ging nicht. George stand über ihr, seinen Fuß auf den Karton gestemmt. Deshalb bekam sie also kaum Luft und konnte sich nicht bewegen.

Als er sprach, war seine Stimme über dem Rauschen in ihren Ohren kaum zu verstehen. »Ich habe Sie gewarnt. Ich lasse mich nicht zum Narren halten.« Der Druck auf ihrer Brust verstärkte sich. Lissa hustete und rang nach Atem. »Die Datenspeicher sind überhaupt nicht hier versteckt, oder?« Als Lissa nicht antwortete, breitete sich Röte in seinem Gesicht aus. »Ich habe diese Sache lange Zeit geplant, ich werde sie mir nicht von einer dämlichen, hohlköpfigen Tussi kaputt machen lassen. Wenn Sie glauben, dass es Ihnen jetzt schlecht geht, dann warten Sie ab, bis ich mich einige Zeit mit Ihnen beschäftigt habe. Sie werden um Gnade flehen.« Er beugte sich zu ihr herab und verstärkte dabei noch einmal das Gewicht, das ihren Brustkorb fast zerquetschte. »Überlegen Sie es sich gut. Sie können es einfach haben oder schwer. Mir ist das im Grunde egal, aber Sie werden das vielleicht anders sehen.« Er beobachtete, wie Lissa hilflos versuchte, nach Luft zu schnappen, und drückte noch einmal zu, bevor er den Fuß vom Paket entfernte. »Also, was soll es sein?«

Lissa wollte ihm sagen, dass er sich zum Teufel scheren sollte, aber das würde ihr außer einer kurzzeitigen Befriedigung nicht weiterhelfen. Mit ihrem unverletzten Arm schob sie die Kiste von ihrer Brust und versuchte, sich aufzusetzen. Ein Husten schüttelte sie, sodass sie gezwungen war, sich wieder hinzulegen. In ihrem Kopf drehte sich alles, ihr Brustkorb fühlte sich an, als hätte jemand darauf Tango getanzt. Während sie noch damit beschäftigt war, genug Luft zu bekommen, um zu antworten, hatte George bereits wieder die Pistole auf sie gerichtet.

»Es gibt einige Körperteile, in denen eine Kugel zwar sehr schmerzhaft, aber nicht tödlich wäre. Damit werde ich anfangen, so lange, bis Sie mir sagen, was ich wissen will.«

»Ich … w-will doch … reden! L-lassen Sie mich nur erst … zu … Atem kommen.«

»Dafür hatten Sie genug Zeit.« George griff nach ihrem Arm und zog sie grob auf die Füße. Als sie schwankte, lehnte er sie an die Wand des Anhängers. »Wo – sind – die – verdammten – Speicherkarten?«

»M-mine.«

»Wie bitte?«

Lissa räusperte sich. »In der Mine.«

»Und wir haben hier die ganze Zeit umsonst gesucht.« Drohend trat er dicht vor sie. »Ich sollte Sie jetzt gleich erschießen.« Er rückte wieder ab und zog sie mit sich zur Laderampe. »Aber ich denke, es ist besser, Sie noch eine Weile als Pfand zu behalten, falls Sie mich wieder angelogen haben.« Verächtlich blickte er in ihr blasses, verschwitztes Gesicht. »Nächstes Mal werde ich nicht so nett sein, es wäre also besser für Sie, wenn Sie mir die Wahrheit erzählen.«

Er wartete nicht auf ihre Antwort, sondern riss sie mit sich auf die Rampe. Lissa kam ins Stolpern und stürzte auf die Knie. Schmerz schoss durch ihre Kniescheiben, die Oberschenkel hinauf. Unwillkürlich schrie sie auf.

George stieg von der Rampe und zog sie zu sich herunter, bevor er zurück zur Straße marschierte und dem Gerüst folgte, das direkt zum Eingang der Mine führte. Lissa, die mehrmals strauchelte, zog er dabei unsanft hinter sich her. Beim Eingang angekommen blieb er stehen und spähte in die Dunkelheit. »Sie führen mich.«

»Jack hat den Karton zwar hier versteckt, aber ich weiß nicht genau wo.«

George blickte sie so lange durchdringend an, dass sie schon fürchtete, er würde ihr nicht glauben. Erleichtert atmete Lissa auf, als er sich schließlich von ihr abwandte. Aus seiner Werkzeugtasche zog er zwei Plastikstreifen. Kabelbinder! Automatisch wich Lissa zurück, doch sie stieß schon nach wenigen

Schritten gegen die feuchte Felswand. George überprüfte die Beschaffenheit eines Metallrohrs, das den Eingang des Stollens stützte, und nickte zufrieden.

»Geben Sie mir Ihre Hände.«

»Nein!«

»Ich kann Sie auch gerne bewegungsunfähig schießen.«

Die Drohung wirkte. Zögernd streckte Lissa eine Hand aus. George ergriff sie und machte eine auffordernde Bewegung. »Die andere auch.«

Rasch drehte er ihre Arme auf den Rücken, wickelte den Kabelbinder um ihre Handgelenke und zog ihn zusammen. Lissa biss sich auf die Lippe, um keinen Laut von sich zu geben, als das harte Plastik in ihre Haut schnitt. Anschließend schob George den zweiten Binder hindurch und befestigte ihn und damit auch Lissas Hände am Metallrohr. Zufrieden betrachtete er einen Moment sein Werk, dann tätschelte er ihren Kopf.

»Und machen Sie keine Dummheiten. Ich bin gleich zurück.« Damit zog er eine Taschenlampe aus der Werkzeugtasche und knipste sie an.

39

Lissa blickte ihm nach, bis er im Dunkel der Mine verschwunden war. Mit der Lampe würde er das Paket sicher schnell finden. Hoffentlich hatte Jack es so gut versteckt, dass sie noch ein wenig Zeit gewann, bevor George sich mit den Datenspeichern auf den Weg machte. Wenn er erst wieder im Hubschrauber war, würde es sehr schwer werden, ihn noch aufzuhalten. *Jetzt wäre eine gute Zeit, einzugreifen, Jack!* Doch nichts passierte, niemand stürmte zu ihrer Befreiung heran. Mutlos senkte Lissa den Kopf. Was hatte sie denn erwartet? Es war noch nicht einmal eine Stunde vergangen, seit George sie in den Hubschrauber gezerrt hatte. Selbst mit einem schnellen Auto und wenig Verkehr wäre die Strecke nicht in dieser Zeit zu bewältigen. Sie würde sich noch etwas gedulden müssen oder selbst versuchen, sich zu befreien.

Da Geduld noch nie ihre Stärke gewesen war, begann sie nach einer Möglichkeit zu suchen, wie sie die Plastikfesseln lösen konnte. Ihre von den früheren Verletzungen schmerzenden Schultergelenke schrien protestierend auf. Hartnäckig versuchte Lissa trotzdem, die Schlaufen zu weiten, aber sie merkte schnell, dass es nicht klappte. Die Kabelbinder funktionierten nur in eine Richtung: enger. Kein Wunder, dass solche Fesseln inzwischen auch von der Polizei verwendet wurden. Sofern keine Zange, Schere oder ein Messer zur Hand war, hatte man keine Chance, die Schlaufe zu lösen. Messer! Jetzt hätte sie das Taschenmesser gebrauchen können, das sie Gladstone gegeben hatte. Doch sie bereute es nicht, ihren Freunden die

Möglichkeit zur Flucht gegeben zu haben. Wie hätte sie sie von Kopf bis Fuß gefesselt in der Wildnis aussetzen können? Außerdem hätte George es sicher bei ihrer Durchsuchung gefunden.

Lissa begann damit, das Plastik an dem rostigen Metallrohr zu reiben, auch wenn von vorneherein klar war, dass sie nicht genug Zeit haben würde, um die Fessel durchzuscheuern. Ihre Handgelenke brannten an den Stellen, an denen der harte Kunststoff bereits die Haut aufgeschürft hatte. Vielleicht wenn sie irgendetwas fand, mit dem sie den Verschluss weiten konnte … Nur wenig Licht drang durch den schmalen Eingang in das Innere der Mine. Lissa beugte sich nach unten, soweit ihre gefesselten Hände es zuließen. Sand, Steine und Stücke gesplitterten Holzes, das vor langer Zeit Unbefugte am Eindringen gehindert hatte. Aber nichts, was sich dazu eignete, sie zu befreien. Lissa kniff die Augen zusammen. Eine vermoderte Holzlatte hing nur an einem langen Nagel an einem weiteren Brett. Wenn es ihr irgendwie gelänge, die Latte samt Nagel zu sich zu ziehen … Lissa warf einen Blick in die dunkle Mine. George war nirgends zu sehen. *Jetzt oder nie!*

Lissa setzte sich auf den Boden, umfasste das Metallrohr mit den Händen und rutschte so weit vor, wie sie die Spannung in ihren Armen ertragen konnte. Langsam streckte sie die Beine aus und berührte damit das Brett. Es schwankte sofort gefährlich hin und her. Sie musste es erwischen, bevor es zu Boden fiel und damit vielleicht außer Reichweite geriet. Ihre strapazierfähigen Schuhe waren gut zum Wandern oder Motorradfahren geeignet, aber im feinmotorischen Bereich ließen sie sehr zu wünschen übrig.

Behutsam klemmte sie die Holzlatte zwischen ihre Füße und zog sie zu sich heran. Mit einem quietschenden Geräusch löste sich der Nagel aus dem Holzstück, das die brüchige Latte gehalten hatte. Vor Anstrengung trat ihr der Schweiß auf die Stirn, als Lissa das Brett zwischen den Beinen heranzog. Dabei musste sie jederzeit befürchten, dass das Holz nachgab und zu Spänen zerfiel, bevor sie es in ihren Händen hielt. Außer Atem und mit schmerzenden Gliedern legte sie eine kurze Pause ein. Ein Schweißtropfen löste sich und glitt ihre Wange hinunter. Sie musste sich beeilen, denn wenn George jetzt zurückkäme, wäre ihr Schicksal besiegelt.

Es kam ihr unendlich lange vor, bis sie das Brett so positioniert hatte, dass der Nagel in der Nähe ihrer Hände war. Jetzt musste sie ihn nur noch aus dem Holz bekommen, denn sie konnte nicht das ganze Brett bewegen. Ihre Bauchmuskeln brannten, als sie die Latte unter ihren Beinen hindurchschob, bis sie den Nagel berühren konnte. Mit vor Schweiß und Blut glitschigen Fingern zog sie ihn langsam heraus. Ihr keuchender Atem hallte laut von den engen Wänden der Mine wider.

Ein letzter verzweifelter Ruck und der Nagel glitt aus dem morschen Holz. Fest schloss Lissa die Faust darum, damit er ihr nicht aus der Hand rutschte und zu Boden fiel. Einige quälende Sekunden lag sie einfach nur da und versuchte, wieder zu Kräften zu kommen. Ein kurzer Blick in den Tunnel, dann zwang sie sich, ihren Befreiungsversuch fortzusetzen. Sie zog die Plastikfessel so weit vom Metallrohr ab, wie sie konnte, und schob die Spitze des Nagels in den Verschluss. Ein stechender Schmerz schoss durch ihr Handgelenk, doch sie ignorierte ihn. Falls sie George nicht entfliehen könnte, würde sie sicher viel mehr ertragen müssen. Dieser Gedanke spornte sie dazu an, ihren gefühllosen Fingern alles abzuverlangen. Sie wusste nicht, ob sie die richtige Stelle traf oder ihre Versuche überhaupt etwas bewirkten, aber sie konnte nicht aufgeben. Nein, sie *würde* nicht aufgeben. Der Nagel rutschte ab und stieß in ihren Handballen. Lissa biss sich auf die Lippe, um keinen Laut von sich zu geben. Verbissen kämpfte sie weiter darum, sich zu befreien, und versuchte, die Schmerzen zu ignorieren.

Gerade als sie einen kleinen Ruck in den Fesseln spürte, legte sich von hinten eine Hand auf ihre Schulter. Erschrocken zuckte sie zusammen und ließ dabei den Nagel fallen.

George grinste sie an. »Na, waren Sie auch schön brav? Sie haben Glück gehabt, die Datenspeicher waren tatsächlich in der Mine.« Er hielt triumphierend den Karton hoch. »Ihr Freund hat sich mit dem Verbergen nicht gerade viel Mühe gegeben. Jedes Kind hätte das Versteck entdeckt.« Nachdenklich blickte er sie an. »Was mache ich jetzt mit Ihnen?«

Lissa leckte über ihre trockenen Lippen. »Sie könnten mich einfach freilassen, nachdem sie jetzt die Speicherkarten haben.«

»Sie sind schuld daran, dass ich meine Pläne ändern musste und bald einer der meistgesuchten Männer in den USA sein werde. Warum sollte ich Sie verschonen?« Damit drehte er sich um und ging hinaus.

Verzweifelt blickte Lissa um sich. Was sollte sie jetzt tun? George würde sie auf keinen Fall laufen lassen, dessen war sie sich sicher. Die Zeit lief gegen sie. In wenigen Minuten würde der Hubschrauber startbereit sein, und dann gab es nichts mehr, was den Verräter noch aufhalten konnte. Sollte sie darauf hoffen, dass Jack und Hawk rechtzeitig eintreffen würden? Das konnte sie sich nicht leisten. Wenn sie nur nicht den Nagel verloren hätte! Er musste irgendwo im lockeren Sandboden liegen, dicht neben dem Metallrohr. Aber wie sollte sie daran kommen? Vielleicht wenn sie die Hände … Lissa neigte sich zur Seite, bis sie auf dem Boden lag und begann, die Fesseln Zentimeter für Zentimeter am Metallrohr hinunterzuschieben. Ihr Atem kam in keuchenden Stößen, als ihre Finger endlich den Sand berührten. Draußen sprang der Motor des Helikopters an. Ihre Finger gruben sich in den Sand, tasteten nach dem Nagel, der ihre einzige Hoffnung war.

Erschrocken zuckte Lissa zusammen, als ein Lichtstrahl ihr Auge traf. Verwirrt blinzelte sie gegen das gleißende Licht an. Woher kam es so plötzlich? Sie war zu tief in der Mine, als dass die Sonne hereinscheinen könnte. Irgendetwas musste das Licht reflektieren. Der Strahl wanderte weiter, beschrieb einen Bogen und kehrte dann wieder zurück. So plötzlich wie er aufgetaucht war, verschwand er wieder. Hatte George eine Tür des Helikopters geöffnet? Nein, es drehten sich nur die Rotoren, sonst bewegte sich nichts. Mit zusammengekniffenen Augen blickte sie hinaus. Der Asphalt flimmerte in der Hitze, ließ den tristen Platz wie eine optische Täuschung wirken. Von dort aus konnte eigentlich kein Licht kommen, die Sonne stand auf der anderen Seite des Berges. Lissa ließ ihren Blick über die rötlichen Felsen gleiten, die hinter dem Platz einen Vorsprung bildeten. Erneut drang ein Lichtstrahl in ihre Augen und zeigte ihr, dass sie den Ursprung fast entdeckt hatte. Als er weiterwanderte, hob sie den Blick und entdeckte eine Figur auf dem Felsvorsprung: Jack! Tränen der Erleichterung ließen für einen Moment seine Konturen verschwimmen. Hastig blinzelte sie, bis sie ihn wieder deutlich sehen konnte. Er war wirklich da!

Gut, sie hatte ihn gesehen. Rasch legte Jack den Spiegel des Motorrads zur Seite. Wenn Lissa wüsste, was er mit ihrer geliebten Maschine angestellt hatte, würde sie ihn lynchen. Da er nicht einfach auf das Grundstück fahren konnte, ohne von George entdeckt zu werden, hatte er einen anderen Weg gesucht. Glücklicherweise hatte er einen alten Fuhrweg entdeckt, der fast vollständig von der Vegetation überwuchert war. Dieser hatte ihn von der Straße aus zu einem Felsvorsprung geführt, der den oberen Mineneingang mit der Förderanlage verband, die über den Vorplatz ragte, bevor sie abbrach. Als er ankam, sprach Gibson mit Lissa im Eingang der Mine und trug dann den Karton mit den Datenspeichern zum Hubschrauber. So viel zu seiner Hoffnung, dass er eintreffen würde, bevor Gibson die Speicherkarten gefunden hatte. Aber eigentlich konnte er froh sein, dass der Hubschrauber überhaupt noch hier war und vor allem, dass Lissa noch lebte.

Jack duckte sich wieder hinter den Felsblock, der ihn vor Gibsons Blicken versteckte. Die Rotoren des Hubschraubers drehten sich bereits, Gibson würde sicher bald aufbrechen. Jack musste ihn außer Gefecht setzen, solange er sich noch auf dem Boden befand. Er entsicherte Hawks Pistole und zielte auf den Benzintank des Helikopters. Gibson würde sicher nicht versuchen, zur Mine zu fliehen, denn dann müsste er ungeschützt den freien Platz überqueren. Vor allem musste Jack Gibson am Start hindern und ihn so lange beschäftigen, bis die Verstärkung eintraf. Jack betrachtete prüfend die Stahlkonstruktion der Förderanlage, die sich vor ihm befand. Die alten Lorengleise verließen einen Schacht oberhalb des Mineneingangs in dem Lissa sich befand und waren auf gleicher Höhe durch lange Stahlträger gestützt, ursprünglich auf der anderen Seite des schmalen Tals wieder im Fels verschwunden. Irgendwann war der mittlere Teil der Konstruktion zusammengebrochen. Jetzt endete die verfallene Anlage nach etwa dreißig Metern über dem Platz, auf dem sich der Helikopter befand.

Rasch lief Jack den schmalen Weg entlang bis zu dem Punkt, wo die Förderanlage den Vorsprung verließ. Es knirschte unter seinen Füßen, als er das Förderband betrat. Er ging in die Hocke und tastete sich vorsichtig vorwärts. Hoffentlich war das Metall noch nicht so verrostet, dass das Gerüst unter seinem Gewicht zusammenbrach. Nur eine schmale Kante schützte ihn auf beiden Seiten davor, herunterzustürzen. Das verrostete Metall zerrte an seiner Kleidung und hinterließ tiefe Schrammen in seinen Handflächen. Der Lärm des Rotors übertönte alles, aber Jack fühlte, wie das Gerüst bei jeder Erschütterung zitterte. Die Zähne zusammengebissen kroch er weiter, bis er den Punkt erreichte, wo die Anlage abrupt endete.

Jack hob den Kopf und blickte auf den Hubschrauber hinunter, von dem ihn etwa zehn Meter trennten. Von den Rotoren aufgewirbelter Sand prasselte auf ihn ein, der Wind riss an seinen Haaren. Die Augen zu Schlitzen verengt versuchte Jack, den Verräter zu entdecken. Gibson saß immer noch im Cockpit. Der Lärm der Rotoren wurde lauter. Es würde nicht mehr lange dauern, bis die Maschine startklar war. Sorgfältig zielte Jack auf den hinteren, unteren Teil des Helikopters, in dem sich der Tank befand, und schoss. Laut dröhnte der Schuss in seinen Ohren, wurde aber fast sofort vom Lärm verschluckt. Befriedigt sah Jack, wie unter dem Hubschrauber eine schnell wachsende Pfütze erschien. Volltreffer! Noch ein paar solcher Schüsse und … Jack zuckte zusammen, als etwas an seinem Kopf vorbeizischte. Sofort duckte er sich, während die zweite Kugel das Metall vor ihm traf und Splitter auf ihn herabregneten.

Jack wartete, bis Gibson eine Feuerpause einlegte, bevor er den Kopf hob und erneut schoss. Nacheinander zielte er auf den Tank und die Seitenscheibe des Cockpits, die er damit zerstörte. Einen Moment lang passierte gar nichts, dann bohrte sich eine Kugel nur wenige Zentimeter von ihm entfernt in das Metall. Noch dichter auf den Boden gepresst versuchte Jack, dem Angreifer möglichst kein Ziel zu bieten. Seine Deckung war keineswegs perfekt, er konnte nur hoffen, dass der tiefer gelegene Standort Gibson beeinträchtigen würde und ihm kein vernünftiger Schuss gelang. Als wollte er ihn eines Besseren belehren, spürte Jack den heißen Hauch einer an seinem Kopf vorbeifliegenden Kugel. Er wartete eine Feuerpause ab, bevor er noch einmal auf das Cockpit schoss. Seine Munition ging langsam zur Neige, er musste unbedingt einen Weg nach unten finden, um Gibson aufzuhalten.

Lissa drängte sich dichter an die kühle Felswand der Mine. Vermutlich würde sich keine Kugel in ihre Richtung verirren, aber sie wollte sichergehen. Während sie mit wild klopfendem Herzen den Schusswechsel beobachtete, durchsuchten ihre Finger weiterhin den Sand. Irgendwo musste der verfluchte Nagel doch sein! Alles war sicher besser, als hilflos hier angebunden zu sein. Es war merkwürdig, zwar zu wissen, dass dort draußen Schüsse fielen, sie jedoch nicht zu hören, da der Lärm der Rotoren alles andere überdeckte. Sie zuckte zusammen, als erneut eine Scheibe des Hubschraubers in kleine Stücke zerbarst. Auf jeden Fall hatte Jack dort oben einen Vorteil, denn der Helikopter war ein leichtes Ziel – wie er bereits etliche Male bewiesen hatte. Flüssigkeit spritzte in dünnen Fontänen aus der Maschine und sammelte sich unter den Kufen. Sie konnte erkennen, wie George sich auf der dem Förderband abgewandten Seite versteckte. Er stand auf dem oberen Rand der Kufen und war so vom Hubschrauber verdeckt.

Als hätte er ihren Blick gespürt, sah George in ihre Richtung. Blut lief in dünnen Fäden über sein Gesicht, wahrscheinlich hatten ihn Glassplitter verletzt. Langsam hob er die Pistole. Entsetzt versuchte Lissa, noch weiter zurückzuweichen, doch die Plastikfesseln hinderten sie daran. Sie presste sich so nah wie möglich an die Wand und suchte hinter dem Pfahl, an dem sie festgebunden war, Schutz. Den Kopf vergrub sie zwischen ihren Knien. Nicht, dass das etwas nützen würde, wenn eine Kugel sie traf, aber ihr Instinkt trieb sie dazu. Kein Ton war zu hören, sodass es sie völlig unvorbereitet traf, als eine Kugel am

Pfosten abprallte und dicht neben ihr in den Sand schlug. Erschrocken schrie sie auf. Doch auch dieser Laut ging im Motorenlärm unter. *Oh Gott, oh Gott!* Sie wollte nicht sterben, und schon gar nicht auf diese Art und Weise.

George schoss erneut auf sie, diesmal prallte die Kugel am oberen Metallträger ab und bohrte sich in die Felsen über ihr. Ein Zittern erfasste ihren Körper. Es war nur noch eine Frage der Zeit, bis sie getroffen wurde. Hawk war doch sicher auch hier, zusammen mit Jack. Warum griff er nicht ein? Sie musste unbedingt den Nagel wiederfinden und sich selbst befreien. Verzweifelt durchwühlte sie weiter den Boden, während sie gleichzeitig versuchte, sich so klein wie möglich zu machen, falls der Verbrecher erneut auf sie schießen sollte. Vorsichtig hob sie den Kopf und blickte zum Hubschrauber. George schwang sich gerade wieder in die Maschine und setzte sich auf den Sitz des Kopiloten. Er wollte starten!

Sicher würde Jack es bemerken und etwas dagegen unternehmen. Aber was sollte er tun, solange er dort oben auf dem Förderband war? Er würde nie so schnell herunterkommen können, schon gar nicht, da George weiterhin auf ihn schoss. Jacks Kopf tauchte über dem Metallgerüst auf. Lissa konnte seinen Gesichtsausdruck nicht erkennen, aber er schien Georges Absicht zu erkennen. Er richtete sich weiter auf, hob die Pistole und schoss in schneller Abfolge auf den Hubschrauber. Funken stoben, als die Geschosse in das Metall eindrangen. Durch das gesplitterte Glas konnte Lissa nicht erkennen, ob der Verräter getroffen wurde, aber das Geräusch des Motors änderte sich. Vielleicht hatte Jack etwas Wichtiges erwischt. Er stand weiterhin aufrecht auf der Förderanlage, wahrscheinlich versuchte er einen Weg zu finden, wie er hinuntergelangen konnte.

Falls Jack ihre Hilfe brauchte, wollte sie bereit sein. Mit neuem Eifer suchte Lissa nach dem Nagel. Er musste hier irgendwo sein, wenn sie lange genug suchte, würde sie ihn sicher wiederfinden. Gerade als ihre Fingerspitzen ihn berührten, blickte sie auf und sah, wie George sich über den Pilotensitz lehnte und seine Pistole hob.

40

»Nein!« Ihren Schrei hörte nur sie selbst, Jack schien die Gefahr, in der er schwebte, nicht zu bemerken. Lissa wollte aufspringen und ihn warnen, doch ihre Fesseln hielten sie am Boden. Und dann war es auch schon zu spät. Jack stürzte nach hinten und verschwand außer Sicht. »Jack!« Angespannt wartete sie darauf, ein Lebenszeichen von ihm zu entdecken, doch es rührte sich nichts.

Der Hubschrauber, der Lärm, die Mine, alles hörte auf zu existieren. Wie in Zeitlupe sah Lissa Georges freudiges Lachen, wie er den Arm triumphierend in die Luft reckte. Mit einem Werkzeug entfernte er die Reste der zerstörten Frontscheibe, dann winkte er ihr zu. *Nein! Er durfte nicht einfach so davonkommen.* Wenn Jack schwer verletzt oder sogar tot war … Lissa spürte einen Schmerz in der Brust, den sie nicht für möglich gehalten hätte. Ihre Kehle war wie zugeschnürt, Augen und Lunge brannten. Das konnte nicht sein, sie hatte Jack doch gerade erst gefunden! Das Dröhnen in ihren Ohren wurde lauter, bis sie meinte, schreien zu müssen, wenn der Druck nicht bald nachließ.

Plötzlich war alles vorbei. Die Welt hörte auf, sich vor ihren Augen zu drehen, das Geräusch der Rotoren drang wieder zu ihr durch. Eiskalte Ruhe breitete sich in ihrem Körper aus. In einem seltsam losgelösten Teil ihres Verstandes erkannte sie, dass sie unter Schock stand, aber sie hatte nicht die Energie, dagegen anzukämpfen. Im Gegenteil, wenn der Schmerz so betäubt wurde und es ihr erlaubte, zu funktionieren, war es ihr sogar recht.

Mit steifen Fingern schob sie die Spitze des Nagels in den Verschluss der Plastikfessel und bohrte so lange, bis sich die Lasche weitete. Das Plastik verschob sich um mehrere Millimeter, dann hing es wieder fest. Weiter, noch etwas weiter und sie wäre die verdammten Fesseln los. Sie würde einen Weg finden, auf den Vorsprung zu kommen und Jack zu helfen. Vermutlich sollte sie versuchen, George aufzuhalten, aber sie wusste nicht, wie sie das ohne Waffen anstellen sollte. Eins nach dem anderen. Erst musste sie freikommen, dann konnte sie sich überlegen, wie sie weiter vorging. Noch einmal glitt die Nagelspitze tief in den Kunststoff. Gleich …

Wieder spritzte dicht vor ihr der Sand auf. Langsam hob sie den Kopf und sah gerade noch, wie George sich wieder aus dem Cockpit schwang. Was hatte er vor? Warum hob er nicht einfach ab und flog davon? Stattdessen lehnte er sich erneut in ihre Richtung, legte an und schoss. Lissa schloss die Augen, zog die Knie an ihre Brust und versuchte, sich so klein wie möglich zu machen.

Lissa hob den Kopf, als plötzlich ein Lichtstrahl aufblitzte. *Jack, er lebte noch!* Ihre Freude wurde durch Entsetzen abgelöst, als sie erkannte, was er vorhatte. *Der Mann war irre!* Das konnte er nicht wirklich planen, es war ohne Zweifel die idiotischste Aktion, die sie je gesehen hatte. Sie wollte ihm zurufen, es nicht zu tun, aber es war schon zu spät.

Mit einem Aufheulen des Motors, den sie sogar über dem Lärm der Rotoren hörte, raste Jack mit der Harley über die Förderanlage, um sich an deren Ende in die Luft zu erheben. Lissa wollte das nicht sehen, aber sie konnte ihre Augen nicht losreißen. Gebannt beobachtete sie, wie sich die Maschine samt Fahrer auf die sich drehenden Rotoren des Hubschraubers zu bewegte. Hinter ihm flog etwas Glitzerndes durch die Luft. Es sah aus wie ein Seil oder Kabel.

Während Jack es irgendwie schaffte, nicht in die Rotoren zu geraten, legte sich das an der Maschine befestigte Seil darüber. Funken sprühten, laute Schläge und kreischende Geräusche lösten die gleichmäßigen Motorengeräusche ab und gellten in ihren Ohren. Mit weit aufgerissenen Augen sah Lissa zu, wie Jack das Motorrad wie durch ein Wunder mit den Rädern zuerst auf dem Boden landen ließ. Gerade als sie dachte, er käme vielleicht sogar ohne Verletzungen davon, brach die Hölle los. Teile des Rotors schossen in sämtliche Richtungen, durch die Drehgeschwindigkeit so beschleunigt, dass sie sich durch nichts stoppen ließen.

Während Lissa sich wieder hinter das Metallrohr duckte, versuchte sie, Jack nicht aus den Augen zu verlieren. Durch den harten Aufprall verlor er die Kontrolle über die Maschine, stürzte und rutschte gemeinsam mit dem Motorrad über den Boden. Trümmer und messerscharfe Fragmente des Rotors bohrten sich in die Harley. Jack erreichten sie nicht mehr, denn er rutschte in diesem Moment über die Abbruchkante in das Tal und verschwand außer Sicht.

Nein! Lissa kämpfte ein letztes Mal gegen die Fesseln an. Mit einem Ruck lösten sie sich endlich von ihren Handgelenken. Befreit stand sie auf, doch bevor sie den Ausgang erreichte, schoss ein Rotorblatt direkt auf sie zu und bohrte sich quer über den Mineneingang in die Felsen. In einer verspäteten Reaktion sprang Lissa zurück, stolperte und fiel nach hinten um. Für einen kurzen Moment lag sie wie betäubt da, dann rappelte sie sich wieder auf. Sie musste zu Jack! Auf Händen und Knien kroch sie unter dem verbogenen Metall hindurch, in den Sonnenschein hinaus. Ungeduldig wischte Lissa die Tränen fort, die über ihre Wangen strömten. Sie lief ein paar Schritte in Richtung des Helikopters, dann blieb sie ruckartig stehen. Die gesamte obere Hälfte war zerstört. Aufgeschlitzt, zerbeult, abgerissen. Vermutlich sollte sie nachprüfen, ob George noch lebte, aber sie konnte sich nicht dazu durchringen, in den Hubschrauber hineinzuschauen.

Eilig rannte sie auf den Abgrund zu. Sie hatte die Abbruchkante fast erreicht, als ein lautes Knattern ertönte. Erst jetzt bemerkte sie, wie unheimlich still es geworden war, seit die Rotoren zerstört waren. Auch der Motor war verstummt. Doch nun erfüllte erneut der Lärm eines Hubschraubers die Luft. Lebte der Verräter noch und hatte irgendwie die Maschine wieder gestartet? Nein, das wäre unmöglich.

Lissa beschirmte ihre Augen mit den Händen und blickte in den tiefblauen Himmel. Wie ein Greifvogel stieß ein riesiger Schatten auf die asphaltierte Lichtung hinab. Dicht am Abgrund stemmte Lissa sich gegen den Wind, um nicht umgestoßen zu werden. Die Haare wirbelten um ihr Gesicht, die Kleidung wurde eng an ihren Körper gepresst. Hawk riss bereits die Tür auf, als der Helikopter noch in der Luft stand. Erleichtert atmete Lissa auf. Sie hob die Hand, bevor sie sich umdrehte und an die Kante der kleinen Schlucht trat.

Sie war nicht besonders tief, aber die steile, steinige Böschung endete in einem schmalen Fluss, der mit hoher Geschwindigkeit in Richtung Tal strömte. Wo war Jack? Ohne auf die Rufe hinter sich zu achten, warf Lissa sich zu Boden und kroch näher an die Abbruchkante heran. Da! Ein Stück blauen Stoffs hob sich vom Grau der Steine ab. Vorsichtig robbte Lissa noch weiter vor. Es genügte ihr nicht, Jacks Bein zu sehen, sie musste wissen, ob er noch lebte. Erschrocken zuckte sie zusammen, als jemand sie hinten am Hosenbund packte und vom Rand wegzog.

»Sind Sie wahnsinnig geworden? Noch ein Stückchen weiter und Sie wären in die Tiefe gestürzt!«

Lissa war froh, Hawks Stimme zu hören, aber sie musste jetzt unbedingt zu Jack. »Jack ist hinuntergestürzt, ich muss zu ihm.«

Hawk ließ sie nicht los. »Ich habe es gesehen. Aber ohne Ausrüstung können Sie nicht dort hinunterklettern. Es ist zu gefährlich.«

»Vielleicht kann Jack aber nicht so lange warten.«

»Er hätte noch weniger davon, wenn Sie beim Versuch, ihm zu helfen, selbst abstürzen.« Lissa wollte protestieren, aber sie erkannte, dass Hawk recht hatte. Schweigend blickte sie ihn an.

»Kommen Sie mit zum Hubschrauber, dort können Sie sich ausruhen, während wir auf den Rettungshubschrauber warten. Er müsste in ein paar Minuten da sein.«

Lissa bekam kaum mit, wie Hawk ihre wunden Handgelenke verband und Fragen stellte. Ihr Blick wanderte immer wieder dorthin, wo Jack über die Klippe gestürzt war. Das dauerte alles zu lange! Wenn sie hier oben wartete, bis die Rettungskräfte eintrafen, könnte Jack in der Zwischenzeit allein dort unten sterben. Sie wollte nicht darüber nachdenken, dass er schon tot sein könnte. Solange sie es nicht mit eigenen Augen gesehen hatte, würde sie es nicht glauben.

»Ich muss jetzt gehen.« Damit erhob Lissa sich, ließ Hawk einfach stehen und lief zum Abgrund. Sie wusste zwar nicht, wie sie hinunterkommen sollte, aber sie würde es tun. Hawk rief etwas hinter ihr her, doch sie kümmerte sich nicht darum. Nach einem tiefen Atemzug hockte Lissa sich hin und schwang ihr Bein über die Kante. Sie ignorierte die Schmerzen, die durch ihren Körper tobten, und zwang sich, nicht nach unten zu blicken, während sie langsam einen Weg den steilen Abhang hinunter suchte. Mit ihren frisch verbundenen Händen klammerte sie sich an allem fest, was ihr halbwegs sicher erschien: Felsen, verkrüppelte Büsche und Wurzeln, Pflanzen und Gräser. Mehr als einmal verlor sie beinahe das Gleichgewicht, doch sie konnte sich im letzten Moment irgendwo festklammern.

Da sie nicht nach unten geblickt hatte, bemerkte sie gar

nicht, dass sie bereits am Ziel angekommen war. Erst als ihr Fuß gegen etwas Weiches stieß, blickte sie hinter sich. Für einen langen Moment blieb ihr Herz stehen, als sie Jack dort liegen sah. Es sah fast so aus, als würde er schlafen. Vorsichtig trat Lissa um ihn herum und hockte sich neben ihn.

Sein Arm war aufgeschürft und blutig, ebenso wie sein Bein. Auch seine Wange zierten einige Kratzer, aber sonst schien sein Kopf unverletzt zu sein. Lissa streckte die Hand aus, um ihn zu berühren, zog sie dann aber wieder zurück. Jack lag so still da, sein Gesicht abgewandt, die Haut bleich, dass sie sich davor fürchtete, ihn anzufassen.

Aber sie musste etwas tun. Zögernd beugte sie sich über ihn. »Jack?« Ihre Frage war nur ein heiseres Krächzen. Lissa räusperte sich und versuchte es noch einmal. »Jack. Antworte mir bitte, wenn du mich hören kannst.« Keine Reaktion. Mühsam drängte Lissa ihre Verzweiflung zurück. Mit den Fingern strich sie leicht über seine Haut. Sie war feucht und warm. Lissa wusste nicht, was sie erwartet hatte, aber es beruhigte sie etwas, dass Jack noch nicht kalt und steif war. Obwohl er das nach der kurzen Zeit auch nicht wäre, selbst wenn … Lissa schluckte schwer. Ihre Hand zitterte unkontrollierbar, als sie ihre Finger vor Jacks Nase und Mund hielt. Unwillkürlich hielt sie den Atem an.

»Wie geht es ihm?«

Hawks Ruf vom Rand der Klippe erschreckte sie fast zu Tode. Sie hatte ganz vergessen, dass sie nicht mit Jack alleine war. Ein Schluchzen drang aus ihrer Kehle, als sie einen Hauch an ihrer Handfläche spürte. »Er atmet!«

Lissa meinte fast, Hawks erleichterten Seufzer bis nach unten zu hören. »Gut. Ist er schwer verletzt?«

»Das kann ich nicht sagen, eine Seite ist zumindest stark aufgeschürft. Mehr kann ich nicht erkennen.«

»In Ordnung, ich komme runter.«

»Beeilen Sie sich!« Lissa beobachtete, wie Hawk vorsichtig über die Kante kletterte und sich dann einen Weg nach unten suchte. Hatte sie wirklich vorhin das Gleiche getan? Sie konnte sich gar nicht mehr daran erinnern, wie sie nach unten gekommen war, zu sehr war sie von ihrer Sorge um Jack gefangen gewesen. Immerhin war Hawk so schlau gewesen und hatte sich ein Seil um die Hüfte geschlungen, das ihn sicherte.

»Musst du so schreien? Du weckst ja Tote auf.«

Ruckartig blickte Lissa zu Jack. Hatte sie sich nur eingebildet, dass … Nein, seine Augen waren wirklich offen. »Du … du …«

»Ja?« Jack versuchte, sich aufzusetzen, aber sein Körper gehorchte ihm nicht. Mit einem Stöhnen sank er zurück. »Verdammt, mir tut alles weh.«

Eilig legte Lissa ihre Hände auf seine Schultern. »Beweg dich nicht, vielleicht hast du eine Rückenverletzung oder so etwas.«

»Woher?«

»Weißt du das nicht mehr? Du bist mit der Harley …«

Jack verzog schmerzhaft das Gesicht. »Ja, stimmt, es fällt mir wieder ein.« Er betrachtete sie ernst. »Lissa …«

»Ja?«

»Ich fürchte, ich habe dein Motorrad zu Schrott gefahren.«

Lissa sah ihn fassungslos an, dann fing sie an zu lachen. Tränen strömten aus ihren Augen, während sie das erste Mal seit scheinbar unendlich langer Zeit wieder lachte. Ihre Seiten begannen zu schmerzen, genauso wie ihr Kiefer, aber sie konnte nicht aufhören. Erst als Jack wiederholt ›Lissa‹ rief und Anstalten machte, sich aufzusetzen, gelang es ihr, den Lachreiz zu unterdrücken. Mit dem Handrücken wischte sie sich die Tränen aus den Augen. »Du Idiot. Ich mache mir Sorgen um dich, nicht um meine Maschine. Die Harley kann ich ersetzen, dich nicht.«

Ein leichtes Lächeln überzog Jacks Mund. »Aber du wirst sie mir vermutlich nicht noch einmal leihen, oder?«

»Genau genommen habe ich sie dir nie geliehen …« Sie brach ab, als Hawk, einen halben Erdrutsch auslösend, neben ihr landete.

»Was ist hier los? Ich hörte Schreie und dachte, es wäre etwas passiert.«

Jack gelang ein halbes Grinsen. »Alles in Ordnung. Lissa hat mich ausgelacht, das ist alles.«

Hawk blickte Lissa merkwürdig an. »Aha.« Er zuckte mit den Schultern und wandte sich Jack zu. »So, Sie dachten also, Sie könnten Evel Knievel spielen.«

Jack schnitt eine Grimasse. »Wohl kaum. Mir fiel nur nichts Besseres ein, um Gibson aufzuhalten. Ich hatte keine Munition mehr, und mit Steinen zu werfen, erschien mir nicht besonders Erfolg versprechend.«

»Also dachten Sie, es wäre sinnvoll, eine lebende Kanonenkugel zu imitieren.«

»So in etwa.«

Lissa konnte sich nicht mehr beherrschen. »Du hättest getötet werden können! Wenn du in den Rotor geraten wärest …« Sie biss sich auf die Lippe und wandte den Kopf ab, damit er ihre Tränen nicht sah.

»Ich musste Gibson stoppen. Er durfte nicht mit den Datenspeichern entkommen. Aber was noch viel wichtiger war: Er sollte keine Möglichkeit mehr haben, dir wehzutun. Ich habe gesehen, wie er weiter auf dich geschossen hat. Irgendwann hätte eine Kugel getroffen.« Jack versuchte, seinen Arm zu heben, und stöhnte auf. »Ich musste ihn aufhalten. Auf dem Vorsprung lag ein altes Stahlseil, das früher für das Fördersystem benutzt wurde, also habe ich die Gelegenheit ergriffen und es über den Rotor geworfen. Eine todsichere Sache.«

»Im wahrsten Sinne des Wortes. Ich hätte es dir nie verziehen, wenn du dich umgebracht hättest.«

»Dann ist es ja gut, dass ich noch lebe.« Seine letzten Worte gingen fast im Dröhnen eines Helikopters unter.

Endlich, der Rettungshubschrauber! Über der Schlucht schwebend wurde eine Trage heruntergelassen. Ein Notarzt war durch ein Seil damit verbunden und gab dem Piloten über Funk Anweisungen. Hawk erhob sich, um die Bahre in Empfang zu nehmen. Da es zu laut war, um sich zu unterhalten, beugte Lissa sich nur vor und gab Jack einen sanften Kuss. Alles Weitere musste warten, bis sie an einem ruhigeren Ort waren.

Im zweiten Versuch fing Hawk die Trage ein und hielt sie fest, bis der Hubschrauber sie auf den Boden gesenkt hatte. Der Arzt schnallte sich los und lief zu Jack. Nach einer oberflächlichen Untersuchung entschied er, dass sie ihn nicht ohne Stützbrett transportieren konnten, für den Fall, dass er eine Rückenverletzung hatte. Hawk löste die Verankerung der Bahre und winkte Lissa zu sich. »Halten Sie die Seile am Boden.«

Mit der Trage kehrte er zu Jack zurück. Der Arzt legte gerade eine Plastikschiene an, die den Nacken schützen und den Kopf fixieren sollte.

»Okay, drehen wir ihn langsam auf die Seite. Aber immer den Rücken dabei stützen.« Gemeinsam begannen sie, Jack zu drehen, der sofort aufschrie.

»Verdammt!« Sein Gesicht wurde noch eine Spur bleicher, Schweißperlen erschienen auf seiner Stirn. »Ich bin wohl auf meinem Arm gelandet.«

»Halten Sie es für ein paar Sekunden aus?«

»Muss ich wohl.« Kaum hatte er die Worte ausgesprochen, als er das Bewusstsein verlor.

41

Sie würden es nicht bis auf die andere Seite der Berge schaffen. Auch wenn der Weg per Luftlinie gar nicht so weit war, durch das ständige Auf und Ab, ausgedehnte Geröllfelder, tiefe Bäche und dichtes Unterholz waren sie gezwungen, immer wieder weite Umwege zu gehen oder sich mühsam vorwärts zu quälen. Ross machte sich Sorgen um Erin. Seit Stunden lief sie stumm hinter ihm her, hielt eisern durch, obwohl er wusste, wie erschöpft sie sein musste. Nicht einmal hatte sie sich beschwert – was ihn fast noch misstrauischer machte.

Die Sonne war schon lange hinter den Bergen verschwunden und es wurde von Minute zu Minute dunkler. Ross blickte den schmalen Weg hinunter, der vom Tauwasser in den Berg gegraben worden war. Unten wartete ein weiteres grünes Tal auf sie, bevor es wieder in graue Felsspitzen überging. Seit er sich nicht mehr an der Sonne orientieren konnte, musste er höllisch aufpassen, dass sie auch weiterhin in die richtige Richtung gingen. Aber jetzt war der Moment gekommen, sich damit abzufinden, dass sie die Nacht hier im Gebirge würden verbringen müssen. Wenn sie den Pass überwunden hatten, mussten sie sich einen geschützten Platz suchen und hoffen, dass es nachts nicht zu kalt werden würde.

Er drehte sich zu Erin um und betrachtete sie aufmerksam. »Schaffst du es noch ein kleines Stück?«

Erin blieb stehen und lehnte sich erschöpft gegen einen Felsblock. Es dauerte ein paar Sekunden, bis sie antwortete. »Natürlich.«

»Ich meine es ernst, Erin. Du musst nichts beweisen. Wenn du denkst, dass es nicht mehr geht, dann sag das bitte.«

Eine Weile blickte sie ihn stumm an, dann schüttelte sie den Kopf. »Ein paar Meter schaffe ich noch. Hier ist es etwas ungemütlich, um die Nacht zu verbringen.«

Ross nickte, drückte kurz ihre Hand und ging dann schnell weiter. Er musste sich zwingen, den Drang zu unterdrücken, Erin in die Arme zu schließen und ihr ein wenig von seiner Kraft abzugeben. Aber wenn er es versucht hätte, wäre sie darüber sicher nicht sehr glücklich gewesen. Sie hatten aufgrund der Situation nur einen Waffenstillstand geschlossen, mehr nicht. So gern er ihre erzwungene Zweisamkeit nutzen wollte, um sie wieder für sich zu gewinnen oder zumindest zu erreichen, dass sie ihn nicht mehr hasste, wusste er, dass sie jeden Versuch abblocken würde. Also würde er damit warten, bis sie wieder in der Zivilisation waren, und hoffen, dass sie ihm wenigstens endlich zuhören würde. Ross spannte den Kiefer an. Er würde schon dafür sorgen, dass Erin hörte, was er zu sagen hatte. Danach konnte sie ihn immer noch in die Wüste schicken, wenn sie es wollte.

Vorsichtig suchten sie sich einen Weg zwischen den großen Felsbrocken hindurch, während sie gleichzeitig nach einem Unterschlupf Ausschau hielten. Doch hier waren nur Steine, einige wenige zähe Büsche und ein schmales Rinnsal. Immerhin hatten sie so ihren Durst stillen können. Da sie keine Behälter besaßen, um sich einen Wasservorrat anzulegen, folgten sie dem Lauf des Baches. Solange sie nicht wussten, wie weit der Weg zurück in die Zivilisation war, war es so am sichersten.

Obwohl es mit jeder Minute unwahrscheinlicher schien, hoffte Ross immer noch, dass Lissa dem Verräter entkommen war und zurückkehren würde, um sie zu suchen. Wenn sie mit einem Hubschrauber den großen Pfeilen folgten, die er gelegt hatte, würden sie mit Sicherheit gefunden werden. Trotzdem konnte er sich nicht darauf verlassen.

Der Wildpfad machte einen scharfen Knick und ging unvermittelt in ein gewaltiges Geröllfeld über. Dahinter folgte ein weiteres Waldstück, in dem sie hoffentlich ein geeignetes Lager finden würden. Ross verfluchte den Verbrecher dafür, dass er ihm sogar sein Feuerzeug abgenommen hatte. Damit hätte er wenigstens ein Feuer machen können. Natürlich konnte er immer noch versuchen, die Kenntnisse anzuwenden, die er als Kind bei den Pfadfindern erworben hatte, aber er bezweifelte, dass viel davon hängen geblieben war. Ross blieb am Rand des Geröllfeldes stehen und wartete auf Erin. »Im Wald werden wir uns einen Platz für die Nacht suchen.«

Erschöpft hob Erin den Kopf und betrachtete mutlos das Geröll und den daran angrenzenden Wald. »Sieht sehr einladend aus.«

Ross bemühte sich um ein aufmunterndes Lächeln. »Immerhin besser als irgendwo zwischen den Felsen. Die Bäume werden uns ein wenig vor dem Wind schützen.«

Erin rieb ihre kalten Arme. »Hört sich gut an. Ich bin jetzt schon ein Eiszapfen.«

Er sagte ihr nicht, dass sie im Laufe der Nacht wahrscheinlich noch viel mehr frieren würden. Vermutlich wusste sie das auch selbst. Stattdessen nahm er ihre Hand und zog sie mit sich auf das lockere, abschüssige Steinfeld. Glücklicherweise war es trocken, sonst wäre es noch viel gefährlicher gewesen, es zu überqueren. Auch so rutschten und stolperten sie über die kiesel- bis fußballgroßen Steine und konnten häufig nur knapp einem Sturz entgehen. Gegenseitig hielten sie sich aufrecht, unterstützten sich, bis sie endlich das Geröllfeld überwunden hatten. Dort sank Erin keuchend auf einen umgestürzten Baumstamm.

»Ich … hätte … wirklich eher mit … dem Rauchen aufhören sollen.«

»Das habe ich dir ja schon immer gesagt.« Sowie der Satz heraus war, hätte Ross ihn am liebsten zurückgenommen. Das Blödeste, was er tun konnte, war, Erin jetzt an ihre gemeinsame Vergangenheit zu erinnern. Als ihr Gesichtsausdruck sich noch weiter verdüsterte, sprach er schnell weiter. »Bleib hier sitzen und ruh dich ein wenig aus, während ich versuche, einen Unterschlupf für uns zu finden.«

»Woher …«

Ross hob schnell die Hand. »Bitte. Es geht schneller, wenn ich alleine gehe. Ich verspreche, dass ich sofort zurückkomme und dich hole, wenn ich etwas Geeignetes gefunden habe.«

Erin sah ihn eine Weile prüfend an, dann nickte sie widerwillig. Während er mit großen Schritten im Wald verschwand, kehrte sich ihr Blick nach innen. Sie erinnerte sich noch gut an den Tag vor etwas über drei Jahren, als er ihr an der Tür einen leidenschaftlichen Abschiedskuss gegeben hatte. Sie war zu verliebt und glücklich gewesen, um den ernsten Ausdruck in seinen Augen zu bemerken. Mit den Worten ›Ich komme bald wieder‹ hatte er sich verabschiedet und war beinahe zu seinem Wagen gerannt. Sie war enttäuscht gewesen, dass er nicht mit hineingekommen war, und hatte versucht, sich einzureden, dass es einfach eine zu große Versuchung für ihn gewesen wäre, noch länger in ihrer Gesellschaft zu bleiben. Erin lachte bitter auf. Wie dumm und naiv sie doch gewesen war! Ross war nicht wiedergekommen, weder am nächsten Tag noch in den darauffolgenden Wochen. Sie hatte sämtliche Krankenhäuser angerufen, in der Angst, er könnte einen Unfall erlitten haben, doch auch dort gab es keine Spur von ihm. Er war wie vom Erdboden verschluckt gewesen.

Schließlich hatte sie von seiner Vermieterin erfahren, dass er sie gebeten hatte, in seiner Abwesenheit in seiner Wohnung nach dem Rechten zu sehen. Anscheinend verschwand er öfter mal für eine gewisse Zeit und tauchte dann unangemeldet wieder auf. Erin presste eine Faust gegen ihre Brust, als der altvertraute Schmerz darin wieder einsetzte. Die folgenden Wochen begann sie, ihn dafür zu hassen, dass er sie so verletzt hatte. Wie konnte er ihr so etwas antun, nach der schönen Zeit, die sie miteinander geteilt hatten? Als er nach zwei Monaten plötzlich vor ihrer Tür stand, abgemergelt und mit einem seltsam harten Ausdruck in den Augen und sie bat, ihre Beziehung wieder aufzunehmen, war irgendetwas in ihr zerbrochen.

Mit all der Wut, die in ihr war, hatte sie ausgeholt und Ross ins Gesicht geschlagen. Obwohl er genug Zeit hatte, auszuweichen, tat er es nicht, sondern taumelte unter dem kraftvollen Schlag zurück. Wahrscheinlich hatte er erkannt, dass er ihn verdient hatte. Und noch viel mehr. Erin hatte nicht abgewartet, ob sie ihm ein paar Zähne ausgeschlagen hatte, sondern ihm die Tür vor der Nase zugeschlagen. Tränen brannten in ihren Augen, wie immer, wenn sie an diesen schmerzhaften Moment zurückdachte.

Einige Tage später hatte er ihr im Supermarkt aufgelauert und sie gebeten, seine Erklärung anzuhören, doch sie war dazu nicht bereit gewesen. Es war ihr egal, welchen Grund es für sein Benehmen gab, nichts würde das rechtfertigen, was er getan hatte. Ihre Liebe zu Ross Gladstone verwandelte sich in Hass. Hatte er wirklich geglaubt, er könne sich einfach entschuldigen und alles wäre wieder wie vorher?

Eilig wischte sie sich über die Augen, als in der Nähe ein Knacken ertönte. Sie wollte nicht, dass Ross sah, welche Macht er immer noch über sie hatte. Ein Gedanke ließ ihren Kopf nach oben schnellen. Es gab hier doch keine Bären, oder? Zitternd schlang sie die Arme um ihren Oberkörper. Wie konnte dieser Schuft sie hier einfach so allein lassen?

Die Dunkelheit hatte sich beinahe unbemerkt über sie herabgesenkt, während sie in ihren Gedanken gefangen gewesen war. Wie viel Zeit war vergangen, seit Ross verschwunden war? Sie wollte aufstehen und nach ihm Ausschau halten, doch ihre Energie war restlos erschöpft. Der Überfall, die Gefangennahme, der Sturz aus dem Hubschrauber, Hunger, Durst und Kälte hatten ihren Tribut gefordert.

Erneut knackte es, näher diesmal, dann ertönte ein Schuss. Erin sprang auf, Panik löste ihre Erschöpfung ab. War der Verbrecher doch noch hinter ihnen her? Hatte er erst Lissa getötet und war nun zurückgekehrt, um auch sie und Ross zu erledigen? Furcht breitete sich in ihr aus, gefolgt von Schmerz. *Ross!* Der Schuss war aus der Richtung gekommen, die er eingeschlagen hatte. Sie musste ihn suchen.

Erin rannte geduckt zum Waldrand und spähte durch die dichten Baumreihen. Es war zu dunkel, um irgendetwas zu erkennen. Sie wollte nach Ross rufen, aber auch nicht auf sich aufmerksam machen. Falls sie nicht sowieso schon im Visier des Verbrechers war. Ihr Nacken prickelte warnend, als sie hinter einem Baum Schutz suchte. Es war jemand hier, das fühlte sie deutlich. Der Wald war unnatürlich still, nichts rührte sich.

»Ross?« Erin zuckte zusammen, als ihre Stimme lauter als beabsichtigt klang. Der Verbrecher hatte sie sicherlich gehört und wusste jetzt, wo sie war. Sie musste hier verschwinden, und zwar schnell. Inzwischen konnte sie kaum noch etwas erkennen, die Dunkelheit hatte eingesetzt. Erin bewegte sich von einem Stamm zum nächsten, blieb stehen, lauschte und ging dann weiter. Nach einigen Minuten gab sie auf. So würde sie Ross nie finden, und vor allem hatte sie mittlerweile völlig die Orientierung verloren. Die Lichtung mochte nur wenige Meter entfernt sein, sie würde sie vermutlich trotzdem nicht wiederfinden.

Der durch die Angst verursachte Energiestoß ebbte ab, erschöpft sank sie auf den Waldboden. Den Rücken gegen einen Baumstamm gelehnt, schloss sie die Augen. »Ross.« Tränen quollen unter ihren Augenlidern hervor und liefen über ihre Wangen. Ein reißender Schmerz breitete sich in ihr aus, bis er jeden Winkel ihres Körpers erfasst hatte. Erst Lissa und nun auch noch Ross. Warum hatte sie so lange an ihrer Wut und Verletztheit festgehalten, anstatt ihm noch eine Chance zu geben? Sie liebte ihn immer noch, und jetzt war es zu spät, es ihm zu sagen.

»Erin?«

Zuerst dachte sie, es wäre ein Echo aus der Vergangenheit, doch dann erkannte sie, dass tatsächlich jemand ihren Namen rief.

»Erin, sag etwas, sonst kann ich dich nicht finden!« *Ross.*

Erin sprang auf, taumelte und schürfte sich an der Baumrinde die Hände auf, doch das war ihr egal. »Ross, ich bin hier!«

»Bleib wo du bist, ich hole dich. Rede einfach mit mir.« Seine Stimme klang schon näher.

»Ich habe einen Schuss gehört …«

»Keine Angst, das war nur ein Versehen.« Humor schwang in seiner Stimme mit. »Ich wurde mit einem Bären verwechselt.«

»Das ist nicht lustig! Ich dachte, du wärst tot.«

»Wolltest du schon den Sekt aufmachen?«

Wie schaffte er es nur immer, sie innerhalb von Sekunden wütend zu machen? »Darüber kann ich gar nicht lachen. Du …« Erin brach ab, als er plötzlich vor ihr stand.

Im Dunkeln konnte sie seine Zähne aufblitzen sehen. »Ja?«

Kraftlos schlug sie mit der Faust gegen seine Brust. »Idiot! Ich habe gedacht, du wärst tot! Wie konntest du mich in dem Glauben lassen …«

Ross ließ sie nicht ausreden, sondern zog sie an sich und küsste sie. Seine Finger wühlten sich in ihre kurzen Haare und hinderten sie so daran, ihr Gesicht wegzudrehen, als er seinen Mund auf ihren senkte. Als wenn sie das überhaupt versucht hätte! Sie sehnte sich schon so lange danach, endlich wieder seine Lippen zu spüren, seine Zunge, die sich einen Weg in ihren Mund bahnte. Natürlich hätte sie es niemals zugegeben, aber sie hatte sich all die Jahre nach Ross verzehrt, obwohl sie ihn eigentlich hassen wollte. Er besaß eine Macht über sie, die sie nie verstanden hatte. Aber all das war jetzt nebensächlich. Sie brauchte ihn – mehr als alles andere.

Gierig umklammerte sie seinen Nacken und zog ihn dichter an sich. Als versuchte sie, die verlorene Zeit wieder gutzumachen, erkundete Erin mit ihrer Zunge eifrig seinen Mund. Ihre Finger schoben sich in den Ausschnitt seines T-Shirts, genossen seine warme Haut an ihren Fingerspitzen, während Ross im Gegenzug seine Hand über ihren Hals gleiten ließ. Erin erschauerte. Ihr Körper drängte danach, mehr von seinen sanften Berührungen zu spüren, seine Hitze, seine Erregung.

Doch Ross beendete den Kuss und lehnte seine Stirn an ihre. »Es tut mir leid, dass ich dich damals verlassen habe, Erin. Aber ich konnte dir nicht sagen, wo ich hingehe.«

Ihre Erregung flaute ab und wurde von der altbekannten Wut ersetzt. Sie trat einen Schritt zurück und verschränkte ihre Arme über der Brust, um die Kälte abzuwehren, die von ihr Besitz ergriff. »Warum nicht? Was war so schwer daran zu sagen: ›Erin, ich werde jetzt für zwei Monate verschwinden, mach dir keine Sorgen um mich, ich bin in Missoula, New York oder Timbuktu.‹«

Ein schwaches Lächeln glitt über sein Gesicht, das sofort wieder verschwand. »Weil ich das nicht sagen durfte.«

Seine Antwort schmerzte mehr, als sie nach all der Zeit erwartet hätte, und sie wandte sich ab, damit er die Tränen in ihren Augen nicht sah.

Ross legte seinen Finger unter ihr Kinn und zwang sie, ihn wieder anzusehen. »Es tut mir leid, dass ich dich belügen musste, Erin. Ich konnte dir nicht sagen, wer ich wirklich war und wohin ich ging, weil ich als CIA-Agent zur Geheimhaltung verpflichtet war.« Sanft strich er über ihr Kinn. »Was meine Gefühle angeht, habe ich dich nie belogen.«

Erin wusste nicht, was sie denken sollte. »Ist das dein Ernst?«

»Natürlich. Vom ersten Moment an, als ich dich gesehen habe, war ich verzaubert. Nichts davon war gespielt. Ich wusste, dass ich dir nicht näherkommen sollte, aber ich konnte es einfach nicht lassen.« In jedem seiner Worte klang die Wahrheit durch.

Erin rieb sich über die Stirn, um sich auf das Wesentliche zu konzentrieren. »Nein, ich meinte das mit der CIA. Was hast du während der zwei Monate getan, die du fort warst?«

Seine Lippen pressten sich zusammen. »Das willst du nicht wissen, Erin. Ich habe die Sache hinter mir gelassen, nachdem ich dich verloren hatte, und mir eine neue Existenz als Privatdetektiv aufgebaut. *Das* bin ich, nicht ein Agent, der …« Er verstummte und wandte sich ab.

Obwohl es dunkel war, konnte sie die Qual in seinem Gesicht sehen. Noch gut konnte sie sich daran erinnern, wie ähnlich er nach den zwei Monaten ausgesehen hatte. Damals hatte sie nicht richtig darauf geachtet, ihre verletzten Gefühle waren übermächtig gewesen. Heute jedoch wollte sie den Ausdruck aus seinen Augen vertreiben und wieder den Ross vor sich haben, in den sie sich verliebt hatte. Sie legte ihre Hände um sein Gesicht, stellte sich auf die Zehenspitzen und küsste ihn sanft.

»Als Privatdetektiv gefällst du mir sehr gut.«

Dankbar lächelte er sie an. »Du …«

»Seid ihr langsam so weit, ich habe nicht den ganzen Abend Zeit.«

Erin unterdrückte einen erschrockenen Aufschrei, als unvermittelt ein Mann aus dem Gebüsch trat. Sie schob Ross zurück und starrte den Hünen an. »Wer … wer …«

Ross übernahm die Vorstellung. »Das ist Aron, er lebt in einer kleinen Hütte in der Nähe. Er dachte, ein Bär schleicht um sein Haus, und wollte ihn vertreiben. Gut, dass er nicht richtig gezielt hat.«

Ein Grollen lag in seiner Stimme, als Aron das Gewehr schulterte. »Falsch, ich habe extra danebengeschossen, ich wollte ihn ja nicht töten. Normalerweise habe ich hier eher selten Besuch, konnte ja nicht ahnen, dass Menschen in der Gegend rumlaufen.« Er drehte sich um und verschwand in den Bäumen. »Folgt mir.«

Erin machte einige unsichere Schritte. Ohne ein weiteres Wort zu verlieren, hob Ross sie hoch. Erin wollte protestieren, doch sie stellte fest, dass ihr selbst dazu die Kraft fehlte. Wie eine Puppe lag sie in seinen Armen und ließ sich tragen. Nur für einen Moment schloss Erin die Augen, um das Gefühl zu genießen, wieder seine Nähe und Wärme zu spüren. Ein vertrauter Geruch stieg in ihre Nase. Die Mischung aus Aftershave, Mann und erhitztem Körper ließ sie schaudern.

»Ist dir kalt?« Seine Arme schlossen sich enger um sie.

»Nein, ich bin nur froh, dass du wieder bei mir bist.«

Sie konnte das schnelle Klopfen seines Herzens an ihrer Wange spüren. »Ich auch.«

42

Erst im Krankenhaus wachte Jack wieder auf. Nachdem er sich überzeugt hatte, dass er noch lebte – jeder einzelne schmerzende Knochen seines Körpers bewies das –, blickte er sich suchend um. Der Raum sah aus wie jedes andere Krankenhauszimmer, in dem er je gewesen war. Kahle, hellgelb gestrichene Wände, ein vergittertes Fenster, grauer PVC-Boden und ein riesiger Blumenstrauß. War der etwa für ihn? Anscheinend, denn er war der einzige Patient im Zimmer. Bisher war noch niemand auf die Idee gekommen, ihm Blumen zu schenken. Vielleicht hatte Lissa …?

»Die NSA hatte das Gefühl, das Land sei Ihnen etwas schuldig.« Hawks Stimme kam von der Tür her.

»Wie nett.«

Hawk grinste. »Freuen Sie sich, für mich gab es nur einen feuchten Händedruck. Wie geht es Ihnen?«

»Wo ist Lissa?«

Hawk ließ sich lachend in den Besucherstuhl fallen. »Ah, so gut? Das freut mich.«

Jack blickte ihn finster an. »Für Scherze bin ich nicht in der Stimmung. Also, wo ist Lissa?«

»In diesem Moment wohl gerade am Flughafen.« Er hob die Hand, als Jack aufspringen wollte. »Bleiben Sie bloß da liegen, sonst bekomme ich Ärger mit den Krankenschwestern. Die sind übrigens alle ganz begeistert von Ihnen. Reißen sich förmlich darum, Sie pflegen zu dürfen.«

»Hawk …«

»Ach ja, Lissa. Sie war die ganze Nacht bei Ihnen, doch nachdem ihre Freunde gefunden wurden, wollte sie zu ihnen.«

»Erin und Gladstone? Waren sie nicht in dem Hubschrauber?«

»Nein, zum Glück, sonst wären sie jetzt Geschnetzeltes – so wie Gibson.«

Jack verzog das Gesicht. Eigentlich hatte er den Verräter nur aufhalten wollen, nicht töten. Aber er konnte es auch nicht wirklich bedauern. »Aber wo sind sie dann? Hatte er sie doch nicht entführt?«

»Doch, sie waren anfangs im Hubschrauber, aber Lissa ist es gelungen, Gibson zu überreden, sie unterwegs abzusetzen. Allerdings mitten in der Pampa, irgendwo im Gebirge nördlich von Mesa Verde. Glücklicherweise sind sie nach ein paar Stunden auf einen Einsiedler getroffen, der sie in die Stadt gebracht hat. Sie sind nur leicht verletzt und schon wieder auf dem Weg nach Hause.«

Erleichtert sackte Jack zurück in sein Kissen. »Das ist gut.«

»Ja, sie hatten verdammt viel Glück. Lissa lässt Ihnen übrigens ausrichten, dass Sie ihr zwei Wochen schulden. Was meinte sie damit?«

Jack spürte, wie Hitze in sein Gesicht stieg. »Uh …«

Lachend winkte Hawk ab. »Okay, ich will es gar nicht wissen.« Er wurde wieder ernst. »Lissa ist eine ganz besondere Frau.«

»Ich weiß.«

»Sie hat ihre Fesseln mit einem Nagel gelöst – das Messer hatte sie ihren Freunden mitgegeben.«

Jack schloss einen Moment die Augen. »Diese Frau weiß manchmal wirklich nicht, was gut für sie ist.«

»Sie zum Beispiel?«

Jack lachte bitter auf. »Bisher habe ich ihr eigentlich nur Unglück gebracht, sie tödlichen Gefahren ausgesetzt, ihren Urlaub zerstört und dann auch noch ihr Motorrad zerlegt. Ein Wunder, dass sie überhaupt noch mit mir spricht.«

»Also für mich sah es eher so aus, als wären Sie ihr wichtiger als alles andere. Wenn Sie schlau sind, behalten Sie sie.«

»Sie ist doch kein Hund!« Jack hob den Kopf vom Kissen. »Ach verdammt, ihr Hund. Könnten Sie Henry vom Tierarzt abholen lassen?«

»Alles bereits geschehen. Lissa hat ihn heute Morgen gleich geholt.«

Warum war er eifersüchtig auf einen Hund? Natürlich musste Lissa sich um ihre Freunde kümmern und vergaß auch ihr Haustier nicht, er hatte nichts anderes von ihr erwartet. Trotzdem hätte er es vorgezogen, wenn sie hier an seinem Bett gesessen hätte, als er aufgewacht war.

Hawk erhob sich. »Wenn hier alles in Ordnung ist, werde ich ja nicht mehr gebraucht. Ich muss noch meinen Bericht anfertigen und die wenigen Spuren verfolgen, die Gibson hinterlassen hat. Vielleicht kommen wir ja irgendwie an die Käufer heran oder erfahren, wer ihm geholfen hat.«

»Wie bin ich überhaupt hierhergekommen?«

»Mit dem Hubschrauber. Sie haben das Bewusstsein verloren, als Sie auf die Trage gehoben wurden, und sind nicht mehr aufgewacht, bis die Betäubung von den Operationen nachgelassen hat. Sie haben verdammtes Glück gehabt, der Sprung hätte leicht tödlich enden können.«

Jack verzog das Gesicht. »So fühlte es sich auch an. Was sollte ich denn tun, irgendwie musste ich Gibson aufhalten.«

»Ein guter Schuss hätte es auch getan.«

»Ohne Kugel?«

Hawk hob unbehaglich die Schulter. »Mehr Munition hatte ich nicht dabei. Woher sollte ich auch wissen, dass die ganze Sache so aus dem Ruder laufen würde?«

»Das sollte auch kein Vorwurf sein. Ich bin froh, dass Sie gekommen sind. Haben Sie Will schon informiert?«

»Ja, er wird sich heute noch telefonisch melden.«

»Okay, danke.«

»Der Arzt sagte, Sie könnten hier raus, sobald sie einen Gehgips angepasst haben. Ich gebe Ihnen zwei Wochen, danach erwarte ich meine Bezahlung.«

»Bezahlung?«

»Da das mit dem Boxstudio derzeit nicht möglich ist, dachte ich, Angeln wäre ein befriedigender Ausgleich. Im Theodore Roosevelt Lake gibt es eine Menge Fische.«

»Ist mir im Moment tatsächlich lieber.«

Hawk grinste. »Das dachte ich mir.« An der Tür drehte er sich noch einmal um. »Ich rufe Will an, sobald die Angelegenheit bei der NSA geklärt ist. Sollten wir noch Fragen an Sie haben, melden wir uns.«

»Okay. Viel Glück.«

Hawk drehte sich an der Tür noch einmal um. »Danke, ich kann es gebrauchen.« Damit verschwand er und ließ Jack in dem viel zu stillen Zimmer zurück.

Unruhig rutschte Jack im Bett herum. In den letzten Tagen hatte er sich so daran gewöhnt, dass Lissa ständig bei ihm war, jetzt fehlte sie ihm. Jack schüttelte den Kopf. Solange sie überhaupt zurückkam, würde er sicher ein paar Minuten oder Stunden alleine verbringen können. Abrupt setzte er sich auf. *Sie würde doch zurückkommen?* Als der Adrenalinstoß verebbte, spürte Jack ein unangenehmes Pochen in seinem gebrochenen Arm. Vorsichtig ließ er sich wieder zurücksinken. Natürlich würde Lissa ihn besuchen, sie hatte es schließlich versprochen. Jack strich mit den Fingern durch seine Haare. Vielleicht sollte er sich ein wenig herrichten, bevor sie kam, damit sie vor Schreck nicht gleich wieder aus dem Zimmer rannte, sobald sie ihn sah. Entschlossen schlug Jack die Decke zurück. Er trug nur seine Unterhose. Resigniert drückte er auf den Knopf, der eine Schwester herbeirufen würde.

Bereits wenige Sekunden später wurde die Tür aufgerissen. Hastig zog Jack das Laken wieder hoch, als eine Schwester in das Zimmer stürmte. Als sie sah, dass er munter im Bett saß, erschien ein breites Lächeln auf ihrem Gesicht.

»Ah, Sie sind endlich wach. Herzlich willkommen zurück!«

Jack wusste nicht, was er darauf antworten sollte, deshalb schwieg er, während die Krankenschwester zum Fenster eilte und es öffnete.

»Ein wenig frische Luft wird Ihnen sicher guttun. Ich werde es gleich wieder schließen, damit die Hitze nicht hereinkommt.« Sie blieb am Kopfende des Bettes stehen. »Was kann ich für Sie tun?«

»Wie bitte?«

»Sie haben geklingelt.«

»Äh – ja. Ich wollte mich ein wenig frisch machen und suche meine Kleidung.«

»Ich kann das Waschzeug holen und …«

»Nein! Nein, danke. Ich möchte gerne einen Waschraum aufsuchen.«

»Aber Sie haben einen komplizierten Beinbruch, damit sollten Sie noch nicht herumlaufen.«

»Ich müsste aber dringend …«

Die Schwester blickte ihn einen Moment lang prüfend an. Er schien ihre Musterung zu bestehen, denn sie wandte sich der Tür zu. »Ich besorge Ihnen etwas zum Anziehen und einen Rollstuhl.«

»Vielen Dank.«

Mit einem weiteren Lächeln verließ die Krankenschwester das Zimmer und kam kurz darauf mit Hemd und Rollstuhl zurück. »So, am besten helfe ich Ihnen hinein, damit Sie keine Schwierigkeiten bekommen.«

Jack schluckte seinen automatischen Protest herunter. Er war zwar ziemlich sicher, dass er sich auch alleine anziehen konnte, aber ein wenig Hilfe schadete sicher nicht. Als die Schwester die Decke zurückschlug, sah er zum ersten Mal das Gestell an seinem Unterschenkel. Die Haut war bläulich verfärbt und geschwollen. Nachdem er sich von seinem ersten Schock erholt hatte, betrachtete er zweifelnd sein Bein. Ob er es je wieder so würde gebrauchen können wie vor dem Sturz? Nach seinem letzten Motorradunfall war alles wieder verheilt, aber es hatte sehr lange gedauert. Die Schwester schien seine Gedanken zu erraten, denn sie legte beruhigend eine Hand auf seine Schulter.

»Das sieht schlimmer aus, als es ist. Der Arzt sagte, die Operation wäre sehr gut verlaufen und die Verletzung würde höchstwahrscheinlich keine Folgeschäden nach sich ziehen.« Geschäftig schlug sie das Hemd auf und hielt es ihm hin. »Er wird Sie nachher auf seiner Visite besuchen und Ihre Fragen beantworten.«

»Danke.«

Die Schwester zwinkerte ihm zu. »Und da Sie eine Freundin haben, die so besorgt um Sie ist, werden Sie sicher die nächste Zeit sehr gut gepflegt.«

»Lissa?«

»Ich glaube, so hieß sie. Die ganze Nacht hat sie an ihrem Bett gesessen und war einfach nicht dazu zu bewegen, zu gehen. Schließlich haben wir ihr ein weiteres Bett ins Zimmer geschoben, damit sie wenigstens etwas Schlaf bekam.«

Wärme erfasste seinen gesamten Körper. Lissa war die ganze Zeit bei ihm gewesen, obwohl sie selbst auch verletzt und bestimmt todmüde gewesen war. Ein deutliches Zeichen dafür, dass sie ihn genauso wenig alleine lassen wollte wie er sie. Wenn sie zurückkam, würde er sich bei ihr dafür bedanken, dass sie sich so gut um ihn gekümmert hatte. Ihm fielen schon allerlei Methoden ein, wie er das tun könnte. Als sich jemand räusperte, blickte er irritiert auf. Er hatte ganz vergessen, dass die Krankenschwester noch im Raum war.

»Sie sollten jetzt wirklich das Hemd überziehen.«

Röte stieg in Jacks Wangen, als er erkannte, dass er der Schwester gerade ein ungewolltes Schauspiel bot. Hastig streifte er das rückenfreie Hemd über und drehte der Krankenschwester den Rücken zu, damit sie es oben und in der Mitte zubinden konnte. Die Schwester schob den Rollstuhl dicht an das Bett heran und half Jack dann hinein. Erst jetzt bemerkte er, wie geschwächt er noch von den Verletzungen und anschließenden Operationen war. Es würde sicher einige Tage dauern, bis er wieder halbwegs fit war – abgesehen von den Brüchen. Dabei hatte er sich schon so auf die zwei Wochen gefreut, die Lissa noch mit ihm verbringen wollte. Wie es jetzt aussah, würde er die meiste Zeit in der Waagerechten verbringen müssen, nur leider konnte er dabei all die schönen Dinge nicht unternehmen, die er eigentlich vorgehabt hatte.

»Geht es Ihnen gut?«

»Ja. Wenn Sie mir zeigen, wie dieses Ding funktioniert, wäre ich Ihnen sehr dankbar.«

Die Schwester führte ihm den Steuerknopf vor, der den Rollstuhl lenkte, und öffnete ihm dann die Tür. »Der nächste Waschraum ist drei Türen den Flur hinunter auf der linken Seite.«

»Alles klar, vielen Dank.«

»Übernehmen Sie sich nicht. Ich werde nachher noch einmal nach Ihnen sehen.«

Jack hob die Hand zum Zeichen, dass er verstanden hatte, und steuerte den Rollstuhl dann vorsichtig den langen Gang hinunter. Er war wirklich froh, dass es ein Elektrostuhl war, mit nur einer Hand hätte er sonst Probleme gehabt. Seit ihm sein Truck gestohlen worden war, hatte er nichts mehr im Griff gehabt, ständig hatte er die Hilfe anderer Leute in Anspruch nehmen müssen: Lissa, seine Truckerkollegen, Erin und Gladstone und dann auch noch Agent Hawk. Zum Dank waren sie alle in Lebensgefahr geraten.

Jack stieß die Tür zum Waschraum auf und blickte hinein. Er könnte mit dem Rollstuhl hineinfahren, aber es würde ziemlich eng werden. Mit seiner gesunden Hand zog er die Krücke aus der Verankerung hinter der Lehne und hielt sie vor sich. Mühsam stemmte er sich hoch und lehnte sich an die Wand, während er ausprobierte, ob er sich nur mit der Krücke vorwärtsbewegen konnte, ohne hinzufallen. Glücklicherweise waren sein Arm und sein Bein nicht auf der gleichen Seite gebrochen, sodass er langsam in den Waschraum humpeln konnte. Trotzdem war er froh, als er schon nach wenigen Schritten das Waschbecken erreichte. Die Tür war hinter ihm ins Schloss gefallen, wohltuende Stille breitete sich aus.

Automatisch hob er den Blick zum Spiegel und zuckte erschrocken zurück. Er sah wirklich aus, als könnte er ein paar Tage Erholung gut gebrauchen. Unter der Sonnenbräune war sein Gesicht fahl, an Stirn und Wange schillerten die Prellungen und Hautabschürfungen in allen Farben. Dunkle Bartstoppeln zierten sein Kinn, seine vor Schweiß glänzenden Haare standen nach allen Seiten ab. Zumindest dagegen konnte er etwas tun. Er hielt den Kopf unter den Wasserhahn und drehte ihn auf.

Eiskaltes Wasser prasselte auf ihn nieder und belebte ihn schneller, als ihm lieb war. Mit der Hand fuhr er einige Male durch seine Haare und über sein Gesicht, bevor er den Hahn wieder zudrehte. Eilig zog Jack einige Papiertücher aus dem

Spender und trocknete sich so gut es ging ab. Alles Weitere würde warten müssen, bis er seine Sachen aus dem Lastwagen hatte. Verdammt, er hatte vergessen, Hawk danach zu fragen, was aus seinem Truck geworden war. Sicher hatte ihn irgendjemand vom Minengelände geholt. Nur, wo war er jetzt?

Jack machte einen Schritt auf die Toilettenkabinen zu. Heißer Schmerz schoss bei der Erschütterung durch sein verletztes Bein, obwohl er es nicht belastete. Mit zusammengebissenen Zähnen erledigte er auch diese Tortur, bevor er wieder zum Ausgang humpelte. Erneut lehnte er sich gegen die Wand, während er die Tür öffnete. Er schob sich hindurch und blieb abrupt stehen. Wo war der Rollstuhl?

Jack blickte den Gang auf und ab, doch der Stuhl war nirgends zu sehen. Irgendjemand musste ihn gestohlen haben. Mit einem lauten Stöhnen sank er gegen die Wand zurück. Nicht schon wieder! Er schien derzeit wirklich kein Glück mit seinen Fahrzeugen zu haben. Es sah so aus, als müsste er den Weg zu seinem Zimmer zu Fuß zurücklegen. Keine besonders angenehme Vorstellung, weil er sich jetzt schon kaum noch auf den Beinen halten konnte; nur der Gedanke an sein Bett setzte ihn in Bewegung. Jeder Schritt schien noch mehr Kraft zu kosten als der vorherige, bis er schließlich stehen blieb. Es waren nur noch wenige Meter bis zu seinem Zimmer, aber für ihn schien es unendlich weit entfernt.

»Wenn das nicht der Rücken meiner Träume ist.«

Lissas fröhliche Stimme ließ Jack herumfahren. Dabei belastete er sein verletztes Bein und geriet ins Schwanken. »Verdammt noch mal.« Der reißende Schmerz trieb Tränen in seine Augen.

Sofort war Lissa bei ihm und schob ihren Arm um seine Taille, um ihn zu stützen. »Entschuldige, ich wollte dich nicht erschrecken. Geht es wieder?«

»Hmmhm.«

Besorgt blickte Lissa ihn an. »Warum liegst du nicht im Bett, wo du hingehörst? Du darfst doch bestimmt noch gar nicht herumlaufen.«

»Ich war im … Waschraum. Irgendjemand hat vor der Tür meine Fahrgelegenheit geklaut.«

Ein Lachen stieg in Lissas Kehle auf, das sie heldenhaft zu unterdrücken versuchte. »Schon wieder?« Der Blick, den Jack ihr sandte, sollte sie zum Schweigen bringen, aber sie musste nur noch mehr lachen. »Wenn du hier einen kurzen Augenblick wartest, besorge ich dir schnell einen Ersatz.«

»Ich glaube nicht, dass ich so lange stehen kann. Mein Zimmer ist nicht weit entfernt …«

»Ich weiß. Gib mir die Krücke und lehn dich an mich.«

Als sie endlich die Tür erreichten, stützte Jack sich schwer auf Lissa, während seine Beine unkontrolliert zitterten. Er konnte sich nicht erinnern, sich jemals so schwach gefühlt zu haben, und es gefiel ihm überhaupt nicht. Erst recht nicht, wenn Lissa ihn so sah. Seit ihrem ersten Treffen waren sie von einer skurrilen Situation in die nächste geraten, und in keiner hatte er dabei besonders gut abgeschnitten. Keine Spur von seiner üblichen Stärke und Besonnenheit, dafür jede Menge dummer Fehler und Schwächen, die ihn wahnsinnig machten, wenn er nur darüber nachdachte. Und jetzt, wo er eigentlich alles hatte wiedergutmachen wollen, konnte er sich wieder nur auf Lissa stützen und sich von ihr helfen lassen. Keine ideale Situation, um ihr Herz zu erobern und sie zu fragen, ob sie bei ihm bleiben wollte.

Noch ein paar wankende Schritte und er sank erleichtert auf sein Bett.

»Ich hole die Schwester.«

»Nein!« Jack erwischte gerade noch Lissas Arm, als sie sich abwenden wollte. »Bitte, bleib bei mir.«

»Aber es geht dir nicht gut …«

»Doch, solange du bei mir bist, geht es mir immer gut.«

Ein Lächeln zog Lissas Mundwinkel nach oben. »Okay, du hast gewonnen, auch wenn ich dir nicht glaube.« Sie hob vorsichtig sein verletztes Bein auf das Bett und zwang ihn, sich hinzulegen. »Möchtest du etwas trinken?«

Jack schloss die Augen und genoss den kurzen, schmerzlosen Moment. »Gerne. Aber ich wollte nicht, dass du bleibst, damit du mich bedienst. Setz dich zu mir und erzähl mir, was passiert ist, nachdem ich das Bewusstsein verloren habe.«

Lissa goss ihm ein Glas Wasser ein, dann zog sie den Stuhl heran und setzte sich neben ihn. »Wir wurden mit dem Hubschrauber ausgeflogen, hierher nach Durango ins Krankenhaus. Sie haben deine gebrochenen Knochen gerichtet und teilweise geschraubt und deine Abschürfungen behandelt.«

Jack verzog bei der Vorstellung an Schrauben in seinem Bein das Gesicht. »Und wie geht es dir? Alles in Ordnung? Hat Gibson dir etwas getan?«

»Es geht mir gut.« Die Blässe ihrer Haut sagte etwas anderes. »Nur ein paar Prellungen.«

Jack verschränkte seine Finger mit Lissas. »Ich bin froh darüber.«

Lissa beugte sich vor und küsste seine Stirn. »Dir wird es auch bald wieder besser gehen, ich werde mich um dich kümmern.«

»Wirst du das?«

»Auf jeden Fall.« Sie strich über seine Wange, an seinem Hals entlang, bis ihre Fingerspitzen den Kragen des Krankenhaushemdes berührten. Rasch löste sie die Bänder und schob es herunter. In ihren Augen lag ein übermütiges Funkeln, als sie ihre Hand auf seine Brust legte. »Ich habe da so meine Methoden, wie ich dich wieder fit kriege.«

Jack schloss die Augen und genoss ihre Berührungen. »Das glaube ich dir. Nur zu.«

Federleicht strichen ihre Haare über seine Haut, als sie den Kopf senkte und ihn küsste.

43

»Und du hast sie seitdem nicht wiedergesehen?« Hawks Stimme klang ungläubig.

Seit ihrem Abschied im Krankenhaus waren drei Wochen vergangen. Zwei Wochen davon waren angefüllt gewesen mit Lachen, Liebe und Leidenschaft. Dann, plötzlich, war all das vorbei gewesen. Als hätte es die gemeinsame Zeit überhaupt nicht gegeben. Nur, dass er sich an jede Sekunde, jedes Lächeln, jede Regung von Lissa so genau erinnern konnte, als wäre sie immer noch bei ihm. Sie fehlte ihm! Aus schierer Verzweiflung hatte er Hawks Einladung angenommen und war mit ihm angeln gefahren. Erstaunlicherweise mochte er den Agenten. Sein Humor ließ sich durch nichts erschüttern, und wenn er Jack auch nicht wirklich aufzuheitern vermochte, gelang es Hawk doch, dass Jack sich langsam ein wenig entspannte. Nur so war es zu erklären, dass sie sich mittlerweile duzten und er ihm sogar von seinen Problemen mit Lissa erzählt hatte.

Missmutig warf Jack die Angelschnur so heftig zurück ins Wasser, dass das ganze Boot schaukelte. »Nein. Wir sind abends ins Bett gegangen, und am nächsten Morgen war sie verschwunden.«

»Vielleicht hat ihr deine Leistung nicht mehr gefallen.«

Wütend funkelte Jack ihn an. »Das ist nicht witzig!«

Hawk stellte seine Angel in den Rutenhalter und lehnte sich auf der Bank des Ruderbootes vor. »Sie hat dir nicht gesagt, dass sie gehen würde?«

»Nein.« Sie hatte ihm nur einen Zettel hinterlassen, auf dem sie ihm für die schöne Zeit dankte und erklärte, dass sie nun gehen müsse. Sonst nichts. Er konnte es einfach nicht begreifen. Sie waren so glücklich zusammen gewesen, jede Minute neu und aufregend. Nur selten hatten sie es geschafft, länger als ein paar Minuten die Finger voneinander zu lassen. Noch nie in seinem Leben hatte er sich so geliebt gefühlt – bis sie nach zwei Wochen einfach verschwunden war.

Ein Finger schnippte vor seiner Nase und riss ihn aus seinen Grübeleien. »Hörst du mir überhaupt zu?«

»Gerade nicht.«

»Dann tu das gefälligst, wenn ich mich schon mit deinem Liebesleben auseinandersetzen muss. Also, habt ihr darüber gesprochen, wie es weitergehen soll?«

»Nicht richtig, ein paarmal waren wir nahe davor, aber es kam immer etwas dazwischen.« Nackte Körper, gierige Hände, entflammte Leidenschaft. Jack räusperte sich. »Ich dachte, wir hätten noch viel Zeit dafür.«

»Aber du wusstest doch, dass sie nach – woher kommt sie noch mal? – zurückkehren würde.«

»Amarillo. Im Grunde wusste ich es schon, aber ich habe es verdrängt. Ich wollte nicht, dass sie mich verlässt.«

»Hast du ihr das gesagt?«

Jack blitzte Hawk warnend an. »Sicher, dass du in Liebesdingen so viel Ahnung hast?«

»Ich bin halt vielseitig.« Er seufzte übertrieben. »Also hast du es ihr nicht gesagt. Und du wusstest, dass sie zu ihrem Job zurückkehren würde. Was tut sie eigentlich?«

Jacks Gesicht färbte sich rot. »Irgendwie …«

»… bist du nie dazu gekommen, sie zu fragen. Ihr wart wohl sehr beschäftigt, was?« Er hielt eine Hand hoch. »Nein, ich möchte es gar nicht wissen.«

»Schön, dass du die Situation lustig findest, es geht hier um mein Leben.«

Hawk wurde völlig ernst. »Ich weiß, und deshalb will ich dir auch helfen. Okay?« Jack nickte stumm. »Glaubst du, eure Beziehung ist Lissa genauso wichtig wie dir?«

»Bis vor einer Woche war ich mir sicher.«

»Gut, wenn nichts geschehen ist, was sie verscheucht haben könnte, dann kann ihre eilige Abreise nur einen Grund haben.«

»Und der wäre?«

»Sie hat auf etwas gewartet, aber es ist nichts geschehen.«

»Das heißt?«

»Du hast einen Fisch an der Angel.«

»Wie bitte?«

Hawk nahm ihm die Angel aus der Hand und holte selbst die Leine ein, die sich unter dem Gewicht des Fisches stramm spannte. Eilig kurbelte Hawk gegen die Fluchtversuche des Tieres an, dann durchbrach der Barsch die Wasseroberfläche. »Ein Prachtstück.«

»Hey, das ist meiner!«

»Falsch, du schuldest mir noch etwas, laut Abmachung bekomme ich den ersten Fisch.«

Jack schwieg. Es war sowieso ein Wunder, dass Hawk noch mit ihm sprach, nachdem er ihn praktisch beschuldigt hatte, ein Verräter zu sein. Glücklicherweise hatte der Agent es ihm nicht übel genommen und war jetzt sogar so etwas wie ein Freund. Er beobachtete, wie Hawk den Fisch vorsichtig vom Haken löste, ihn begutachtete und dann wieder in die Fluten entließ. »Das war unser Mittagessen.«

»Du wirst drüber hinwegkommen. Wo war ich stehen geblieben?«

»Sie hat auf etwas gewartet …«

»Ach ja. Vielleicht hat sie gehofft, du würdest ihr sagen, dass sie bleiben soll. Oder was auch immer. Woher soll ich das wissen, schließlich warst du mit ihr zusammen, nicht ich.« Hawk spießte umständlich einen neuen Wurm auf den Haken und warf die Leine aus. Erst dann sprach er weiter. »Wenn es dir ernst ist, solltest du zu ihr fahren und ihr klarmachen, dass du sie nicht gehen lassen willst.«

»Leicht gesagt, ich weiß ja nicht mal, wo sie ist!«

Hawk betrachtete ihn mit hochgezogenen Augenbrauen. »Ich dachte, du warst beim Militärgeheimdienst?«

»Ja, aber ...«

»Dann wird es doch wohl nicht so schwer sein, ihre Adresse zu besorgen. Oder ruf Gladstone an. Oder noch einfacher: die Telefonauskunft.«

»Das habe ich schon versucht, sie ist nicht gelistet. Aber Gladstone könnte ich fragen ...«

»Tu das.«

»Der eigentliche Grund, warum ich noch nicht ernsthaft nach ihr gesucht habe, ist, dass ich nicht weiß, ob sie mich überhaupt noch sehen will. Wenn sie es wollte, hätte sie mir doch irgendetwas gesagt und wäre nicht einfach so verschwunden.«

»Das wirst du nur herausfinden, wenn du zu ihr fährst und sie fragst. Natürlich könnte sie dich abweisen, aber was ist, wenn sie nur darauf wartet, dass du zu ihr kommst?«

Jack nahm ihm seine Angel aus der Hand und betrachtete eine Weile stumm den Schwimmer, der auf den Wellen tanzte. »Du hast recht. Danke.«

Hawk grinste. »Hey, kein Problem. Ich wollte schon immer mal tolle Ratschläge verteilen.«

Kopfschüttelnd blickte Jack ihn an. »Vielleicht hättest du Kummerkastentante werden sollen. Wie ist eigentlich die NSA-Ermittlung gelaufen?«

Hawks Miene verdüsterte sich. »Nicht gut bisher. Keine

Spuren, keine neuen Erkenntnisse. Auch in Gibsons Wohnung haben wir nichts gefunden, er hatte sicher noch einen weiteren Unterschlupf, aber dafür haben wir bisher keine Hinweise entdeckt. Gibsons Komplizen wussten auch nicht viel über ihn. Eigentlich gar nichts. Die beiden werden jetzt wegen vierfachen Mordes, Mordversuchs und Beihilfe zum Landesverrat angeklagt, der dritte Mann wegen der Entführung von Erin und Gladstone. Eure Aussagen haben auf jeden Fall geholfen, sie zu überführen.«

»Gut.« Tiefe Befriedigung lag in Jacks Stimme. Es wäre ihm gar nicht recht gewesen, wenn die Männer, die Lissa so verängstigt und verletzt hatten, davongekommen wären.

»Auf den Speicherkarten waren übrigens unter anderem Daten und Codes zu Echelon.«

»Das globale Abhörsystem?«

»Genau das. Damit hätten sie sowohl weltweit Unternehmen und Privatleute ausspionieren, als auch bei uns die Regierung oder sogar die Geheimdienste anzapfen können.«

»Dann bin ich froh, dass wir das gerade noch verhindern konnten. Sind die Datenspeicher inzwischen besser geschützt?«

»Es wird gerade ein ganz neues System eingerichtet. Natürlich wird es auch nicht hundertprozentig sicher sein, aber immerhin wesentlich besser als vorher.«

»Gut.«

Hawk verzog den Mund. »Ich bin von dem Fall abgezogen worden und nun der ›Papiereinheit‹ zugeteilt. Den ganzen Tag nur in irgendwelchen alten Akten wühlen. Als hätte ich nichts Besseres zu tun.«

Jack konnte Hawks Frustration verstehen. Gibson hatte jahrzehntelang bei der NSA gedient. Niemand hätte vermutet, dass gerade er der Verräter war. Die Schuld auf Hawk abzuwälzen, war nicht gerade die feine Art. »Was wirst du jetzt tun?«

Nachdenklich strich Hawk durch seine Haare. »Ich habe ein Angebot bekommen, das recht interessant klingt.« Er blickte Jack an. »Und das bleibt jetzt unter uns, die ganze Sache ist nämlich absolut geheim. Ich erzähle dir das nur, weil ich denke, es könnte auch etwas für dich sein.« Jack nickte. »Es gibt eine neue Antiterroreinheit, die gänzlich undercover arbeiten soll. Genannt TURT – Terrorism Undercover Reconnaissance Team. Kleine Einheiten, die dann weltweit Terroristen aufspüren, die Netzwerke infiltrieren und Informationen liefern. Ähnlich wie die CIA das jetzt auch schon tut, nur ist alles besser koordiniert, und man kann ohne Umwege direkt auf sämtliche anderen Einheiten zurückgreifen. Die Informationen werden ausgewertet, und je nach Brisanz wird sofort gehandelt. Das Interessante ist, dass sich diese Gruppe aus Mitarbeitern der verschiedenen Geheimdienste, Militärorganisationen und aus anderen Bereichen zusammensetzt. Sogar jemand von Project Star Gate soll dabei sein.« Ein Lächeln überzog sein Gesicht. »Und Frauen gehören auch dazu. Für sie gibt es sogar eine eigene Einheit. TURT/LE – Ladies Elite, man stelle sich das vor.«

»Klingt spannend.«

»Auf jeden Fall ist es besser, als Papiere von einem Stapel auf den anderen zu legen.«

»Dann wirst du es also machen?«

»Das kommt darauf an, wie das Gespräch läuft, das ich nächste Woche noch mit einem der Ausbilder in Coronado habe. Ein Navy SEAL. Dürfte auf jeden Fall sehr unterhaltsam werden. Bist du auch interessiert? Ich bin sicher, sie könnten jemanden mit deiner Geheimdienst-Erfahrung in der Einheit gut gebrauchen.«

»Nein, danke, ich will erst einmal ein anderes Problem lösen. Und dann muss ich mich auch wieder um meine Spedition kümmern, ich hatte schon zu viel Ausfall in letzter Zeit, das kann ich mir nicht mehr leisten.«

»Okay, aber wenn du es dir anders überlegst, melde dich.«

Jack war versucht, zum Telefon zu greifen und Hawks Angebot anzunehmen, als er eine Woche später vor dem einstöckigen Gebäude anhielt, in dem Lissa arbeiten sollte. Das war noch viel schwieriger, als er es sich ausgemalt hatte. Erneut wischte er die feuchten Hände an seiner Hose ab. Normalerweise erschreckte ihn kaum etwas, aber im Moment konnte er sich nicht einmal dazu bringen, die Tür des Trucks zu öffnen und auszusteigen. Sein Herz schien in seiner Brust ein Eigenleben zu führen, und sein Magen schlug Purzelbäume.

Wieder glitt sein Blick zu dem Schild, das gut sichtbar an der Hauswand angebracht war. *Rainbow Land Kindergarten*. Er konnte sich überhaupt nicht vorstellen, dass Lissa dort arbeitete, aber Gladstone hatte ihm diese Adresse genannt. Der Detektiv hatte sich nicht erweichen lassen, Jack die Privatadresse von Lissa zu geben. Vermutlich auf Anweisung von Erin, die deutlich im Hintergrund zu hören gewesen war.

Nun, dann würde er es eben selbst herausfinden müssen. Jack stellte den Motor aus und öffnete die Fahrertür. Vorsichtig schwang er sich hinaus. Er hatte sich zwar daran gewöhnt, ein Gestell am Bein zu tragen, aber hin und wieder vergaß er es noch und wurde sofort schmerzhaft daran erinnert. Jack zog die Krücke aus der Fahrerkabine und schloss die Tür hinter sich.

Langsam humpelte er auf die leuchtend rot lackierte Eingangstür des Gebäudes zu. Durch ein Tor, vorbei an Rasenflächen und Spielgeräten, die verwaist dastanden. Hoffentlich war Lissa heute überhaupt da. Unwillkürlich ging er schneller, sein Herz raste. Erst hatte er überlegt, Blumen mitzubringen, aber damit wäre er sich idiotisch vorgekommen, und er wusste auch nicht, ob Lissa so etwas gefiel. Also würde seine Überraschung ausreichen müssen. Zumindest hoffte er das.

Jack öffnete die Eingangstür und trat in den kühlen Gang. An den Wänden waren zwei Reihen von Haken angebracht, an denen Kleidung und kleine Taschen hingen, Schuhe lagen verstreut unter schmalen Bänken. Kinder … schon alleine der Gedanke daran versetzte Jack in Panik. Sie waren so klein und zerbrechlich. Er kam sich vor wie Gulliver in Liliput.

Mehrere Türen gingen vom Gang ab. Zögernd blickte Jack durch das rechteckige, in die Tür eingelassene Fenster. Ein Haufen Kinder wuselte durch den hellen Raum, jeder schien irgendetwas zu brüllen und dabei ein Stofftier hochzuhalten. Im nächsten Raum ging es etwas ruhiger zu: Die Kinder saßen an Tischen, Blätter vor sich und Stifte in der Hand. Eine ältere Frau in Faltenrock und Rüschenbluse beaufsichtigte die Gruppe. Huh. Jedenfalls war es nicht Lissa. Jack zuckte automatisch zurück, als die Frau den Kopf hob und ihn direkt anblickte. Warum kam er sich wie ein kleiner Junge vor, der bei einem Streich erwischt worden war? Rasch ging er weiter. Je eher er Lissa fand, desto eher …

»Suchen Sie jemanden?«

Ertappt wirbelte Jack herum, wobei er schmerzhaft an sein verletztes Bein erinnert wurde. »Verdammt.«

»So etwas hören wir hier nicht gerne. Also, was wollen Sie?«

»Entschuldigung. Lissa Cameron, ist sie da?«

Misstrauisch musterte die Frau Jack. »Sind Sie ein Vertreter?«

»Sehe ich etwa so aus?«

Die Kindergärtnerin betrachtete seine legere Kleidung eingehend, dann schien sie zu dem Entschluss zu kommen, dass er harmlos war. »Kommen Sie, ich bringe Sie zu ihr.«

»Das …« … *ist nicht nötig.* Jack verschluckte den Rest des

Satzes, als die Frau ihm bereits vorauseilte, weiter den Gang hinunter, an zahllosen weiteren Räumen vorbei. Wo kamen bloß die ganzen Kinder her? Irgendjemand musste in Amarillo ziemlich fleißig sein. Oder er war diese Menge an Kindern einfach nicht gewohnt, schließlich war er bisher noch nie in einem Kindergarten gewesen. Außer als Kind natürlich, aber daran konnte er sich – glücklicherweise – kaum noch erinnern. Bevor Jack noch einmal tief Atem holen konnte, hatte die Frau bereits die Tür aufgerissen und war in den Raum getreten.

»Lissa, hier ist ein … Herr, der Sie sprechen möchte.«

»Ja?«

Jack ballte die Hände zu Fäusten, als Lissas Stimme ihn erreichte. Eine Welle der Sehnsucht und Begierde erfasste ihn. Wie angewurzelt stand er im Eingang und versuchte, der auf ihn einstürmenden Gefühle Herr zu werden. Vielleicht war es doch keine gute Idee gewesen, hierherzukommen. Lissas Gegenwart löste einfach zu viel in ihm aus, machte ihn verletzlich.

»Sir? Entweder Sie gehen hinein, oder Sie verlassen das Gebäude. Sie stören den Unterricht.«

Verwirrt blickte Jack auf die Kindergärtnerin herab. Er hatte ganz vergessen, dass sie immer noch direkt vor ihm stand. »Ich …«

»Jack?« Lissas Stimme erklang direkt neben ihm. Ihre kühle Hand legte sich auf seinen Arm. Seine Haut prickelte, wo sie ihn berührte, und ließ ihn aus seiner Starre erwachen.

»Hallo Lissa.« *Sehr originell!* Jack versuchte, sich an die schöne Rede zu erinnern, die er vorbereitet hatte, doch ihm fiel kein einziges Wort mehr ein. Kein Wunder, dass er es in zwei Wochen nicht geschafft hatte, Lissa wenigstens nach ihrer Telefonnummer zu fragen. Sowie er in ihrer Nähe war, verwandelte sich sein Gehirn zu Grießbrei, und sein Körper übernahm die Führung. Diesmal jedoch schien es ihr genauso zu gehen, denn sie stand nur vor ihm und blickte ihn mit großen Augen an. Eine leichte Röte überzog ihre Wangen. Er wusste, er sollte etwas sagen, doch er konnte sie nur weiter anstarren. Sie trug ein luftiges Sommerkleid. Ihre roten Haare waren zu einem lockeren Zopf geflochten, aus dem sich bereits einige Strähnen gelöst hatten.

Er hatte sie bisher nie in anderer Kleidung als Jeans und T-Shirt gesehen und stellte fest, dass ihm einiges entgangen war. Hungrig verschlangen seine Augen ihre nackten Schultern, glitten über das Nichts von Kleid, ihre Brüste, die weich geschwungene Hüfte hinunter zu ihren nackten Beinen und den in hochhackigen Sandalen steckenden Füßen. Er wollte sie an sich reißen, sie verschlingen …

44

Lissa räusperte sich. »Vielen Dank, Miss Payton.«

Die Kindergärtnerin blickte Jack noch einmal scharf an, dann nickte sie und verschwand im Gang. Nachdem sie sich überzeugt hatte, dass ihre Vorgesetzte außer Hörweite war, schloss Lissa die Tür und lehnte sich dagegen. Gierig sog sie Jacks Anblick in sich auf. Er sah gut aus. Natürlich trug er immer noch das Gestell am Bein und einen leichten Gips am Arm, aber die Bräune war in sein Gesicht zurückgekehrt und die Falten waren verschwunden, die der Schmerz hineingegraben hatte. Auf seine Krücke gelehnt, betrachtete er sie mit heißen Augen, die in ihr sofort wieder die Erinnerung an ihre gemeinsamen Tage – und Nächte – weckte.

Die erste Zeit hatte Jack viel geschlafen und seinen Körper geschont, doch danach war er einfach unersättlich gewesen. Ein Schauer rieselte über ihren Rücken. Sie hätte nicht gedacht, dass es so viele Arten gab, mit jemandem zu schlafen, der einen Arm und ein Bein eingegipst hatte. Aber die Notwendigkeit hatte sie erfinderisch gemacht. Es war alles perfekt gewesen.

Bis auf die winzige Kleinigkeit, dass sie zu ihrer Arbeit zurückkehren musste und sie es beide nicht geschafft hatten, innerhalb dieser zwei Wochen endlich den Mut aufzubringen, über ihre Gefühle zu sprechen. Dass es welche gab, war klar gewesen, nur wie tief sie gingen und wie ihre gemeinsame Zukunft aussehen könnte, blieb unausgesprochen.

Lissa hatte nicht erwartet, dass er hierherkommen würde.

Woher wusste er überhaupt, wo sie arbeitete? Die ganze Zeit hatte sie es vermieden, ihren Beruf zu erwähnen. Nicht weil sie sich dessen schämte, sondern weil sie wusste, dass Jack eine ganz andere Vorstellung von ihr hatte – zugegebenermaßen von ihr selbst inszeniert. Und dieses Bild von ihr als freiheitsliebender, ein wenig verrückter Frau wollte sie nicht zerstören, weil sie nicht wusste, wie Jack auf die echte Lissa reagieren würde. Ob er sie so mögen würde, wie sie wirklich war. Egal, wenn er jetzt nicht gekommen wäre, hätte sie ihn sicher in den nächsten Tagen angerufen. Die Telefonnummer hatte sie sich bereits von Gladstone besorgen lassen.

Jack stieß mit dem Arm gegen sie, als er sein Gewicht verlagerte.

»Du musst Schmerzen haben. Möchtest du dich setzen?«

Jack schnitt eine Grimasse, während er unbewusst den Oberschenkel seines verletzten Beines rieb. »Nein, danke. Ich habe schon in den letzten Stunden gesessen und bin froh, endlich mal wieder stehen zu können.«

»Wie bist du überhaupt hierhergekommen?«

»Mit dem Truck.«

»Darfst du denn schon wieder fahren? Der Arzt sagte doch …«

»Lissa, es geht mir gut.« Da sie ihn anscheinend gern genug hatte, um sich Sorgen um ihn zu machen, beschloss Jack, einen Vorstoß zu wagen. »Ich habe nur ein kleines Problem.«

Unwillkürlich berührte Lissa seinen Arm, besorgt runzelte sie die Stirn. »Was immer es auch ist, du weißt, dass ich dir gerne helfe, wenn ich kann.«

Ein leichtes Lächeln hob Jacks Mundwinkel. »Das trifft sich gut, es geht nämlich um dich.«

»Oh.«

Jack wartete, doch das war alles, was sie von sich gab. »Mehr hast du nicht dazu zu sagen?«

Lissa riss sich sichtbar zusammen, sie straffte die Schultern und schob das Kinn vor. »Was sollte ich denn deiner Meinung nach dazu sagen? Du hast doch anscheinend ein Problem mit mir, nicht ich.«

Wenn es nicht um so viel gehen würde, hätte Jack vielleicht über den Trotz in ihrer Stimme und das Funkeln in ihren Augen lachen können. Aber es war ihm wichtig, dass sie verstand, wie ernst es ihm war. »Könnten wir vielleicht damit aufhören, drum herumzureden und zur Sache kommen?«

Lissa verschränkte die Arme vor der Brust. »Ich bitte darum.«

Okay, er würde also tatsächlich als Erster über seine Gefühle sprechen müssen. »Warum bist du einfach so verschwunden, ohne ein Wort?« Jack zuckte innerlich zusammen, als er den scharfen Klang seiner Stimme hörte. Sanfter fuhr er fort. »Ich dachte, wir haben uns während der zwei Wochen gut verstanden. Warum hast du mir nicht wenigstens gesagt, was dich stört? Wir haben so viel zusammen erlebt, unzählige Male miteinander …« Jack stoppte, als Lissa ihm den Mund zuhielt.

»Die Kinder!«

Erst jetzt wurde er sich der Kinder bewusst, die im Halbkreis hinter Lissa standen und ihnen gebannt lauschten. Er verkniff sich einen Fluch und presste die Lippen zusammen. Ein Publikum konnte er bei dem, was er zu sagen hatte, wirklich nicht gebrauchen, erst recht keins, das ihm noch nicht einmal bis zur Hüfte reichte. »Vielleicht sollte ich draußen warten, bis du Feierabend hast.«

»Nein! Nein, warte hier einen Moment, ich gebe ihnen etwas zu tun, dann können wir uns unterhalten.«

Jack blickte ihr skeptisch hinterher, während sie die Gruppe um sich scharte und zu den vor den Fenstern aufgebauten Tischen führte. Vermutlich sollte er besser verschwinden, solange sie noch beschäftigt war, aber er hatte wirklich keine Lust, die Ungewissheit noch länger zu ertragen. Wenn sie ihn nicht mehr sehen wollte, dann wollte er das sofort wissen, damit er anfangen konnte, seine Wunden zu lecken und zu vergessen, was in den letzten Wochen geschehen war.

Er lehnte seinen unverletzten Arm gegen den Türrahmen und starrte blicklos auf den Linoleumboden. Es war jetzt schon klar, dass er Lissa nie vergessen würde. Sie hatte ihm bewusst gemacht, wie leer sein Leben ohne jemanden gewesen war, der ihn zum Lachen und manchmal auch zum Verzweifeln brachte. Jemanden, der seine Ängste und Sorgen teilte und ihm den Mut gab, sich davon zu befreien.

Verdammt, er würde nicht zulassen, dass sie ihn einfach so abschob! Er hatte gespürt, dass sie mehr für ihn empfand, das konnte sich nicht innerhalb weniger Tage geändert haben. Seine Hand ballte sich zur Faust. Sie würde ihm schon klipp und klar sagen müssen, dass sie ihn nicht mehr sehen wollte, um ihn wieder loszuwerden.

Erstaunlicherweise passte es sogar zu ihr, von Kindern umgeben zu sein. An ihrem Lächeln konnte er erkennen, wie sehr sie die Arbeit liebte. Ihre Worte mussten die Kleinen beruhigt haben, denn sie setzten sich ohne größere Proteste auf die Stühle und begannen, sich mit Papier zu beschäftigen. Es sah aus, als würden sie Origami-Figuren falten, aber er könnte sich auch irren. Er war viel zu sehr damit beschäftigt, mit hungrigen Augen Lissas Weg zu verfolgen, während sie von Tisch zu Tisch ging und mit den Kindern sprach. Als sie sich bückte, waren ihre empfindlichen Kniekehlen zu sehen. Wie oft hatte er sie alleine damit schon fast zum Höhepunkt gebracht …

Mit einem leisen Aufstöhnen lehnte Jack den Kopf gegen die Tür und kniff die Augen zusammen. Verdammt, er musste wirklich versuchen, sich zu beherrschen, zumindest so lange, bis die offenen Fragen geklärt waren. Liebte Lissa ihn wirklich oder hatte sie sich nur eine schöne Zeit mit ihm gemacht? Heute musste er die Antwort herausfinden, sonst würde er noch verrückt werden.

»Jack. Jack! Geht es dir nicht gut?«

Lissas kühle Hände strichen über sein Gesicht, den Hals entlang über die Brust. Gerade noch rechtzeitig unterdrückte er ein weiteres Stöhnen. Sie wusste gar nicht, wie gut sich das anfühlte … Hastig schlug er die Augen auf und begegnete Lissas besorgtem Blick. Er fing ihre Hände ein und hielt sie in seinen gefangen. »Fass mich lieber nicht an, bevor wir nicht alles geklärt haben. Würdest du bitte meine Frage beantworten?«

Lissa tat nicht so, als wüsste sie nicht, wovon er sprach. Aber wie sollte sie erklären, warum sie vor ihm geflohen war? »Mein Urlaub war zu Ende und ich musste zurück.«

Jacks Blick sprach Bände. »Erzähl mir nicht, du hättest keine Zeit gehabt, mich zu wecken und es mir persönlich zu sagen.«

Er hatte recht, natürlich hätte sie es ihm erklären müssen, aber sie hatte es einfach nicht geschafft. Wie hätte sie von ihm fortgehen können, wenn er sie mit seinen warmen braunen Augen ansah? Wenn er sie dann auch noch berührt hätte, wäre sie ganz verloren gewesen. Sie hatte sich eingeredet, dass sie irgendwann darüber reden würden, wie die Zukunft aussehen sollte, doch es hatte sich nie ergeben. »Ich habe dir einen Zettel dagelassen.«

»Auf dem *gar nichts* stand!« Jack senkte seine Stimme. »Ich dachte, wir wären Freunde – sehr gute Freunde sogar. Ein einfaches ›Es war eine schöne Zeit, aber jetzt muss ich weiterziehen‹ hätte genügt.« Er schüttelte den Kopf. »Unsinn, natürlich hätte mir das nicht gereicht, aber zumindest hätte ich dann gewusst, woran ich bin. Alleine in einem Hotelzimmer aufzuwachen und nicht zu wissen, was los ist, war die Hölle.«

Lissa biss sich auf die Lippe. »Es tut mir leid. Ich wusste nur, dass ich so schnell wie möglich weg musste, bevor …«

»Bevor, was?«

Lissa konnte ihm nicht in die Augen blicken, während sie zu entscheiden versuchte, ob sie ihm antworten sollte. Schließlich atmete sie tief durch. »Bevor ich mich so daran gewöhnt hätte, mit dir zusammen zu sein, dass ich mir ein Leben ohne dich nicht vorstellen könnte.«

Jack betrachtete sie einen Moment lang schweigend. »Und, hast du dich an mich gewöhnt?«

»Ich fürchte ja.« Lissa versuchte ein zittriges Lächeln. »Die letzten Tage waren trotz meiner Arbeit, Familie und Freunden sehr einsam. Ich habe dich vermisst.«

Jack legte einen Finger unter ihr Kinn und hob ihr Gesicht an, sodass sie ihm in die Augen sehen musste. »Du hast mir auch gefehlt. Deine Nähe, deine Wärme, deine Freundlichkeit, deine Leidenschaft und nicht zuletzt dein freches Mundwerk.« Bevor Lissa antworten konnte, hatte er sanft ihre Lippen berührt. »Es war, als fehlte plötzlich eine Hälfte von mir, als wäre ich nicht mehr vollständig.«

Tränen traten in ihre Augen, als sie erkannte, dass ihr sonst so schweigsamer Trucker ihre Gefühle wirklich teilte. »Ja.« Der Kloß in ihrer Kehle hinderte sie daran, mehr zu sagen.

Aber er verstand sie offenbar auch so. Mit einem erleichterten Auflachen riss er sie in seine Arme und drückte sie fest an sich. Er vergrub sein Gesicht an ihrem Hals und hielt sie einfach nur fest. Dann hob er den Kopf und berührte ihre Lippen, zuerst sanft, dann immer fordernder. Hungrig suchte er Einlass und brummte zufrieden, als ihre Zunge seine begrüßte. Die Welt war für sie vergessen, als sie ihre Verbindung von Neuem aufbauten.

Nach langer Zeit drang ein merkwürdiges Geräusch durch den Nebel der Lust, der sie umgab. Lissa hob widerwillig den Kopf, um der Ursache nachzugehen. Ihre Augen weiteten sich, als sie die Kinder sah, die einige Meter entfernt einen Halbkreis um sie bildeten und interessiert zusahen, was die beiden Erwachsenen dort trieben. Das Kichern war es, das Lissa aus ihrer Verzückung gerissen hatte.

Oh Gott, wie hatte sie nur ihre Gruppe vergessen können? Natürlich war es schwierig, in Jacks Gegenwart noch klar zu denken, aber das ging dann doch zu weit. Hastig löste sie sich von ihm und versuchte, ihr zerknittertes Kleid wieder glatt zu streichen.

»Mein Bruder sagt, Frauen bekommen einen dicken Bauch, wenn sie so etwas machen. Willst du wirklich fett werden, Lissa?«

»Uh …« Für einen Moment fiel Lissa keine passende Antwort ein, für sie eine Ausnahme. Hinter sich hörte sie Jack husten, wahrscheinlich weil er versuchte, sein Lachen zu unterdrücken. Wäre er nicht verletzt, hätte sie ihm jetzt ans Schienbein getreten. So begnügte sie sich damit, hinter sich zu greifen und ihn in den Bauch zu kneifen. Befriedigt fühlte sie sein Zusammenzucken. Dann trat sie vor und hockte sich vor den kleinen Jungen. »Wie alt ist dein Bruder, Tim?«

»Schon acht.«

»Ich verstehe. Wenn du mir versprichst, es nicht weiterzusagen, werde ich dir ein Geheimnis verraten.«

»Okay.«

»Versprochen?«

»Versprochen.« Tim malte mit den Fingern ein Kreuz auf seine Brust.

Lissa beugte sich dichter heran und flüsterte dem Jungen etwas ins Ohr. Mit großen Augen und einem breiten Grinsen löste er sich schließlich von ihr.

»Denk daran, kein Wort.«

»Klaro.« Damit lief er zu den Tischen zurück, die anderen Kinder ihm dicht auf den Fersen.

Jacks Arme glitten um ihre Taille. »Was hast du ihm gesagt?«

»Das bleibt unser Geheimnis.«

»Hey, ich bin schon erwachsen!«

»Dann solltest du ja wissen, wie Babys entstehen.«

»Durchaus.« Ein Feuer entzündete sich in seinen Augen. »Soll ich es dir demonstrieren?«

»Lieber nicht hier drin.«

Jack wackelte mit den Augenbrauen. »Wollen wir rausgehen?«

»Das wäre sicher besser, bevor wir hier vor den Kindern noch eine Show abziehen. Du solltest dich schämen.«

»Ich? Wer war es denn, der sich an mir gerieben hat, bis ich dachte, ich müsste explodieren?«

»Jack! Benimm dich.«

»Gut oder schlecht?«

Gespielt verzweifelt hob Lissa die Hände. »Schon gut, wenn du einfach draußen auf mich warten würdest, bis ich mich um die Kinder gekümmert habe?«

»Okay.« Jack beugte sich zu ihr hinunter und küsste sie sanft auf den Mund. »Bleib nicht zu lange.« Damit drehte er sich um, öffnete die Tür und trat auf den Flur hinaus.

45

Lissa blickte ihm lächelnd nach, bis er verschwunden war. Verträumt fuhr sie mit den Fingerspitzen über ihre prickelnden Lippen. Dieser Mann war wirklich gefährlich. Er brauchte sie nur zu berühren, schon vergaß sie alles andere um sich herum. Die Freude über sein unerwartetes Kommen hatte ihren ganzen Körper erfasst. Ihr Herz vollführte wahre Freudensprünge, während ihr Puls raste und sie das Gefühl hatte, als würde sie jeden Moment von der Erde abheben. Also hatte sie sich nicht in Jack getäuscht, er empfand wirklich mehr für sie als nur Leidenschaft. Als jemand an ihrem Kleid zupfte, erwachte sie ruckartig aus ihrem Tagtraum.

»War das dein Freund?«

Lissa lächelte das kleine Mädchen vor ihr an. »Ja, ich denke schon.«

»Heiratet ihr?«

»Äh … darüber haben wir noch nicht geredet. Warum fragst du?«

»Weil du dann Babys bekommst und uns verlässt.«

Beruhigend strich Lissa über die Haare des Kindes. »Keine Angst, so schnell geht das nicht, ich werde sicher noch lange hierbleiben. Mindestens, bis du in die Schule kommst.«

»Versprochen?«

»Aber natürlich. So, und jetzt hol die anderen zusammen, wir machen einen kleinen Ausflug zur Gruppe der Bärentatzen.«

Das ließ sich das Mädchen nicht zweimal sagen. Es war immer etwas ganz Besonderes, wenn die Kinder aus zwei unterschiedlichen Gruppen zusammenkamen. Vor allem gab es jedes Mal ein heilloses Durcheinander, aber das würde ihre Kollegin Katy ertragen müssen, solange sie mit Jack sprach. Nachdem ihre Gruppe versammelt war, führte Lissa sie in Zweierreihen über den Flur und übergab sie an Katy. Lissa sah ihr die Neugier deutlich an, aber sie hatte keine Zeit, ihr lang und breit zu erzählen, was vor sich ging, das würde einfach warten müssen, bis sie mit Jack geredet hatte.

Wenn er noch da war. Eine irrationale Furcht breitete sich in ihr aus, dass er es sich anders überlegt haben könnte. Unsinn, nicht nach diesem leidenschaftlichen Kuss. Trotzdem lief sie fast den Flur entlang und stürzte aus der Eingangstür. Die Hand hatte sie als Schutz gegen die Sonne vor die Augen gelegt und suchte die Umgebung nach Jacks Truck ab. Automatisch setzten sich ihre Füße in Bewegung, als sie den Lastwagen einige Meter vom Gebäude entfernt am Straßenrand stehen sah. Das war der Vorteil an so einem großen Gefährt, man konnte es einfach nicht übersehen.

Mit dem Rücken an die Beifahrertür gelehnt, blickte Jack ihr entgegen. Die Sonne brachte Lissas rote Haare zum Leuchten und zauberte einen warmen Schimmer auf ihre Haut. Ein Stahlband schien sich um seinen Brustkorb zu legen, während er beobachtete, wie sie eilig auf ihn zulief. Er musste sie einfach überreden, bei ihm zu bleiben, eine andere Möglichkeit gab es nicht. In den letzten Wochen hatte er festgestellt, dass er ihre Lebendigkeit und ihr Feuer in seinem Leben brauchte, ohne sie fühlte er sich völlig leer und tot.

Erstaunlich, wie schnell sich seine Einstellung geändert hatte. Bevor er Lissa kannte, war er eigentlich mit seinem Leben zufrieden gewesen, er hatte die Einsamkeit sogar genossen. Zumindest hatte er sich eingeredet, dass er auf die Verwicklungen und den Ärger, den eine Beziehung mit sich brachte, gut verzichten konnte und es reichte, hin und wieder eine Affäre zur Entspannung zu haben. Doch er hatte sich geirrt. Das Gefühl, von jemandem so gemocht zu werden, dass er sich für ihn in Gefahr begab – sogar hätte sterben können –, war unbeschreiblich.

Hungrig folgte sein Blick jeder ihrer Bewegungen, als sie immer näher kam. Jack richtete sich auf, als sie vor ihn trat, und nahm ihre Hand. »Ich habe dich vermisst.«

Lissa verdrehte die Augen. »So lange war ich ja nun auch nicht weg. Hast du schon mal versucht, zwanzig Drei- bis Fünfjährige dazu zu bringen, ohne Komplikationen einen Raum zu wechseln?«

»Nein, eher nicht.«

»Dann lass mich dir sagen, dass es garantiert jemanden gibt, der sein Spielzeug vergessen hat. Oder sein Essen. Oder sein Lieblingskissen. Ein anderer muss noch unbedingt zur Toilette …«

»Okay, das reicht. Ich verstehe.«

Lissa grinste. »Das dachte ich mir. Aber falls es dich beruhigen sollte: Ich konnte es auch kaum erwarten, wieder bei dir zu sein.«

Jack wirbelte Lissa ohne Vorwarnung herum, sodass sie mit dem Rücken zum Truck stand, und umfasste ihr Gesicht mit beiden Händen. Er ignorierte den erschrockenen Laut, den sie von sich gab und senkte seinen Mund auf ihren. Er hatte nicht vorgehabt, sie schon wieder zu überfallen, aber er konnte einfach nicht anders. Alles in ihm drängte danach, sie wieder in den Armen zu halten und zu spüren, wie sie sich an ihn schmiegte. Ihre Lippen an seinen, die Hände in sein T-Shirt gekrallt.

Als er wenig später wieder zu Atem kam, trat er einen Schritt zurück und ergriff erneut ihre Hand. »Es ist wirklich schwer, dir zu widerstehen.«

»Jetzt bin ich also schuld?«

»Ja. Bisher hatte ich keine Probleme damit, mich nicht von einer Frau ablenken zu lassen, aber bei dir ist es anders. Wenn du in meiner Nähe bist, kann ich mich kaum auf etwas anderes konzentrieren. Ich möchte dich immer nur berühren, deinen Körper an meinem spüren.«

Lissa öffnete den Mund, aber es kam nichts heraus. Anscheinend hatte er es erneut geschafft, sie sprachlos zu machen. Sehr gut. Es war ihm fast peinlich, wie gefühlsduselig er heute war. Aber er wusste, sie musste es hören, wenn sie glauben sollte, dass er wirklich bei ihr sein wollte. Bisher hatte er sich wohl gar nicht so schlecht geschlagen, denn immerhin war sie hier draußen, bei ihm. Er nahm wieder ihre Hand und führte sie den Bürgersteig entlang.

»Wo gehen wir hin?«

»Ich habe dir etwas mitgebracht, das ich dir geben möchte.«

Anscheinend hatte Lissa den Schock überwunden, denn sie blickte ihn neugierig an. »Was denn?«

»Das wirst du gleich sehen.« Jack ging um den Anhänger herum und öffnete das Schloss. »Geh ein Stück zurück.«

Gehorsam trat Lissa zur Seite und beobachtete, wie Jack die Klappe langsam herunterfuhr.

Ihr Fuß tappte hörbar auf das Metall, als sie wieder hochfuhren, und entlockte Jack ein Grinsen. »Neugierig?«

»Aber nein, wie kommst du nur darauf?«

»Intuition.«

»Angeber.«

Lachend führte Jack sie ins Innere des Anhängers. »Okay. Greif zu.«

Lissa folgte Jacks Handbewegung zu einem verhüllten Objekt und begann damit, die Decken zu entfernen. Ihr Herz klopfte stärker, während sie immer mehr Lagen entdeckte. »Aber es ist hinterher nicht nur eine winzige Schachtel, oder?«

»Nein, es ist schon etwas größer.«

Jack zuckte bei Lissas Aufschrei zusammen, als sie ein Stück blitzenden Chroms enthüllte. Die letzten Decken flogen durch die Luft, dann stand das Motorrad vor ihr.

»Mein Baby!« Fassungslos sah sie Jack an. »Sie war doch völlig zerstört! Wie … wann …«

Während Lissa ihre Finger über die glänzende Maschine gleiten ließ, setzte Jack zu einer Erklärung an. »Ich habe die Harley abtransportieren lassen und sie zu einem Freund gebracht, der eine Werkstatt hat. Er musste einige Teile ersetzen, aber im Großen und Ganzen sah sie zuerst viel schlimmer aus, als es dann tatsächlich war.« Ein wenig ängstlich wartete er darauf, dass Lissa die einzige Veränderung, die er in Auftrag gegeben hatte, bemerkte. »Du hast dir doch inzwischen noch keine neue gekauft, oder?«

»Nein, ich bin noch nicht dazu gekommen. Außerdem wäre es mir wie Verrat vorgekommen, wenn ich mein Baby gleich ersetzt hätte. Glücklicherweise.« Sie strahlte ihn glücklich an. »Darf ich die Riemen lösen?«

»Natürlich, es ist deine Maschine. Warte, ich helfe dir.«

Gemeinsam lösten sie die Spanngurte und schoben die Maschine auf die Ladeklappe. Lissa strich immer noch mit den Fingern über die Harley, wie um sich davon zu überzeugen, dass sie wirklich da war. Bisher hatte Jack sich noch nie viel um Geschenke geschert, aber diesmal fühlte er die Freude in sich aufsteigen, als er sah, wie glücklich Lissa war. Wärme breitete sich in seiner Brust aus, und ein Lächeln überzog sein Gesicht.

Unten angekommen, schob Lissa das Motorrad auf die Straße und setzte sich darauf. »Das fühlt sich gut an. Wie in alten Zeiten.«

»Wenn du eine Probefahrt machen willst, dann warte ich hier auf dich.«

Lissa schüttelte bereits den Kopf. »Das kann warten.« Sie stieg ab und klappte den Seitenständer aus. »Komm her.«

»Also ich kann mit dem Gips sicher nicht fahren.«

»Das weiß ich doch.« Als Jack vor ihr stand, schlang sie ihre Arme um seinen Hals. »Vielen, vielen Dank! Du weißt nicht, wie viel es mir bedeutet, diese Maschine wiederzuhaben.«

Lissas vor Gefühlen raue Stimme erhöhte den Druck auf seiner Brust. Vorsichtig umarmte er Lissa und hielt sie an sich gepresst. »Gern geschehen. Es tut mir leid, dass ich sie fast zerstört hätte.«

»Ich liebe meine Harley zwar, aber nicht so sehr wie dich.« Sowie es heraus war, versteifte sie sich in seinen Armen. Das hatte sie nicht sagen wollen, zumindest jetzt noch nicht. Es war alles noch zu neu, und sie wusste nicht, was Jack für sie empfand. Sie wollte ihn auf keinen Fall dazu drängen, seine Gefühle zu bekennen. Hastig löste sie sich aus der Umarmung und wandte sich wieder der Maschine zu. Da Jack nicht antwortete, nahm sie an, dass er entweder starr vor Schreck war oder überhaupt nicht mitbekommen hatte, was ihr da entschlüpft war. Die zweite Möglichkeit gefiel ihr wesentlich besser.

Lissa trat um die Harley herum, um Jacks Blick zu entgehen, und betrachtete die Seite, die im Lastwagen an der Wand gelehnt hatte. Was sie dort sah, ließ den Atem aus ihren Lungen weichen. Mit zitternden Fingern strich sie über die Bemalung, die vorher nicht da gewesen war. Sie sah auf, als sie Jacks intensiven Blick auf sich spürte. »Wie bist du darauf gekommen, gerade einen Panther zu nehmen?«

Jack zuckte unbehaglich die Schultern. »Ich fand, er passte einfach zu dir und zu der Maschine. Es war eine spontane

Entscheidung, als ich die Maschine abholen wollte. Irgendwie fehlte noch etwas.« Er trat zögernd auf sie zu. »Ich kann es auch wieder überspritzen lassen, wenn es dir …«

Weiter kam er nicht, denn Lissa beugte sich schützend über die Harley. »Wag es ja nicht!« Langsam richtete sie sich wieder auf und deutete auf den Panther, dessen schwarze Umrisse sich vom Silber ihrer Maschine abhoben. »Das ist genau das Motiv, dass ich mir ausgesucht hatte, nachdem …«

»Nachdem … was?«

Lissa holte tief Atem. »Weißt du, warum ich dich damals mitgenommen habe?«

Stumm schüttelte Jack den Kopf.

»Ein paar Monate vor meinem Urlaub habe ich angefangen von dir zu träumen.«

»Von mir? Lissa …«

»Nun ja, nicht direkt von dir, schließlich kannte ich dich noch nicht. Mein Traum verlief immer gleich: Ich bin auf einer staubigen Straße, mitten im Nirgendwo, mit meiner Harley unterwegs. Ringsherum nur Wüste. Die Sonne brennt heiß auf mich herab, lässt meine Kleidung an mir kleben. Trotzdem fühle ich mich seltsam frei und losgelöst von allem. Das einzig Reale ist die vibrierende Maschine unter mir und das rissige Asphaltband vor mir. Dann taucht plötzlich eine schwarze Gestalt mitten auf der Straße auf. Ich rase daran vorbei, schaue zur Seite und merke, dass es ein schwarzer Panther ist, der mich seelenruhig anblickt. Als würde er mich kennen. Als wären wir dazu bestimmt, uns dort zu treffen.« Sie schüttelte den Kopf. »Ich weiß, das hört sich verrückt an, aber als ich dich dort plötzlich in der flimmernden Hitze auftauchen sah, wusste ich, dass du dieser Panther bist. Oder er das Symbol für dich in meinem Traum.«

Jack schwieg einen Moment, bevor er langsam nickte. »Vielleicht waren wir dazu bestimmt. Trotzdem hätte das übel ausgehen können, und ich hoffe, dass du in Zukunft vorsichtiger bist.« Er trat neben Lissa und strich eine Haarsträhne aus ihrem Gesicht. »Aber ich bin froh, dass du angehalten hast. Sonst hätte ich dich nie kennengelernt.« Behutsam küsste er ihre Augenlider, ihre Nase, ihre Stirn. »Und das wäre verdammt schade gewesen, denn ich hätte das Beste in meinem Leben verpasst.« Seine Stimme klang rau. »Dir ist klar, dass ich dich nie mehr gehen lasse, oder?«

Lissa lächelte. »Das will ich doch hoffen.«

Frech bis zuletzt. Mal sehen, ob er es nicht schaffte, sie für ein paar Minuten zum Schweigen zu bringen. In den nächsten Kuss legte er all die Liebe, die er für Lissa empfand, auch wenn er es nicht in Worte fassen konnte. Noch nicht zumindest, aber er war sicher, dass es ihm im Laufe der Zeit leichter fallen würde. Schließlich schob er sie widerwillig von sich. »Du musst jetzt vermutlich wieder reingehen, oder?«

»Ja, leider.« Der tiefe Seufzer ließ ihre Haarfransen flattern. »Hätte ich gewusst, dass du kommst, hätte ich mir freigenommen. Wann wirst du wieder hier in der Gegend sein?«

»Ich hatte gehofft, du könntest mir vielleicht dabei helfen, eine Wohnung zu finden.«

»Wofür …« Ihre Augen weiteten sich. »Du willst hierherziehen?«

»Was hast du denn gedacht, wie wir zusammen sein können, wenn ich in Los Angeles wohne und du in Amarillo?«

»Uh …«

»Ja, das hatte ich mir gedacht. Während du verschollen warst, hatte ich viel Zeit, darüber nachzudenken, was mir im Leben wirklich wichtig ist. Und die Antwort war: du. Ich kann meinen Truck auch von hier aus fahren. Vielleicht verliere ich dadurch ein paar Kunden, aber ich bekomme sicher schnell neue.«

Als Lissa schwieg, trat er einen Schritt zurück. »Okay, das geht dir offenbar zu schnell. Wir müssen uns auch nicht jeden Abend sehen, wenn du das nicht willst. Wir lassen es langsam angehen. Nun ja, vielleicht nicht ganz so langsam, aber …« Er brach ab und starrte auf ihre Hände, die an etwas herumfummelten. »Hörst du mir überhaupt zu? Was machst du denn da?«

Lissa hielt Jack einen Schlüssel hin. »Dein neues Zuhause.«

»Bist du Vermieterin?«

»Nein, aber ich habe ein eigenes Haus, in dem genug Platz für uns beide ist. Wenn du willst, heißt das.«

Jack riss ihr den Schlüssel fast aus der Hand. »Natürlich will ich! Ich möchte dich nur nicht zu irgendetwas drängen, das dir dann vielleicht hinterher leidtut.« Er schob den Schlüssel in die Hosentasche. »Unsinn, vergiss, dass ich das gesagt habe, du wirst mich jetzt nicht mehr los.«

Lissa grinste ihn an. »Sehr gut. Ich gebe dir die Adresse und dann kannst du es dir schon mal gemütlich machen, bis ich nach Hause komme. Außer du musst gleich wieder zurück?«

»Ich habe noch ein paar Tage Genesungsurlaub.«

»Die wir sicherlich gut nutzen werden.«

»Garantiert.«

Ihre Blicke erhitzten sich. Ohne es zu merken, bewegten sie sich aufeinander zu. Nach einem langen, sanften Kuss entfernte sich Lissa widerstrebend in Richtung des Kindergartens, während Jack die Harley zur Laderampe schob. Am Tor drehte sie sich noch einmal um. »Ach Jack …«

»Ja?«

»Ich gebe Henry immer bei meiner Nachbarin Milly ab, wenn ich arbeite. Wärst du so gut und holst ihn zu dir, wenn du ankommst?«

»Natürlich. Wo wohnt die Nachbarin, damit ich weiß, wo ich klingeln muss?«

»Ich werde sie anrufen und ihr Bescheid sagen. Sie wird sowieso aus dem Haus kommen, wenn sie erst mal deinen Truck in unserer Straße sieht.«

»Okay. Noch etwas?«

»Ja. Ich liebe dich.« Damit drehte Lissa sich um und lief ins Gebäude.

Grinsend wandte sich Jack wieder seiner Aufgabe zu. *Verdammt, sie war wieder schneller gewesen als er.* Das Gefühl würde sie ihm sicher in den nächsten Jahren noch öfter bescheren – und er freute sich darauf.

Epilog

Verdammt, sie war wieder schneller gewesen als er! Jack versuchte vergeblich, seine langen Beine irgendwo zwischen Tisch und Stuhl unterzubringen. Warum musste hier auch alles Zwergengröße haben? Okay, wenn man bedachte, dass ihm hier kaum jemand bis zur Hüfte reichte, war es wohl verständlich, dass auch die Möbel kleiner waren.

»Wenn du weiter so wackelst, verlierst du schon wieder.«

Das befürchtete er allerdings auch. Schließlich ging es darum, den Turm nicht einstürzen zu lassen, während man ihn immer höher baute. Die kleine Schönheit auf der anderen Seite des Tisches grinste ihn an und offenbarte dabei mehrere Zahnlücken. »Gibst du auf? Typisch Junge, ihr haltet aber auch nichts aus.«

Jack unterdrückte ein Lachen und blickte Lara streng an. »Benimm dich, junge Dame.«

»Wieso? Das sagt Lissa auch immer.«

Natürlich, das hätte er sich denken können. Er sollte wirklich mal mit ihr über ihren schlechten Einfluss auf die Kinder reden. Sein Blick glitt wie schon so oft zuvor durch den Raum und blieb an Lissa hängen. Heute trug sie Jeans und ein altes T-Shirt, weil sie mit Fingerfarben gemalt hatten. Aber es war eigentlich völlig egal, wie sie gekleidet war, sie hatte immer die gleiche Wirkung auf ihn. Faszination, Liebe, Lust – sie alle wirbelten durcheinander und bildeten die Wärme in seinem Innern, die ihn nicht mehr verlassen hatte, seit er nach Amarillo gekommen war.

In den vergangenen Monaten hatte er seine Spedition hierher verlegt und inzwischen mehrere feste Kunden gewonnen, die über ihn ihre Ware transportieren ließen. So konnte er Lissa häufig abends sehen oder sie sogar, so wie heute, im Kindergarten abholen. Es war erstaunlich, wie mühelos sich ihre unterschiedlichen Lebensweisen zusammengefügt hatten.

»Willst du mich etwa wieder gewinnen lassen?«

Laras Stimme riss ihn aus seinen Träumereien. »Nie im Leben. Wenn ich erst mal den Turbo einlege, gibt es für dich nichts mehr zu holen.« Das Mädchen quietschte vergnügt, während Jack ihr demonstrierte, wie schnell er stapeln konnte.

Lissa blickte bei dem Geräusch zu ihnen hinüber und lächelte, als sie ihren geschmeidigen schwarzen Panther inmitten der bunten Bauklötze sah. Seine Knie ragten ihm in dem viel zu kleinen Plastiksessel fast bis zu den Ohren. Seine Hände flogen, während er die Klötze immer höher stapelte, sich dabei aber so ungeschickt anstellte, dass sein Turm ständig einzustürzen drohte. Lara genoss offensichtlich die Aufmerksamkeit, die ihr durch den Freund der Kindergärtnerin zuteilwurde.

Unwillkürlich dachte Lissa an die ersten Momente ihres Kennenlernens zurück. Jack hatte so hart und wild ausgesehen. Nie hätte sie vermutet, dass er Spaß daran haben könnte, mit einem kleinen Mädchen um die Wette zu stapeln. Oder einem anderen Kind beim Falten eines Origami-Schwans zu helfen. Eine Burg im Sandkasten zu bauen. Oder einfach nur dazusitzen und etwas vorzulesen. Wahrscheinlich merkte er es selbst nicht, dass er, nachdem er seine anfängliche Scheu verloren hatte, immer öfter vorbeigekommen war. Aber sie würde es ihm sicher nicht sagen, schließlich freute sie sich, wenn er bei ihr war.

Auf Zehenspitzen schlich sie hinter ihn und drückte ihm einen schmatzenden Kuss in den Nacken. Wie erwartet irritierte ihn das so, dass er gegen den Turm stieß, der daraufhin laut polternd zusammenfiel. Allerdings hatte sie nicht mit seinen Reflexen gerechnet, denn bevor sie sich in Sicherheit bringen konnte, hatte er sie bereits um die Taille gepackt und an sich gezogen.

»So, du dachtest also, du könntest mich sabotieren. Dafür wirst du büßen!« Seine Finger fanden ihre empfindlichen Stellen und er kitzelte sie, bis sie das Gleichgewicht verlor und zu Boden sackte. Bevor er sie halten konnte, kippte der Stuhl unter ihm weg und er folgte ihr in einem Gewirr von Armen und Beinen. Lachend stützte er sich schließlich über ihr ab. »Also, gibst du auf?«

»Nie … mals!«

»Dann wirst du leiden.« Damit beugte er sich wieder zu ihr hinunter. Doch bevor er sich entscheiden konnte, ob er sie weiter kitzeln oder vielleicht doch lieber küssen sollte, stürzte sich schon ein kleiner Körper auf ihn. Dann noch einer und noch einer.

»Rettet die Königin!« Lissas Ruf lockte noch mehr Kinder herbei.

»Hey, das ist unfair!«

Lachend blickte Lissa zu ihm auf. »Du weißt doch, im Krieg und in der Liebe ist alles erlaubt.«

Leseprobe

MICHELLE RAVEN
TURT/LE – Gefährlicher Einsatz

Afghanistan, Juli

Die gedämpften Schritte des Verfolgers kamen näher. Wer auch immer hinter ihnen her war, schien in ausgezeichneter Verfassung zu sein. Einige Minuten zuvor hatten sie die Nachricht erhalten, dass ihre Tarnung aufgeflogen war. Es war sicherer gewesen, sofort aufzubrechen – hatte Kyla zumindest gedacht. Durch die von der Regierung in dieser Region auferlegte Ausgangssperre war es sehr gefährlich, nach Einbruch der Dunkelheit auf der Straße zu sein. Sollten sie und ihre Kollegin Jade entdeckt werden, würden sie im Gefängnis landen – oder Schlimmeres. Die meisten der hier lebenden Menschen mochten keine Fremden, erst recht keine westlichen Frauen. Deshalb waren sie nun auf der Flucht, ohne ein Fahrzeug oder eine Idee, wohin sie gehen sollten. Natürlich hatten sie einen Notfallplan, aber zuerst mussten sie ein gutes Stück zwischen sich und ihre Unterkunft legen und den Verfolger loswerden. Leichter gesagt als getan. Tief im Schatten der beiderseits der Straße über ihnen aufragenden Gebäude versuchten sie, ihn abzuschütteln. Sollten sie von dem Verfolger gefangen genommen werden, der sicher zu der von ihnen ausgekundschafteten Terrorgruppe gehörte, waren sie so gut wie tot.

Wer hatte den wahren Grund ihres Hierseins verraten? Eigentlich sollten sie keinen Verdacht erregt haben, nicht umsonst hatten sie monatelang für die Undercover-Mission trainiert. Sie hatten alle zu hart daran gearbeitet, die Einheit auszubilden, es durfte nicht scheitern. Wenn es Jade und ihr jetzt gelang, unentdeckt das Land zu verlassen, würde es noch ein Erfolg werden. Doch gerade das schien ihr Verfolger verhindern zu wollen.

Der Schleier über Kylas Kopf und vor ihrem Gesicht dämpfte die Geräusche um sie herum und verstärkte gleichzeitig ihr eigenes Keuchen. Bevor sie nach Afghanistan gekommen war, war sie in der besten Form ihres Lebens gewesen, doch jetzt, nach mehreren Wochen ohne regelmäßiges Training, protestierten ihre Muskeln gegen die ausdauernde Bewegung. Schweiß lief ihren Rücken hinunter und verschwand im Bund der Tarnhose, die sie unter der Burka trug. Sowie sie aus der Stadt heraus waren und in die unwirtliche Natur eintauchten, konnten sie die Gewänder ausziehen. Doch solange noch die Möglichkeit bestand, dass sie anderen Menschen begegneten oder sogar verhaftet wurden, war es zu gefährlich.

Kyla hatte Berichte über Frauen gehört, die verstümmelt oder umgebracht worden waren, nur weil ein kleines Stückchen Haut zu sehen gewesen war. Theoretisch war das unter dem neuen Regime verboten, aber hier, mitten in einer Krisenzone, herrschte nicht das Gesetz, sondern die Macht der Stärkeren, und das waren eindeutig die Rebellengruppen.

Gerade deshalb waren sie hierhergekommen und nicht in eine der »sicheren« Städte gegangen. Während andernorts die Aufbauarbeiten vorangingen, lag in dieser Gegend immer noch alles in Trümmern. Obwohl die meisten Häuser unbewohnbar waren, lebten hier Menschen. Ganze Familien, Großeltern, Eltern, Onkel, Tanten und Kinder. So viele Kinder. Wie konnten sie es aushalten, so zu leben? Es gab nichts, manchmal noch nicht einmal das Lebensnotwendigste wie Wasser und Grundnahrungsmittel. Natürlich waren auch hier die Hilfsorganisationen gegenwärtig, aber sie hatten es schwer, sich gegen den Druck der Rebellen und das Misstrauen der Leute durchzusetzen. Vor allem kam die Hilfe auch nur zögerlich – wenn überhaupt – bei der Bevölkerung an. Ein Großteil versickerte wie in jeder Krisenzone in anderen Kanälen.

Aber das war nicht Kylas Problem. Sie waren einzig dafür zuständig, Informationen zu sammeln, auszuwerten und weiterzuleiten. Und das hatten sie getan, zumindest bis die Nachricht über ihre Entdeckung sie aus ihrem Versteck gezwungen hatte.

Geduckt liefen sie im Schatten der Ruinen immer weiter, wobei sie sich weitgehend an die Hauptstraße hielten. Nicht auszudenken, wenn sie plötzlich in einer Sackgasse gefangen wären. Jedes Mal wenn sie einem weiteren Schuttberg ausweichen mussten, der vor ihnen auftauchte, verloren sie ein wenig von ihrem Vorsprung. Es war klar, dass sie ihrem Verfolger nicht davonlaufen konnten, sie würden kämpfen müssen.

Genervt schob Kyla den Schleier von ihrem Kopf, um wenigstens etwas von ihrer Umgebung erkennen zu können. Nachdem die dämpfende Schicht verschwunden war, hörte sie die Schritte hinter ihnen viel lauter. Ihre Finger schlossen sich fester um die Pistole. Wie leicht wäre es, sich einfach umzudrehen und zu schießen, doch das würde sie nur im äußersten Notfall tun, da sie keinen Schalldämpfer dabeihatte. Dunkel ragte ein halb eingestürztes Gebäude vor ihnen auf. Der Eingang war ein gähnendes Loch, die herausgebrochenen Lehmziegel waren zur Seite geschoben worden. Perfekt.

Mit knappen Handzeichen signalisierte sie ihrer Partnerin Jade, was sie vorhatte, dann tauchten sie nacheinander lautlos in die Dunkelheit des zerstörten Hauses. So leise wie möglich suchten sie sich ihren Weg durch die Ruine, während sie gleichzeitig auf die Schritte ihres Verfolgers lauschten. Es war unwahrscheinlich, dass er nicht erkannte, wohin sie geflohen waren, deshalb atmete sie nur tief durch, als sie hinter sich das verräterische Schaben von Schuhsohlen auf losen Steinen hörte. Es sollte nicht schwierig sein, ihn auszuschalten, dafür waren sie ausgebildet worden. Trotzdem zog sie es vor, ihre Arbeit zu machen, ohne dass überhaupt jemand ihre Anwesenheit bemerkte.

Lautlos schlüpften sie durch einen intakten Türrahmen, in dem die Tür fehlte, und stellten sich zu beiden Seiten mit dem Rücken gegen die Wand auf. Die Schritte ihres Verfolgers klangen jetzt zögernder, er schien sich nicht sicher zu sein, wo sie waren. Sie könnten versuchen, ungesehen an ihm vorbeizukommen, und sich wieder auf den Weg machen, doch es war besser, wenn sie sicherstellten, dass er ihnen nicht folgen konnte.

Kyla gab ihrer Partnerin ein Zeichen, bevor sie gegen einen Stein trat, der polternd über den Boden rollte. Draußen entstand ein kleiner Moment der Stille, dann setzten die Schritte wieder ein, leiser als zuvor. Als der Lauf einer mit Schalldämpfer ausgestatteten Waffe in der Türfüllung erschien, trat sie zu. Wie geplant flog die Pistole durch das Zimmer und landete in der hintersten Ecke des Raums, während der Mann mit einem unterdrückten Schmerzenslaut zu ihr herumfuhr. Deutlich konnte sie seine Wut spüren und erwartete in Verteidigungshaltung seinen Angriff, der jedoch nie kam. Er hatte vergessen, seinen Rücken zu decken, was Jade sofort ausnutzte. Lautlos brach er wenige Sekunden später zusammen. Gemeinsam schleppten sie ihn in eine Ecke des Zimmers und durchsuchten ihn nach nützlichen Dingen. Eilig steckte Kyla einige Geldscheine ein und wischte sich dann angewidert die

Finger an ihrer Burka ab. Ihr Verfolger war nicht gerade von der sauberen Sorte. Bis auf die Pistole und das Geld hatte er nichts bei sich, was sie auf ihrer Flucht gebrauchen konnten.

Nachdem sie sichergestellt hatten, dass sich niemand anders in der Nähe befand, verließen sie die Ruine. Im Schatten der Gebäude waren sie in der Dunkelheit nur zu erkennen, wenn ein Mondstrahl sie traf. Sofern es hier früher Straßenlampen gegeben hatte, existierten sie schon lange nicht mehr. Allerdings bezweifelte Kyla, dass sich die arme Stadt im Osten Afghanistans jemals diesen Luxus hatte leisten können. Solange es ihre Flucht begünstigte, hatte sie nichts dagegen. Die profillosen Sohlen ihrer Schuhe hinterließen keine erkennbaren Spuren im Sand, der schon lange den aufgerissenen Straßenbelag bedeckte. Sollte jemand versuchen, ihrer Fährte zu folgen, würde er scheitern. Ein Hochgefühl löste langsam die Angst ab, die sich nach dem Erhalt der Nachricht in Kyla ausgebreitet hatte. Nur noch wenige hundert Meter, und sie konnten in eine Nebenstraße eintauchen, die sie gleich zu Beginn ihrer Mission als mögliche Fluchtroute ausgekundschaftet hatten. Von dort aus würde es ihnen sicher gelingen, zu dem alten Wagen zu gelangen, den sie außerhalb der Stadt versteckt hatten. Und spätestens morgen Abend saßen sie dann bereits in einem Flugzeug, das sie zurück in die Vereinigten Staaten bringen würde.

Der Schlag kam völlig unerwartet. Eben noch war Kyla in Gedanken bereits zu Hause, im nächsten Moment traf sie etwas im Rücken, und sie wurde unversehens wieder in die gefährliche Realität versetzt. Einen kurzen Augenblick lang fühlte sie gar nichts, dann setzte der Schmerz ein. Wie ein reißendes Tier wühlte er in ihrem Körper, setzte ihn in Flammen. Ein lautes Keuchen entfuhr ihr. Sofort war ihre Partnerin bei ihr und zog sie mit sich in den tieferen Schatten eines Hauses. Erneut wurden Schritte hinter ihnen lauter, anscheinend war ihr Verfolger nicht allein gewesen.

»Was ist passiert?« Jades Stimme war ein fast tonloses Flüstern, das nur bis zu ihrem Ohr drang.

»Schmerzen.«

»Wo?«

»Unter … der rechten Schulter.« Inzwischen brannte nicht nur die Wunde. Sie konnte gerade noch ein Stöhnen unterdrücken, als sanfte Finger nach der Verletzung tasteten. Ein leiser Fluch erklang hinter ihr.

»Eine Schusswunde, die Kugel ist glatt durchgegangen. Kannst du laufen?«

»Keine andere Wahl.« Die Zähne fest zusammengebissen bewegte Kyla ihre Arme. Sie konnte laufen, aber es würde höllisch wehtun. Und sie würde nicht lange durchhalten. Vermutlich nicht einmal die wenigen hundert Meter bis zu der Nebenstraße, die ihre Flucht ermöglichen sollte. Aber das konnte sie ihrer Partnerin nicht sagen, denn es war klar, dass Jade sonst bei ihr bleiben würde. Langsam setzte Kyla sich in Bewegung, versuchte, einen Laufrhythmus zu finden, der weniger schmerzte, doch es gelang ihr nicht. Jeder Schritt war die reinste Qual. Schließlich gab sie auf.

»Lauf weiter, bring dich und die Informationen in Sicherheit. Ich werde mich hier verstecken.«

»Auf keinen …«

»Wir dürfen nicht beide in deren Hände fallen, einer von uns muss Bericht erstatten.«

Auch wenn sie ihre Partnerin nicht allein lassen wollte, erkannte Jade wohl, dass sie recht hatte. »Ich werde Hilfe holen.«

»Ich komme zurecht. Sorg dafür, dass unsere Arbeit hier nicht umsonst war.«

»Das werde ich. Nachdem ich den elenden Kerl von dir

weggelockt habe.« Ein letzter Händedruck, dann verschwand Jade in der Dunkelheit.

San Diego, Kalifornien, ein Tag später

Die Pfütze vor ihr hatte ungefähr die Ausmaße des Freibads von San Diego. Rose Gomez verzog das Gesicht. Sofern sie nicht ihr Schwimmabzeichen nachholen wollte, musste sie einen Umweg über mindestens drei Häuserblocks nehmen. Gut, das war vermutlich übertrieben, aber von dort, wo sie stand, sah es so aus. Sie hatte abgewartet, bis das Sommergewitter weitergezogen war, bevor sie aus ihrem Büro in der Universität aufbrach. Da ihr Haus nicht weit entfernt lag, ging sie meistens zu Fuß, außer wenn sie Besorgungen machen musste oder bei extrem schlechtem Wetter. Was in Südkalifornien nicht besonders häufig vorkam. Darum hatte das Gewitter sie kalt erwischt, sie hatte weder einen Schirm noch eine Jacke dabei, und ihr weißes T-Shirt hätte in nassem Zustand nicht mehr allzu viel verhüllt. Also war sie länger im Büro geblieben und hatte auf eine Regenpause gewartet, was nicht schwierig gewesen war, schließlich hatte sie immer genug Arbeit auf ihrem Schreibtisch liegen.

Kopfschüttelnd blickte sie sich um. Da kein Floß aus heiterem Himmel auftauchen würde, sollte sie sich langsam auf den Weg machen, denn die Pfütze würde vermutlich auch morgen noch an genau dieser Stelle sein. Sie rückte ihre Tasche zurecht und marschierte los. Tief in ihre Gedanken versunken bemerkte sie nicht, dass sich von hinten ein Auto näherte. Den Kopf gesenkt, den Riemen ihrer Tasche fest im Griff, dachte sie nur daran, so schnell wie möglich nach Hause zu kommen. Ein gewaltiger Schwall schmutziges Wasser ergoss sich über sie. Erschrocken schnappte Rose nach Luft, als die kalte Brühe ihre nackte Haut traf und in Sekundenschnelle durch T-Shirt und Rock sickerte. Unwillkürlich sprang sie zurück, aber es war schon zu spät. Zitternd und tropfend stand sie auf dem Bürgersteig und sah dem Jeep nach, der sich rasch entfernte. Sie öffnete den Mund, um ihm einige nicht ganz jugendfreie Flüche hinterherzuschicken, als unvermittelt die Bremslichter aufleuchteten und der Wagen mit quietschenden Bremsen anhielt. Anscheinend hatte der Fahrer doch noch gemerkt, was er angerichtet hatte.

Rose blickte an sich herunter und verzog den Mund. Sie war völlig nass, bräunliche Flecken zierten ihre Kleidung, und zu allem Überfluss hatten sich einige Haarsträhnen aus ihrem Zopf gelöst und ringelten sich um ihr Gesicht. Wahrscheinlich sah sie aus wie das Monster aus dem See. Rose hob das Kinn. Das war alles nur die Schuld dieses Idioten. Deshalb war eine Entschuldigung sehr angebracht. Die Hände in die Hüften gestemmt beobachtete sie, wie der Jeep am Straßenrand anhielt und der Fahrer – der offenbar durchaus schlau war – auf der Beifahrerseite ausstieg, um sich die nassen Füße zu ersparen. Ungeduldig blickte Rose ihm entgegen. Natürlich war es einer von diesen großen Typen, die mehr Muskeln als Verstand besaßen, wer sollte auch sonst eine so riesige Pfütze übersehen und achtlos hindurchfahren. Als er näher kam, sah Rose in sein Gesicht und erstarrte.

Verdammt, genau das hatte ihm noch gefehlt. Wie spät war es eigentlich? Mit müden Augen blinzelte Roderic Basilone, von allen nur Rock genannt, gegen die Sonne. Er war seit über sechsunddreißig Stunden auf den Beinen. Früher war das kein Problem gewesen, aber inzwischen machte sich sein fortgeschrittenes Alter doch bemerkbar. Normalerweise war fünfundvierzig nicht wirklich alt, aber in seinem Beruf als Navy

SEAL hatte er allmählich die Schallmauer erreicht. Er konnte zwar immer noch mit den anderen mithalten, und seine Erfahrung übertraf die der jüngeren Kollegen bei Weitem, aber er erholte sich nicht mehr so schnell von den Strapazen in Einsatz und Training. Heute fühlte er sich besonders alt und verbraucht. Gerade als sie von einer vierundzwanzigstündigen Trainingsoperation auf die SEAL-Basis in Coronado zurückgekehrt waren, hatten sie die Nachricht erhalten, dass zwei der TURT/LE-Agentinnen in Afghanistan auf einer Erkundungsmission verschollen und höchstwahrscheinlich von Extremisten gefangen genommen oder getötet worden waren.

TURT/LE stand für *Terrorism Undercover Reconnaissance Team/Ladies Elite* und war ein relativ neues Projekt der US-Regierung zur Terrorismusbekämpfung. Eigentlich hieß es nur TURT, da es sowohl Männer als auch Frauen in diesem Team gab, doch es hatte sich sehr schnell die Untergruppe *Ladies Elite* gebildet, in der die besten Frauen aus allen Zweigen des Militärs, von FBI, NSA, CIA und weiteren Regierungsdiensten zusammengefasst waren. Auf den Missionen sendeten die Teams zu bestimmten Zeitpunkten Signale, die zeigten, dass sie noch im Spiel waren. Die beiden jetzt verschwundenen TURT/LEs hatten drei Termine verstreichen lassen, ohne das vereinbarte Zeichen zu geben. Es konnte passieren, dass jemand für einige Zeit verhindert war, aber dreimal hintereinander war bisher noch nie vorgekommen. Ein Kontaktmann war aus Kabul ausgesandt worden, um den letzten bekannten Aufenthaltsort der Agentinnen zu überprüfen, aber bisher hatte auch er sich noch nicht wieder gemeldet. Ein weiteres schlechtes Zeichen.

Mit langen Schritten strebte Rock auf die Person zu, die er in seiner Unaufmerksamkeit von oben bis unten nass gespritzt hatte. Es war eindeutig eine Frau, denn mit dem durchsichtigen weißen T-Shirt hätte sie ohne Weiteres an einem Miss-

Wet-T-Shirt-Wettbewerb teilnehmen können. Sofort meldete sich sein schlechtes Gewissen. Erst ertränkte er sie fast, und dann beglotzte er auch noch ihre unübersehbaren Rundungen. Abrupt hob er den Blick zu ihrem Gesicht. Schmutzige Streifen zierten die braune Haut, ein verwelktes Blütenblatt klebte an ihrer Wange. Schwarze Korkenzieherlocken hingen wirr in ihre Augen. Dunkle Augen, die ihm entgegenblickten, als wäre er der Teufel persönlich. Stocksteif stand sie da, sie schien völlig erstarrt zu sein. Sorge breitete sich in ihm aus.

»Es tut mir leid, Ma'am, ich habe Sie überhaupt nicht gesehen. Geht es Ihnen gut?«

Keine Reaktion. Beunruhigt trat er näher an sie heran. Sie zitterte, ihre Hände waren zu Fäusten geballt. Rock hob eine Hand, um ihre Schulter zu berühren. »Ma'am, hören Sie mich? Sie …« Plötzlich kehrte Leben in die Frau zurück, und sie trat hastig einen Schritt zurück. Scheinbar hatte sie wirklich Angst vor ihm. Rock blieb stehen und hob beruhigend die Hände. »Alles okay, ich tue …« Er brach ab, als er sie erkannte. Fassungslos öffnete er seinen Mund, aber kein Ton drang heraus. Schließlich räusperte er sich und löste sich damit aus seiner Starre. »Rose?«

Ihre Augen trafen seine, der Schmerz darin war offensichtlich. Sie verschränkte die Arme vor der Brust. »Hallo Roderic.«

Rock zuckte zusammen, als sie seinen vollen Namen benutzte. Sie hatte ihn schon immer so genannt, auch damals, als ihr Mann Ramon Gomez – von allen im Team nur Ghost genannt – mit ihm in SEAL Team 11 gedient hatte. Sie waren keine engen Freunde gewesen, da Ghost seine Freizeit meist mit seiner Frau verbracht hatte, aber sie hatten sich gemocht, respektiert und wären füreinander gestorben. Rock verzog den Mund. Ghost *war* getötet worden, als er ihnen bei einer Geiselbefreiung in Costa Rica den Rücken freigehalten hatte. Seit Ghosts

Beerdigung hatte er Rose nur noch ein paarmal gesehen und in den letzten Jahren überhaupt nicht mehr. Darum war er umso überraschter, dass sie jetzt plötzlich vor ihm stand. Nass, kalt und unglücklich. Verdammt, was stand er hier noch herum und starrte sie an, anstatt irgendetwas zu tun, um ihr die Situation angenehmer zu machen. Schließlich war es sein Organisationstalent, für das er als Senior Chief des Teams bekannt war. Er sorgte dafür, dass alles reibungslos lief und alles Benötigte vorhanden war, und er hatte auch die zweifelhafte Ehre, zwischen Offizieren und Nichtoffizieren zu vermitteln.

»Es tut mir leid, ich war in Gedanken und habe dich überhaupt nicht gesehen. Ich hole dir ein Handtuch aus dem Wagen.«

Damit strebte er mit langen Schritten auf seinen Jeep zu und ließ Rose keine Möglichkeit, seine Hilfe abzulehnen. Mit zusammengezogenen Augenbrauen starrte sie ihm hinterher. Es war ein Schock gewesen, ihn wiederzusehen, nachdem sie es geschafft hatte, sechs Jahre lang allen aus dem Weg zu gehen, die sie an Ramon erinnert und den Schmerz wieder heraufbeschworen hätten. Es hatte ihr gutgetan, sich auf ihr eigenes Leben zu konzentrieren und alles andere hinter sich zu lassen. Bis vor wenigen Minuten hatte sie sogar gedacht, die Wunde wäre inzwischen verheilt. Aber ein Blick in Roderics düsteres Gesicht, seine stahlgrauen Augen unter den kräftigen Augenbrauen, hatte gereicht, alle Narben wieder aufzureißen und sie sieben Jahre in der Zeit zurückzukatapultieren, zu der Wut und dem Schmerz über Ramons unnützen Tod.

Als sie ihn damals heiratete, hatte sie gewusst, worauf sie sich einließ, aber immer gehofft, dass ihm nichts passieren und er stets zu ihr zurückkehren würde. Aber das war nicht geschehen. Stattdessen hatte sie ihn auf dem Arlington National Cemetery nahe der Hauptstadt Washington mit militärischen Ehren beisetzen lassen. Das war sie ihm schuldig gewesen. Er hatte dafür gelebt, einen Unterschied zu machen, sein Land und seine Landsleute zu beschützen – und er war dafür gestorben.

Sie schüttelte die schmerzlichen Erinnerungen ab und beobachtete, wie Roderic wieder auf sie zukam.

Michelle Raven

TURT/LE

Gefährlicher Einsatz

Roman

Die neue packende Serie der Erfolgsautorin der *Hunter*-Reihe

Rose Gomez willigt ein, einem Teamgefährten ihres verstorbenen Mannes bei einem Navy-SEAL-Einsatz zu helfen. Roderic „Rock" Basilone ist auf der Suche nach zwei in Afghanistan vermissten amerikanischen Agentinnen. Dort angekommen entwickelt sie schon bald tiefere Gefühle für den schweigsamen SEAL. Aber kann sie sich erneut in einen Mann verlieben, der einen solch gefährlichen Job hat? Doch schon bald erhöht sich der Einsatz, denn die Spur der Agentinnen führt direkt in die Festung eines berüchtigten Warlords.

»Eine unwiderstehliche Mischung aus Liebe, Leidenschaft und Spannung!«
LoveLetter

Band 1 der Serie
544 Seiten, kartoniert mit Klappe
€ 9,99 [D]
ISBN 978-3-8025-8791-7

Shannon McKenna

Die McCloud-Reihe

Romantic Thrill

Agenten, Detektive, Söldner: Die McCloud-Brüder sind alles – nur nicht langweilig. Doch auch wenn sie sich vornehmen, in ihrem Job keinerlei Gefühle zuzulassen, gerät die harte Fassade der attraktiven Brüder immer wieder ins Wanken. Wie könnten sie auch cool bleiben, wenn das Leben der Frau auf dem Spiel steht, die sie so sehr fasziniert, dass sie alles – auch ihr eigenes Leben – aufs Spiel setzen würden? Atemberaubend spannende und mitreißend leidenschaftliche Geschichten sind hier garantiert!

„Eine tolle Mischung aus spannendem Krimi, heißer Erotik und anrührender Romantik. Das sollten Sie nicht verpassen!“ *Romance Reviews Today*

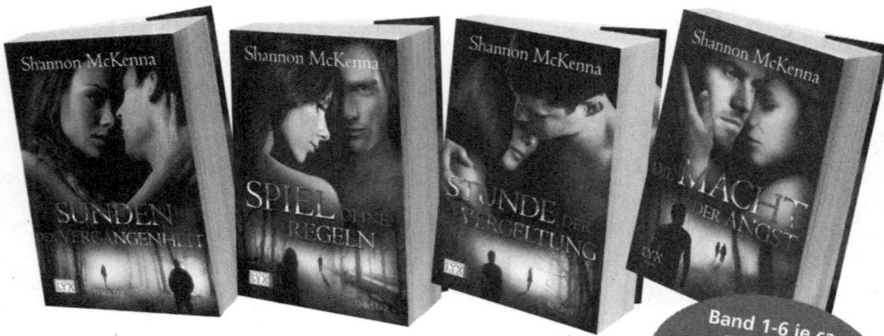

Band 1-6 je ca.
500 Seiten
Band 7: 800 Seiten
kartoniert
mit Klappe

Band 1:
Die Nacht hat viele Augen
ISBN 978-3-8025-8330-8

Band 2:
In den Schatten lauert der Tod
ISBN 978-3-8025-8331-5

Band 3:
Blick in den Abgrund
ISBN 978-3-8025-8332-2

Band 4:
Sünden der Vergangenheit
ISBN 978-3-8025-8601-9

Band 5:
Spiel ohne Regeln
ISBN 978-3-8025-8604-0

Band 6:
Stunde der Vergeltung
ISBN 978-3-8025-8857-0

Band 7:
Die Macht der Angst
ISBN 978-3-8025-8858-7

Band 1: € 9,95 [D]
Band 2-6: € 9,99 [D]
Band 7: € 12,99 [D]

www.egmont-lyx.de

LYX
EGMONT